낙원

낙원

미야베 미유키 장편소설

권일영 옮김

1

문학동네

나는 생전의 그녀를 모른다.
—제임스 엘로이, 『블랙 달리아』

●●● 차례

죽은 아이를
그리는 노래

2005년 5월 중순, 정오가 조금 지난 시각이었다. JR 아사쿠사바시 역 근처 길을 자그마한 체구의 여자가 걷고 있었다.

일본 전통인형을 파는 유서 깊은 가게들이 많기로 유명한 동네이고 의류나 잡화 도매상도 많아, 이 부근에는 낮시간에도 밖에서 일하는 사람들이 적지 않다. 젊은 여자들도 눈에 띈다. 하지만 혼자 걷고 있는 그 여자는 분명히 그런 부류의 사람은 아니었다. 어딘지는 몰라도, 아마 다른 동네에서 이곳에 처음 와 낯선 길을 헤매며 목적지를 찾고 있는 것 같다.

오십대 중반쯤 되었을까. '그녀'보다도 '부인'이라는 호칭이 더 어울린다.

넉넉한 긴소매 블라우스를 입고 앞단추를 목 언저리까지 꼭 여몄다. 회색 바지에 고풍스럽다기보다 다소 촌스러운 디자인의 검은 벨트. 통통한 체형이라 벨트가 꽉 조였다. 신고 있는 낡은 운동화는 끈이

헐었다.

왼쪽 어깨에는 지갑을 확대한 듯한 모양의 검은색 가방을 메고 있다. 오른손에 종이봉투와 함께 흰 쪽지를 쥐고 있다. 약도나 길 순서를 적은 메모인 모양이다. 가끔 쪽지를 들여다보고 주위를 두리번거리며, 빌딩 간판의 번지수를 확인하곤 했다.

가드레일을 따라 타박타박 걷는 부인 뒤에서 빈차 표시등을 켠 택시가 다가왔다. 길 한복판에서 손에 든 쪽지를 들여다보던 부인은 택시가 짧게 경적을 울리자 얼른 옆으로 비켜섰다. 천천히 지나가는 택시 안의 운전기사는 선글라스를 쓰고 있다. 5월 들어 벌써 몇 번이나 찾아온, 여름처럼 더운 날씨다.

부인은 지갑 모양의 가방을 열고 손수건을 꺼내 이마와 콧등을 훔쳤다. 눈이 부신 듯 깜박이는 작은 눈은 코끼리처럼 온화하고 부드럽다.

—코끼리는 야생일 때나 사람이 키울 때나 눈빛이 똑같아. 항상 그렇게 부드러운 눈빛이지. 그건 지성이 있기 때문이야. 그런 동물은 코끼리뿐이래.

몇 해 전, 부인의 외아들이 그런 말을 한 적이 있다. 너희 엄만 코끼리 같아, 라고 친구가 놀리자 대꾸한 말이었다. 친구는 부인의 눈빛이 부드럽다고 칭찬한 것이 아니었다. 코끼리처럼 뚱뚱하고 둔해 보인다고 짓궂게 놀릴 셈이었다. 하지만 부인의 아들은 웃는 얼굴로, 도리어 자랑스럽다는 듯이 그렇게 되받아쳤던 것이다.

부인은 머뭇머뭇 다시 걷기 시작했다. 확실히 느리고, 둥글둥글하고, 얌전한 아기 코끼리 같은 모습이다. 곁을 스쳐가는 사람들에게 이 여자가 어떤 사람 같아 보이느냐고 묻는다면, 누구나 잠깐 생각한 뒤에 '누군지는 몰라도 하여튼 누군가의 엄마' 같다고 대답하리라. 그 외의 직업이나 지위, 직함 같은 것을 떠올리기는 쉽지 않다.

그 대답은 옳다. 다만, 이 부인의 외아들은 이미 세상을 떠났다.

부인은 역 개찰구를 나와 삼십 분 넘게 돌아다닌 끝에 드디어 찾던 목적지를 발견했다. 손에 든 메모를 다시 들여다보았다. '미모사 빌딩'. 이곳 3층이다.

아담한 5층짜리 건물이었다. 임대 빌딩의 출입구 옆에 내건 안내판에는 다섯 칸 중 세 칸에만 입주자 표시가 되어 있다. 출입구가 지저분한 엘리베이터는 외부 손님의 눈에 잘 띄지 않는 안쪽에 있어서, 그걸 보지 못한 부인은 바깥 계단으로 올라갔다. 벽에 손을 짚고 몸을 지탱하면서 한 걸음씩 힘겹게 무릎을 들어올리는 걸음걸이에서 건강상태를 짐작할 수 있다. 부인의 지병은 무릎관절통이다.

3층의 좁은 층계참에서 부인은 숨을 가다듬고 땀을 닦았다. 종이봉투를 발아래 내려놓더니, 옷매무시를 가다듬고 머리를 매만졌다. 그리고 회색 페인트가 군데군데 벗어진 철제문을 올려다보며 벨을 눌렀다.

문 옆에 회사명이나 명패를 다는 틀이 있었다. '유한회사 노아 에디션'이라고 적혀 있다. 문을 여닫는 데 방해가 되지 않을 만한 위치에 뚜껑 딸린 커다란 쓰레기통이 놓여 있고, 옆쪽에 손으로 쓴 주의사항이 붙어 있었다.

'우편함에 들어가지 않는 우편물은 여기 넣어주세요.'

안에서 응답이 있을 때까지, 부인은 그 주의사항과 쓰레기통을 흥미롭다는 듯이 바라보았다.

네, 하는 대답과 함께 문이 천천히 열렸다. 부인은 둥근 등을 더욱 둥글게 구부리며 정중하게 머리를 숙였다.

"하기타니 씨세요?"

문을 열고 그렇게 물은 사람은 마흔 전후의 여자였다. 여자치고는 큰 키에 반소매 셔츠와 청바지 차림. 긴 머리카락을 뒤로 대충 묶었다. 화장기는 없고, 슬리퍼를 신고 있다.

"네, 하기타니입니다. 약속드린 시간보다 늦어서 죄송합니다."

괜찮아요, 신경쓰지 마세요. 키 큰 여성은 그렇게 말하며 문을 활짝 열어 아기 코끼리 같은 부인을 맞아들였다. 신발을 신고 들어오라고 했지만 바닥이 막 청소한 듯 깨끗해 부인은 저도 모르게 까치발을 세우고 말았다.

실내는 서가와 책, 신문, 잡지, 그리고 부인은 봐도 뭔지 알 수 없었지만 제작중인 서적이며 잡지의 교정쇄들로 가득했다. 커다란 책상이 다섯 개 보였는데, 그중 두 개는 그냥 물건을 얹어놓는 용도인 모양이었다. 실내는 밖에서 예상했던 것보다 넓고, 창이 커서 밝았다. 컴퓨터 모니터가 켜져 있다. 부인을 맞이한 여자 외에 여기서 사는, 혹은 일하는 사람들은 외출했는지 보이지 않는다.

두 사람은 방 한구석에 있는 간소한 응접세트에 마주앉았다. 부인은 가지고 온 종이봉투에서 과자세트를 꺼내고, 시간을 내주어 고맙다는 말과 함께 늦게 온 것을 다시금 사과했다.

부인은 머리를 숙이면서 코끼리 같은 눈을 깜박거렸다. 땀 때문이 아니라, 눈물이 맺혀서였다.

이야기는 일주일 전으로 거슬러올라간다.

이 '유한회사 노아 에디션'에서 일하는 마에하타 시게코前畑滋子 앞으로, 한 잡지사에서 전화가 걸려왔다. 시게코보다 나이가 조금 아래인 다구치라는 남자 편집자다. 옛날에 알고 지내다가 시게코가 다시 일을 시작하면서 연락이 닿아 인사 정도는 하고 지내는 사이가 되었지만, 그 외에 이렇다 할 친분은 없었다. 서로 연락처는 알지만 일은 함께 하지 않는, 이 업계에서는 흔히 볼 수 있는 그런 관계였다.

"부탁이 좀 있습니다. 우리 일은 아닌데요. 음, 그래도 우리 일이라고 해야 하나."

말인즉슨, 사람을 만나 이야기를 들어달라는 것이었다.

그가 만드는 잡지는 뚜렷한 콘셉트가 있는 여성지나 남성지도 아니고, 그렇다고 종합지도 아닌, '이십대부터 삼십대까지의 도쿄 사람들을 위한 정보지'다. 여성지가 아니므로 패션 정보는 다루지 않고, 남성지가 아니니 에로틱한 요소도 없다. 그 밖의 내용이라면 뭐든 다루지만, 논평 중심의 잡지처럼 딱딱한 내용은 싣지 않는다.

창간 때는 국내에서 유일하게 독자의 성별을 가리지 않는 잡지라고 선전했지만 그 정도 참신함만으로는 세상에 넘쳐나는 잡지나 무가지들 사이에서 살아남기 힘들다. 판매부수도 점점 떨어져, 시게코는 솔직히 전화를 받고서 아직도 나오는구나 싶었을 정도였다.

"그럼, 결국 인터뷰라는 거야?"

"설명하기는 쉽시 않시만요."

다구치는 웃음 섞인 목소리로 말했다.

"굳이 표현하자면 그런가? 어쨌든 우리로서는 어찌해줄 방도가 없지만, 시게코 씨라면 이 사람에게 도움이 되어줄 수도 있을 것 같아서요."

사건 관련이에요, 라고 그는 말했다.

시게코는 오랫동안 프리라이터로 활동했다. 여성 필자답게 가정이나 교육 관련 기사, 혹은 패션이나 여행 등을 소재로 한 글을 주로 써왔다. 그중 대표적인 것은 직업 관련 기사로, 전국의 전통공예가들을 찾아다니며 취재한 시리즈는 스스로도 만족스러웠던 작업이었다. 단행본으로 내자는 이야기가 들어왔을 정도다.

흐름을 잘 탔더라면 그 단행본뿐 아니라 다른 작은 기사들도 정리해서 자기 이름으로 몇 권의 책을 낼 수 있었을지도 모른다. 논픽션 작가라 불릴 정도는 아니라도, 책이 크게 잘 팔리지 않더라도, 업계에서는 '안정적으로 자리잡은 라이터'로서 경력을 쌓고 신용을 얻었을 것이다.

그러나 그 흐름은 9년 전 하나의 사건에 휘말리면서 끊어지고 말았다.

그렇다. 단 '하나'였다. 하지만 주로 여자를 표적으로 삼은 그 연쇄 유괴살인사건의 희생자는 두 손에 넘칠 정도로 많았다. 너무나 많은 사람들이 목숨을 잃었고, 남겨진 사람들은 깊은 상처를 입었다. 시게코는 한때는 피해자측에, 또 한때는 살인자측에, 나중에는 고발자측에 서서 그 사건에 깊숙이 관계했다. 결국 사건의 마침표를 찍을 수 있었지만, 대신 쉽게 재기할 수 없을 정도로 타격을 입고 말았다.

그렇게 된 것은 누구의 탓도 아니었다. 사건에 대한 자신의 자세가 경솔했고, 불성실하고 부주의하게 접근했던 것이 원인이었다. 잘 알고 있다. 아무도 뭐라 하지 않았지만, 시게코는 그렇게 자책했다.

계속 글을 쓰라고 격려해주는 사람들도 있었다. 그중 가장 강력한 응원을 보내준 사람은 시게코의 남편 마에하타 쇼지前畑昭二였다. 연쇄살인사건이 한창 진행중일 때는 남편과의 관계도 한 차례 위기를 맞았다. 고비를 간신히 넘기자, 둘 사이의 끈은 전보다 더 튼튼해졌다. 하지만 남편의 그런 응원마저도 시게코에게 용기를 가져다줄 수 없었다.

사건이나 범죄 관련 기사에만 손을 안 대면 되지 않느냐, 좀더 편하게 생각하라고 충고해준 사람도 있었다. 한 번 뼈아픈 실패를 했다고 모든 것을 버릴 것까지는 없다는 조언도 들었다. 오히려 글쓰기를 포기하는 것은 적 앞에서 도망치는 꼴이 될 거라는 호된 질책도 받았다. 연쇄살인범은 법의 손에 넘겨져 곧 공판이 시작될 것이다. 그걸 따라다니며, 보고 들은 것을 하나도 빼놓지 않고 글로 남기는 것이야말로 네가 할 수 있는 최선의 사죄다. 책임을 지는 방법이다.

하지만 시게코는 어느 의견에도 따를 수 없었다.

시도는 했다. 몇 번이나 했다. 하지만 사건에 관계되었고 말고를 떠나, 간단한 공판방청기마저도 도저히 쓸 수가 없었다. 시게코는 겁이 났다. 스스로 의식하는 것보다 훨씬 깊은 곳에서 두려움을 느끼고 있었다.

공판에는 증인으로 출석했을 때 외에는 나가지 않았다. 다행인지 불행인지, 시게코가 출석한 날, 공판이 시작되자마자 피고인이 규정에 어긋난 발언을 반복해 판사가 퇴정명령을 내렸다. 그런데도 텅 빈 피고인석에 범인이 서 있는 듯한 기분이 들어 시게코는 증언 도중 몇 번이나 토할 뻔했다. 다리기 떨려 서 있기도 힘들었다.

졌다. 이젠 회복 불가능이다. 질책을 받아도, 격려를 받아도 이젠 틀렸다. 더이상 이 일을 해나갈 수 없다. 이제는 좋은 아내, 좋은 며느리, 그리고 좋은 엄마가 되어 살아가자. 무책임한지도 모른다. 겁쟁이다. 그래도 좋다. 모든 비판을 감수하자. 나는 이미 끝나버린 것이다. 어쩔 수가 없다—

하지만 아무리 자기 인생이라 해도 모두 마음먹은 대로 풀리는 것은 아니다. 부부 금실은 좋은데 아기가 생기지 않았다. 불임치료를 받으러 다녀도 효과가 없었다. 그러던 중 연세가 많은 시부모님이 앞 다투듯 병으로 쓰러져 병석에 누웠다가 이내 세상을 떴다. 가업을 이어받은 남편은 사장의 책임을 떠맡아 바빠졌다. 그때까지 남편의 회사 일을 도와본 적이 없었던지라, 지금 와서 함께 일해보려 해도 시게코는 아르바이트 사원만큼도 도움이 되지 못할 터였다.

홀로 쓸쓸히 집안일을 하며 남편이 돌아오길 기다리는 하루하루를 보냈다.

시간이 남아돌아 아무것도 하지 않는 시간이 늘어가자, 조금씩 '다시 일하고 싶다'는 생각이 고개를 들었다. 그야말로 염치없는 이야기다. 그렇게 책임을 회피하고 도망다니더니 이제 와서 뭐? 시간이 흘러 열기가 식었으니 이제 괜찮을 거라고? 농담하지 마. 안일한 생각이야.

질타당하고 비웃음을 살 게 뻔하다. 다시 프리라이터 일을 하고 싶다 한들 누가 일거리를 줄까. 별로 기대도 않고, 어차피 거절당할 것 말이나 꺼내보자는 생각으로 몇 군데 알아보았는데, 놀랍게도 그들은 환영해주었다.

"오래도 걸렸군. 하지만 다행이야. 잘 왔어."

이런 말까지 들었다.

"앞으로도 여전히 괴로울 거야, 시게코. 그 사건은 평생 가슴에 안고 살아가야 해. 누가 대신해줄 수도 없지. 그래도 글을 쓴다는 건 그런 업을 짊어지는 일이야. 시게코만큼 떠들썩하고 큰 사건을 겪은 사람이 아니어도 마찬가지일 거야."

다시 일을 하고 싶다는 이야기를 꺼내자 남편은, 그럼 됐어, 당신은 이제 문제없어, 라며 기뻐했다.

"난 당신처럼 머리가 좋지 않아서 멋진 표현은 할 수가 없지만,"

시부모가 세상을 떠난 뒤로 유난히 흰머리가 많아진 짧은 머리를 긁적이며 남편이 말했다.

"당신은 언젠가 분명히 그 사건과 다시 마주해야 할 거야. 거기에 기한이 있는 건 아니겠지. 앞으로 계속 글을 쓰며 살아간다 해도, 어쩌면 당신은 죽을 때까지 그 사건에 관한 글은 쓸 수 없을지도 몰라. 하지만 뭔가 쓴다는 것 자체가 그것에 맞서는 셈 아니겠어? 그럼 됐어. 그러면 도망치는 건 아니라고 생각해."

그러더니 얼굴이 빨개져서 얼른 덧붙였다.

"그렇다고 그 사건을 잊지 말라는 건 아니야. 잊어도 돼. 얽매이라는 이야기는 아니니까. 글을 쓰는 건 당신이 좋아하는 일이니 다시 시작하면 돼. 아무것도 고민하지 말라는 거야. 알겠지?"

시게코는 그 사건이 한창일 때 벌어진 장렬한 부부싸움 때, 그리고 화해를 했을 때, 뜻하지 않게 시아버지와 시어머니를 저세상으로 배웅할 때 보였던 눈물과는 다른 종류의 눈물을 찔끔 흘렸다.

그러고 보면 남편은 사건 직후 이런 이야기도 해주었다. 당신에겐 당신이 할 수 있는 일이 있어. 해야 할 일이 있고, 할 수 있는 거라면 해. 하지 않으면 여장부 체면이 뭐가 되겠어.

처음에는 맡는 일이 뻔했기 때문에 집에서 썼다. 요즘 부쩍 늘어난 광고계통 무가지 작업이라 마음도 편했다. 역시 유명한 잡지에서는 일이 들어오지 않았고, 시게코도 굳이 찾아갈 생각은 없었다.

그러다 무가지 전문 편집 프로덕션을 하는 친구로부터, 자기와 전속계약을 하지 않겠느냐는 권유를 받았다. 시게코는 흔쾌히 승낙하고 '유한회사 노아 에디션'에 정식으로 출근하게 되었다. 그게 3년 전의 일이다.

무가지라고 해서 만만하게 볼 게 아니다. 신제품 PR도 싣고, 인물 인터뷰도 한다. 광고계통이라 예전에 직업 관련 기사를 전문으로 쓰던 경험이 도움이 되었다. 이제는 시게코를 지명해 일을 의뢰하는 사람들도 생겼다.

명함을 받은 사람이 '혹시 그 마에하타 씨인가요?'라고 묻는 일은 이제 거의 없다. 그렇게 큰 사건이었는데도, 빠르게 변하는 세상을 살아가는 사람들의 머릿속에서는 어느새 기억마저 희미해졌다. 시게코는 주역이 아니라 조연이었고, 그것도 어쭙잖은 어릿광대 역할이었다. 세상은 이미 시게코가 걱정하는 만큼 그녀를 기억하고 있지 않았다. 벌써 한참 전에 관심을 잃은 것이다.

6년이 지난 후에야 사건의 1심 결심공판이 열렸다. 판결은 사형이었다. 물론 그걸로 끝나지는 않았다. 피고인은 항소했고, 지금은 고등법원에서 심리가 계속되고 있다. 이젠 거의 보도도 되지 않지만 1심 판결이 나온 뒤 피고인의 상태가 나빠져 치료 여부를 검토하고 있다는 요지의 기사가 특종으로 실린 적이 있었다.

첫 공판 때의 소동은 말할 것도 없고, 그뒤 시게코가 집안일에 전념하고 있을 때나 다시 프리랜서 일을 시작할 무렵만 해도 이따금 기자나 리포터가 연락을 해왔다. 시게코에게 원고를 청탁하는 게 아니라 시게코를 취재하고 싶다는 이야기였다. 늘 정중하게 거절했지만 노아 에디션에 정착한 후로는 한 가지 변화가 생겼다.

그전까지 시게코는 "이제 내가 할 이야기는 없습니다"라고 거절했다. 상대방이 아무리 물고늘어져도 그 말을 끝으로 수화기를 내려놓았다. 하지만 지금은 다르다.

"혹시 기회가 된다면 언젠가 제가 직접 쓰고 싶어서요."

이렇게 대답하는 것이다. 노아 에디션의 사장이자 시게코의 오랜 동료이기도 한 노자키 에이지野崎英治는 처음 그 말을 들었을 때 '아아, 이 친구가 이제 완전히 터널을 빠져나왔구나' 하는 생각을 했다고 한다.

하지만 더이상 외면하지 않겠다는 각오와 적극적으로 맞서겠다는 선언은 다르다. 시게코의 일상은 이제 노아 에디션에서 차분하게 안정된 상태였다.

그래서 갑작스러운 의뢰전화에 더욱 당황할 수밖에 없었다. 사건 관련인데다 내가 도움을 줄 수 있을 것 같다니, 대체 무슨 말일까?

"하기타니 도시코萩谷敏子 씨라고, 쉰세 살 된 아주머니인데요."

시게코의 불안감은 아랑곳하지 않고 다구치는 경쾌하게 말했다.

"우리 사무실을 불쑥 찾아와서 자기 아들 이야기를 기사로 써줄 수 없겠느냐고 하는 거예요. 뭐, 별별 이상한 사람들이 찾아오는 거야 늘 있는 일이고, 그 아주머니가 무척 정중하고 진지한 분위기라서 그냥 이야기를 쭉 들어봤어요. 그런데……"

자기들 쪽에서는 다루기 힘들다는 것이다.

"우리가 처음이 아니래요. 여기지기 찾아갔다는데 모두 기절당한 모양이에요."

"그분 아들은……"

"이미 죽었습니다. 올 3월에 교통사고로요."

시게코는 눈썹을 살짝 찌푸렸다.

"그 사고에 사건성이 있다는 이야기야?"

"아뇨, 그건 백 퍼센트 사고였어요. 이상한 부분은 아무것도 없었습니다."

그렇다면 하기타니 도시코라는 여자는 죽은 아들의 추억담을 기사로 써주길 바란다는 건가? 그게 뭐가 '사건'이 된다는 거지?

"잘 이해가 안 되네."

"으음, 설명하기 힘들군요."

다구치는 정작 자신은 쿡쿡 웃으면서 물었다.

"마에하타 씨, 웃지 않으실 거죠?"

"웃고 말고 간에, 당최 무슨 이야긴지 모르겠어."

"미안합니다. 한마디로 설명하자면 말이죠, 하기타니 씨는 죽은 아들이 초능력자였다고 믿고 있어요."

"초능력자?"

"예, 에스퍼 말예요. 아니, 이 경우에는 사이코메트러라고 하는 게 더 정확한가?"

어느 쪽이든 시게코에겐 마찬가지다.

"그게 뭔데?"

"아, 사이코메트리 모르세요?"

특수한 능력을 이용해 실종자를 찾거나 살인사건을 해결하는 거라고 다구치는 설명했다.

"대개 실종자나 피해자가 지녔던 물건을 만져보고, 거기서 정보를 끄집어내는 거죠. 현장을 투시하는 일도 있긴 하지만."

"천리안 같은 거야?"

"음, 뭐 그렇다고 할 수 있겠죠. 하지만 그 표현은 너무 구닥다린데요."

"그런 걸 다 어디서 듣는지 몰라."

"마에하타 씨가 모른다는 게 오히려 더 놀랍네요. 텔레비전도 안 보세요? 요즘 외국의 유명한 사이코메트러가 일본에 와서 여러 가지 사건을 해결하고 있다니까요."

버라이어티나 정보 프로그램 종류일 것이다. 시게코는 그 연쇄살인 사건 이후 꼭 필요한 일이 아니면 텔레비전을 보지 않는다. 평생 볼 텔레비전을 그때 다 본 기분이었다.

"그러면 아예 그런 텔레비전 프로그램에다 이야기하면 될 텐데."

"그게, 방송국 쪽도 이미 알아본 모양이에요. 상대해주지 않았대요. 아들이 죽어서 사실관계를 확인할 길도 없으니 당연하죠."

시게코는 잠깐 수화기를 떼고 한숨을 쉬었다. 그리고 말을 이었다.

"나도 별 도움이 못 될 것 같아."

"진지하게 생각할 필요 전혀 없어요. 그냥 하기타니 씨 이야기를 들어주시면 돼요."

"그래서야 저쪽이 만족할 리 없잖아."

"만족할 겁니다. 아주 기뻐했거든요."

"벌써 내 얘기를 했어?"

"안 되나요?"

전혀 미안한 줄을 모른다.

"제가 멋대로 말한 건 아니에요. 하기타니 씨가 먼저 마에하타 씨 이름을 꺼내더라고요. 그렇게 유명한 저널리스트를 만날 수 있으면 좋겠다고. 그래서, 마에하타 씨라면 소개해줄 수 있다고 한 것뿐이에요."

화가 나기 앞서 몹시 불쾌했다.

"난 안 되겠어, 미안해."

시게코는 잘라 말하며 수화기를 내려놓으려 했다. 눈치를 챘는지 저쪽의 목소리가 더 높아졌다.

"딱하지 않아요? 하나뿐인 아들을 잃고 홀로 남은 어머니라고요. 잠깐 이야기를 들어준다고 잘못은 아니잖아요. 하기타니 씨는 이런 취재를 무슨 흥신소 조사 정도로 잘못 알고 있는 모양이에요. 돈까지 지불하겠다고 하니까, 마에하타 씨도 용돈벌이가 될 거고요."

잘못은 아니잖아요, 라고? 그거야말로 잘못 아닌가. 자식을 잃고 슬픔에 잠긴 어머니를 진심으로 동정하는 것도 아니면서.

그러나 시게코는 수화기를 내려놓으려던 손을 멈추었다.

하기타니 도시코는 자기 이야기를 들어주면 돈을 내겠다고 한다. 단순한 오해일 수도 있지만, 누군가가—지금까지 만났던 곳들에서 그런 생각을 불어넣었을지도 모른다.

그냥 두면 더 악랄한 인간을 만나 호되게 농락당할지도 모른다.

그걸 그냥 보고 지나칠 수는 없다.

유명한 저널리스트라니. 시게코는 한 번도 저널리스트였던 적이 없지만, 분명 한때 유명하기는 했다. 이제 다들 잊었을 거라 생각했는데, 다시금 그때의 기억이 되살아났다. 아직 빛이 남아 있는 것이다.

그렇다면 약간의 시간과 수고를 할애해 청산할 책임이 있다.

하지만 그런 심정을 털어놓는다 한들 이 전화 상대는 절대 이해하지 못할 듯했다. 꺼림한 생각이 들어 입을 다물고 잠시 생각했다. 뭐라고 말해주면 될까.

결국, "알았어. 하기타니 씨 연락처를 불러줘"라고 할 수밖에 없었다.

"이 문제에 관해서는 완전히 나한테 맡겨줘."

시게코는 이렇게 못을 박았다.

"당연하죠. 정말 고맙습니다. 어? 그런데 무슨 뜻이죠? 혹시 재미있는 일이 생겨도 제게는 안 알려주겠다는 건가요? 그럼 안 돼요, 마에하타 씨."

"무슨 재미있는 일이 있다는 거야!"

이번에야말로 쾅 소리를 내며 전화를 끊었다.

받아 적은 연락처는 휴대전화 번호였다. 내키지 않는 마음을 누르고 바로 걸어보았지만 메시지를 남기라는 안내 음성만 흘러나왔다. 시게 코는 이름을 밝히고, 다시 걸겠다는 메시지를 남겼다. 한 번도 만나지 않은 사람에게 이쪽 연락처를 함부로 알려줄 수는 없다.

그날 오후 늦게 다시 전화를 걸었다. 또 부재중이었다. 낮에는 일을 해서 전화를 못 받는 건지도 모른다고 생각해 밤 여덟시에 다시 걸자, 그제야 상대방이 받았다.

"하기타니입니다."

"하기타니 도시코 씨세요?"

"예, 그렇습니다만."

"저는 마에하타라고 합니다."

순간 전화를 받는 목소리가 확 밝아졌다.

"아아, 아아, 어머, 어머나!"

마에히타 선생님이시군요, 감사합니다. 제자리에서 펄쩍 뛰는 모습이 눈에 보일 정도로 들뜬 목소리였다.

"아, 그냥 마에하타라고 불러주세요. 저는 선생이 아니니까요."

"어머, 그런가요? 실례했습니다. 전화 주셔서 정말 감사합니다. 제가 부탁을 드리고도 전화를 바로 받지 못해 폐를 끼쳤습니다. 마트에서 일하기 때문에 근무중에는 휴대전화를 받을 수가 없어서요."

전화 목소리와 말투만으로는 어디서나 볼 수 있는 이웃집 아주머니 같은 느낌이었다. 외아들을 잃고 혼자 산다는 걸 보면 남편은 없는 걸까. 마트에서 일하며 생활을 꾸려가는 건가.

다구치에게서 더 자세한 이야기를 들어두었으면 좋았겠지만 이제는 어쩔 수 없다. 시게코는 예의 편집자로부터 소개받았다고 설명하고 차근차근 이야기를 했다.

"제가 하기타니 씨에게 도움이 될 수 있을지 어떨지는 모르겠습니다. 사실은 하기타니 씨가 뭘 원하시는 건지 저는 잘 모르겠거든요."

"예, 예. 바쁘실 텐데 정말 죄송합니다."

시끄러울 정도로 열심히 대답한다.

"일단 한번 뵙고 말씀을 들어보겠지만, 제가 뭘 해드릴 수 있을지는 아직 약속드릴 수 없어요. 그래도 괜찮을까요?"

"예, 물론이죠. 억지를 부리고 있다는 건 저도 잘 압니다. 선생님께서 시간을 내주시는 것만으로도 고맙습니다."

목소리가 떨린다. 시게코는 이 일을 받아들인 것을 후회하기 시작했다. 역시 이런 일은 버겁다. 나도 참 물러터진 사람이야.

어디서 만나는 게 좋겠느냐고 묻자, 하기타니 도시코는 "선생님 편하신 곳으로 찾아뵙겠습니다"라고 했다. 시게코가 찾아가겠다고 해도 "아뇨, 아닙니다. 그런 수고를 끼칠 수는 없으니 제가 찾아뵙겠습니다"라고 고집을 부리며 도무지 물러서지 않았다.

어쩔 수 없이 시게코는 이튿날 출근하자마자 노자키에게 상의했다. 그는 천연덕스러운 표정으로 말했다.

"여기서 만나면 되잖아."

노아 에디션에는 잡다한 물건들에 파묻혀 있긴 해도 접대 공간이 마련되어 있다.

"우리 일도 아닌데 미안하잖아."

"그렇게 어려워하실 것 없어요."

이가와 게이井川惠가 웃음을 터뜨렸다. 노아 에디션의 또다른 직원으로, 노자키와는 스승과 제자 같은 관계다. 시게코보다 열다섯 살 아래로, 그 연쇄살인사건이 일어났을 때는 아직 꽃같은 여고생이었다. 피해자 가운데 여고생도 있었기 때문에 이가와 게이는 사건에 흥미를 느끼고 보도되는 내용을 낱낱이 지켜보았다고 한다.

노자키 소개로 게이를 처음 만났을 때 자신을 너무 빤히 쳐다보는 바람에 시게코는 조금 불편했다. 그러자 게이는 크게 당황하며 미안하다고 사과했다.

"하지만 전 마에하타 씨를 존경해요."

빈정거리는 것은 아닌 듯했다. 게이의 눈빛은 맑았다.

"노자키 선생님한테서 이야기 많이 들었어요. 고생하셨겠다는 말로는 부족할 정도로 힘든 경험이었을 거라는 생각이 들어요. 저로서는 상상조차 할 수 없어요. 하지만 마에하타 씨는 할 수 있는 모든 것을 다 하셨다고 생각해요. 그런 모습이 존경스러워요."

게이는 다시 미안하다고 사과하고 말을 이었다.

"딱 한 번쯤은 이런 말씀을 해드리고 싶었어요. 이제 다시는 하지 않을게요. 앞으로 잘 부탁드립니다."

손을 내밀었다. 악수를 청하는 것이다. 시게코는 순순히 따랐다. 그 뒤로 함께 일하고 있다. 라이터로서는 후배지만, 노아 에디션의 사원으로는 게이가 선배다. 일을 꽤 오랫동안 손에서 놓았던 시게코의 입장에서는 게이에게서 배우는 것이 적지 않았다.

"여기로 불러도 될까?"

"느닷없이 칼을 휘두르거나 할 사람은 아니잖아?"

"하지만 이상한 사람 같긴 해."

사이코메트러 운운하는 이야기를 하자 노자키는 쓴웃음을 지었고, 게이는 손뼉을 치며 즐거워했다.

"여기로 오시라고 하면 좋겠다. 재미있을 것 같아요."

"게이, 네가 대신 처리해줄래?"

"대신할 수는 없지만 도와드릴게요."

"경솔하게 나서지 말고. 진심이야?"

"너도 경솔하게 나선 거잖아."

노자키가 툭 내뱉으며 나무랐다.

하기타니 도시코의 일정을 확인하고, 노자키와 게이의 스케줄도 함께 감안하여 약속시간을 정했다. 두 사람은 하기타니 도시코가 도착하기 전에 각자 일을 보러 외출하고, 시게코 혼자 만나기로 했다. 한 시간쯤 뒤에 돌아와 시게코가 애를 먹고 있으면 가세한다는 계획이었다.

그렇게 해서 오늘 만나게 된 것이다.

하기타니 도시코는 시게코가 막연히 상상했던 것보다 훨씬 더 '아줌마' 같은 인상이었다. 요즘 쉰세 살이면 시게코보다 젊어 보이는 멋쟁이여도 이상할 게 없다. 하지만 도시코는 그런 여자가 아니었다. 오히려 시대를 거슬러올라간 듯한 외모였다. 화장기도 전혀 없다.

도시코가 머뭇거리며 내민 과자상자 역시 그런 외모와 딱 어울리는 것이었다. 흔한 체인점 어디서나 살 수 있는 과자종합세트였다. 특별해 보이는 구석이라고는 전혀 없었다. 다만 누군가를 찾아갈 때 절대 빈손으로 가서는 안 된다는 우직한 성의가 담겨 있었다.

"감사합니다. 직원들과 함께 먹을게요."

시게코는 새삼스레 이곳에 자기 혼자 있는 게 아니라는 걸 강조해두었다.

길을 찾느라 애가 탔는지 도시코는 땀을 흘리고 있었다. 시게코가 페트병에 든 냉차를 따라주자 고맙게 받아 마셨다. 물잔을 잡은 손가락이 거칠다. 굵은 손마디. 바짝 깎은 네모난 손톱. 일하는 여자의 손이다. 그것도 전문직이 아니라 노동을 하는 손이었다.

"오늘은 직장에 못 나가셨겠네요."

시게코가 묻자 도시코는 잔을 두 손에 든 채 윗몸 전체를 크게 끄덕였다. 그리고 입안에 머금은 냉차를 얼른 목으로 넘겼다.

"아, 예."

"저런, 죄송합니다."

"아뇨, 아닙니다. 선생님, 무슨 말씀을요. 저야말로 억지로 시간을 내달라고 부탁드려서……"

시게코는 미소를 지으며, 선생이라고 부르지 말아달라고 다시금 부탁했다.

"아아. 알겠습니다, 선생님."

포기해야 할 것 같다.

"사시는 곳이 후나야마라고 하셨죠?"

"예."

"일하시는 마트도요?"

"예, 집에서 자전거로 다닙니다. 파트타임으로 일하기 때문에 시간은 자유롭게 낼 수 있습니다. 근무 시간을 조정하면 되니까요. 그래서 오늘도 휴일은 아닙니다. 저녁에는 출근해야 하거든요."

"아, 그러세요? 요즘은 늦게까지 여는 마트들이 많더라고요. 제게도 큰 도움이 되더군요."

"저희 마트도 열두시까지 합니다. 하지만 오후 아홉시부터는 파견회사에서 사람이 나오기 때문에 저처럼 마트와 직접 계약한 직원들은 그 시간에는 근무하지 않아요. 시급이 좋아서 옮기려 했는데 파견회사에서는 나이를 따지더군요."

연령 제한이 있다는 뜻인 모양이다.

"그리고 전 이제 혼자 사니까, 저 하나 먹고살 수 있으면 되니까, 시급을 그렇게 많이 안 받아도 괜찮죠."

도시코가 웃자 통통한 뺨이 살짝 흔들렸다.

본론으로 들어갈 타이밍이었다. 시게코는 도시코 쪽으로 몸을 살짝 내밀었다.

"아드님 일은 참 안타깝게 되었습니다."

도시코는 잔을 탁자에 내려놓더니 두 손을 무릎 위에 가지런히 모으고 "감사합니다" 하며 깊숙이 고개를 숙였다. 시게코가 난처해질 정도로 오래 숙이고 있었다.

도시코가 겨우 고개를 들었다. 눈초리가 젖어 있다.

"죄송합니다."

지갑 모양 가방에서 손수건을 꺼내 눈 주위를 닦는다. 옷차림과 마찬가지로 수수한 디자인에 너무 오래 써서 색이 바랬지만, 깔끔하게 다림질되어 있다.

"사십구재도 지났는데, 히토시를 생각하면 바로 눈물이 나와서요."

도시코는 웃으며 손수건으로 눈물을 닦았다.

"하지만 기쁩니다. 이건 기뻐서 나오는 눈물이에요. 집에서 나오면서 히토시에게 이야기하고 왔습니다. 마에하타 선생님이 엄마를 만나주시기로 했다고, 그 이야기를 선생님이 들어주실 거라고요. 히토시도 기뻐했습니다. 사진을 보면 알아요. 평소 표정보다 훨씬 더 밝게 웃고 있었다니까요."

시게코는 소리 없이 살짝 웃었다. 이 정도 나이라면 아들도 어른일 텐데, '엄마'라니.

"교통사고였다면서요?"

"예, 트럭에 치였습니다. 정말, 뭐라고 해야 할까요."

또 눈물이 흐른다.

"바로 죽은 모양입니다. 일단 구급차로 병원에 옮기기는 했지만, 이미 손을 쓸 수 없었던 것 같아요."

"……저런, 딱하게도."

감사합니다, 감사합니다, 하며 고개를 꾸벅거리며 눈물을 닦고 코를 훌쩍거렸다.

"졸업식과 입학식을 기대하고 있었는데 말예요. 교복은 지금도 그애 책상 옆에 걸려 있습니다. 바지와 소매 기장을 줄일 때 한 번 입어본 게 마지막이었죠. 입관 때 입히겠느냐고 장의사가 물었지만, 그애가 좋아하던 셔츠와 바지가 있었기 때문에 그걸 입혀줬습니다. 교복은 계속 걸어두기로 하고요."

시게코는 당황했다. 교복? 입학식? 이 사람 아들 이야기가 맞나? 손자가 아니라?

"좀 침착하지 못한 애였어요. 길을 건널 때는 조심하라고 제가 늘 이야기했고 선생님께서도 주의를 주셨죠. 하지만 어쩔 수 없었어요. 히토시는 늘 저로서는 생각도 할 수 없는 일들로 머릿속이 가득차 있었거든요. 사고 때도 빨간 신호등을 보지 못했던 거예요. 뭔가 딴생각을 하고 있었겠죠. 그래서 그만 길을 건너다 사고를 당한 걸 거예요."

마치 어린애 이야기 같지 않은가?

"저어, 아드님은 그러니까, 그때 혼자 있었죠?"

정말로 손자 이야기가 아닌지 확인할 생각으로 에둘러 그렇게 물어보았다.

"예, 트럭에 치였을 때는 그애 혼자였습니다. 친구가 같이 있진 않았어요."

티슈를 꺼내 코를 풀기 시작했다. 시게코는 자기가 오해를 하고 있었다는 사실을 깨달았다.

"아드님…… 그러니까 히토시는 몇 살이었습니까?"

"열두 살이었습니다."

그렇게 대답한 후에야 도시코는 시게코가 당황하고 있다는 걸 깨달은 모양이다. 어머, 죄송합니다. 죄송합니다. 하며 또 연방 사과했다.

"저는 마흔이 넘어서 히토시를 낳았습니다. 늦둥이죠. 그걸 모르셨으니, 제 나이가 나이니만큼 선생님께선 이상하게 생각하셨겠어요."

"죄송합니다. 다구치 씨에게 좀더 자세한 이야기를 들었어야 하는 건데."

"아뇨, 아뇨. 무슨 말씀을요."

도시코는 티슈를 둥글게 말아 가방 안에 넣었다.

"히토시 형제는요?"

"없습니다. 저하고 단둘이 살았어요."

"히토시 아버님은……"

"없습니다."

망설임 없이 대답하고, 겸연쩍은 듯이 고개를 숙였다.

"이런저런 번거로운 문제가 있지만, 선생님께 드릴 말씀이 아닌 것 같아서…… 저같이 보잘것없는 사람의 신상 이야기니까요."

그렇군요, 라고 할 수도 없어 시게코는 애매하게 고개를 끄덕였다.

"단 두 식구였으니 더 마음이 아프시겠네요."

히토시를 잃고 하기타니 도시코는 말 그대로 외톨이가 되어버렸다. 분명히 이젠 시급에 연연할 필요도 느끼지 않을 터이다.

"명랑하고 재미있는 아이였죠."

도시코는 살짝 기침을 했다. 아들이 살아 있을 때 이야기를 시작하자, 충혈되고 촉촉한 눈이 조금 밝아졌다.

"좀 이상한 구석이 있는 아이여서 학교에서 자주 말썽을 부렸고, 선생님도 고생이 많았죠. 하지만 착한 아이였습니다. 저는 행복했어요."

역시, 이상한 아이였구나. 어쨌든 초능력자였다고 하니까. 시게코는 어떻게 그 이야기를 꺼낼지 고심했다.

"선생님께선 결혼하셨죠? 자제분은 계신가요?"

"아, 아이는 없습니다. 생기질 않네요."

아니나다를까, 또 한바탕 죄송하다는 말을 늘어놓기 시작했다. 시게코는 결국 웃고 말았다.

"저기, 사과는 이제 그만하세요. 처음 뵙는 자리이니 서로 모르는 게 많은 건 당연하잖아요. 안 그래요?"

도시코도 멋쩍은 듯 웃었다. 냉차 잔을 집어들었지만 이미 비어 있었다. 시게코는 얼른 일어나 페트병을 꺼내왔다.

"어떻게 저를 알게 되셨죠? 역시 그 연쇄살인사건 때문인가요?"

도시코는 고개를 끄덕였다.

"선생님, 텔레비전에 나오셨죠? 선생님께서 쓰신 기사도 읽어보았습니다."

"감사합니다."

"마음 아픈 사건이었어요."

"희생자가 많았으니까요."

"선생님도 마음이 무척 아프셨겠어요."

"저야 뭐, 자업자득이죠."

그렇게 잘라 말하고 시게코는 도시코의 눈을 바라보았다.

"하지만 여러모로 뼈아픈 공부가 되었기 때문에 그뒤로 사건 관련 취재는 하지 않아요. 책도 내지 않고, 그런 쪽 글은 전혀 쓰지 않습니다. 다구치 씨도 그런 사정을 알 텐데, 혹시 설명을 해주던가요?"

도시코의 얼굴에 바로 실망하는 기색이 떠올랐다. 하지만 단순히 자신의 기대가 어긋나서인 것 같지는 않았다. 도시코는 바로 말을 이었다.

"선생님 같은 분이 글을 쓰지 않으신다니, 안타깝습니다."

"그렇지 않아요. 저는 그렇게 대단한 사람이 아니에요. 원래 저널리스트도 아니고요. 그런 이유들 때문에 부인의 기대에 보답할 수 있을지 어떨지 염려스러운 거죠."

예…… 하며 도시코는 고개를 숙였다.

"다구치 씨에게 듣기로는, 히토시가 좀 특별한 능력을 지니고 있었다고…… 부인께서 그렇게 생각하신다면서요?"

시게코는 신중하게 말을 골라가며 물었다. 또 바로 맞아요, 그렇습니다, 라고 대답할 거라 생각했지만 예상은 빗나갔다. 도시코는 몸을 웅크린 채 풀이 죽은 표정으로 무릎 위에 얹은 손가락을 꼼지락거리며 깍지를 꼈다.

"예, 뭐, 그렇습니다."

"히토시 이야기를 다뤄달라고, 텔레비전이나 잡지사 편집부 같은 곳을 여러 군데 찾아다니셨다고 들었는데요."

"아뇨, 그건…… 그렇기는 하지만,"

더욱 난처해하며 도시코가 말을 이었다.

"사실 저는 잘 모르겠어요."

"모르시겠다고요?"

"예. 처음 그런 이야기를 한 건 아키요시秋吉 씨였습니다. 저와 함께 파트타임으로 일하는 아주머니예요. 히토시 이야기를 했더니 하기타니 씨, 그건 초능력이야, 라고 하더군요."

자세히 알아보는 게 좋겠다며, 텔레비전 방송국에 부탁하거나 신문사에 전화해보고 권했다는 것이다. 그 아주머니는 텔레비전을 너무 많이 본 모양이라고, 시게코는 속으로 생각했다.

"그래서요, 실제로 몇 군데에 연락을 해보셨던 거죠?"

"예."

"하지만 이렇다 할 대답은 없었던 거로군요."

"예. 일단 쉽게 만날 수가 없었어요. 그래서 프로그램 담당사에게 편지를 써보았죠."

"답장이 없었나요?"

"예. 다들 바쁘실 테니까 어쩔 수 없는 일이겠지만요."

도시코는 통통한 손을 입에 대고 한동안 생각에 잠겼다가 입을 열었다. 이 자리에 있지도 않은데, 아키요시 씨의 마음이 상하지 않을 만한 표현을 애써 찾는 눈치였다.

"저는 아키요시 씨 말처럼, 히토시가 초능력자일 거란 생각에는 잘

확신이 안 섭니다. 선생님, 사실 그런 경우가 흔하지는 않잖아요?"

"그렇죠."

"하지만 이상하긴 이상합니다. 히토시 일은 정말 이상해요. 그래서, 프로그램 같은 데서 다뤄주기를 바란다기보다는, 사실인지 어떤지 이런 일에 대해 잘 아는 분에게 자세하게 가르침을 받을 수 없을까 하는 심정이었던 거죠."

절대로 요란을 떨려는 마음은 아니던 모양이다. 시게코는 마음이 놓였다. 가르침을 받고 싶다는 표현은, 바로 앞에 있는 이 평범하고 외로운 어머니에게 아주 잘 어울린다는 생각이 들었다.

"그런 식으로 부인을…… 음, 이런 식으로 말하기는 뭣하지만, 부채질한 아키요시 씨는 부인을 도와줬습니까?"

도시코는 살짝 눈을 크게 떴다.

"뭐, 그런 건 그 사람과 관계없는 일이죠. 아키요시 씨는 하고 싶은 말을 한 것뿐이에요, 선생님."

평소에도 늘 그러거든요, 라고 기어들어가는 목소리로 말했다.

시게코는 웃었다.

"그럼 저와 이야기하는 데 아키요시 씨가 끼어들 일은 없겠군요."

"예, 물론이죠."

아, 다행이다.

"그럼 마음 편하게 여쭤볼게요. 구체적으로 히토시는 어떤 이상한 행동을 보였던 겁니까?"

도시코는 한동안 대답을 하지 못하고 안절부절못했다. 입을 열려다 생각을 고친 듯, 이윽고 천천히 가방을 무릎 위에 얹더니 탁 소리를 내며 열어 안에서 공책 한 권을 꺼냈다. 그리고 "이걸 봐주시겠어요?" 하며 두 손으로 내밀었다.

"제가 봐도 괜찮겠습니까?"

"예. 봐주세요. 집에 이것 말고도 잔뜩 있지만, 일단 오늘은 하나만 가지고 왔습니다."

시게코는 공책을 무릎 위에 얹었다. 흔히 볼 수 있는 스프링노트였다. 표지를 펼치자 녹색 크레파스로 '하기타니 히토시'라는 글씨가 큼직하게 쓰여 있었다.

곧 중학교에 올라갈 열두 살 남자아이치고는 무척 유치한 솜씨였다. 전체적으로 글씨가 비뚤어지고 기울어진데다, 글자 크기도 고르지 않고 들쑥날쑥했다. 요즘은 초등학교 4학년 정도만 되어도 자기 이름은 이것보단 잘 쓸 텐데.

다음 페이지는 그림이다. 집과 사람, 나무 두 그루. 집은 빨간색 삼각형과 갈색 사각형으로 그렸고, 나무는 갈색으로 굵은 줄을 하나 그은 다음 뭉게구름 같은 녹색 덩어리를 얹어놓았다. 사람은 아마 자기 어머니인 모양이다. 한 사람은 스커트를 입고, 또 한 사람은 반바지를 입고 있다. 꼭 화장실 표시 같은 모양이다. 눈과 코는 검은 점과 선으로 표현했다.

마치 어린아이의 낙서 같았다.

시게코는 고개를 들고 도시코의 얼굴을 보았다. 도시코는 고개를 끄덕였다.

"히토시는 그림을 좋아해서 늘 뭔가를 그리고 있었어요. 더 어렸을 때는 벽이나 방바닥에 닥치는 대로 그려대서 제가 매일 닦아내곤 했죠."

시게코가 고개를 끄덕였다. 머릿속에 떠오른 질문은 일단 속에 담아

두고, 이어서 다음 페이지를 넘겼다.

바다 풍경. 산 풍경. 과일 바구니와 사과. 고양이와 개. 새. 비행기와 전차. 어느 그림이나 한결같이 유치원 아이가 장난삼아 그린 수준이다. 도저히 초등학교 6학년이 그린 것으로는 보이지 않았다.

"히토시는 늘 이런 그림을 그렸나요? 그런데 이게 다 언제 적에 그린 그림이죠?"

"초등학교 6학년이 그린 걸로는 보이지 않죠, 선생님?"

"아, 예. 뭐."

도시코가 먼저 그렇게 나오자 시게코는 얼버무렸다.

"하지만 그 그림은 히토시가 올해 들어 그린 것들이 맞아요. 제일 마지막 장에 있는 게 죽기 며칠 전에 그린 거고요."

시게코는 그 페이지를 펼쳤다. 트럭이었다. 짐칸이 컨테이너 모양이다. 차체는 노란색이고, 컨테이너 부분은 은색이었다. 운전석에는 검은 선글라스를 낀 남자가 앉아 커다란 핸들 위에 권투장갑 같은 큰 손을 얹어놓았다. 머리보다 손이 더 크게 그려져 있다. 이런 왜곡 역시, 사물의 크기가 균형을 이루지 못하거나, 균형을 이루어도 특정 부분을 표현하다가(다섯 손가락에는 꼼꼼하게 손톱까지 그려져 있었다) 그 부분만 크게 그려버리는 어린아이들의 그림과 다를 바 없었다.

"히토시를 친 트럭도 노란색이었습니다." 도시코가 말했다. "그 그림과 똑같이 생긴 차였어요."

시게코는 눈을 가늘게 떴다.

"이삿짐센터 트럭이었는데, 짐을 부리고 돌아가던 중이었습니다."

"혹시, 운전기사가 선글라스를 쓰고 있었나요?"

도시코는 왠지 면목없다는 듯이 고개를 움츠렸다.

"경찰 쪽 이야기에 따르면 그런 모양입니다. 그래서 신호를 제대로 못 본 게 아닌가 하고 조사를 했다고 하더군요."

그러더니 얼른 손을 설레설레 내저었다.

"하지만 운전기사 잘못은 아니었어요. 신호는 파란불이었거든요. 히토시가, 보행자용 신호등이 빨간불일 때 뛰어든 거예요."

시게코는 천천히 고개를 끄덕였다. 그림 속의 트럭은 달리는 중이다. 타이어가 빙빙 돌고 있고, 바람을 표현하듯 옆으로 줄이 그려져 있다.

"그러면…… 히토시는 자기가 사고를 당할 거라는 사실을 미리 알고 있었다는 이야기인가요?"

도시코가 어떻게 반응할지 몰라 슬쩍 물어보았다. 도시코도 시게코의 속마음을 눈치챈 듯이 고개를 숙이고 눈치를 살피고 있었다.

"어떻게 생각하세요, 선생님?"

"음……"

저도 모르게 쓴웃음이 나왔다.

"글쎄요, 우연일 수도 있죠."

"예. 이삿짐 트럭이라면 사고를 당하기 전에 봤을 수도 있어요. 3월이었으니까요."

3월이면 이사철이다. 시게코가 그림 속 트럭을 손가락으로 가리켰다.

"그럼, 아키요시 씨는 이 그림을 보고 히토시가 초능력자라고 한 건가요?"

다구치의 전화를 받고 오늘 도시코를 만나기 전까지 시게코는 자료 조사 삼아 몇 권의 책을 읽었다. 초자연적인 현상에 관한 기록을 담은 책이나, 초능력자로 유명해진 인물의 평전이며 자서전 같은 것들이었다. 벼락치기 공부였지만, 미래를 예측하는 능력(그런 것이 정말 있는지 어떤지는 제쳐두고)과 다구치가 전화로 이야기했던 '사이코메트리' 능력이 다른 것이라는 정도는 시게코도 알고 있었다.

"아뇨, 그것도 그렇지만, 그뿐이 아니에요."

도시코는 손수건으로 이번에는 눈물이 아니라 땀을 닦았다.

"죄송합니다. 제가 설명을 잘 못해서요."

이 트럭 그림은 '계기'였다고 한다.

"아키요시 씨는 좋은 분이에요. 히토시 장례식에도 와주었고, 집이 가까워서 납골 전까지도 몇 번이나 찾아와 분향을 해주었죠. 제가 혼자 있으면 쓸쓸하겠다고 말벗도 되어주었고요."

그러던 중 도시코가 아키요시에게 히토시의 그림을 보여준 것이다.

"저도, 이상한 그림이라고 생각하고 있었거든요."

"이 트럭이 히토시를 친 트럭과 똑같다는 것 때문에요?"

"예, 그것도 그렇지만, 그 이전에,"

늘 이런 그림을 그린 건 아니었어요, 라고 도시코는 말했다. 이마 가득 땀이 맺혔다.

"늘 이렇게 그린 건 아니다?"

"예, 선생님. 학교에서는 이런 그림을 그리지 않았습니다. 미술시간에는 훨씬 더 제대로 된 그림을 그렸죠. 아, 그걸 가져왔어야 하는 건데. 비교해보면 금방 알 수 있을 거예요."

"그런데 집에서는 이런 그림을 그린 건가요?"

"그렇습니다. 저도 이상하다는 생각이 들어서 히토시에게 물어봤죠. 그랬더니 그애는 이렇게 대답했어요. 이 그림은 보고 그린 게 아니라,

머릿속에 떠오른 걸 그린 거라고, 그럴 때는 그림이 잘 그려지지 않는 다고요."

시게코는 펼친 공책을 응접 테이블 위에 내려놓고 팔짱을 꼈다.

"본 걸 그릴 때는……?"

"곧잘 그렸어요. 스케치를 잘해서 미술 선생님에게 칭찬을 받기도 했고요."

"그럼, 이 공책에 있는 건 머릿속에 떠오른 걸 그린 그림이란 이야기 인가요?"

"예, 히토시도 꼭 유치원 애들 그림 같다고 말했습니다. 이렇게 그리 기 싫은데, 자꾸 이렇게 그려진다고요."

"하지만 자기가 그리고 싶어서 그린 것 아닌가요?"

"선생님, 그게 이상하다니까요. 히토시 말로는, 이따금 머릿속에 이 런 장면이 가득차서 빙빙 돈다는 거예요. 그러면 어지럽고 속이 안 좋 아지는데, 그림을 그리면 머릿속에서 빙빙 돌던 것들이 없어진다고 하 더군요. 그래서 그릴 수밖에 없다고요."

이제야 초자연적인 이야기가 나오는 것 같았다.

"아하. 그 이야기를 듣고, 노란 트럭 그림도 그렇게 해서 그린 거라는 사실을 알게 된 뒤에 아키요시 씨가 혹시 히토시는 초능력자가 아닐까 하고 이야기한 거로군요."

"예, 그렇습니다."

"히토시 본인은 이런 그림을 그린 뒤에 어머니에게 뭔가 설명을 한 적이 있나요?"

"아뇨, 없습니다. 아, 아니다. 있네요. 참 희한한 그림이다 싶어 제가 이건 뭐냐고 물어봤죠. 그랬더니 가르쳐주었습니다. 늘 그러지는 않지만요. 그러니까 그게, 제가 그림이 신경쓰여서 물어봤을 때만 그랬습니다. 아휴, 죄송합니다. 이야기가 산만해서."

도시코는 보는 사람이 정신이 없을 정도로 고개를 저었다가 끄덕였다가를 반복했다.

"괜찮습니다. 천천히 차분하게 말씀하세요. 이 트럭 그림에 관해서는 물어보셨나요?"

"죽기 전에 그 그림을 보지 못해서, 아무것도……"

목소리가 갈라지더니 잠깐 대답이 끊어졌다. 보았더라면 좀더 조심하게 했을 것이다. 뼈를 깎듯 깊은 후회가 목소리에 배어 있었다.

"괜찮으세요?"

"괜찮습니다." 도시코는 손수건으로 얼굴을 반쯤 가리고 눈을 감았다. "죄송합니다. 이런 모습을 보여드려서."

시게코는 미지근해진 냉차를 한 모금 마시고, 다시 히토시의 공책을 집어들었다.

도시코가 손수건을 꼭 쥐며 말했다. "그래서요, 아키요시 씨가, 히토시 그림을 좀더 자세히 살펴보는 게 좋겠다고 했습니다."

"다른 뭔가가 또 있을지도 모른다는 거군요."

"예. 선생님, 그 공책 앞부분을 보시겠어요? 둘째인가 셋째 장일 거예요."

앞으로 내민 도시코의 손가락이 떨리고 있었다. 시게코는 공책을 넘겼다.

"아, 그거예요!"

집 그림이었다. 한복판에 아까처럼 삼각형과 사각형을 짜맞춘 모양의 집이 그려져 있다. 좀전에 보았던 그림과는 달리 지붕은 회색, 집은 갈색이고, 큼직한 창이 달려 있었다. 창문 안쪽에는 여자아이가 자고 있다.

정확하게 표현하자면 누워 있다, 혹은 쓰러져 있다고 해야 할까? 위를 보고 있지만 눈과 코는 없다. 얼굴은 회색으로 밋밋하게 칠해놓았다. 하지만 새빨간 원피스와 긴 머리로 보아 여자아이라는 것을 알 수 있었다. 어깨까지 오는 갈색 단발머리. 집 벽보다 더 밝은 갈색이다. 손과 발은 거의 직선이고, 관절이나 손바닥, 손가락 같은 것은 그리지 않았다. 손과 발 역시 회색이었다.

지붕 끄트머리에는 풍향계 같은 것이 달려 있다. 아마도 풍향계가 맞을 것이다. 위치로 보아 다른 것일 리는 없다. 하지만 상당히 이상했다. 풍향계는 대개 닭 모양인데, 이것은 박쥐였다. 보라색으로 마치 '배트맨' 마크 같은 모양이었다.

"이 그림에 무슨 문제가 있나요?"

그렇게 묻는 시게코를 가만히 바라보면서, 하기타니 도시코는 침을 꿀꺽 삼켰다.

"아키요시 씨가 이건 엄청난 그림이라고 하더군요."

"뭐가 엄청나다는 거죠?"

"이 집은 살인사건이 일어났던 집이라는 거예요."

시게코는 천천히 눈을 크게 떴다.

"살인?"

"예, 선생님. 혹시 기억하세요? 지난달 일인데, 기타센주 쪽에서 집에 불이 나서, 나중에 조사를 해보니 땅속에서 뼈가 나왔다는 사건이 있었어요."

기억이 바로 떠오르지는 않았다.

“불에 타죽은 사람이 있었다는 건가요?”

“아뇨, 그렇지 않습니다. 그게 아니고, 그 뼈는 훨씬 오래전에 죽은 그 집 딸이었어요. 부모가 그 여자아이를 죽이고 마루 밑에 숨겼던 거예요. 그게 불이 나는 바람에 발견된 거죠. 하지만 너무 오래전 일이라서, 그 뭐냐, 시, 시”

“시효?”

“맞아요, 시효. 시효가 지나서 경찰도 어쩔 수 없었다더군요. 하지만 부모는 딸을 죽인 걸 시인했죠.”

시게코는 한 손을 뺨에 대고 신음했다. 그러고 보니 한동안 뉴스에서 떠들어댔던 것도 같다.

“히토시가 그린 이 그림이, 그 집이라는 건가요?”

“예!”

도시코의 목소리가 커졌다.

“아키요시 씨가 그렇게 말했나요?”

“틀림없어요. 박쥐 모양 풍향계가 있었으니까요.”

문제의 집 지붕에도 똑같은 풍향계가 달려 있었다는 것이다. 아키요시라는 아주머니가 뉴스나 와이드쇼에서 그 집을 찍은 화면을 여러 번 보았기 때문에 확실하다고 한다.

“토시도 그런 뉴스를 보고서 이 그림을 그린 게 아닐까요?”

도시코는 머리카락이 흐트러질 정도로 거세게 고개를 저었다.

“아니에요, 선생님. 그렇지 않습니다. 히토시가 이걸 그린 건 그 사건이 뉴스에 나오기 훨씬 전이었을 겁니다.”

“혹시 잘못 기억하시는 건……?”

도시코는 몸을 내밀어 시게코의 무릎 위에 놓인 공책을 집어들었다.

그러고는 공책 뒷부분을 펼쳐 시게코 앞에 놓았다.

"이걸 봐주세요, 여기. 매화 그림이죠?"

분명히 그랬다. 붉은 매화와 흰 매화였다. 구불구불한 갈색 가지에 꽃이 잔뜩 달려 있다. 정확한 스케치는 아니지만, 매화가 틀림없다.

"히토시와 함께 미토에 있는 가이라쿠엔공원에 놀러간 적이 있습니다. 2월 13일 일요일이었어요. 달력에 표시를 해두었기 때문에 정확해요."

즐겁게 놀고 돌아온 그날 밤, 히토시는 이 그림을 그렸다고 한다.

"그날 매화를 많이 봐서 머릿속에 그 꽃 풍경이 가득하다고 했어요. 눈을 감아도 매화가 피어 있는 모습이 보인다고요."

도시코는 앞 페이지로 돌아가 박쥐 모양 풍향계가 있는 집 그림을 펼쳤다.

"보세요, 선생님. 이 집 그림은 매화 그림보다 이렇게 앞에 그렸습니다. 매화 그림이 맨 뒤에 있으니, 공책 한가운데에 있는 이 집은 훨씬 전에 그린 거란 이야기죠. 그렇지만 기타센주의 그 사건은 4월이었어요. 제가 신문을 뒤져보았죠. 불이 난 것이 4월 20일 새벽 한시쯤이고, 뼈가 발견된 것은 날이 밝고 나서였어요. 신문에 다 나와 있어요. 선생님, 이상하지 않나요? 기사가 나왔을 때 히토시는 이미 죽은 후였습니다. 유골이 되어 있었죠. 뉴스를 보고 그릴 수가 없었던 거예요."

도시코의 기세에 시게코는 약간 기가 죽었다.

"이유는 몰라도, 그애는 이 집에 여자아이가 죽어서 묻혀 있다는 걸 알고 있었던 거예요. 그래서 이 그림을 그린 거죠. 어떻게 알았는지는 모릅니다. 그러니 역시 히토시에게 초능력이 있었던 게 아니겠냐는 게 아키요시 씨 이야기고요. 저는, 저는 그래서—"

노자키는 담배를 피우며 하기타니 히토시의 공책을 들여다보았다. 아까부터 계속 그 매화 그림을 보고 있다.

"어떻게 생각해요?"

시게코가 물었다. 게이는 자기 책상에서 턱을 괴고 두 사람을 번갈아 바라보고 있다.

"생각이고 자시고 간에," 입을 여는 바람에 담뱃재가 노자키의 무릎으로 떨어졌다. "시게코는 어떻게 할 작정이야?"

"어떻게든 저떻게든 간에," 시게코는 노자키의 얼굴을 바라보았다. "이건 꼭 무슨 선문답 같네요."

하기타니 도시코와 이야기를 나누고 있는데, 미리 계획한 대로 노자키와 게이가 들어왔다.

두 사람은 시게코가 어떤 식으로 이 손님(혹은 의뢰인)에게 애를 먹고 있을까 제각각 상상하면서 사무실로 돌아왔을 것이다. 하지만 울다가 웃다가 하면서 '죄송합니다'와 '감사합니다'를 연발하는 도시코는 아무래도 예상 밖의 타입이었던 모양이다.

도시코가 들려주는 히토시의 에피소드를 듣고 게이는 몇 번이나 눈물을 글썽였다. 노자키는 갈피를 못 잡고 자주 헤매는 도시코의 이야기를 잘 이끌어주었다.

"그 아주머니는 돈이 목적이 아니야. 유명해지고 싶은 것도 아니고. 제 자식을 팔아서—영적인 능력인지 초능력인지는 모르겠지만—재미를 보겠다는 속셈도 아니야."

"그래요, 그건 틀림없어요."

시게코의 말에 게이가 턱을 괸 손을 풀며 고개를 크게 끄덕거렸다.

"저도 거기에 한 표. 실은 좀 걱정했는데, 하기타니 씨를 직접 만나보고 안심했어요."

"걱정?"

"네. 처음에는 하기타니 씨가 시게코 선생님이 유명한 사람이라서 만나고 싶다고 한 거랬잖아요? 텔레비전 방송국 같은 데도 찾아갔다고 하고. 고집 세고 악착같은 사람이면 큰일이다, 자칫 잘못 얽히면 골치 아프겠다, 거절하면 원한을 살 것 같다, 이런 생각이 들어 불안했다고요."

노자키가 웃음을 터뜨렸다.

"너 말이야, 그런 소심한 면 좀 어떻게 할 수 없나?"

"어머, 유감이네요. 저는 경험에서 한 이야기인데."

"진짜 골치 아픈 일은 아직 겪어보지도 않았을 텐데. 넌 겁쟁이잖아. 시게코를 봐. 맨손으로 그런 큰 사건에 맞서서 장렬하게 전사했지."

"맞선 게 아니라 말려든 거죠. 그리고 장렬한 전사라 할 정도로 명예로운 마무리도 아니었어요. 패배해서 다시 일어설 수 없게 된 거지."

시게코가 꼼꼼히 정정했다.

"그것참, 실례했습니다."

노자키가 일부러 공손히 고개를 숙여 보였다. 게이는 진지한 표정으로 자리에서 일어나며 한쪽 눈썹을 추켜올렸다.

"시게코 선생님은 패배하지 않았어요."

"그건 의견이 갈리는 부분이야."

노자키가 미소를 지으며 게이에게 말했다.

"일단 그 여자아이 시체가 발견된 사건에 대한 보도를 조사해볼 생각이에요. 그 집 지붕에 정말로 그런 박쥐 모양 풍향계가 있었는지. 주간지 화보에도 실렸을 테니까, 오야 문고*에서 찾아보면 바로 알 수 있을 거예요."

"인터넷에서는 힘들까?"

"사건의 대략적인 내용은 알 수 있겠지만 사진은 힘들어요. 집이 찍힌 사진들도 크기가 너무 작아서 풍향계까진 확인할 수 없고요."

노자키는 히토시의 공책을 뒤적여 문제의 그림을 펼쳤다.

"보라색 박쥐 모양 풍향계라."

"어머? 그런데 이상하네요." 게이가 큰 소리로 말했다. "그 집은 불에 탔잖아요. 신문에 실린 사진이나 텔레비전에 나온 건 불에 탄 뒤의 모습이고요. 그렇다면 풍향계가 남아 있지 않을 텐데요."

"좀더 차분히 생각해." 노자키가 말했다. "완전히 다 타버렸다고 장담할 순 없잖아."

"아, 그런가?"

게이는 혀를 날름 내밀고 컴퓨터를 들여다보며 말했다.

"시게코 선생님, 검색해본 게 어느 뉴스 사이트죠?"

시게코가 가르쳐주자 게이는 모니터에 얼굴을 가까이 대고 읽어내려가기 시작했다.

"진짜네. 이 사진만 보면 반 정도만 타거나 무너진 것 같아요. 지붕도 절반은 남아 있고요."

노자키는 시게코를 바라보며 말했다.

"검색까지 해보다니, 그 아주머니 의뢰를 받아들일 생각이야?"

시게코는 고개를 저었다.

---

* 저널리스트 오야 소이치를 기려 지은 사립 도서관. 방대한 양의 잡지를 보유하고 있어 많은 보도관계자들이 애용한다.

"일단은 그냥 사실만 확인했을 뿐이에요. 착각일 수도 있으니까."

"착각?"

게이가 고개를 갸웃했다.

"매일 수많은 사건이 보도되잖아. 그래서 기억이 섞였을지도 모르지."

애당초 이 건은 상당히 덤벙대는 성격으로 보이는 아키요시라는 주부가 도시코에게 박쥐 풍향계에 대해 알려주면서 시작된 것이다.

"그렇지. 아키요시라는 아줌마가 다른 사건 보도에서 본 집을 이 사건과 혼동했을 가능성도 없지는 않군."

"그렇지만 그 두 분도 나름대로 알아보지 않았을까요?"

게이가 묻자 시게코와 노자키는 거의 동시에 "아닐걸" 하고 말했다.

"일반인들은 그런 조사 같은 건 하지 않아."

"꼭 그렇다고는 할 수 없겠지만, 적어도 하기타니 씨와 아키요시 씨는 그런 타입이 아냐."

"한번 무슨 생각이 들면 그대로 믿으려 드는 성향이 강한 것 같은데."

노자키가 목덜미를 쓰다듬으며 난처한 듯이 웃었다.

"만약 착각이었다면, 히토시 어머니는 실망하시겠네요."

게이가 측은한 눈빛으로 중얼거렸다. 이 사람은 이렇게 정에 치우치는 면이 있었구나, 하고 시게코는 생각했다. 나쁜 성격은 아니다. 하지만 위험하다.

"착각이라면 실망하더라도 더욱더 일찍 가르쳐줘야겠지."

"그래, 맞아. 어차피 알아보는 것, 거기까지는 해줘야지."

"그런데 만약 사실이라면?"

게이가 물고늘어졌다.

"정말로 그 집에 박쥐 풍향계가 달려 있는 게 확실하다면, 그다음에는 어떻게 하실 거예요?"

시게코가 어깨를 움츠렸다.

"글쎄, 어떻게 해야 할까? 하지만 그것만 가지고 초능력자라고 할 수는 없잖아?"

"어째서요? 우연일 수도 있다는 건가요?"

"우리가 몰라서 그렇지, 박쥐 풍향계가 생각보다 유명하거나 히트 상품일 가능성도 있잖아. 생활용품 쪽 유행은 좀처럼 파악하기 힘들어."

게이는 입술을 삐죽 내밀고 잠깐 생각에 잠겼다.

"그렇다면 히토시는 사건과 관계가 없고, 단순히 다른 곳에서 본 것을 그렸을 뿐이라는 건가요?"

"글쎄."

"하지만 그림의 집안에는 여자아이가 그려져 있어요."

"그거야말로 우연이지."

"그럴까요? 그렇지만 그 아주머니가 이야기했잖아요? 시게코 선생님도 들었죠?"

물론 들었다. 히토시가 이 집과 박쥐 풍향계 그림을 그릴 당시 뭔가 이야기를 나눈 기억이 있습니까? 이 그림에 관해서 히토시에게 물어본 적이 있습니까? 노자키가 그렇게 묻자 하기타니 도시코는 기다렸다는 듯이 이렇게 대답했다.

"예, 이상한 그림이라 제가 물어봤죠. 뭘 그린 거냐고요. 그랬더니 히토시가 이렇게 말했어요."

─엄마, 이거 슬프지? 이 여자애 너무 슬퍼. 여기서 나올 수가 없어서, 항상 외톨이야.

약간 흥분한 듯 보이는 게이를 달랠 생각으로 시게코는 애써 부드러운 말투로 이야기했다.

"그런 증언은 믿을 만하지 않아. 뒷손질되었을 가능성이 높으니까."

"뒷손질이라뇨?"

"나중에 가서 기억이 그렇게 꾸며졌다는 의미지."

노자키가 대답했다.

"드문 일이 아니야. 인터뷰라는 건 그래서 어려운 거야."

의자 등받이에 털썩 기대더니 게이는 일부러 크게 한숨을 내쉬었다.

"왠지 마음에 안 드네요. 두 분 다 심술궂어요."

"미안해."

시게코가 웃었다.

"시게코가 사과할 건 없지. 이 녀석이 너무 물러서 그래. 게이, '회의주의'라는 말을 사전에서 찾아봐. '과학적 사고'를 찾아봐도 좋고."

게이는 볼을 잔뜩 부풀렸다.

"저도 이성적으로는 초능력을 믿지 않아요. 이래 봬도 합리주의자니까요."

노자키의 놀림에 발끈한 모양이다.

"하지만 그 아주머니의 심정을 생각하면요,"

"바로 그거야." 시게코는 고개를 끄덕였다. "하기타니 씨도 사실은 히토시가 초능력자였는지 어땠는지는 상관없지 않을까?"

도시코는 그저 히토시를 계속 추억하고 싶을 뿐이리라. 그것도 혼자 추억을 되새기는 것뿐만 아니라, 누군가와 이야기를 나누고 싶은 것이다. 누군가가 히토시가 어떤 아이였는지 물어봐주길 원하는 것이다. 사람들이 히토시 이야기를 해주기를 원하는 것이다.

그 때문에 아키요시라는 직장 동료의 말에 매달리게 된 것이다. 얄궂은 이야기다.

"하기타니 씨가 마음을 정리해가는 과정일 거라고 생각해요."

남겨진 사람이 떠난 이를 애도하고, 그 기록을 정리해가면서 상실감을 치유하고, 사랑하는 사람의 죽음을 조금씩 받아들이는 과정이다.

"그래서 모른 척할 수 없는 기분이에요. 한동안 가까이서 지켜봐주고 싶어요. 아니, 그럴 수 있으면 좋겠어요."

시게코의 말에 노자키는 어처구니없다는 듯이 턱을 치켜들었다.

"정이 많네, 시게코."

"아뇨, 아니에요. 그 반대예요. 전 지금까지 한 번도 이런 일을 한 적이 없어요. 그렇게 많은 사람들의 죽음에 관계했지만 말예요."

노자키와 게이는 서로 마주보았다.

"그 연쇄살인사건 때는 그럴 여유가 없었다고 변명할 수도 있어요. 하지만 벌써 9년이나 지났어요. 그 사건으로 소중한 가족이나 친구, 동료를 잃은 사람들은 그 9년 동안 각각 고통 속에서 살아왔겠죠. 그래도 아직 끝나지 않았는지도 몰라요. 그 사건의 희생자들은 너무도 잔인하고 의미 없는 죽음을 강요받았기 때문에, 9년 정도로는 정리가 되지 않는 게 당연하겠죠."

시게코는 그것을 보고도 못 본 척해왔다. 자신에게는 이미 관계할 자격이 없다는 '반성'을 핑계삼아.

"그러니까, 그 죄를 갚을 생각이라고 한다면 너무 거창하겠지만……"

시게코가 입을 다물자 두 사람도 함께 침묵했다.

이윽고 노자키가 천천히 입을 열었다.

"너무 심각하게 생각하지는 마."

"네, 괜찮아요."

감사의 마음을 담아 시게코는 대답했다.

마에하타 쇼지가 이어받은 마에하타 철공소는 가쓰시카 구 남쪽에 있다. 요즘 같은 불경기 속에서도 꾸준히 조업을 계속하고 있기 때문에 쇼지는 매일 바쁘다. 평일에는 아침 여섯시에 일어나, 일곱시면 공장에 나간다. 밤에도 열시가 넘어야 겨우 집에 들어온다. 휴일에도 접대나 이런저런 약속 때문에 외출하는 일이 늘었다.

두 사람은 시게코가 그 연쇄살인사건에 얽히기 거의 직전에 결혼했다. 그래서 10년의 결혼생활은 시게코가 그 사건과 충돌하고 극복하고 타협해온 세월과 겹친다. 한창 사건이 진행중일 때는 이혼 위기를 맞기도 했다.

그런 이유도 있어서, 두 사람의 생활공간은 10년 동안 몇 차례 바뀌었다. 결국 지금은 쇼지의 생가에서, 시부모님 위패를 둔 불단을 놓고 살고 있다. 공장부지 안에 있는 이 2층집은 낡기는 했어도 방이 여섯 개나 있고, 2층 한쪽에는 시게코의 작업실도 있다. 하지만 노아 에디션의 일원으로 매일 아사쿠사바 시까지 출퇴근하게 된 뒤로는 거의 책 창고가 되어, 시게코가 그 방 책상에 앉아 있는 일은 거의 없었다.

예전에는 전형적인 올빼미 체질이라 자정 전에는 아무것도 못 쓰는 타입이었다. 하지만 지금은 정반대다. 아침에 쇼지를 배웅하고 청소와 빨래를 한 뒤, 늦어도 오전 열시까지 노아 에디션에 출근한다. 작업량에 따라 달라지기는 하지만, 저녁 여섯시에는 사무실을 나와 장을 보고 집으로 돌아온다. 쇼지가 늦게 들어와도 기다렸다 저녁을 함께 먹기 때문에, 퇴근길에 게이와 잠깐 차를 마시거나 하며 시장기를 달랠 때도 많다.

교정 마감일이나 납기가 다가오면 철야로 작업하는 일도 잦지만, 지금까지 노아 에디션 사무실에서 밤을 새운 적은 없다. 저녁식사가 아니면 아침식사, 아침식사가 아니면 저녁식사 하는 식으로, 하루 한 끼는 반드시 쇼지와 함께 하려고 노력한다.

"그렇게 무리할 것 없어"라고 쇼지가 말한 적도 있다. "늦을 때는 그냥 사무실에서 자고 와. 깜깜한 한밤중에 당신 혼자 집에 오는 게 내 심장에는 더 안 좋아."

그래도 시게코는 스스로 결정한 이 습관을 지키려 노력중이다. 남편에 대한 배려나 의무감이 아니라, 그렇게 하고 싶기 때문이었다. 생활 리듬은 스스로 만들어야 한다. 글 쓰는 일을 하니까 어쩔 수 없다며 밤낮이 뒤바뀐 생활을 당연하게 여겼던 9년 전을 돌아보면 참 생각이 짧았다는 느낌이 든다. 성가시게 잔소리를 늘어놓는 시어머니나 무뚝뚝한 시아버지를 거북하게 여긴 적도 있지만, 이제 와서 돌이켜보면 마에하타 철공소라는 작은 배를 조종하며 쇼와 시대의 거친 파도를 필사적으로 헤쳐온 부지런한 시부모의 눈에 시게코가 하는 일이 미덥잖아 보인 것은 당연한 노릇이었을 터이다. 그들 입장에서는 이마에 땀을 흘리고 몸을 움직이는 일이 '노동'이지, 글 쓰는 일 따위는 아무래도 제대로 된 직업으로 보일 리 없었다. 시게코 또한 그 간극을 메우려 노력하지 않았다.

집에 오자마자 먼저 불단을 향해 다녀왔습니다, 하고 인사를 했다. 여느 때 같으면 그 말뿐이었을 테지만 오늘은 기분이 좀 달랐다. 시게코는 불단 앞에 앉아 시부모님의 위패를 바라보았다.

남편은 외아들이다. 시아버지에게는 믿음직한 자식이고, 시어머니에게는 세상에서 가장 사랑스러운 아들이었다. 두 분 모두 언제나 남편을 편들고 남편을 우선했다. 특히 시어머니는 아들의 말을 절대적으로 여기면서도 한편으로는 아직 초등학생인 양 응석을 받아주는 이중적인 모습을 보여, 여러 차례 시게코의 신경을 건드렸다.

너무도 노골적인 그런 태도에 대해 친정어머니에게 투덜거린 일도 있다. 어머니는 "아들을 둔 어머니는 다 그런 법이야" 하고 웃었다.

―그러고 보니 두 분 모두 서른이 넘어서 얻은 아들이었다면서? 그 시절치곤 무척 늦게 낳은 거지.

―게다가 외아들이잖니. 어머니 눈에 얼마나 귀여웠겠어.

시게코는 미소를 지으며 불단을 향해 말을 건넸다.

"오늘 말예요, 마흔하나에 겨우 얻은 외아들을 얼마 전 사고로 잃은 아주머니를 만났어요. 통통한 체격에 옛날 스타일인, 아무리 봐도 딱 옛날 어머니 같은 느낌이 드는 분이었죠."

자식을 앞세운 슬픔은 부모밖에 모른다. 바람과는 달리 아이가 없는 시게코로서는 그저 성성하는 수밖에 없었다.

"좀 이상한 이야기를 들려주셨어요. 제가 도움이 될 수 있을지는 잘 모르겠지만, 한번 해보려고요."

시게코는 딸랑딸랑 종을 울리고 일어나서 저녁식사 준비를 시작했다.

열시 반이 지나 들어온 쇼지는 이유는 몰라도 꽤 화가 나 있었다. 씻고 나와 맥주를 마시면서도 계속 툴툴댄다. 이럴 때는 직장과 집이 가까운 게 좋지만은 않다는 생각이 들었다. 집에 들어오기 전에 머리를 식히거나 기분전환을 할 시간이 없기 때문이다. 쇼지는 공장에서 생긴 문제를 그대로 집까지 달고 들어온다.

듣자하니 단골 거래처 발주에 착오가 생겨 다 만든 제품을 납품할 수 없게 되었다는 것 같았다. 발주 착오는 당연히 그쪽 책임이지만, 오랜 고객인 상대방은 사과는커녕 제대로 확인하지 않은 마에하타 철공소가 잘못이라며 우겨댄다는 것이다.

"급한 일이니까 더 빨리 다시 만들어달라는 거야. 그쪽 실수로 우리가 만들어버린 물건 결재는 뒤로 미루고 말이야. 값을 깎는 거나 마찬가지지. 너무하지 않아?"

"말도 안 되네."

"그렇지? 정말 언제쯤 돼야 그런 곳하고 거래를 끊을 수 있으려나. 아버지 때부터 거래하던 데니까 어쩔 수 없지만 말이야."

홧김에 마시는 바람에 평소 주량도 넘기고, 흥분한 만큼 술기운도 빨리 돌았다. 쇼지는 곧장 잠이 들어 코를 골았다. 하기타니 도시코와 히토시 이야기를 하고 싶었지만 기회가 없었다. 쇼지는 눈물이 많으니까 들으면 분명 울었을 텐데.

설거지를 하고, 시게코는 지난 신문들을 뒤져보았다. 경제지와 전국지, 스포츠신문을 각각 하나씩 구독하고 있는데, 다행히 이 오래된 집에는 여유공간이 많아 세 가지 모두 최소 반년 치는 보관해두고 있다. 노아 에디션 같은 곳에서는 예전에 딱 한 번 나왔던 신문광고가 갑자기 필요해지거나 하는 일이 생각보다 많기 때문이다.

하기타니 도시코의 말은 틀리지 않았다. 문제의 화재는 4월 20일에 발생했다. 장소는 아다치구 센주도리이초라는 동네였다. 발화지를 포함한 집 세 채가 전소했고, 두 채는 절반이 탔다. 거의 160제곱미터가량을 태운 이 화재는 완전히 진화되기까지 두 시간이 걸렸다고 한다.

봄밤에 부는 강풍이 피해를 키운 모양이었다. 화재의 원인은 제대로 끄지 않은 담배꽁초로 밝혀졌다.

절반이 타버린 두 채를 하나로 치면 모두 네 채의 집이 전소한 셈이고, 단순히 계산해보면 넷 다 꽤 작은 집이라는 것을 알 수 있다. 한 채당 기껏해야 12평 내지 13평이다. 시게코는 기타센주 쪽 지리는 잘 몰랐지만 지금 살고 있는 가쓰시카와 비슷한 분위기라 대강 짐작할 수 있었다. 오래된 목조주택이 밀집한 동네일 것이다.

도쿄 시내에서 이 정도 큰불이 났다면 신문 기사가 실릴 법하다. 화재가 발생한 것은 새벽 한시. 화재 기사는 20일 석간 사회면에 1단기사로 작게 실려 있었다.

하지만 21일 조간부터는, 이 화재에 관한 보도가 전혀 다른 모습으로 등장한다. 제목도 달랐다.

'화재 현장에서 시체 발견. 16년 전 실종된 소녀?'

'부모가 살해했다고 자백'

'16년 동안 자식을 마루 밑에. "시효"에 이웃 주민들 곤혹.'

시게코는 일단 게이가 말한 '반만 타거나 무너진' 집들의 사진을 살폈다. 기인이 집 뒷부분만 짓밟고 지나간 것처럼, 앞쪽 절반은 이슬이슬하게 기울어졌어도 거의 원래 모습이 남아 있는 상태였다. 뒷부분은 지붕까지 타버려 들보가 드러났지만, 앞부분은 벽이 그대로 서 있고 기와도 붙어 있다.

신문에 실린 사진은 입자가 거칠다. 하지만 인터넷에서 찾아낸 것과는 다르게, 역시 실제 종이를 놓고 보니 문제의 집 지붕 꼭대기—집 정면이다—에 뭔가 세워져 있는 것을 희미하게나마 알아볼 수 있었다. 그러나 자세한 모양은 알 수 없었다. 동네를 지나다보면 고이노보리*를 매다는 금속 기둥을 지붕에 그대로 방치해놓은 집이 있는데, 꼭 그것 같았다.

스포츠신문 사건면에는 더 큰 사진을 싣지 않았을까 싶어 뒤져보았다. 생각대로 지면의 삼분의 일을 차지할 정도로 큰 사진이 실려 있었지만, 타서 무너진 뒷부분을 찍은 거라 지붕 쪽은 보이지 않았다. 소녀의 시체가 묻혀 있던 장소에는 흰 선으로 사람 모양이 그려져 있다.

아키요시라는 주부가 본 것은 신문 사진이 아닐 것이다. 주간지나 텔레비전이다. 아무래도 내일 오야 문고에 들러야겠다고 생각하면서, 시게코는 일단 기사 본문을 읽기로 했다. 필요한 신문만 뽑아 부엌 탁자로 옮겼다. 우선 기사를 통해 알 수 있는 사건 경과를 메모하면서 읽어봐야지. 시게코는 그렇게 생각하고 문득 쓴웃음을 지었다. 이런 느낌은 오랜만이다.

하기타니 도시코는 '기타센주 쪽에서 불이 나서, 그 집을 조사하다가 땅에서 뼈를 발견했다'고 했다. 하지만 세 가지 신문을 확인해본바, 그건 정확한 표현이 아니었다. 관할 경찰서가 타버린 집의 토지를 수색한 것은, 부모가 소녀의 시체가 거기 있다고 고백한 뒤의 일이었다. 자백이 먼저였던 것이다.

화재가 난 것은 새벽 한시. 거센 바람에 이웃집으로 불이 옮겨붙고, 오전 세시경에 진화. 그리고 날이 밝기 전―정확한 시각이 기사에 없는 이유는 취재를 제대로 못했거나 관계자의 기억이 정확치 않거나 둘 중 하나일 것이다―죽은 소녀의 부모인 도이자키 겐土井崎元과 도이자키 고코土井崎向子 부부가, 화재현장 부근의 교통정리를 위해 현장에 나

---

* 단오 때 장대에 높이 매다는, 종이나 천으로 만든 잉어 모양의 깃발.

58

와 있던 센주미나미 경찰서의 교통과 경관에게 '16년 전 딸을 죽여 집마루 밑에 묻었다. 뼈가 있을 테니 파내달라'고 했다. 전국지와 경제지 기사에는 이렇게 실려 있지만, 스포츠신문에는 도이자키 부부가 일단 화재현장에 있던 지역 주민회장에게 고백하고, 그다음에 회장이 경찰관에게 데려간 것으로 되어 있다.

부부는 바로 센주미나미 경찰서로 연행되었고, 담당자에게 진술하는 동안 현장에서 소녀의 것으로 보이는 유해가 나왔다. 살해된 소녀의 동생인 작은딸도 함께 조사를 받았으나, 사건에 관해 전혀 아는 바가 없다고 하여 20일 오후에 귀가를 허락받았다.

도이자키 부부는 사흘간 센주미나미 경찰서에서 조사를 받았다. 그 사이 시신의 감정이 진행되었고, 부부의 진술대로 소녀가 살해된 지 이미 16년이 경과해 형사사건의 시효성립요건인 15년을 넘겼다는 것이 감정결과를 통해 밝혀져 석방되었을 것이다.

또 한 가지, 왜 모든 기사에서 한결같이 16년 가까운 세월 동안 묻혀 있던 시체를 '백골'이나 '백골로 변한 시체'가 아닌 '시체'로 표현하는지, 그 까닭을 알 수 있었다.

소녀의 시체는 얼굴 생김새까지도 충분히 알아볼 수 있는 상태였다는 것이다. 두 발의 일부를 제외한 나머지 전체가 놀라울 정도로 시랍화屍蠟化되어 있었기 때문이다.

아마 소녀를 살해한 도이자키 부부도 놀랐을 것이다. 도이자키 겐은 처음 고백할 때 '딸의 뼈'라는 표현을 썼다. 당연히 백골이 되어 있을 거라고 생각했으리라.

하지만 소녀의 몸은 고스란히 보존되어 있었다. 사인은 목이 졸려 질식사한 것으로 밝혀졌는데, 해부할 것까지도 없이 목에 그 상처가 그대로 남아 있었다.

시게코는 메모하던 손을 멈추고 거실의 불빛을 올려다보며 미간을 찌푸렸다.

─눈은 뜨고 있었을까?

불쑥 쓸데없는 상상이 펼쳐졌다.

도이자키 부부가 처음에는 화재의 피해자, 그다음에는 살인과 시체 유기 용의자, 마지막에는 살인사건의 범인으로 확인되었다가 사건의 시효가 다했다는 게 밝혀지는 바람에, 언론의 태도도 몇 번이나 바뀌었다. 처음에는 실명을 싣지 않았지만 나중에는 확실히 밝혔고, 그러다가 시효로 사건이 성립되지 않게 되자 전국지와 경제지는 다시 익명으로 바꾸고 일부 스포츠신문에서만 계속 실명을 실었다.

살해된 소녀도 마찬가지였다. '16년 전 가출인 수색요청서가 제출된 부부의 장녀' '실종 당시 15세 소녀'─여기서 '소녀'라는 표기를 이윽고 '아카네?'라는 실명으로 대신했었다가 다시 '소녀'나 '장녀'로 바꾸었다. 이 사건이 어떤 형태로든 세 신문에 계속 보도되는 동안 내내 익명으로 표기된 사람은 도이자키 부부의 작은딸, 아카네의 여동생뿐이었다.

나이 차가 얼마나 나는지는 몰라도, 언니가 16년 전에 열다섯 살이었으니 동생도 이제 어엿한 성인이 되었을 것이다. 동생의 실명을 기사에 내지 않은 것은 매스컴이 지켜야 할 당연한 도리다. 하지만 그 지역 사람들은 다들 알고 있을 테고, 동생의 그뒤 인생이 근본적으로 파괴됐으리라는 사실은 변함이 없다.

신문 보도는 닷새 만에 끊어졌다. 시효가 지난 사건 말고도 보도할 거리는 얼마든지 있고, 살인사건만 해도 매일같이 일어나는 세상이다.

도이자키 부부와 작은딸의 이후 소식은, 적어도 신문 지면에서는 찾아볼 수 없었다.

도이자키 아카네는 살해당한 당시 중학교 3학년이었다. 문제아였던 모양이다. 부부는 각자 이렇게 진술했다.

"딸이 못된 짓을 하고 다녀 속을 썩였다."

"이대로는 앞날이 뻔하다 싶었다."

남편인 도이자키 겐은 "내가 딸의 목을 졸랐다. 아내는 딸을 누르고만 있었을 뿐 죽이지는 않았다"고 했다.

아내인 고코는 "모두 둘이서 했다. 작은딸은 아무것도 모른다. 지금까지도 전혀 몰랐다"고 했다.

두 사람이 아카네를 목 졸라 죽여 시체를 마루 밑 땅에 묻은 것은 1989년 12월 8일 한밤중에서 새벽 사이라고 한다. 이때 작은딸은 집에 없었다. 남편은 '친척 집에 놀러갔었다'고 했고, 아내는 '어디 있었는지 확실히 기억나진 않지만 집에 없었다. 친구 집에서 자고 온 것 같기도 하다'고 했다.

부부는 계획적인 살인이 아니라, 놀러다니다 밤늦게 들어온 아카네와 말다툼중에 감정이 격해져서 저지른 일이었다고 진술했다. 그리고 아카네를 살해하고 사흘 뒤, 딸이 집을 나가 들어오지 않는다며 센주미나미 경찰서에 가출신고를 했다.

부부가 아카네의 가출신고를 한 것은 두번째였다. 첫번째는 아카네가 중학교 2학년이었던 여름방학 때로, 시내에서 빈둥거리며 놀고 지냈던 듯 일주일 뒤 태연한 얼굴로 돌아왔다. 부부는 가출신고를 취소했다.

신문에는 이웃 주민들의 이야기도 실렸다. 아카네는 이미 동네에서 문제아로 낙인찍혔던 모양이었다.

"또 집을 나갔다는 이야기를 듣고도 전혀 의심하지 않았죠. 이번엔 진짜 돌아오지 않을지도 모른다고 도이자키 씨네 아주머니가 걱정스럽게 말하던 게 기억나요."

"지금이니까 하는 이야기지만, 그땐 우리나 학교측이나 아카네가 가출해서 오히려 마음을 놓은 구석도 없지 않았어요. 도이자키 씨가 아카네 때문에 얼마나 고생했는지도 다들 알고 있었고요. 누구도 찾으려 하지 않았죠."

아카네의 '실종' 뒤에도 도이자키 부부의 생활에는 변함이 없었다. 남편은 월급쟁이. 아내는 파트타임 근무. 이웃과 특별히 친하게 지내진 않아도 조용하고 눈에 띄지 않는 주민이었다고 한다.

시게코는 볼펜으로 관자놀이를 눌렀다.

아카네를 살해하고 눈속임으로 가출신고를 하기까지의 사흘간이 마음에 걸린다. 그것도 무척이나.

이 사흘을 어떻게 해석해야 할까. 도이자키 부부는 망설였던 걸까, 아니면 눈치를 살핀 걸까.

보통 열다섯 살 소녀의 부모라면 딸이 집에 들어오지 않을 때 상식적으로 어떻게 반응할까. 당장 경찰에 달려가지 않을까.

하지만 아카네는 불량소녀에 '전과'도 있다. 2학년 여름방학 때의 가출소동이다. 다시 아무 일도 없었다는 듯이 들어오면 민망해진다. 그럼 그렇지 하고 이웃 사람들은 한심하게 생각할 것이다. 그래서 당장은 소란을 피우지 않고 일부러 사흘 동안 기다려본다. 하지만 아무래도 걱정이 되니, 이웃에겐 미안하지만 일단 가출신고만이라도—

냉정하다. 빈틈이 없다.

한편 사흘 동안 두 사람은 지옥 같은 고통을 맛보았을 터이다. 경찰서에 가자. 가출신고 말고, 딸을 죽였다고 자수하자. 그게 옳다. 이런 생각에 마음이 흔들리지는 않았을까?

하지만 도이자키 부부에게는 또하나의 딸이 있었다. 그들이 자수하면, 이 아이는 살인범의 자식이 된다.

설마 사형 선고는 받지 않겠지만 자신들이 교도소에 있는 동안 누가 이 아이를 돌봐줄까. 아동보호시설에 가게 되는 건 너무 측은하다.

시게코의 눈에는 이 사흘이 그뒤 16년에 걸친 침묵의 바탕으로 보였다. 이 사흘 동안 모든 것이 결정되어버렸다. 끝까지 숨기기로.

그런데 도이자키 부부는 왜 뒤에 가서 자백을 한 걸까? 화재로 집이 불탔다 해서 꼭 땅을 뒤엎지는 않는다. 반쯤 무너진 집을 철거하고 완전히 다시 지어야 할 정도가 아니면 아무도 그런 생각까지는 하지 않을 것이다. '유예'할 수도 있었다.

아카네의 시신이 발견될지도 모른다는 생각만으로도 이미 견딜 수 없는 상태였던 걸까. 어떻게든 계속 숨길 수 있을 거라는 생각은 하지 않았을까.

아니면 시효가 지났다는 걸 의식한 걸까. 이제 법의 처벌을 받을 염려는 없다. 작은딸도 어른이 되었다. 괜찮다, 이 큰 비밀의 무게를 내려놓자.

그리고 무엇보다도, 왜 16년간 아카네의 시신을 다른 장소로 옮기지 않은 걸까. 불이 났을 때 도이자키 부부는 그런 후회를 하지 않았을까.

제 손으로 죽인 딸의 시체를 마루 밑에 숨겨두고 어떻게 16년이나 생활할 수 있었을까.

그사이 즐거운 일도 있었을 것이다. 하나 남은 작은딸과 웃고 떠들 때도 있었을 것이다. 함께 울고 고민할 때도 있었겠지. 작은딸의 성장을 기뻐하고, 장래를 걱정하기도 했으리라.

발밑에는 언제나 큰딸의 시체가 묻혀 있었는데도.

데엥 하는 서늘한 소리가 들려왔다. 시게코는 흠칫 고개를 들었다. 거실 시계가 새벽 한시를 알린 것이다.

이 괘종시계는 시부모님이 결혼할 때 사서 내내 소중하게 아껴온 것이다. 태엽을 감아줘야 하는 구식이지만 지금까지도 거의 어긋나는 일 없이 정확한 시각에 종을 울린다.

시간이 벌써 이렇게 됐네. 이제 자야지.

손을 들어 뺨을 탁 때렸다. 난 지금 대체 뭘 하는 걸까. 이 사건에 흥미가 생기기 시작한 모양이다.

시게코, 어지간히 하렴. 너 예전에 그렇게 호된 꼴을 당하고도 벌써 잊은 거냐? 시부모님의 설교가 들리는 듯하다.

얼른 신문을 정리하고 불을 끈 뒤 발소리를 죽여 2층 침실로 올라갔다. 코 고는 소리는 들리지 않았다. 쇼지는 이불을 걷어차고 대자로 누워 푹 잠들어 있다.

그 곁에 누운 뒤에도 시게코는 한동안 잠들지 못했다. 눈을 감자 울다가 웃던 하기타니 도시코의 얼굴이 떠올랐다.

─히토시를 생각하면 그만 눈물이 나와버려서요.

죽은 아이. 이미 이 세상에 없는 자신의 분신. 이 손으로 돌보고 키워왔는데.

할 수만 있다면 자신이 대신 죽고 그 아이의 생명을 이어주고 싶었을 것이다.

부모라면 누구나 그걸 바랄 것이다. 마음 깊은 곳에서 절실하게.

도이자키 부부는 아카네를 생각하며 울어본 적이 있을까. 아카네의 어처구니없는 죽음을, 그들 손으로 불러들인 죽음을 후회한 적은 있을까.

어머니가 그토록 아쉬워하고 슬퍼하며 추억하는 아들 하기타니 히토시와, 16년 전 아무도 찾으려 하지 않았던 도이자키 아카네.

지금 아카네를 위해 울어줄 사람이 누가 있을까. 아무도 애도하지 않는 죽은 이에게 갈 곳은 있는 걸까.

제2장
제3의 눈

이튿날, 여느 때보다 일찍 집을 나선 시게코는 바로 오야 문고로 향했다. 일본에서 발행하는 각종 잡지를 보관해두는 고마운 곳이다. 요즘은 뭐든 인터넷으로 검색할 수 있지만, 화보 같은 건 역시 인쇄물로 직접 보는 게 제일 확실하다.

찾는 것이 확실하기 때문에 시간은 많이 걸리지 않았다. 화보를 찾아내 몇 장 복사한 다음 오야 문고를 나올 때까지 한 시간도 채 걸리지 않았다.

심장 박동이 약간 빨라졌다. 오늘은 5월답게 상쾌하고 따스한 날이니, 땀이 나는 건 아마도 흥분 때문일 것이다.

두 권의 잡지에서 문제의 화보를 발견할 수 있었다. 하나는 컬러, 다른 하나는 흑백 화보였다. 둘 다 반쯤 무너진 도이자키 씨 집의 나머지 절반, 즉 원래의 형태가 남아 있는 지붕 정면과 꼭대기에 달린 풍향계—박쥐 모양의 풍향계가 분명히 찍혀 있다.

보라색이다. 정말로 배트맨 마크와 비슷하다.

컬러 화보에는 '아주 오랜 부재不在', 흑백 화보에는 '시효까지의 침묵'이라는 제목이 달려 있다.

노아 에디션으로 출근하자, 먼저 온 게이가 졸린 얼굴로 책상을 닦고 있었다.

"안녕."

"아, 나오셨어요?"

시게코는 말없이 복사해온 것을 펼쳐 보였다. 처음엔 한 손으로 받아든 게이가 곧 두 손으로 종이를 움켜쥐는 바람에, 시게코는 엉겁결에 걸레를 받아들었다.

"있었군요."

"그래."

"이거, 정말로 도이자키 씨 집 맞죠?"

게이도 사건에 관해 조사해보았을 것이다.

"그래. 착각이 아니었어."

어떻게 하실 거예요, 라고 묻는 듯 눈을 반짝이는 게이를 향해 시게코는 두 손을 모았다.

"미안해. 나 오늘 하루 쉴 수 있을까?"

"괜찮죠! 아, 제가 결정할 일이 아니던가요?"

다행히 바쁜 일은 일단락되어 이번주는 한가한 편이다.

"기타센주에 다녀오려고. 이웃 사람들에게 물어볼 생각이야."

"도이자키 씨 가족은……"

"아마도 벌써 떠났겠지."

"그렇겠네요. 거기 남아 있을 리 없겠죠."

"이웃 사람들이 이 풍향계를 기억하고 있다면, 백 퍼센트 확실한 게 돼."

"네? 아직 더 확인이 필요하다는 말씀이에요?"

"만약을 위해서."

이야기를 나누는 동안 노자키가 출근했고, 시게코는 그에게도 복사본을 보여주었다.

"어쩔 수 없지. 하지만 여긴 유급휴가 제도 같은 건 없는 거 알지?"

"알고 있어요. 미안해요."

치요다 선을 타기 위해 오차노미즈까지 나왔다. 갈아타는 도중에 시계를 확인하고 휴대전화를 꺼내 전화를 걸었다. 상대는 올빼미형이라 이 시간에 깨어 있을지는 알 수 없지만.

아니나다를까, 잠이 덜 깬 목소리가 들렸다.

"네, 히키타입니다."

노아 에디션에서 일하면서 알게 된, 생활용품에 대해 밝은 여자 라이터다.

"어머, 마에하타 씨? 잘 지냈어요?"

일단 깨워서 미안하다고 사과하고, 시게코는 "갑자기 미안한데" 하고 본론을 꺼냈다.

"풍향계 있잖아, 보통 생활용품 가게 같은 데서 팔지?"

"응. 가구점에서 판매하는 경우도 있고, 인터넷에서도 팔아요. 조립식 키트도 여러 종류 나와 있고."

"그중에 혹시, 닭 말고 박쥐 모양도 있을까?"

"박쥐?"

"응. 배트맨 마크 같은 모양인데."

히키타는 잠이 덜 깬 목소리로 웃음을 터뜨렸다.

"그런 게 필요해요?"

"그게 아니라 좀 알아볼 게 있어서. 박쥐 모양 풍향계가 유행한 적은 없을까?"

수화기 너머로 컴퓨터를 켜는 소리가 들렸다.

"으음, 박쥐는 글쎄…… 내가 가지고 있는 자료에는 없고, 그런 게 유행했다는 이야기도 못 들어본 것 같아요."

"조립식 키트 중엔 있을지도 모르고?"

"글쎄. 그런데 박쥐는 별로 귀여운 동물이 아니잖아요."

"그렇지."

"아니면 아예 직접 만든 걸까…… 혹시 가능성이 있다면 그거야말로 배트맨 관련 상품이겠는데."

만화나 영화 관련 상품으로 판매되었을지도 모른다는 이야기다. 그렇다면 배트맨 팬들 사이에서 인기가 있었을 수도 있다.

"알아볼까요?"

"그래도 돼? 나야 고맙지."

"그게 내 일인걸요. 노아 에디션에는 신세진 것도 많고."

"사실은 내 개인적인 일이야."

"그럼 다음에 한턱 내세요."

시게코는 알겠다고 약속하고 전화를 끊었다. 잠결에 이상한 부탁을 받고 "배트맨 모양 풍향계?" 하며 하품을 섞어 중얼거릴 표정을 상상하니 웃음이 나왔다.

기타센주 역에서 내려 매점에서 지도를 샀다. 대충 훑어보았지만 센주도리이초라는 지명은 찾을 수 없었다. 작은 동네인 모양이다.

센주 신사라는 곳이 있다. 하지만 그 근처에 '센주미야모토초'는 있어도 '도리이초'는 보이지 않는다. 센주미나미 경찰서 관내니까 아다치 구 남쪽일 텐데.

어쩔 수 없다. 가방에서 안경을 꺼내 벤치에 걸터앉았다.

요즘은 '노안'이 아니라 '가령시加齡視'라고 하는 모양이지만, 어쨌든 실상은 마찬가지다. 시게코는 삼십대 후반부터 그런 조짐을 느꼈고, 지금은 작은 글씨를 읽을 때면 돋보기안경이 필수품이다. 세 살 위인 쇼지는 아직 그런 기미를 보이지 않는 게 얄미웠다.

찾았다. 아다치 시장—정확히는 도쿄 도 중앙도매시장 아다치 시장 서쪽이다. 치요다 선보다 게이세이 선 센주오하시 역 쪽이 더 가까울지도 모른다. 제대로 조사하지 않고 움직이면 이런 꼴이 된다.

이런 큰 터미널의 번잡함은 도쿄 어딜 가나 비슷하다. 눈에 잘 띄는 커다란 소비자금융회사 간판까지 똑같다.

그래도 지도를 보며 걷다보니, 좁은 길 양쪽으로 빽빽이 늘어선 상점가, 지은 지 얼마 되지 않은 아파트와 낡은 단독주택들이 뒤섞인 풍경이 친밀하게 느껴졌다. 시게코가 사는 가쓰시카 구와 같은 서민적인 풍경이다. 빽빽이 들어선 주택 사이로 난 좁은 길. 자전거 짐칸에 짐을 동여맨 사람, 어린이 자리에 유치원 옷을 입은 아이를 태운 젊은 어머니들이 스쳐지나간다. 함석으로 울타리를 두른 공장 안에서는 위잉 하는 금속음이 들려온다. 거무스름하게 변한 회색 벽돌담 집 안쪽에 나무가 무성하다. 그 선명한 신록이, 골목길 정도의 폭밖에 안 되는 좁은 일방통행로를 끼고 있는 맞은편 집 현관을 장식한 여러 개의 화분 색깔과 잘 어울렸다.

초등학교와 중학교도 종종 보였고, 학교 주위 보도에는 녹색 페인트가 칠해져 있다. 옛날 사람들은 낯선 곳에 갈 때 제일 먼저 신사를 찾았다고 하지만, 요즘은 학교를 기준으로 하는 게 최고다. 운동장의 탁 트인 공간이 눈에 잘 들어오기 때문이다.

천천히 삼십 분 정도 걷다가 '센주도리이초'라는 주소 표시가 되어 있는 표지판을 발견했다. 옅은 녹색 표지판은 주택의 모르타르 벽 귀퉁이에 붙어 있었다. 그 옆에는 작은 이나리 신사*가 있었다. '도리이초'라는 이름은 이 신사에서 유래한 건지도 모르겠다.

거기부터는 길을 찾을 필요도 없었다. 고개를 들자 바로 앞에 승용차 한 대가 간신히 지나갈 만한—큰 왜건은 힘들겠지만—도로 양옆에, 지은 시기도 제각각 달라 보이는 각양각색의 집들이 늘어서 있는 사이에 마치 도려낸 듯 흙바닥이 드러나 있는 부분이 보였다.

그 화재로 불탄 집들의 터다.

시게코는 발걸음을 서서히 늦추고, 저도 모르게 숨을 죽이며 다가갔다.

거의 160제곱미터를 태웠다고 하는데, 집을 헐어낸 지금의 땅은 그보다 좀더 넓을 것이다. 화재로 반쯤 무너졌던 집들은 이제 없다. 모두 철거하고 땅을 깨끗하게 다듬어놓은 것이다.

땅은 대략 가로로 긴 직사각형 모양이었는데, 왼쪽 가장자리 부분이 30도 정도 비스듬히 깎여 있다. 저 좁은 터 안에 집이 다섯 채나 있었다는 이야기인데, 어떻게 배치했는지가 꽤 의문이었다. 하긴 서민들이 사는 오래된 동네에서는 드문 일이 아니다.

30도 정도 비스듬한 가장자리의 옆집은 3층짜리 초콜릿색 헤벨하우

---

* 곡물의 신을 모시는 신사.

스*다. 지은 지 얼마 안 되어 보인다. 토지 경계는 비스듬했지만 헤벨하우스는 완전히 사각형이라 그만큼의 공간이 남아돈다. 그곳에 자전거 두 대가 벽을 따라 세워져 있었다.

집터에는 아직 공사가 시작된 흔적은 없었다. 마른땅 여기저기 잡초가 돋아났고, 빈 깡통이나 편의점 비닐봉투가 몇 개 흩어져 있다. 가스관 위치를 표시한 작은 빨간색 말뚝도 보인다.

좁은 길에는 아까부터 지나다니는 사람이 거의 없었다. 집집마다 베란다나 2층 다용도실 밖으로 세탁물이 잔뜩 널려 있다.

멀리서 덜컹거리는 소리가 나서 돌아보니, 조금 전 시게코가 지나온 골목을 택배 배달원이 짐수레를 밀며 지나가고 있었다.

이제 어떡한다. 아무리 그래도 이웃집 인터폰을 불쑥 누르기는 좀 그렇다. 블록 끝에 있는 신호등 없는 횡단보도 건너편으로 세탁소 간판이 보였다. 그 맞은편은 미용실인 모양이다. 둘 다 지나가던 사람이 들어갈 일 없는 업종이긴 하지만, 물어보고 다니며 조사하려면 가게부터 시작하는 게 그나마 접근하기 수월하다.

막 걸음을 돌리려는데 헤벨하우스의 문이 열렸다. 활짝 열리고도 잠시 동안 아무도 나오지 않고 덜컹거리는 소리만 났다. 그리고 큼직한 유모차가 반쯤 보이더니, 앞바퀴가 힘겹게 문턱을 넘어섰다. 이어서 체구가 작은 백발의 남자가 유모차 옆을 지나 밖으로 빠져나왔다.

남자는 유모차 앞으로 돌아나와 손으로 양옆을 잡고 들어올렸다. 유모차가 덜컹거리며 크게 흔들렸다. 문턱을 좀처럼 빠져나오지 못하고 있다. 남자가 들어올리자 유모차가 약간 옆으로 기울면서, 시게코의 눈

---

* 독일에 본사를 둔 주택회사 브랜드명.

에도 그 안에 누가 누워 있는지 보였다.

쌍둥이다. 아직 한 살도 채 안 되었을 것이다. 유모차가 아무리 흔들려도 울지 않고 눈을 또렷이 뜨고 얌전히 누워 있다.

"영차."

유모차가 간신히 빠져나왔다.

"그럼 다녀올게."

백발 남자는 집안에 대고 말하더니 문을 닫았다. 그리고 그제야 시게코를 발견했다.

시게코는 미소를 지으며 고개를 숙였다. 남자도 고개를 숙이고는 바로 표정이 밝아졌다.

"아, 죄송한데 벨을 눌러주세요"라고 하더니 문 쪽으로 손을 흔든다. "집사람이 나올 겁니다."

무슨 착각을 한 눈치지만 뭔지 알 수가 없었다.

"네, 저기……"

"10킬로그램 이상이면 배달도 됩니다. 저녁에나 가겠지만요."

유모차 안의 아기가 "뿌우우" 하는 소리를 냈다. 남자는 안을 들여다보았다.

"그래, 그래. 갈 거야. 칙칙폭폭 보러 가자."

시게코는 남자가 나온 문 쪽을 바라보았다. 인터폰 박스 옆에 손글씨가 적힌 A4 사이즈 종이가 붙어 있다.

'고마키小牧 쌀가게 영업중입니다. 벨을 눌러주세요.'

쌀집이었던 것이다.

"저어, 고마키 씨신가요?"

유모차 앞에 쭈그려앉아 있던 남자는 고개를 들어 시게코를 보았다.

"예, 늘 이용해주셔서 감사합니다."

"죄송합니다. 쌀을 사러 온 건 아니고요."

고마키라는 남자는 흠칫 놀랐다. 머리가 희지만 얼굴은 아직 젊어 보인다. 오십대 중반쯤 되었을까.

"옆집에서 일어난 화재 관계로……"

고마키는 눈을 몇 번 깜박이더니 일어서서 시게코의 얼굴을 찬찬히 뜯어보았다.

"화재 일 때문이라니, 어느 집과 아는 분이십니까?"

'어느 집'이라는 것은 '불에 탄 다섯 집'을 말하는 것일 게다.

거짓말을 해봐야 소용없을 것 같아 시게코는 솔직히 대답했다.

"아닙니다. 도이자키 씨에 관해 여쭤볼 게 있어서요."

고마키가 얼굴을 찡그렸다.

"아, 어디 기자신가?"

역시 그렇군, 지긋지긋해, 아직도 물어볼 게 남았나? 그런 다양한 표정이 뒤섞여 있다.

"우린 이제 아무것도 할 이야기 없어요. 손자 데리고 산책 가는 길이니 이만 실례합니다."

고마키—고마키 할아버지라고 해야겠지만—는 그래도 정중히 고개를 숙이고는 유모차를 밀며 잰걸음으로 걷기 시작했다. 유모차 안의 아기들이 "할아부지"나 "뿌우, 뿌우" 하고 옹알댔다.

"좀 이상한 질문을 드리고 싶은데요."

시게코는 뒤따라가지는 않고 목소리를 높여 물었다.

"도이자키 씨 댁 지붕에, 특이한 모양의 풍향계가 달려 있던 걸 기억하고 계신가요?"

유모차가 멈췄다. 이번에는 노골적으로 미심쩍은 표정으로 돌아본다.

"예? 뭐라고요?"

시게코는 다가가 집터 쪽을 가리켰다.

"도이자키 씨 댁 지붕에, 닭이 아니라 박쥐 모양 풍향계가 달려 있었다고 하더군요. 사진에 찍혀 있던데, 기억하시나요?"

유모차의 귀여운 승객들이 손발을 바동거렸다. 그 바람에 오른쪽 아기의 양말이 쑥 벗겨졌다.

"예쁜 양말이네."

시게코는 몸을 굽혀 양말을 주워들고는, 웃으면서 신겨주었다. 발목에 리본이 달린 새하얀 면양말이다. 쌍둥이 둘은 놀라 눈을 동그랗게 뜨고 시게코의 얼굴을 바라보았다. 뺨이 새빨갛다.

"당신, 어디 기자요?"

고개를 드니 고마키가 얼굴을 잔뜩 찌푸리고 있었다. 시게코는 웃으며 대답했다.

"기자는 아닙니다. 개인적으로 아카네 씨 사건을 조사하는 것도 아니고요. 그냥 그 특이한 풍향계에 대해 알고 싶어서 왔습니다."

고마키는 심상찮은 눈빛으로 시게코를 위아래로 훑어보았다. 그러고는 "풍향계라" 하고 중얼거렸다.

"그런 걸 왜 조사하나?"

시게코는 백을 뒤져 카드지갑을 꺼냈다. 오래전에 만들었지만 요즘은 쓸 일이 없는 '프리라이터 마에하타 시게코'라는 명함이 아직 전철 정기권 뒤에 두세 장쯤 들어 있을 것이다.

찾았다. 모서리가 닳아서 낡은 느낌이지만 지저분하지는 않았다. 명함을 내밀자 고마키는 익숙하게 받아들었다. 몇백 번이고 이렇게 명함을 주고받은 경험이 있는 손놀림이었다.

"프리라이터?"

"사건 취재를 하고 있는 건 아닙니다. 그러니까 사건에 대해 여쭤보려는 게 아니라, 풍향계……"

갑자기 집 문이 덜컥 열리는 바람에 시게코는 말을 멈췄다. 청바지에 티셔츠를 입은 젊은 여자가 나와 황급히 주위를 두리번거렸다.

"아, 할아버지! 모자!"

여자는 고마키를 발견하자 큰 소리로 외치며 달려왔다. 손에 하얀 물건을 쥐고 있다.

"모자 두고 나가셨잖아요. 꼭 씌우라고 그렇게……"

시게코를 보더니 말을 끊었다. 흠칫 놀라는 표정이 고마키와 꼭 닮았다.

고마키 노인의 딸, 즉 쌍둥이의 엄마일 것이다. 보통 집안에 손자가 태어나면 서로를 부르는 호칭도 손자를 중심으로 결정된다. 고마키 씨는 자기 아내를 '할머니'라고 부르고, 딸은 '어멈'이나 '엄마'라고 부르는 게 틀림없었다.

'엄마'의 이름은 사카이 나오미酒井直美였다.

'사카이'는 남편 성이었고, 여자는 고마키 집안의 큰딸이었다. 그러니까 우리 남편이 처가살이를 하는 셈이죠, 라고 알려주었다.

나오미는 또 취재하러 온 사람이라며 언짢은 표정을 짓는 아버지와 시게코 사이에 끼어들었다. 그녀는 쌍둥이에게 얼른 모자를 씌우더니 웃는 얼굴로 말했다.

"어쨌든 할아버지는 산책 다녀오세요, 네?"

아버지가 떨떠름한 표정으로 발길을 돌리자, 나오미는 다시 시게코를 바라보았다.

시게코는 여기 온 목적을 다시 이야기했다. 나오미는 호리호리하고 약간 거무스레한 피부에, 두 팔에는 근육이 탄탄하게 붙었다. 겉보기에도 활발하고 머리 회전이 빠를 듯하다.

"그 소동이 났을 때는 기자들이 정말 깜짝 놀랄 정도로 몰려왔어요. 엄마 아빠 두 분 다 혈압이 올라 난리였고요. 그래서 취재 온 사람이라면 저렇게 경계하시는 거예요."

"무리도 아니죠. 뒤늦게 다시 들추는 꼴이 되어 죄송합니다."

나오미가 웃었다.

"그렇지만 이런 이상한 취재는 처음이에요. 대체 왜 도이자키 씨 지붕에 있던 풍향계에 대해 알고 싶으신 거죠?"

솔직히 이야기하는 게 좋을까—시게코는 잠깐 망설였지만 역시 곤란하다고 생각했다. 느닷없이 초능력 운운하면 모처럼 친절하게 대해주는 이 젊은 어머니도 주춤할지 모른다. 쓸데없이 번거로워질 우려도 있다.

"사건 보도가 한창일 때 그 풍향계 사진을 화보에서 보고 기억하고 있었어요. 제가 생활용품 기사나 광고 기사를 쓰는 일이 많다보니 어디서 파는 건지, 혹시 수입품인지 흥미가 생겼거든요. 그래서 오늘 다른 일로 근처에 들른 김에, 이웃분들에게 여쭤보면 뭔가 알 수 있지 않을까 해서……"

나오미는 팔짱을 끼고 천천히 고개를 끄덕이며 "아하, 그런 거였군요" 하고 말했다. 상냥한 말투에 여전히 웃고 있지만 아무래도 믿음이 안 간다는 표정이었다.

"그거 말이죠, 어디서 파는 물건이 아니에요."

"그러면요?"

"직접 만든 거예요. 학교 공작시간에요. 아, 아카네가 아니라 동생, 동생 친구가 만들어준 거예요."

놀라움을 감추며 시게코는 고개를 크게 끄덕였다.

"아, 그래서 닭이 아니라 박쥐였군요."

"네. 배트맨 가슴에 있는 마크를 흉내내서 만든 거였지 싶은데. 워낙 잘 만들어서 도이자키 씨가 계속 지붕 위에 달아놨던 거죠."

이젠 없지만요, 라고 나오미는 못을 박듯 덧붙였다.

"불탄 자리도 이제 겨우 다 치워졌어요."

"큰불이었다던데요."

"깜짝 놀랐어요. 무서웠죠."

팔짱을 낀 손으로 팔꿈치를 쓰다듬으며, 나오미는 집터 쪽을 바라보았다.

"그래도 우리집은 바람 덕분에 피해를 입지 않았어요. 벽도 그을리지 않았고요. 물은 뿌렸지만."

"도이자키 씨 댁은 어디쯤이었나요?"

나오미는 시게코의 얼굴을 힐끔 쳐다보고는, 손을 들어 가르쳐주었다.

"거의 한복판 도로 쪽이에요. 건너편 안쪽 모퉁이 집에서 처음 불이 났고요. 그래서 도이자키 씨 집을 포함해서 이쪽 두 채는 완전히 타진 않았죠."

시게코가 있는 쪽에서 발화지 가까이 모르타르를 바른 2층집 벽이 잔뜩 그을린 게 보였다. 더 안쪽에 있는 집은 외벽은 깨끗하지만 타일이 군데군데 떨어지고 깨졌다. 화염의 열기 때문일 것이다.

"저 집도 목조주택이었으면 위험했겠네요."

네, 정말 무서웠어요. 나오미는 가슴을 쓸어내리는 시늉을 했다.

"원래는 집을 다시 지을 때 목조 3층으로 만들 생각이었어요. 그런데 건축회사 사람이 옆집이 오래된 목조주택이라 불이 나면 위험하겠다고 해서, 이렇게 방화건축으로 지은 거죠."

"그랬군요. 고마운 충고였네요. 물론 불이 안 나는 게 제일 좋지만 요."

나오미가 코에 주름을 잡으며 웃었다. 무척 매력적인 표정이었다.

"처음 불이 난 집 말예요, 야마노 씨라는 아흔 살 넘은 할아버지 혼자 살고 계셨어요. 불이 난 것도 잠자리에서 담배를 피우는 버릇 때문이었 죠. 주위 사람들도 다들 저래도 괜찮을까 걱정했었는데, 아니나다를까 그런 일이 벌어졌네요."

하지만 사망자나 중상자는 나오지 않았다. 아마 이웃들이 총출동해 서 야마노 할아버지와 다른 사람들을 구해냈을 것이다.

"그러면 여기에만 오래된 목조주택 다섯 채가 몰려 있었던 건가 요?"

"그렇죠. 다 셋집이었어요."

"아아, 집주인이 따로 계시는군요."

"네. 부자예요. 하지만 이 동네 사람은 아니고요."

나오미는 얼굴을 확 찌푸렸다. 이번에는 분노의 주름이 잡혔다.

"치바 쪽에 산다던가? 이 동네에 애착 같은 게 있을 리 없으니까, 집 이 낡건 지붕이 기울건 비가 새건 자긴 모른다는 식이에요. 수리해서 살기 편해지면 세 사는 사람이 나가지 않잖아요. 그러면 집세를 올리기 힘들어지고. 그래서 일부러 그냥 내버려둔 거예요."

화가 난 말투였다.

"이런 사고가 났는데도 이웃 사람들에게 사과하러 오지도 않아요. 야마노 할아버지는 치매이신데다 다른 집도 모시는 노인들이 많다보니 우리가 대놓고 불평도 못하는 상황이에요. 집주인이라도 찾아와서 사과 한마디 해주면 한결 마음이 좋을 텐데."

나오미는 단숨에 쏟아내고 나서, 시게코가 이런 이야기를 해도 좋을 상대일까 싶었는지 슬쩍 얼버무리며 말을 맺었다.

"뭐, 이젠 어쩔 수가 없으니까 괜찮지만요."

"풍향계는 불에 탄 집들을 철거할 때 같이 버렸겠네요."

시게코가 물었다.

"그럴 거예요. 그것만 남겨둘 이유가 없죠. 아, 그런데……"

나오미는 일단 말을 끊더니 다시 팔짱을 끼고 시게코의 얼굴을 바라보았다.

"마에하타 씨라고 하셨죠?"

"네."

"정말로, 정말로 그것만 알아보러 온 건가요? 사실은 세이쌍 가족 이야기를 알고 싶은 거 아니에요?"

"세이짱?"

시게코는 누군지 몰라 되물었지만, 나오미의 눈빛이 갑자기 날카로워졌다.

"또 시치미떼시네. 내 말 맞죠? 미리 말해두지만, 우리도 세이짱이 지금 어디 있는지 몰라요. 부모님과 함께 있는지 어떤지도 모르고요. 그러니까 속여도 소용없어요. 아무 이야기도 해줄 수 없으니까요."

시게코는 분노의 이유를 이해했다. 세이짱이라는 건 아마 도이자키 아카네의 여동생일 것이다.

"믿지 못하시는 것도 무리는 아닐 거예요. 하지만 저는 도이자키 씨 사건에 대해 알아보려는 게 아니에요."

"그 요상한 풍향계만 알아보면 된다고요? 그런 말도 안 되는 소리가 어디 있어요?"

시게코는 부드럽게 미소를 지었다.

"시간을 빼앗아 죄송합니다. 고마웠어요."

정중하게 고개를 숙이고 돌아서려는데 나오미가 불러 세웠다.

"그 풍향계를 만든 세이짱 친구가 이 근처에 살아요. 저기 세탁소 간판 보이죠?"

팔을 뻗어 방향을 가리킨다. 아까 보았던 간판이다.

"저 집 아들이에요. 가서 물어보시지 그래요? 더 자세한 걸 기억하고 있을 거예요, 아마도."

정말로 풍향계에 대해 알고 싶다면요. 나오미는 애써 목소리에 힘을 주어 그렇게 덧붙였다. 시게코는 다시 고개를 숙이고 그쪽으로 걸어갔다. 조금 있자 뒤에서 쾅 하고 문 닫는 소리가 들렸다.

사카이 나오미는 친절을 베푼 게 아니라 시게코를 쫓아낼 작정이었을 것이다. 도이자키 아카네 사건은 이미 시효가 지났지만, 매스컴의 흥미를 끌 요소는 그 외에도 얼마든지 있다. 부모가 자식을 살해했다는 사실. 시체를 집에 숨겨두었다는 사실. 그리고 무엇보다 여동생의 존재.

경찰은 진상을 추적하지 않았다. 그러니 도이자키 씨 가족은 아주 좋은 취재 타깃이었을 것이다. 취재 공세가 밀려들 것이 불 보듯 뻔했기 때문에 그들은 감쪽같이 몸을 숨겼다. 어차피 전에 살던 집에서 계속 살 수는 없었을 테고. 그래도 포기하지 않았던 매스컴 관계자들이 방법을 바꾸어 이웃 사람들을 물고늘어지며 폐를 끼쳤는지도 모른다.

이런 사건이 났을 때는, 딱히 취재기자나 리포터들을 도와주려는 의도가 아니라도 제발로 나서서 수다를 떠는 이웃 주민들이 있기 마련이다. 갑자기 세상의 이목이 집중되는 것이 즐거운 것이다. 그런 취재 대상은 매스컴 입장에선 고마운 존재다.

하지만 한편으로는 그런 것을 매우 고통스럽게 느끼는 이들도 있다. 사건 관계자와 가깝게 지내던 사람들이 그렇다. 사건을 보고 놀라고, 숨겨져 있던 어두운 비밀을 보고 당황하면서도, 타인의 불행을 미끼로 매스컴에 놀아나는 건 벌받아 마땅한 짓이라고 생각하는 그런 사람들이다.

사카이 나오미는 후자에 속한다. 어쩌면 '세이짱'의 동창일지도 모른다. 나이를 보면 충분히 그럴 수 있다. 등하교를 함께 하던 소꿉친구일지도 모른다.

긴판에는 '이마이 클리닝'이라고 쓰여 있었다. 체인점과 프랜차이즈가 많아지는 세탁업계에서는 천연기념물이라고도 할 수 있는 독립점포다. 평범한 2층집의 아래층을 가게로 쓰고 있다. 커다란 유리창 너머로 와이셔츠들이 쭉 걸려 있다. 그 앞에는 새하얀 다리미판. 은빛 다리미가 거치대에 놓여 있다.

이 집도 모르타르 벽이다. 옆에서 보면 기와지붕이 보이지만 정면에는 빌딩처럼 네모난 평지붕이 붙어 있다 도쿄에서는 서민들이 사는 동네라도 이제 이런 형태의 가게는 보기 힘들어졌다.

출입구는 알루미늄 새시 미닫이문이었다. 유리 위에 빨간색과 노란색 포스터컬러로 '토요일은 서비스 날!' '와이셔츠 백 엔 균일!' '전화 한 통으로 OK!' 등의 문구가 손글씨로 적혀 있다.

실례합니다, 하고 시게코는 인사하며 문을 열었다. 안에서 "네, 잠시만요" 하는 여자 목소리가 들려왔다.

세탁물이 오가는 카운터는 오래 쓴 듯 누렇게 변색돼 있었다. 시게코는 그 위에 한 손을 얹고, 다른 한 손을 어깨에 멘 숄더백에 걸친 채 기다렸다.

아, 그러고 보니 점심시간이네. 식사중이었겠구나. 벽에 걸린 시계를 올려다보고서야 깨달았다.

"미안합니다, 기다리게 해서."

오십대쯤 되어 보이는 통통한 체구의 여자가 허둥지둥 나왔다. 앞치마를 입은 가슴과 배가 불룩하다. 멋을 부린 짧은 머리에는 빨간 에나멜 머리띠가 반짝반짝 빛났다.

시게코는 먼저 안녕하세요, 하고 인사를 건넸다.

"좀 전에 쌀집 고마키 씨에게 듣고 왔는데요."

이번에도 안 믿어주려나. 하긴 내가 생각해도 이상한 조사인걸—그렇게 생각하며 명함을 꺼내는데, 안에서 쿵쿵 발소리가 났다.

"엄마, 비켜. 내가 상대할 테니까."

굵직한 목소리가 들리자 빨간 에나멜 머리띠를 한 아주머니가 얼른 옆으로 비켜섰다.

의성어나 비유가 아니라, 정말로 '쿵쿵' 하는 소리가 났다. 이 정도 체격이라면 당연한 일이다.

시게코는 신장 190센티미터, 체중 100킬로그램은 될 법한 거구의 남자와 카운터를 사이에 두고 마주섰다.

잠깐 정신이 멍해졌다.

이목구비는 가지런한데 턱이 심하게 갈라져서 잘생겼다고 표현하기는 힘든 얼굴이었다. 짧게 깎은 머리가 잘 어울렸다. 이 거구의 남자에게 어울릴 만한 다른 헤어스타일은 상상할 수 없다.

남자가 두툼한 입술을 벌렸다.

"당신, 무슨 라이터라면서?"

안 그래도 가느다란 눈이 최대한 가늘어졌다. 시선은 똑바로 시게코를 향하고, 거친 콧숨을 몰아쉰다.

"세이짱을 쫓아다니고 있다던데? 어지간히 하라고!"

남자는 몸을 내밀어 두 손으로 카운터를 쾅 짚었다. 마치 나무토막이 카운터 위로 떨어진 것 같았다.

만만치 않게 강단이 센 시게코도 기가 질려 상체를 뒤로 젖혔다. 하지만 뒷걸음질은 치지 않았다.

"뭔가 오해하신 것 같은데요, 그건 아닙니다."

목소리가 차분하게 나와 스스로 안심했다.

"저는 도이지키 씨 가족에 관해 알아보러 온 게 아닙니다. 도이지키 씨의……"

"시끄러워!"

남자가 인상을 썼다. 남자 입장에서는 고함을 친 게 아니라 폐활량 눈금을 '대'로 올린 것뿐이리라.

하지만 그것만으로도 충분히 위압적이었다. 우스운 것은 시게코보다 옆에 있는 '엄마'가 더 놀랐다는 사실이었다.

"자, 잠깐만, 가쓰오勝男. 뭐하는 거니? 갑자기 큰 소리를 지르면 못써."

죄송합니다, 손님. 어머니가 시게코에게 사과하자 아들은 이번에는 그쪽에 대고 언성을 높였다.

"왜 손님 대접을 해주는 거야? 엄마, 이 인간은 기자야. 세이짱을 찾으려고 온 거라고. 되도 않는 거짓말이나 늘어놓고 말이야!"

"아니에요. 그러니까,"

시게코는 항복자세처럼 두 손바닥을 펼쳐 가슴 앞으로 들어올렸다.

"그건 오해라고 말씀드렸잖아요. 저는 도이자키 씨 댁 지붕에 있던 풍향계에 대해 알고 싶어서 왔어요. 고마키 씨가 그 박쥐 모양 풍향계를 만든 사람이 이 집 아드님이라고 해서서요."

"그런 한심한 거짓말을 누가 믿을 줄 알아! 사람 우습게 보지 마!"

거친 말과 함께 남자의 숨이 얼굴에 확 끼쳤다. 콧숨이다.

"가쓰오!"

어머니는 자식의 굵은 팔을 찰싹 때렸다.

"그런 머리 꼴로 꽥꽥 고함만 지르면 무슨 이야기를 하겠어? 넌 왜 그렇게 성미가 급하니!"

놀랍게도 어머니의 반격은 효과가 있었다. 가쓰오라는 거구의 사내는 갑자기 풀이 죽었다.

"뭐, 뭐야, 엄마. 나한테 화내지 마."

어머니는 기세가 더했다.

"네가 먼저 화내니까 엄마도 화를 낼 수밖에 없잖아! 바보같이. 대체 무슨 짓이니? 여자에게 소리를 지르다니, 그게 제대로 된 사내가 할 짓인 줄 알아?"

"난 그냥 이 사람이……"

소시지처럼 굵은 손가락을 시게코 얼굴 쪽으로 들이댄다. 그러자 엄마는 그 손가락을 손으로 탁 쳤다.

"사람한테 삿대질하지 마! 무슨 실례야!"

어안이 벙벙해진 시게코는 저도 모르게 웃음을 터뜨리고 말았다. 그러자 엄마도 멋쩍은 듯이 웃었다.

"미안해요. 어휴, 덩치만 잔뜩 커가지고 머리는 텅 비었어요. 바로 성질을 부린다니까요. 자식 버릇을 잘못 들여서 죄송합니다."

가쓰오는 기분이 상한 듯 입술을 삐죽 내밀고 있다. 엄마의 위력 앞에서는 기가 죽는 모양이다.

그런데, 뭔가를 봤는지 그의 가느다란 눈이 갑자기 커졌다.

"어, 나오미?"

시게코는 얼른 뒤를 돌아보았다. 사카이 나오미가 문 뒤로 막 숨으려는 참이었다. 유리문이라 포스터컬러 글자 너머로 몸을 웅크리는 모습이 그대로 보였다.

"어휴."

들켰다는 걸 깨달은 나오미가 두 손을 허리에 짚고 한숨을 쉬며 나왔디.

"가쓰오, 너 때문에 들켰잖아. 안녕하세요, 아주머니."

쓴웃음을 지으며 가쓰오 어머니에게 인사를 하고는, 시게코의 얼굴을 비딱하게 바라보며 물었다.

"마에하타 씨, 정말로 풍향계 일만 알아보러 온 거예요? 정말, 진짜, 정말로 그것뿐이에요?"

그렇구나. 시게코는 겨우 눈치챘다. 나오미는 이마이 클리닝으로 가보라고 가르쳐준 뒤 바로 전화를 건 것이다. 그리고 가쓰오에게 세이짱에 대해 물어보려는 여자 라이터가 곧 찾아갈 거라고 알려주었을 것이다.

—큰소리쳐서 겁 좀 줘.

이런 말도 덧붙였을 것이다.

"네, 정말 그것뿐이에요."

시게코는 웃음을 참을 수 없었다. 난처한 표정의 나오미와 자식을 노려보는 가쓰오 어머니의 화난 얼굴, 곤혹스러워하는 거구의 가쓰오. 세 사람이 모인 풍경이 무척 귀여워 보였다.

점심식사 그릇을 정리하고(모자가 먹고 있던 것은 중국식 냉면이었다), 가쓰오 어머니는 시게코에게 커피를 끓여주었다. 인스턴트가 아니다. 향기가 좋다.

"감사합니다. 잘 마시겠습니다."

좁고 어수선하지만 아늑한 느낌의 부엌 겸 식당이었다. 오랜만에 보는 리놀륨 장판과 빨간 비닐 시트가 깔린 의자가 있었다.

시게코와 가쓰오 어머니, 나오미, 가쓰오. 넷이서 네모난 테이블 한 쪽씩을 차지하고 앉았다. 가쓰오가 앉아 있는 의자는 그의 거구에 가려서 거의 보이지 않았다.

"죄송해요. 제가 좀 심했던 거 같아요."

나오미가 눈치를 살폈다. 그런 표정을 지으면 젊은 어머니라기보다 아직 고등학교에 다니는 소녀쯤으로 보인다.

"넌 내가 무슨 집 지키는 개인 줄 아냐? 왜 부추기고 난리야?"

가쓰오는 화가 나 있었다. 나오미는 입을 크게 벌리고 웃었다.

"어쩔 수 없었어. 난 정말 수상한 사람인 줄 알았단 말이야."

"죄송합니다." 시게코는 몸을 움츠렸다. "의심을 받아도 어쩔 수 없죠. 그런데, 제가 보기에도 여기 분들은 도이자키 씨 가족에 관한 취재 때문에 여러모로 불편이 많으셨나봐요."

가쓰오는 식탁 위에 놓인 담뱃갑에서 한 개비를 빼어 불을 붙였다. 쇼트호프였다.

"불편이라기보다, 뭐 여러 가지로요."

"하도 끈덕져서 화가 났어요."

"이해가 갑니다."

가쓰오 어머니가 두 사람을 손으로 가리키며 말했다.

"얘들은 초등학교부터 중학교 때까지 내내 세이짱과 같이 다녔어요. 집도 가까워서 친하게 지냈죠."

"늘 셋이 어울려 다녔고요."

역시 그랬구나.

"그렇다면 도이자키 씨네 작은딸을 염려하는 것도 당연하시겠네요."

의외라는 듯이 나오미가 고개를 살짝 갸웃했다.

"마에하타 씨, 세이짱 이름 몰라요?"

"네. 보도되지 않았잖아요."

어머, 하며 눈을 동그랗게 떴다.

"정말로 세이짱에 대해 조사하는 게 아니시네요."

가쓰오가 무서운 표정으로 곁눈질했다.

"역시 네가 잘못 넘겨짚은 거잖아."

"이름은 세이코예요. 성실하다의 '성誠'자를 써서 세이코誠子. 예쁜 이름이죠?" 가쓰오 어머니가 말했다. "이름처럼 좋은 아이예요. 고분고분하고, 착하고, 머리 좋고. 모든 게 언니와 정반대였죠."

가쓰오가 어머니 옆구리를 팔꿈치로 쿡 찔렀다.

"엄마, 쓸데없는 소리 마."

"뭐 어때? 그 정도야." 마음이 풀린 나오미가 거들었다. "거짓말도 아니잖아."

나도 한 대 줘, 나오미가 말하자 가쓰오는 못마땅한 표정을 지었다.

"너 유우友하고 도모朋한테 젖 물리잖아? 안 돼."

"그러니까 집에서는 안 피우잖아. 한 개비 정도는 괜찮아. 그리고 '젖'이라고 하지 마. 왠지 야해."

가쓰오는 계면쩍어했다. 나오미는 담배를 맵시 있게 손가락 사이에 끼우고, 가쓰오가 불을 붙여주자 깊숙이 한 모금 들이켰다.

"그 풍향계는 초등학교 5학년 공작시간에 가쓰오가 만든 거예요. 양철이나 플라스틱 같은 걸 써서 뭔가 만들어오라는 숙제였죠."

"5학년? 이마이 씨, 손재주가 좋으시네요."

시게코의 말에 가쓰오는 조금 전과는 또 다르게 쑥스러운 표정을 지었다.

"정말 잘 만들었어요. 선생님도 칭찬하셨는걸요. 바람 불면 잘 돌아가고요. 다른 애들은 그럴듯한 거 못 만들었는데."

"하지만 우리 아버지는 마음에 안 들어하셨어."

가쓰오는 고개를 숙인 채 멋쩍게 웃으며 중얼거렸다.

"나는 잔뜩 신이 나서 갖고 왔는데, 아버지가 화를 내서 실망했지."

"어째서요?"

"그게, 배트맨이라서 그랬다는 거예요. 맞죠, 아주머니?"

나오미의 물음에 가쓰오 어머니는 웃음을 터뜨렸다.

"맞아. 왜 학교 공작시간에 만화에 나오는 걸 만드느냐고 버럭 화를 냈지. 그런 건 갖다버리라고 고함을 쳤어."

"가쓰오가 풀이 죽어 버리려고 하는 걸, 세이짱이 자기 집에 달아둘 테니 달라고 했어요. 자기 집 지붕에 달아놓으면 가쓰오도 매일 볼 수 있을 거라고. 학교 갈 때 항상 세이짱 집 앞을 지나갔거든요."

"마음씨도 곱죠." 가쓰오 어머니가 말했다. "그런 애예요, 세이짱은."

"저도 기억해요. 도이자키 아저씨가 동네 페인트가게에서 사다리를 빌려다 직접 달았어요. 오, 잘 도는구나, 하면서 기뻐하셨고, 가쓰오도 좋아했죠."

자연스럽게 이야기에 등장한 '도이자키 아저씨'라는 말에 자리의 분위기가 바뀌었다. 세 사람 모두 입을 다물었다.

"좋은 친구들이었네요. 멋진 이야기예요." 시게코가 말했다. "그뒤로 박쥐 풍향계는 계속 도이자키 씨네 지붕에 달려 있었던 거군요?"

가쓰오가 고개를 끄덕였다.

"전 까맣게 잊고 있었어요. 이따금 지나가다가 저거 아직도 달려 있네, 하고 생각했지만요. 일부러 떼어내기 귀찮아서 그대로 둔 거 아닐까요?"

"10년쯤인가? 더 됐나?"

"너 몇 살이야? 스물다섯이잖아? 그러면 14년이지."

16년 전 살해되었을 당시 도이자키 아카네는 열다섯 살이었다. 살아 있다면 서른한 살이다. 가쓰오와 동창인 동생 세이코와는 여섯 살 차이다.

간단한 암산을 하다보니 다른 생각이 떠올랐다. 언니가 남몰래 살해되었을 때 여섯 살 아래인 세이코는 아홉 살, 초등학교 3학년이었다. 풍향계를 지붕에 단 것은 2년 뒤. 도이자키 겐이 페인트가게에서 사다리까지 빌려와 딸과 친한 남자아이가 만든 공작물을 달 때, 도이자키네 지붕 아래, 땅속에는 이미 아카네가 묻혀 있었다.

"불에 탄 집을 철거할 때 공사하는 인부가 떼주었는데," 가쓰오가 말을 이었다. "오랫동안 비를 맞아서 거의 삭았더라고요. 양철인데도 건드리면 흙처럼 부서졌죠. 그래서 버렸어요."

"그랬군요…… 인부 분이 친절하셨네요."

무슨 영문인지 갑자기 가쓰오는 나오미와 얼굴을 마주보더니 고개를 숙였다. 나오미가 담배를 끄면서 말했다.

"철거작업이 시작된 지난달 말에 도이자키 씨 쪽 변호사가 왔었어요. 세이짱에게 풍향계를 가져다달라는 부탁을 받았다더군요."

세이코가 추억이 될 물건을 갖고 싶다고 했다는 것이다.

친하게 지낸 친구들과의 추억이 담긴 물건. 그러면서도 집 안이 아니라 밖에 있던 물건.

"이제 우리랑도 못 만날 거라 생각한 게 아닐까? 그렇지 않은데."

바보 같은 소리 하지 마, 하며 가쓰오가 작은 목소리로 나무랐다.

"세이짱은 다시 여기로 돌아올 수 없어. 쓸데없는 소리를 하는 놈들이 있잖아."

그렇겠네. 나오미는 순순히 고개를 끄덕이며 웃었다.

"한창 시끄러울 무렵에 신문기자나 리포터들이 세이짱 동창들 집을 돌아다녔어요. 졸업 앨범을 빌려달라고요."

흔히 있는 일이다. 그러나,

"아카네 씨가 아니라, 세이코 씨 걸요?"

"예. 아카네 언니 동창들 집도 물론 돌아다녔겠죠. 그래서 사진도 실렸잖아요?"

시게코가 체크한 기사에는 없었다. 피해자가 미성년자니까 그게 당연하다고 생각했는데, 사진을 실은 곳도 있었단 말인가.

"세이짱한테도 흥미가 있었겠죠. 언니가 아버지에게 살해당해 묻혀 있는데, 아무것도 모르고 그 집에서 아버지와 행복하게 살던 여동생은 어떤 아이였을까, 어떻게 생겼을까 하고요."

"우리집에도 왔지만 거절했어요." 가쓰오 어머니가 말했다. "소금을 뿌려줬죠."

"하지만 좋다고 빌려준 바보가 있었어요."

나오미의 눈빛이 다시 험악해졌다.

"나중에 가쓰오가 혼내줬지만요."

시게코는 섬뜩했다. 가게 앞에 있던 커다란 다리미가 떠오른 것이다.

"물론, 맨손으로였겠죠?"

"그렇죠. 아님 뭘로 했겠어요?"

"그렇네요……"

어른이 되어 직장을 다니게 되었어도 동창생 중 반 정도는 부모님 집에 남아 있다고 한다. 가업을 잇는 경우가 많기 때문이다. 얻어맞은 동창생은 선술집 아들이었다. 가쓰오가 가게로 쳐들어가 소동을 피웠다는 것이다.

"자칫하면 경찰을 부를 뻔했어요. 그땐 너무했어, 가쓰오."

그렇게 폭발 잘 하는 거구를 꼬드겨 나를 습격한 것도 당신이잖아요, 시게코는 속으로 중얼거렸다.

뭐, 이 정도면 됐다. 이만큼 이야기를 들었으니 플러스 마이너스 제로다.

"정말 감사했습니다. 풍향계 이야기 잘 들었습니다."

시게코가 식탁에 이마가 닿을 정도로 고개를 숙였다. 고개를 들자 나오미가 진지한 표정으로 시게코를 바라보았다.

"그런데……"

나오미가 입술을 삐죽 내밀었다.

"그런데 말이에요, 이야기를 다시 돌리는 것 같지만, 역시 마음에 걸리네요. 사건과 관계가 없다면 마에하타 씨는 왜 그 풍향계 때문에 굳이 여기까지 찾아온 거죠? 영 신경쓰여요. 가르쳐줄 수는 없어요? 물어보면 안 되는 거예요?"

가쓰오 어머니는 입을 다물고 있다. 가쓰오는 담배를 빼어 불을 붙이며 나오미와 시게코를 번갈아 바라보았다.

시게코는 망설였다. 이 정도 질문은 적당히 거짓말로 넘어갈 수도 있다. 하지만 그렇게 해서 이 사람들을 속이는 짓은 무척 불쾌한 일일 것 같았다.

말해도 괜찮겠지. 이 사람들이라면, 하기타니 도시코가 히토시를 생각하는 마음을 비웃거나 하지는 않을 것이다.

"사실은 처음부터 너무 곧이곧대로 말씀드리면 믿어주시지 않을 것 같아서요."

사정을 털어놓았다. 시게코가 이야기하는 동안 식탁에 둘러앉은 세 사람의 눈이 점점 커져갔다.

"흐음, 초능력이라."

나오미가 김빠진 목소리로 말했다.

"난 뭔지 알아." 가쓰오가 설레설레 고개를 저었다. "텔레비전에서 봤어. 미국에서 초능력자가 와서 댐 밑에 있는 시체를 찾아내더라고."

"텔레비전에 나오는 건 모두 거짓말이야. 몇 번을 말해야 알아듣니?"

가쓰오 어머니가 바로 나무랐다.

"그애…… 히토시한테 이런 일들이 또 있었나요? 확인했어요? 어머니로서는 아무리 작은 것에라도 매달리고 싶을 테지만요."

나오미의 눈빛이 진지해졌다. 아아, 어려 보여도 이 사람 역시 아이 엄마구나.

"모르겠습니다. 제가 보기에는 실제로 일어난 사건과 연결지을 만한 건 박쥐 풍향계가 달린 집 그림뿐이었어요. 더 자세하게 조사해보면 나올 가능성은 있겠지만요……"

"조사해보세요. 뭐라도 괜찮잖아요. 그애 어머니한테 확실한 거라면요."

"그렇죠. 노력해볼게요."

커피 잘 마셨습니다. 인사하고 일어나 가게 출입구로 다가가려는데 문 위에 걸린 영정 사진이 보였다. 완고해 보이는 사각턱에 머리를 짧게 깎은 남자였다.

"아, 아버지예요." 가쓰오가 말했다. "얼마 전 심주기였어요. 환갑도 되기 전이었는데, 술을 좋아해서 뇌졸중으로 그만."

가쓰오는 큰 키 덕분에 영정을 올려다볼 필요도 없었다.

"도이자키 아저씨하고도 이따금 마시곤 했어요."

"가족끼리 사이가 좋으셨나봐요."

"예. 도이자키 아저씨는 술이 약했지만요."

"거의 못 드시는 편이었어요."

나오미도 덧붙였다.

잠시 동안 네 사람은 함께 영정을 바라보았다.

가느다란 눈을 깜박이며 가쓰오가 중얼거렸다.

"아버지가 살아 있었으면 어떻게 생각했을까?"

가쓰오 어머니나 나오미도 아무 말이 없었다.

"도이자키 아저씨네 일은 어느 정도 눈치채지 않았을까? 그래도 장사꾼이니 사람 보는 눈이 있었을 텐데."

가쓰오 어머니가 자식의 등을 세게 때렸다. 그리고 동작과는 달리 가라앉은 목소리로 말했다.

"네 아버지도 몰랐을 거야. 아무도 몰랐을 거야. 세상엔 그런 일도 있는 법이야."

가쓰오는 순순히 응, 하고 대답했다.

고마키 씨 집 앞까지 나오미와 함께 걸었다. 침묵이 두려운 듯, 나오미는 걸으며 빠른 말투로 이야기했다.

"우리 남편 회사원이거든요. 어차피 아버지가 쌀가게도 이제 당신 대에서 끝이라고 하셔서 꼭 돌아올 필요는 없었지만, 친정집을 다시 짓는다는 이야기를 듣고 저도 돌아온 거예요."

시게코는 고개를 끄덕여 보였다.

"다시 가쓰오랑 세이짱 가까이서 지내는 것도 재밌겠다 싶었죠. 우리 부모님도 남편이랑 같이 대출금을 갚으면 편할 테고요. 유우랑 도모가 태어난 후에는 정말 돌아오길 잘했다고 생각했어요. 혼자 키우기는 너무 힘드니까요."

그 쌍둥이 이야기인 모양이다.

"세이짱도 잘 생각했다고 했어요. 자기도 그러고 싶지만 셋집이라서 안 된다고, 부모님이랑 함께 살 집을 지으려면 돈 잘 버는 남편을 얻어야겠다면서 웃었어요. 제가 돌아왔을 무렵만 해도 결혼하기 전이라서 세이짱은 아직 저 집에 살고 있었거든요."

그렇다면 사건이 드러난 무렵에는 결혼한 상태였다는 걸까?

"세이코 씨는 결혼하셨나요?"

나오미는 잠깐 입을 꾹 다물었다가 대답했다.

"불이 났을 때, 결혼한 지 석 달째였어요."

나도 빨리 아기를 낳고 싶어. 나오미의 쌍둥이를 품에 안고 그렇게 말했다고 한다.

"어떻게 지낼까…… 남편과 잘 지내고 있으면 좋겠는데."

자기 집 앞까지 와서도 나오미는 멈춰 선 채 집이 철거된 공터를 바라보고 있었다. 질문을 던지듯 눈에 힘을 주고서.

"이제 연락이 닿지 않아요. 그 사건 후에…… 맞아요, 이달 초까지는 휴대전화가 살아 있었어요. 계속 부재중이었지만 신호는 갔거든요. 그런데 지금은 완전히 먹통이에요. 괜찮은 걸까 몰라요."

남편과는 함께 살고 있을까? 부모는 어디 있는 걸까? 세이코와 부모님 관계는 어떨까?

공터는 아무런 내답도 해주시 않았나.

생활용품 전문가인 프리라이터 히키타로부터 연락이 온 것은 그로부터 이틀 뒤 밤이었다.

"조사해봤는데요, 풍향계 자체가 일반적으로 잘 팔리는 물건도 아니고, 게다가 박쥐 모양처럼 이상한 물건이 널리 나돈 적은 역시 없네요."

"그래? 그렇지. 길 가다가 쉽게 볼 수 있는 게 아니긴 해."

"주문생산하는 메이커도 있긴 한데 대개 별장용이에요. 그래서 그 집 주인의 이니셜을 디자인한 게 대부분이고요. 박쥐는…… 너무 마이너한데요."

시게코는 히키타를 따라 웃었다.

"배트맨 관련 상품 중에서도 풍향계는 안 보였어요. 적어도 수입은 되지 않았을 거예요. 만약 있다면 누가 여행중에 할리우드 잡화점에서 선물로 사온 정도? 하지만 그것도 정식으로 발매한 제품은 아닐 거예요."

고맙다고 하고 전화를 끊은 뒤, 시게코는 하기타니 도시코에게서 빌린 히토시의 공책을 꺼냈다. 텔레비전에서는 NHK 아홉시 뉴스가 나오고 있었다. 쇼지는 아직 집에 오지 않았다.

탁자 위에 공책을 펴놓고 다시 박쥐 풍향계가 달린 집의 그림을 펼쳐 보았다. 부엌 백열등 아래서 보니, 처음 보았을 때보다 색조가 부드러워 보였다.

히토시가 그린 그림 속의 집은 단층이다. 화보에 찍힌 실물은 어디로 보나 2층집이다. 히토시의 그림 속 집과 실제의 집이 목조가옥이라는 점, 기와지붕인 점, 그리고 문제의 박쥐 풍향계가 달려 있는 위치까지는 맞아떨어지지만, 기본적으로 집의 모양은 크게 다르다는 이야기가 된다.

히키타 덕분에 박쥐 풍향계가 유행한 적이 없다는 사실은 알았다. 하지만 그렇다 해도 다른 집에 박쥐 풍향계가 전혀 없다는 증거는 되지 못한다. 하기타니 히토시는 우연히 어느 다른 동네에서 그런 집을 보고, 재미있어하여 인상에 남은 것을 나중에 그림으로 그린 걸지도 모른다.

가능성만으로 생각한다면, 히토시가 본 그것은 도이자키 씨 집의 박쥐 풍향계일 수도 있다. 소풍이나 견학을 갈 때 버스 창밖으로 봤을지도 모른다. 엄마를 따라 어떤 볼일이 있어 기타센주 부근에 간 적이 있을 수도 있다.

바보 같은 생각이라고 할지 몰라도, 초등학교 6학년 남자아이가 어떤 초자연적인 능력을 지니고 있었을 거라는 가설보다는 그편이 훨씬 받아들이기 쉬웠다. 시게코는 현실주의자니까.

그렇지만—그렇게 생각한다 해도 이해가 안 되는 점은 아직 남아 있다.

시게코는 지금까지 몇 차례나 이 공책을 넘겨보았다. 그림 하나하나를 자세히 살펴보았다. 풍경화도 있고, 인물화도 있다. 그림 하나에 그 두 가지를 함께 그린 것도 있다.

그것들 가운데 사람의 피부를 회색으로 칠한 것은 박쥐 풍향계가 달린 집 안에 있는 소녀뿐이었다. 나머지는 모두 살구색이다. 살구색 크레용 위에 노란색을 덧칠한 경우는 있어도, 회색은 그 소녀 한 사람뿐이었다.

도이자기 아가네의 시체가 시랍화한 상태였다는 사실이 자꾸 띠올랐다. 그렇게까지 연결짓지 않아도, 이 소녀만 피부가 회색인 걸 보면 히토시가 죽은 사람을 표현하려 한 게 아닐까 하는 생각이 든다.

히토시의 다른 그림을 더 봐야 한다. 하기타니 도시코는 이 공책 말고도 잔뜩 있다고 하지 않았던가. 이런 그림은 '평소에는 그리지 않는다'고도 했다. 히토시는 유치원 아이의 낙서로 착각할 만한 이런 그림뿐만 아니라, 제대로 된 그림도 그렸다고 했다.

—이런 그림은 보고 그린 게 아니라 머릿속에 떠오른 걸 그린 거

래요.

휴대전화를 걸자, 도시코는 착실한 사람답게 신호가 두 번 갔을 때 바로 받았다. 시게코라는 걸 알고 몇 번이나 인사와 감사의 말을 반복했다.

"늦은 시간에 죄송합니다. 지금 근무시간은 아니시죠?"

"괜찮습니다. 집에 있어요. 선생님, 혹시 히토시에 대해 뭔가 알게 되신 건가요?"

마음이 급하다. 시게코는 차근차근 용건을 설명했다. 그러자 도시코는 바로 허락했다.

"예! 히토시가 그린 그림이라면 전부 가지고 있어요. 모두 보실 수 있습니다. 선생님, 감사합니다!"

들뜬 탓인지 도시코의 수다는 좀처럼 멈추지 않았다. 겨우 달래서 토요일 오후에 방문하기로 약속을 잡았을 때, 마침 쇼지가 들어왔다.

며칠 전 생긴 발주 문제가 아직 해결되지 않은 모양이지만 오늘은 그래도 기분이 괜찮아 보여, 시게코는 저녁 반주를 하는 쇼지와 함께 술을 마시며 하기타니 도시코와 히토시 이야기를 했다. 쇼지는 흥미가 생긴 모양인지 식사가 끝나자 이렇게 말했다.

"그 그림 나도 보여줄 수 있어?"

시게코는 공책을 펼쳐 내밀었다. 쇼지는 손을 깨끗하게 씻고 나서 공책을 받아들었다.

"이야, 감동적인데."

쇼지는 눈이 부신 듯 깜박였다.

"뭐가?"

"뭐가라니, 귀엽지 않아? 열심히 그렸잖아. 색칠도 잘했고. 어린아이가 그린 그림은 그것만으로도 정말 감동적이란 말이야."

그러고 보니 전에 무슨 볼일을 보러 둘이 도쿄 역에 내렸을 때, 마루노우치 홀에서 초등학생 그림 전시회가 있었다. 시간이 남아 천천히 거닐며 구경하는데 쇼지가 어느새 눈물을 글썽이고 있어 놀란 적이 있다.

진심으로 원하지만 나에게는 아이가 없다. 이제는 생길 가능성도 거의 없다. 그래서 저러는 거라고 생각했다. 마음이 아파서 시게코는 못 본 척했다.

"딱 봤을 때 어떤 느낌이 들어? 곧 중학생 되는 남자아이치고는 어리지?"

"글쎄. 하지만 나도 그림이 젬병이라 중학교 올라가서도 이 정도였던 것 같은데."

"스케치 같은 건 훨씬 어른같이 잘 그린대. 이번 토요일에 하기타니 씨 댁에 가서 전부 보기로 했어."

"토요일? 아, 난 약속이 있네."

접대 골프다.

"약속만 없다면 따라가고 싶은데."

"사장님은 괴롭겠네." 시게코가 놀렸다. "그런데 이 아이 그림이 그렇게 마음에 들어?"

"응."

쇼지는 망설임 없이 고개를 끄덕였다.

"뭐랄까, 생기 넘치고 따뜻한 느낌이 들어서 좋아."

하지만 이것만은 다르다고, 그 소녀가 그려진 그림을 가리켰다.

"이건 슬픈 느낌이야. 이야기를 듣고 사정을 알게 되어 그런지도 모르지만, 쓸쓸한 그림 같아."

"그냥 낮잠 자는 모습인지도 모르잖아."

"아니야, 그렇지 않아. 이건 죽은 사람이야. 히토시란 애는 그걸 알고 그린 거야."

쇼지는 이런 에피소드에 쉽게 감격하는 성격이었다. 꼬치꼬치 따지면 번거로워질 것 같아 시게코는 그냥 넘어갔다.

"참, 그림 이야기가 나와서 말인데, 재미있는 이야기가 생각났어."

얼마 전 있었던 일인데, 라고 말을 꺼낸다.

"점심시간에 사무실에서 식사를 하고 있는데 어쩌다보니 우체통 이야기가 나왔거든. 요새는 거의 신형으로 바뀌었잖아. 입구가 큰 걸로."

"전체적인 모양새는 같지 않아? 네모난 모양에."

"응. 그런데 사무 보는 모리가 말야, 우리 회사에선 제일 어린데, 요즘 우체통처럼 생긴 것 말고 다르게 생긴 건 전혀 모른대. 예전에는 원통 모양에 입구가 튀어나온 것도 있었잖아."

모리는 열여덟 살이니 무리도 아니다.

"그래서 나하고 야마다 아저씨가 이렇게 생긴 거라고 그림으로 그려 보여주려고 했는데, 그 모양이 전혀 제대로 그려지지 않는 거야."

"왜?"

"아무리 해도 제 모양새가 나오지 않아. 물론 원래 그림도 잘 못 그리지만, 그리면 그릴수록 나도 기억이 혼란스러워졌어. 실물을 보고서가 아니라, 기억에 있는 걸 그리려다보니까."

야마다 씨(선임 금형 기술자다)가 그린 구형 우체통에 다리가 달려 있어서, 쇼지는 아니라고 우기며 원통형 우체통의 받침대를 그렸는데, 야마다 씨는 또 그렇게 생기지 않았다고 했다는 것이다.

"그래서 거기서 여러 가지 이야기가 나왔지. 평소 자주 보던 것도 보지 않고 그리려 하면 어렵다고 말이야. 파쿠짱은 휴일이면 열심히 차를 닦으면서도, 네 새 차를 그려보라고 했더니 완전 엉망이었어."

옆에 있던 광고 전단을 뒤집어 쇼지가 파쿠짱(올해 새로 들어온 기술자다)이 그린 그림을 흉내내 보였다. 파쿠짱이 새로 산 차는 날렵한 스포츠카 타입이다. 하지만 그림은 보닛이 불쑥 튀어나온 버스 같은 모양이었다.

"사이드미러를 문 뒤에 그린 거야. 꼭 복어 같았어. 이상하다고 놀리니까 파쿠짱이 발끈하더라고. 그래서 다들 배를 잡고 웃었지."

즐거운 점심시간이다. 마에하타 철공소는 평화롭다.

"이 히토시라는 아이도 그런 게 아닐까? 기억 속에 있는 것을 그리기는 힘들어. 기술의 문제가 아니라, 기억력의 문제지."

그럴듯하다는 생각에 시게코는 고개를 끄덕였다. 히토시의 스케치를 보면 확실히 알 수 있을 것이다.

"그건 그렇고, 안타깝네."

쇼지는 저녁식사 반주로 마신 술 때문에 빨개진 눈을 깜박였다.

"이 그림을 그린 애는 이제 없잖이. 제 엄미보디 먼저 세상을 떠난 거지?"

"트럭에 치였대."

"가슴 아프네. 왜 이렇게 어린 아이가 죽는 거지. 세상에 죽어도 될 놈들이 우글우글한데 말이야. 왜 이런 아이의 목숨을 거둬가는 거냐고. 하느님도 부처님도 사실은 없는 게 아닐까?"

그렇네, 하고 중얼거리고 나서 시게코는 작은 목소리로 말했다.

"하지만 그래도 히토시는 행복하지 않을까?"

"무슨 소리야!"

쇼지의 목소리가 날카로워졌다. 콧구멍도 넓어졌다. 아아, 이 사람은 정말이지 어린아이에 약하다니까.

"이렇게 사람들이 애도해주잖아. 생판 남인 우리도 안타까워해. 그렇지 않아? 하지만 도이자키 아카네는 아무도 안타깝게 여기지 않아. 그애도 열다섯 살짜리 여자아이였는데."

쇼지는 입을 삐죽 내밀었다.

"부모가 자식을 죽이다니, 도저히 구제할 길이 없어."

"……응."

"최악이야. 제 자식을 그렇게 만들다니. 진짜 인간도 아니야. 내가 재판관이라면 절대로 용서하지 않았을 거야. 시효 같은 건 대체 왜 있는 걸까?"

쇼지는 화난 듯한 손놀림으로 다시 소녀 그림을 펼쳤다.

"시게코, 그래도 딱 한 사람만은 이 소녀를 애도하고 있어."

히토시야, 라고 쇼지는 말을 이었다.

"이 그림이 슬프고 쓸쓸한 건, 히토시가 아카네란 여자아이를 애도하고 있기 때문이야. 동정한 거지. 불쌍히 여긴 거야. 초능력이니 뭐니 하는 건 난 잘 모르지만, 특별한 감각이 있는 사람은 있잖아? 히토시에게는 그게 있었던 거야. 보통 사람에게는 없는 눈, 제3의 눈 말이야. 그게 마음속에 있는 거야."

정서적으로는 동의하고 싶은 결론이다. 하지만 그렇게 간단히 인정해버릴 수는 없다. 시게코는 살짝 쓴웃음을 지었다.

주소만 가르쳐주면 된다고 했는데도, 하기타니 도시코는 굳이 역까지 마중을 나오겠다며 고집을 부렸다.

실제로 와보니 그게 정답이었다. JR 후나야마 역은 커다란 환승역이라 주변 번화가는 범위가 넓고 복잡했다.

"이렇게 찾아와주셔서 감사합니다, 선생님. 히토시가 기뻐할 거예요."

도시코의 안내를 받아 역에서 남쪽 방향으로 걸었다. 도중에 길은 좁지만 활기가 넘치는 상점가를 지났다. 도시코는 일하는 마트 말고 여기에서도 장을 본다고 한다. 일용품은 이쪽이 더 쌀 때도 있다며, 비밀 이야기를 하듯 가르쳐주었다.

"히토시와도 자주 왔었어요. 그애, 이집 고로케를 무척 좋아했거든요."

손가락으로 가리킨 반찬가게 앞에는 따끈따끈한 황금색 고로케가 먹음직스러운 냄새를 풍기고 있었다. 가는 길에 사갈까 생각했다.

역에서 이십 분가량 걸었다. 하기타니 도시코가 사는 곳은 공동주택으로, 연립주택이라기보다 다세대주택 같은 형태였다. 2층짜리 콘크리트 건물을 양갱 자르듯이 분할해놓았다. 각 세대의 크기는 매우 작아 폭이 채 3미터도 안 될 것 같았디. 죽 늘어선 현관문 옆에는 외부형 급탕기가 하나씩 달려 있다.

지은 지 10년쯤 되었을까? 회색 외벽은 그을었고, 동그란 환기구 아래로 지저분한 먼지 흔적이 줄처럼 나 있다. 그래도 주위의 집들에 비해 유별나게 초라하지는 않았다. 주변에는 낡은 목조가옥이 올망졸망 늘어서 있다. 역 주변 거리와 비교하면 시간을 거슬러올라간 듯 시대에 뒤처진 느낌이 드는 수수한 풍경이다.

"들어오세요, 좁아서 죄송합니다."

안으로 들어가자 형식적으로 신발 벗는 공간이 있고, 그 바로 앞이 부엌이었다. 지저분한 가스레인지와 싱크대. 찬장은 통로로 튀어나와 있다.

1층 전체를 차지한 거실은 서너 평 정도 될까? 개다리소반처럼 키 낮은 둥근 테이블이 한가운데에 놓여 있다. 정면에는 바닥까지 이어진 창문이 있는데, 그걸 열면 베란다로 나간다. 빨래 건조대에는 아무것도 널려 있지 않았다.

그 창 옆에 나란히, 새로 마련한 불단이 놓여 있었다.

밀감상자 정도의 크기에 옻칠 대신 나뭇결에 광택만 낸 소박한 것이었다. 양쪽으로 열리는 문짝에는 사철 피는 꽃이 새겨져 있다. 벚꽃, 매화, 모란, 그리고 동백.

불단이 작아서인지 두 배 정도 되는 크기의 나무상자 위에 얹어놓았다. 나무상자는 정면으로 열리게 되어 있고, 안에는 도감 종류가 꽂혀 있다. 동물도감, 식물도감, 약간 큰 『세계유산사진집』『만화 그리는 법』 같은 책도 보였다.

"우선 향을 올려도 될까요?"

시게코의 요청에 하기타니 도시코는 고개를 꾸벅 숙이면서 무릎을 꿇고 불단을 열었다.

위패는 히토시 것 하나뿐이었다.

앞쪽에는 A5 사이즈 액자에 든 컬러사진이 놓여 있다. 웃고 있는 히토시의 사진이다. 등산 갔을 때 찍은 건지, 커다란 배낭을 짊어지고 나무에 기대어 카메라를 향해 브이자를 그리고 있다.

히토시의 얼굴을 보는 것은 이게 처음이었다. 히토시 이야기를 계속 화제로 삼고 머릿속이 그 생각으로 가득했기 때문인지, 마치 그애를 잘 아는 듯한 착각에 빠져 있었다. 시게코는 눈을 살짝 크게 떴다.

어쩜 이렇게 귀여울 수가. 여자아이처럼 섬세하게 귀여운 얼굴이다.

체구가 작고 뼈대가 가늘어, 열두 살에서 열세 살가량 남자아이의 평균 체격보다 훨씬 작아 보였다. 사진에서는 햇볕에 그을어 건강해 보이지만, 어쩌면 병약한 아이였는지도 모른다. 하지만 그런 인상도 이 아이에겐 묘한 매력으로 느껴졌다.

"히토시, 마에하타 선생님께서 와주셨단다."

도시코는 아들이 거기에 있다는 듯 말을 걸며 양초에 불을 붙이고 종을 울렸다.

"평소에는 잘 때나 외출할 때도 불단 문을 활짝 열어놓습니다. 하지만 히토시는 부끄러움을 잘 타는 성격이라, 오늘은 갑자기 선생님이 오신다고 해서 제가 닫아두었어요."

시게코가 가지고 온 과자상자를 내밀자 도시코는 그것을 정중하게 받아들고 불단에 올렸다.

시게코는 향을 올리고 위패를 향해 합장했다.

노란색과 흰색 소국이 사진 앞에 장식되어 있다. 공양대 위에는 아몬드초콜릿이 놓여 있다.

아담하고 깔끔한 불단이다. 그래서 더 슬프다. 하기타니 히토시의 열두 해 남짓한 인생은, 이렇게 작은 상자 안에 갇혀버린 것이다.

"아드님이 정말 귀엽게 생겼네요."

돌아보며 말을 걸자, 하기타니 도시코는 소리 없이 울고 있었다. 볼록한 도시코의 뺨을 타고 눈물이 주루룩 흘러내린다.

"아기였을 때는 자주……"

손등으로 눈물을 닦으며 말을 이었다.

"사람들이 여자아이로 착각하곤 했어요."

"네, 그랬을 것 같아요. 저렇게 인형처럼 예쁜 얼굴이니까요."

"저를 닮지 않아 다행이라는 생각도 했고요."

시게코는 미소를 지었다. 확실히 닮지 않았다.

"히토시는 아버님을 닮았나요?"

"글쎄요. 뭐라 말씀드려야 할까요……"

좀 마음에 걸리는 대답이었다. 그러고 보니 도시코는 아이와 단둘이 살게 된 이유를 아직 이야기해주지 않았다. 무슨 사정이 있는 모양이다.

"이 사진은 소풍 같은 데 갔을 때 찍은 건가요?"

"네, '푸른하늘 모임'에서 다카오산에 갔을 때예요."

"아, 어린이회 행사 같은 건가요?"

"아뇨."

아버지에 대해 물었을 때와 마찬가지로 도시코의 표정이 뭔가 주저하듯 흔들렸다.

"하이킹 모임이었습니다."

또 마음에 걸린다. 시게코는 무리해서 묻지 않기로 하고 태연하게 실내를 둘러보았다.

"다른 사진도 걸어두신 거 있으세요?"

"예, 위층에 있어요. 장례식 때 썼던 영정이지만."

이 집은 벽이 물러서 무거운 액자는 걸 수 없다고 한다.

"2층에 벽에 판자를 두른 부분이 있어서 거기 걸어두었어요. 원래 히토시가 쓰던 방이 2층이기도 하고요."

"보여주실 수 있나요?"

"예, 그럼요. 물론이죠."

도시코의 뒤를 따라 경사가 급한 계단을 오르니 제일 먼저 교복이 눈에 들어왔다. 중학교 교복이었다.

토시의 영정은 계단 끝 바로 오른쪽에 걸려 있었다. 목 윗부분만 나온 흑백 사진이지만, 방긋 미소를 짓고 있다.

"불단에 있는 사진은 작년 여름방학 때 찍은 거예요. 이건 올해 생일에 찍은 거고요. 매년 생일에는 사진을 찍었습니다. 스냅사진이지만, 전부 앨범에 붙여두었죠."

히토시의 생일은 2월 10일이라고 한다.

"아아, 그래서 그주 일요일에 가이라쿠엔공원에 놀러가셨던 거군요."

도시코의 얼굴이 확 밝아졌다.

"선생님, 그걸 기억하고 계시는군요."

"그 매화 그림이 기억에 남아서요."

"텔레비전 뉴스에 매화축제 이야기가 나온 걸 보고, 히토시가 무척 가고 싶어했어요. 벚꽃이라면 근처에서도 많이 볼 수 있지만 매화는 없다고요. 지도 가본 적이 없이시, 그럼 한번 가보자 하고 도시락을 만들어가지고 갔습니다."

사이좋은 모자의 소풍이다. 무척 즐거웠을 것이다.

"세상을 뜬 게 3월 20일이었으니까……"

마지막 소풍이었던 셈이다. 시게코는 가슴이 답답해져 영정에서 눈을 돌렸다.

"히토시는 초등학교 졸업식에도 가지 못했겠군요."

"그렇죠. 제가 대신 가서 졸업장을 받아왔어요. 중학교 입학식에도 갔는데, 허락이 나지 않았습니다. 본인이 죽는 바람에 저는 학부모가 아니라 외부인이 되어버렸으니까요."

융통성이 없는 학교다. 말이 통하는 선생님은 없었을까?

"아동상담소 선생님도 열심히 도와주셨지만, 전례가 없다고만 했죠."

아동상담소. 세번째로 마음에 걸렸다.

도시코는 눈치채지 못한 모양이었다.

"아, 차를 내오겠습니다. 선생님은 전통차, 홍차, 커피, 어느 게 좋으세요?"

눈물을 닦고 미소 지으며 묻는다. 이야기를 나누다보니 시게코는 점점 요령을 알게 되었다. 이 마음씨 좋고 쉽사리 당황하는 부인에게는 '편하신 대로'나 '아무거나 좋습니다'라고 해서는 안 된다. 호의는 사양 말고 받아들이고, '이게 좋습니다'라고 확실하게 대답하는 편이 좋다. 그래야 이야기가 빨리 진행된다.

"저는 홍차를 좋아해요."

"어머, 저도 좋아하는데. 잘됐네요."

도시코는 부랴부랴 계단을 내려갔다. 시게코는 히토시의 영정과 단둘이 남았다.

히토시의 책상은 입학 시즌이 되면 텔레비전 광고에 자주 등장하는 흔한 학습책상이었다. 정면에 책꽂이가 있고, 문제집이나 사전에 섞여 만화책도 보였다.

책상 위는 깔끔하게 정돈되어 있다. 연필꽂이의 연필은 모두 깎아두었다. 시게코는 책상 위를 만져보았다. 먼지가 없다. 청소가 되어 있었다.

책상 정면에 동물사진이 들어간 달력이 걸려 있다. 달마다 넘기는 달력은 3월에 멈춰져 있었다. 공책에서 보았던 히토시의 글씨가 작게 적혀 있다. '한자 시험' '피구대회' '밋치 생일'. 밋치는 친한 친구 이름일까?

달력 곁에는 역시 3월 치 급식 메뉴표가 붙어 있다. 군데군데 빨간 동그라미가 쳐져 있다. 탕수육, 잡곡밥. 히토시가 좋아하던 음식일까? 하지만 톳조림, 톳 샐러드에는 노란색 가위표가 쳐져 있다. 이건 싫어하는 반찬?

히토시, 톳을 싫어했구나. 나랑 똑같네.

2층 방에는 거실 가로 폭만한 붙박이장이 있었다. 바로 아래 1층에는 욕실과 화장실이 있는 위치다. 맹장지가 아니라 판자로 된 미닫이문이 달려 있다. 좀 켕겼지만 10센티미터 정도 살짝 열어보았다. 이불과 담요가 들어 있다.

방 두 개에 부엌, 이런 구성은 대개 혼자 사는 사람을 위한 집일 것이다. 신혼부부가 살기에도 좀 빡빡하다. 히토시가 아직 어렸기에 그나마 두 식구가 살 수 있었던 것이다. 늦든 이르든 이사를 궁리해야 할 텐데, 그만한 경제적인 여유는 없어 보였다. 눈에 보이는 가전제품은 모두 오래된 것들이고, 가구도 무척 값싸 보인다.

두 식구만의 검소한 살림살이.

선생님, 내려오세요, 하고 부르는 소리가 들렸다. 시게코는 쿵쿵 소리를 내며 계단을 내려갔다. 히토시도 분명히 이렇게 했을 것이다. 엄마, 오늘 저녁은 뭐야?

둥근 탁자 위에 놓인 찻잔과 티포트. 작은 접시에 담긴 레몬 조각. 밀크와 설탕은 일인용 포장제품이다. 시게코가 온다고 해서 일부러 사다

놓은 건지도 모른다. 좋은 향기가 풍겼다.

잘 마시겠습니다, 하며 시게코가 잔을 집어들었다.

"늘 이 탁자에서 식사를 하셨나요?"

"예, 뭐든 여기서 했죠. 히토시는 숙제를 할 때도, 그림을 그릴 때도 여기서 했습니다. 책상이 있는데도요."

탁자는 다리를 접을 수 있게 되어 있었다.

"주무시는 건 2층에서?"

도시코는 왠지 난처한 표정을 지으며 웃었다.

"이불을 넣어둔 장이 2층에 있으니까, 내내 그랬죠. 그런데 선생님이 될 수 있으면 히토시를 독립시키는 게 좋겠다고 말씀하셔서 6학년 올라가면서부터는 저는 아래에서 잤습니다."

"이불을 갖고 오르내리기 힘들었겠네요."

"매일 밤 위에서 가지고 내려왔어요. 아침에 다시 올려다놓고요. 그때마다 한바탕 소동이었는데, 히토시가 잘해주었어요."

평균 이상의 소득이 있는 가정이면 아이가 초등학교에 올라갈 때 따로 방을 만들어줄 수 있다. 아니, 경제적으로 힘들더라도 그렇게 해야 한다는 풍조가 있다. 그러지 않으면 우선 아이들이 싫어하기 때문이다. 왜 나는 내 방이 없어? 친구들은 다들 자기 방이 있는데. 부모형제와 나란히 누워 자는 건 어릴 때뿐이다.

히토시를 독립시키라고 지도한 건 어떤 선생님이었을까. 초등학교 담임? 아니면 좀전에 얼핏 이야기한 아동상담소 선생님일까?

히토시에게는 뭔가 문제가 있었던 게 아닐까? 기억을 더듬어보면 도시코는 처음 만났을 때 이런 이야기를 했다.

—좀 이상한 아이여서 학교에 꽤 폐를 끼쳤고, 선생님께서도 고생이

많았죠. 하지만 착한 아이였습니다.

그게 뭐든 간에 신중하게 물어봐야 한다. 도시코로서는 이야기하기 힘든 사정일 것이다.

중간중간 세상살이 이야기도 섞어가며, 한동안 이 집에서 두 사람이 어떻게 살았는지 이야기를 들었다.

히토시는 집안일을 잘 거들었고, 도시코가 밤에 일하러 갈 때는 혼자 집을 지키는 것도 싫어하지 않았다. 살림살이가 빠듯하다는 걸 나름대로 알고 있었기 때문에 많은 것을 참아주었다. 4학년 때 친구들이 학원에 다니기 시작하자 자기도 같이 다니고 싶다며 졸랐지만, 거기는 유명한 진학학원이라 도시코의 수입으로는 도저히 그 비싼 수강료를 낼 수가 없었다. 사정을 설명해주고 포기하게 만들기까지 사흘이 걸렸다. 그 사흘간은 도시코나 히토시나 무척 속을 태웠지만, 히토시가 그런 식으로 떼를 쓴 것은 그전에도 그후에도 없었다고 한다―

"학교생활은 재미있게 보냈나봐요. 친구도 있고."

도시코는 잠깐 머뭇거렸다.

"글쎄요. 학년마다 다르기는 했지만……"

"아아, 반이 바뀌니까요."

"유치원 때부터 친하게 지내던 친구가 있었어요. 사토 히데유키佐藤秀行라는 아이인데, 보통 히데짱이라고 불렀죠. 그애하고 다른 반이 되었을 때 무척 서운해했어요."

그 밖에는 친구가 없었다는 뜻일까?

시게코는 찻잔을 살며시 옆으로 밀고, 탁자에 두 손을 얹었다.

"죄송합니다. 오늘은 히토시의 그림을 보기 위해 온 거지만, 사실대로 말씀드리자면 히토시의 이상한 능력이나 그 그림의 수수께끼를 풀기 위해서는 히토시가 어떤 아이였는지 될 수 있는 대로 자세하게 알 필요가 있다고 생각했어요. 그래서 좀 여쭤보려고 하는데, 기분 나쁘게 생각하진 말아주세요."

예, 하고 대답하며 도시코는 단정하게 고쳐 앉았다. 시게코는 웃으며 말했다.

"난처한 이야기는 꺼내지 않을 생각이에요. 정말 죄송합니다."

"아뇨, 아뇨. 제가 먼저 선생님께 부탁드린걸요."

"얼핏 듣기로 아까, 아동상담소라고 하셨는데요."

도시코는 고개를 잠시 숙이고 있다가 다시 쳐들었다.

"예. 아동상담소에 다녔습니다. 학교에서 소개해주어서요."

"학교 선생님이 히토시를 아동상담소에 데리고 가는 게 좋겠다고 권한 건가요?"

"예, 그렇습니다."

"무슨 문제라도……?"

도시코는 둥근 뺨에 손을 대고 살짝 고개를 숙였다.

"어떻게 말씀드려야 할지…… 일단, 교실에서 차분하질 못했다고 합니다. 아, 말썽을 피우거나 장난을 친 것은 아니지만요."

"몇 학년 때였죠?"

"맨 처음은 3학년 여름방학이 끝났을 때였어요."

시게코가 천천히 확인했다.

"말썽을 피우지는 않았다. 장난도 치지 않았다. 그런데 차분하지 못했다."

"예. 선생님 말씀을 집중해서 듣는 것 같지 않다고 했어요. 멍하니 앉아서 눈도 약간 풀려 있었다고 하고요. 그럴 때는 이름을 불러도 바로

116

알아듣지 못할 정도였다고 합니다. 물론 질문을 해도 아무 대답도 못했대요. 수업을 듣고 있지 않으니까요."

시게코는 고개를 갸웃거렸다.

"멍한 것과 차분하지 못한 건 다르죠. 집중력이 없다는 의미였을까요?"

"아, 그럴지도 모르겠어요."

"집에서도 그런 적이 있었습니까?"

도시코는 더 고개를 숙였다.

"글쎄요…… 저는 눈치채지 못했습니다. 선생님, 사실 저는 히토시와 대화를 나눌 시간이 별로 없었어요. 아침이면 늘 바쁘게 나갈 준비를 하고, 낮에는 일하고, 휴일에도 제대로 쉬지 못했으니까요."

"예전부터 계속 지금 근무하는 마트에서 일하셨나요?"

"아뇨, 여러 가지 일을 했습니다. 낮과 밤, 평일과 토요일로 나눠서 각각 다른 일을 하기도 했어요."

모자 가정의 경우 무엇보다 힘든 것이 경제적인 문제다. 어머니가 어느 정도 경력이 있거나 전문직에 종사하거나, 혹은 친정이 부유해서 도움을 기대할 수 있는 몇 안 되는 예외를 제외하면, 육아는 곧 생활고와의 전쟁이다. 하기타니 도시코는 마흔이 넘어 히토시를 낳았다고 하니 안정된 수입을 보장하는 일을 쉽게 찾을 수 없었을 것이다. 한꺼번에 두세 가지 일을 하며 헤쳐나갈 수밖에 없었던 것이다.

"그러면 히토시는 집에서 혼자 있는 시간이 많았던 건가요?"

"어느 정도 큰 뒤로는 그랬죠."

"놀이방 같은 데 맡긴 적은 있었나요? 밤이나 토요일에 봐줄 곳이 필요했을 테니까요. 아니면 친척이나 친구 집에 맡긴다거나……"

도시코는 조금 전 시게코가 히토시의 아버지에 관해 물었을 때처럼 머뭇거리는 표정을 지었다.

"저는, 사실 여러 가지 사정이 있어서, 가족과 인연을 끊은 상태입니다."

말이 입안에서 웅얼거린다.

"다만 히토시가 한 살부터 세 살 때까지는 그 무렵에 살던 연립주택 이웃이 친절한 분이라 제가 일을 나갈 때 자주 히토시를 봐주셨어요. 그 댁에도 어린아이가 있어서, 한 명이나 두 명이나 마찬가지라면서요."

"이 집이 아니었군요."

"예."

이번에는 무척 부끄러워하는 표정을 분명하게 보이며 고개를 숙였다.

"집세를 못 내서 쫓겨났습니다."

잠시 뜸을 들이기 위해 시게코는 홍차를 마셨다.

"그런 주위 분들에게서도, 히토시가 곧잘 멍하니 있다거나 어딘가 이상하다는 이야기를 들은 적이 있으세요?"

"아뇨, 아뇨!"

도시코는 마구 고개를 저었다.

"이웃 아주머니는, 히토시가 그림을 좋아해서 그림을 그리게 해주면 몇 시간이고 얌전히 있었다고 칭찬했을 정도였습니다."

때마침 그림 이야기가 나왔다. 시게코는 히토시의 다른 그림들을 보여줄 수 있느냐고 물었다.

도시코는 벌떡 일어나 계단 아래 자질구레한 물건을 넣어두는 수납장 문을 열었다. 스케치북 세 권, 공책 두 권, 그 위에는 둥글게 만 도화지가 두 장 있었다.

"이렇게 많아요?"

놀랄 수밖에 없었다.

"예, 아주 어릴 때 광고지 뒤에 그리거나 한 것들은 없어졌지만, 다른 것들은 제가 신경써서 보관해뒀어요."

스케치북에 있는 건 대부분 학교에서 그린 그림이라고 한다.

"초등학교에도 3학년 때부터는 자유롭게 참가하는 특별활동이 있어요. 히토시는 미술부에 들어갔죠."

결국 스케치북은 '제대로 된 그림'이고, 공책은 '제대로 되지 않은 그림'이라는 건가?

시게코는 일단 둥글게 말아놓은 도화지에 손을 뻗었다.

"이건 5학년과 6학년 때 여름방학 숙제로 그린 거예요."

기쁜 듯 수줍은 듯한 얼굴로 도시코가 말했다.

"무척 칭찬을 받아서 두 장 다 우리 구 전람회에도 나갔었죠. 가을 초등학교 그림 전시회에서 둘 다 금상을 받았고요."

시게코는 고개를 끄덕이며 그림을 펼쳤다.

먼저 펼친 건 앞치마를 두른 도시코를 그린 그림이었다. 부엌에 서서 부엌칼을 들고 양파를 썰고 있다. 양파의 자극 때문에 눈을 슴벅거리는 모습이다.

시게코는 후우, 하고 숨을 토했다.

"참 잘 그렸네요……"

색채가 풍부하고 밝아 요리의 즐거움이 느껴졌다. 통통한 도시코의 체격을 잘 잡아내어, 어깨와 팔꿈치 부근의 선이나 부엌칼을 쥔 손가락 모양까지 정확히 그려냈다. 도마 옆에 놓인 양파와 껍질을 벗기고 썰어놓은 양파의 질감 차이도 제대로 표현했다. 싱크대 옆의 가스레인지 위에는 끓고 있는 냄비가 보인다. 냄비에서 솟아오르는 김에서도 움직임이 느껴졌다.

"제가 스튜를 만드는 모습이랍니다."

도시코는 또 눈시울을 적셨다.

"제목이 '우리 엄마'네요."

5학년 여름에 그린 이 그림과, 그 공책에 그린 그림의 기술력은 완전히 차원이 다르다. 3단계 정도는 차이가 날 것이다. 보고 그린 그림과, 머릿속에 떠오르는 것을 그린 그림. 제대로 된 그림과 그렇지 않은 그림.

6학년 여름에 그린 작품은 도쿄 역 플랫폼에 정차한 신칸센을 그린 것이었다. 시게코는 이번엔 숨을 삼켰다.

"이건 '여름 여행'이라는 제목이에요."

도시코가 설명했다. 아무 말도 못하고 고개만 끄덕였다. 열차 색깔로 보아 도호쿠 신칸센일 것이다. 독특한 모양의 차체가 오른쪽에 앞부분을 두고 도화지 한가운데로 뻗어 있다. 문이 열려 있고, 플랫폼에는 타고 내리는 손님들도 있다. 남녀노소 합쳐서 모두 여덟 명이다. 그림 맨 앞에는 역무원이 보이는데, 운전석 쪽으로 걸어가고 있다.

발착을 알리는 표지판, 플랫폼 기둥, 경사진 은빛 지붕, 창문에 비치는 빛, 여행객들이 들고 있는 가방과 짐. 모든 것을 세밀하게 묘사하고, 금속은 금속으로, 천은 천으로, 콘크리트는 콘크리트로 보이도록 색을 꼼꼼히 골라 칠했다. 그 풍경 속에서 사람들의 움직임이 느껴진다. 당장이라도 신칸센을 타고 출발하려는 여름 여행객들의 흥분한 목소리가 들려오는 듯했다.

게다가 원근법도 정확하다. 신칸센의 크기가 생생하게 느껴진다.

"대단하군요."

시게코는 감탄의 소리를 냈다.

"저는 아이들 그림에 대해 아는 게 없지만, 그래도 이건 초등학생 수준이 아닌 것 같아요. 훌륭한데요."

5학년 때보다도 실력이 부쩍 늘었다.

"이건 둘이서 신칸센을 탔을 때 그린 건가요? 아니면 플랫폼에서 스케치를?"

도시코는 몸을 움츠리는 시늉을 했다.

"제 벌이로는 여행을 데려갈 수 없었어요. 그애가 신칸센을 옆에서라도 보고 싶다고 해서 함께 역으로 갔던 겁니다."

"아아."

"여름방학이라 사람이 너무 많아서 플랫폼에서 스케치를 할 수가 없었습니다. 입장권을 사서 들어가도 삼십 분밖에 있을 수 없죠. 그래서 제가 사진을 찍고, 히토시는 나중에 그걸 보고 그린 거예요."

그래도 현장감이 넘친다. 플랫폼에 이젤을 놓고 시간에 구애받지 않고 마음껏 그리게 해주면 얼마나 멋진 그림이 되었을까.

"선생님들이 칭찬하는 것도 당연하네요."

"아, 감사합니다." 도시코는 코를 훌쩍였다. "미술 선생님은 히토시가 그림에 재능이 있으니 앞으로 그쪽으로 나가게 해주라고 하셨어요. 미술부도 맡고 계시던 선생님인데 정말 잘해주셨죠. 히토시도 제일 잘 따랐고요."

초등학교에 올라간 뒤로 히토시의 일상생활은 학교를 중심으로 이루어졌을 것이다. 교사들로부터 꼭 이야기를 들어보고 싶다는 생각이 점차 강해졌다.

"아주머니, 히토시를 맡았던 선생님들을 만나봐도 괜찮을까요?"

"선생님을요?"

"네. 히토시가 학교에서 어떻게 지냈는지 알고 싶어서요. 선생님들께는 폐가 되지 않도록 충분히 신경쓰겠습니다."

히토시가 다니던 초등학교는 사쿠라 초등학교라고 한다. 여기서 걸어서 십 분 정도 걸리는 거리다. 6년 동안 반이 세 번 바뀌었으니, 히토시를 맡은 담임교사는 세 명이다. 그리고 미술부 지도교사.

"아동상담소에서 히토시를 담당했던 선생님 성함도 가르쳐주실 수 있으세요?"

도시코는 모두 기억하고 있었다. 시게코는 받아 적었다.

약간 풀이 죽은 얼굴로 도시코가 말했다.

"5학년과 6학년 때 담임이셨던 이토伊藤 선생님은 히토시더러 문제아라고 하셨어요. 무척 엄하게 꾸짖은 적도 있고요."

"알겠습니다. 그런 것들도 감안해서 신중하게 찾아뵐게요."

시게코는 이어서 스케치북을 펼쳤다. 두 권은 연필이나 목탄을 사용한 데생이고, 나머지 한 권은 수채화였다.

스케치북의 그림들도 훌륭했다. 초등학생의 솜씨가 아니다. 그 가운데서도 시게코가 깜짝 놀란 것은 히토시가 자기 오른손을 그린 스케치였다. 각도를 바꾸어 다섯 장을 연이어 그렸다.

"히토시는 오른손잡이였나요?"

"예."

오른손을 관찰하고 그 손으로 다시 그리기를 반복했다는 뜻이다. 놀라울 정도로 정밀한 묘사다.

"모르는 사람이 봐도 그림에 재능이 있다는 걸 알 수 있네요. 이러니 미술 선생님도 흥분하실 수밖에요!"

시게코가 들뜬 목소리로 칭찬하자 도시코는 눈물을 참을 수 없었는지 옆에 있던 행주로 얼굴을 닦았다.

"정말 감사합니다. 공부는, 아까 말씀드렸듯이 집중력이 떨어져서 그다지 잘하지 못했지만, 그림은 잘 그리는 애였어요."

"너무 아까운데요. 이 두 장만이라도 액자에 넣어 걸어두시는 게 어떠세요?"

"저도 액자에 넣어주겠다고 했는데 히토시가 무척 쑥스러워했어요. 나중에 더 잘 그릴 테니까 그때 넣어달라고, 이건 그냥 두자고요. 그래서……"

도시코는 불단 쪽을 바라보더니 히토시의 사진을 향해 '그렇지?' 하고 묻듯이 고개를 끄덕였다.

그러고 보니 아까도 부끄러움을 잘 타는 아이라고 했다.

"전람회에 전시되었을 때도 저더러 혼자 갔다오라고 했어요. 자기는 안 가겠다고요. 손을 잡아끌고 억지로 데려가긴 했지만, 얼굴이 빨개져서 고개를 푹 숙이고 있었죠."

도시코에게 히토시는 아직 '이곳에' 있는 아들일 것이다. 함께 살고, 매일 이야기를 나누는 것이다. 그래서 아들이 부끄러워할 일은 할 수 없다. 언젠가는 도시코가 히토시의 그림들을 벽에 걸어두고 그리워하는 날이 올까? 이 그림을 '히토시가 남긴 것'으로 감상할 수 있는 날이.

히토시는 이제 더이상 다른 그림을 그릴 수 없다.

스케치북과 도화지를 조심스레 내려놓고, 시게코는 공책을 집어들었다. 스케치북에 비해 상당히 낡았다. 시게코가 빌려갔던 공책과 마찬가지로 모두 스프링노트인데, 한 권은 표지가 떨어져나갔다.

도시코가 그 공책을 가리키며 말했다.

"그게 제일 오래된 거예요. 2학년 올라갈 무렵부터 그리기 시작했죠. 초등학생들이 잘 쓰는 공책은 아니지만, 아마 상가에서 복권이 당첨되어 받았던 것 같아요."

"그렇다면 며칠 전에 제가 빌려간 공책까지 합쳐서, 2학년부터 6학년 사이에 이런 그림을 세 권 분량이나 그린 셈인가요?"

"그렇죠."

시게코는 빌려갔던 공책을 꺼내 세 권을 나란히 놓았다. 표지가 떨어져나간 것부터 해서 낡은 정도가 다른 것이 눈에 보였다.

"선생님께 보여드린 공책은 6학년 올라가기 직전 봄방학 때 산 걸로 기억해요. 이번 공책은 금방 다 쓸 것 같다고 한 적도 있어요."

그러면 처음 두 권은 4년 동안, 세 권째는 1년 동안 그린 건가? 시게코가 빌린 세번째 공책은 안 쓴 페이지가 두세 장밖에 남아 있지 않았다. '제대로 되지 않은 그림'을 그릴 일이 잦아진 것이다.

시간을 거슬러올라갈 생각으로 시게코는 두번째 공책부터 펼쳤다.

"좀 볼게요."

역시 세번째 공책과 마찬가지로 유치한 그림이었다.

크레용을 사용한 애들 그림이다. 세번째 공책보다 훨씬 더 어려 보인다. 선이 흐트러져 있고 원근감이 없다. 그린 사물은 모두 2차원적으로 밋밋하게 표현되어 있다. 집은 삼각형과 네모의 조합. 인물은 기호처럼 간략하게 그려져 있다.

그중에는 신칸센을 그린 것도 있다. 금상을 받았다는 도화지 그림과 비교하면 도저히 같은 사람이 그린 거라 생각할 수 없었다.

공책을 한 장씩 차례대로 넘겨가며 쓰진 않았다. 다음 그림을 그리기 위해 몇 페이지를 건너뛴 경우도 많고, 그리다 만 그림도 보였다.

세번째 공책도 마찬가지다. 하지만 그리다 만 그림은 없는 걸로 봐서 이런 그림을 그리는 요령도 점점 는 모양이다.

두번째 공책에는 그림이 열다섯 장 있었다. 그중에 사람이 나오는 그림은 아홉 장이었다. 히토시 자신과 도시코를 그린 것으로 보이는 그림은 세 장이었다.

세번째 공책에는 그림이 모두 열아홉 장이고, 사람을 그린 것이 아홉 장, 히토시와 도시코가 나오는 그림은 한 장뿐이었다.

시게코는 그림 속 인물의 피부색에 주목했다. 아홉 장 가운데 살구색을 쓴 것은 일곱 장. 나머지 두 장은 피부가 회색으로 칠해져 있는데, 둘 다 그리다 만 것들이었다. 그뿐만 아니라 그중 한 장은 그리다 말고 검은 크레용으로 마구 덧칠해놓았다. 차와 사람이 나란히 있는 그림이었다.

다른 한 장은 빌딩처럼 높은 건물 위에 사람이 서 있는 그림이었다. 사람은 머리와 손 부분만, 건물은 윗부분만 그리고 아래는 텅 비어 있다. 발이 없는 유령 같은 건물이다.

그림을 한 장씩 관찰하고 메모하는 시게코를 도시코는 불안한 표정으로 지켜보았다.

이어서 첫번째 공책을 펼쳤다.

이쪽은 페이지를 더 자주 건너뛰었고, 그림도 훨씬 더 유치했다. 히토시도 자기가 뭘 그리는지 몰랐을 거라는 생각이 들었다. 집인지 산인지, 해인지 사과인지 구분할 수 없었다. 색칠도 엉망이라 나무줄기가 새빨갛게 칠해진 그림도 있었다.

게다가 이 공책에는 사람이 나오지 않는다. 혹시 사람이 아닐까 싶은 것도 머리나 손뿐이었다. 바다(로 보이는 곳)의 푸른 파도 위에 노란 튜브가 떠 있고, 그 위로 발이 쑥 튀어나와 있다. 사람 다섯 명의 머리만 그려놓기도 했다. 공책 한가운데에 커다란 머리가, 구석에 작은 머리가 그려진 그림도 있었다. 모두 눈과 코가 없고, 머리카락도 없다. 평평하고 밋밋하다. 세번째와 두번째 공책에서는 크레용으로 찍은 점에 불과하더라도 눈과 코, 입, 때로는 눈썹까지 그려놓았는데.

하지만 피부는 살구색이다. 회색으로 칠한 것은 보이지 않았다.

"이런 그림을 그릴 때는 스케치북을 쓰지 않았군요."

계속 불안한 표정으로 도시코가 고개를 끄덕였다.

"예, 이 공책이 그리기 편하다고 했습니다. 이건 제대로 되지 않은 그림이니까 상관없다고요. 계속 크레용으로만 그렸어요."

"그 '제대로 되지 않은 그림'이라는 건 히토시가 한 말인가요? 히토시가 스스로 그렇게 부른 겁니까?"

"예. '이상한 그림'이라고도 했죠."

조언이나 동의를 구하듯이, 도시코가 불단 쪽을 바라보았다.

"제가 보기에는 그리면서도 그다지 내켜하는 것 같지는 않았어요."

하지만 그리지 않으면 머릿속이 '이런 것'으로 가득차 어지러워진다는 것이다.

시게코는 다시 그림 수를 세면서 페이지를 넘기다가 열두번째 그림에서 손을 멈췄다.

그냥 멈춘 게 아니라, 얼어붙고 말았다.

종이 가득 갈색 건물이 그려져 있다. 독특한 삼각형 지붕을 인 2층집이다. 건물 전면, 삼각형 지붕의 뾰족한 부분 바로 아래 채광창이 달려 있다. 현관문 옆에도 세로로 길쭉한 창문이 있다.

시게코는 이 집을 알고 있었다.

목덜미와 두 팔에 오싹 소름이 돋았다.

'산장'이다.

이 집 모양. 창문의 위치. 착각일 리가 없다. 그뒤로 하루도 잊은 적이 없다.

9년 전, 시게코가 관련되었던 그 연쇄살인사건의 범인들이 썼던 아지트다.

시게코는 한 손으로 입을 가렸다. 손이 떨려서 공책이 흔들렸다.

"선생님?"

도시코가 걱정스러운 듯이 몸을 내밀었다.

대답할 수가 없었다. 목소리가 나오지 않았다. 시게코는 그림에서 눈을 뗄 수가 없었다.

역시 원근감은 전혀 없다. 평면적인 그림이다. 땅을 표시하는 선을 그리지 않아서 집은 마치 허공에 뜬 것처럼 보였다. 그리고 그 집 아래에는—

사람의 손이다. 그러저 있진 않지만 아마도 그 아래에 있을 땅으로부터 팔꿈치 윗부분이 하늘을 향해 솟아 있다. 한두 개가 아니다. 눈을 한 번 꾹 감고 다시 크게 뜬 다음, 그 수를 세어보았다. 열세 개다. 손가락 길이가 다 똑같아서 왼손인지 오른손인지는 구분할 수 없다. 하지만 어느 손이나 손가락을 쫙 펼치고 뭔가 움켜쥐려는 듯, 혹은 도움을 바라는 듯한 모습이었다.

팔들은 모두 회색으로 칠해져 있다.

그 '산장'은 주범의 별장이었다. 원래는 그의 어머니 소유였는데, 어머니를 죽이고 자기 것으로 만든 것이다.

그리고 어머니의 시체를 정원에 묻었다.

밝혀진바, 그것은 범인이 저지른 최초의 살인이자, 모든 것의 시작이었다.

그 청년이 체포된 뒤, 수사당국은 정원을 파헤쳤다. 백골과 거의 백골이 되다시피 한 시체가 연달아 쏟아져나왔다. 영원히 끝나지 않을 듯한 무시무시한 발굴이었다.

최종적으로 '산장'에 묻혀 있던 시체는 범인의 어머니까지 포함해,

—열세 구에 달했다.

시게코는 공책을 밀어내고 바닥에 손을 짚은 채 일어섰다. 입을 열면 토할 것 같아서 꾹 다물고 화장실로 달려갔다. 도시코가 깜짝 놀라 상체를 일으켰다.

화장실에 뛰어들자마자 몸을 변기 위로 굽히고 토할 준비를 했다. 무릎이 덜덜 떨려 변기 물탱크에 손을 짚지 않으면 서 있을 수조차 없었다.

신물이 목구멍까지 치밀어올랐지만 간신히 토하지는 않았다. 식은땀으로 피부가 축축했다.

천천히 변기의 물을 내렸다. 흘러내려가는 물을 보자 속이 좀 가라앉았다. 화장실은 무척 깔끔했고, 방향제의 레몬 향이 풍겼다.

손을 씻고 두 차례 심호흡을 한 뒤, 마음을 추슬렀다. 괜찮아, 괜찮아. 허둥대서는 안 된다. 냉정해야 한다.

그 연쇄살인범—아미카와 고이치網川浩—라는 청년의 정체가 폭로되고 '산장'에 수사의 손길이 미친 것은 1997년 3월 초순이었다.

'산장'이 위치한 군마현 히카와고원 북쪽의 별장지는 그때까지도 추

워서, 밤이 되면 입김이 하얗게 얼어붙을 정도였다. 발밑으로 서리가 밟혔다.

하기타니 히토시는 1993년 2월 10일 생이다. '산장'에서 사망자의 시신을 파내기 시작했을 때 히토시는 겨우 네 살이었다. 사건 보도를 생중계로 보았을 리가 없다.

실제로 저 첫번째 공책에 있는 그림은 히토시가 초등학교 2학년 때부터 그리기 시작한 것이라고 하지 않았던가. 2학년 올라가자마자 그렸다 해도 일곱 살이나 여덟 살. 사건으로부터 4년 이상 지난 때다.

어중간한 시기였다. 아미카와의 공판 진행은 제자리걸음이었고, 1심 사형판결이 나오기까지는 그뒤로도 2년이나 더 걸렸다. 처음 사건 전모가 드러났을 때의 충격은 차차 흐릿해지고, 언제 판결이 날지 기약도 없었으며, 세간의 관심도를 그래프로 그리면 골짜기 모양으로 푹 파일 듯 사건으로부터 관심이 떠나 있던 시기다.

다른 곳에서 발견된 시체까지 포함해 아미카와와 그의 공범자(시게 코로서는 차라리 노예라 부르고 싶을 만큼 종속적인 존재였다)가 저지른 범행의 피해자는 열여섯 명에 이르렀다. 그만큼 충격적인 사건이었기 때문에 당시 보도경쟁은 치열했고, 그런 분위기는 제포 후 반년 뒤 시작된 첫 공판까지 이어졌다.

하지만 아무리 유례없는 사건이라 해도 세간의 관심이 몇 년씩 계속되지는 않는다. 공판이 열리면 보도되긴 했지만, 회를 거듭하면서 그 비중은 점점 낮아져갔다.

하기야 그뒤로도 이따금 생각났다는 듯이 뉴스쇼에서 특집을 만들거나 다큐멘터리 프로그램의 소재가 된 적은 있다. 하기타니 히토시가 초등학교 2학년이나 3학년 때 텔레비전에서 그런 프로그램을 보고 '산장'

과 사건에 관해 알게 되었을 가능성은 있다. 그리고 그것을 그림으로 그린 것이다.

히토시가 말하는 '제대로 되지 않은 그림'이긴 하지만, 아마도 그때 본 것을 그린 것이리라. 텔레비전에서 본 것을 떠올리며 그린 것이다. 결코 '산장'의 모습이, 정원에 묻혀 있던 시체의 팔이 히토시의 머릿속에 '저절로 떠오르지는' 않았을 것이다.

시게코는 다시 한번 심호흡을 했다.

그렇다. 생각해보면 매우 비유적인 그림이다. '산장'이 숨기고 있던 시체는 어느 것 하나 땅 위로 드러나 있지 않았다. 팔 같은 게 튀어나오지도 않았다. 그래서 발굴에 무척 애를 먹었다. 아미카와가 어디에 누구를 묻었는지 자백하지 않았기 때문이다. 어쩌면 범인 자신도 잊어버렸는지도 모른다.

열세 개의 팔. 열세 구의 시체. 그것은 히토시가 그 수를 '듣고' 그림에 표현한 것뿐이다. 어떤 프로그램이든 '산장' 화면을 내보냈다면, 거기서 몇 구의 시체가 나왔는지 내레이션 같은 걸로 소개했을 게 분명하다.

화장실에서 나와 작은 세면대에서 이마에 물을 적시고 수건으로 닦은 다음, 시게코는 방으로 돌아왔다. 도시코는 앉은 채 계속 안절부절못하고 있었다.

"선생님, 괜찮으세요?"

걱정스러운 표정으로 시게코의 팔을 잡았다.

"죄송합니다. 화장실을 잠깐 빌렸어요."

"속은 어떠세요?"

"아뇨, 이제 괜찮아요. 정말 죄송합니다."

시게코가 자리에 앉자 찬찬히 얼굴을 살피면서 도시코는 작은 목소리로 입을 열었다.

"저어…… 선생님, 실례되는 말씀이지만요."

"네?"

시게코는 남아 있던 식은 홍차를 다 들이켰다. 다행히 목안에 넘길 수 있었다.

"혹시, 경사스러운 일 아닐까요?"

숨이 막히는 줄 알았다. 입덧이라고 생각한 것이다!

"아뇨, 설마요! 그렇지 않아요."

"아아, 예." 도시코는 실망한 표정을 숨기지 않았다. "저는 그런 줄로만 알았어요."

앞뒤 사정을 생략하고 그 장면만 보았다면 그런 해석도 가능할 것이다. 하지만 지금은 그럴 상황이 아니다. 게다가 도시코는 시게코가 그 '산장'을 무대로 한 사건의 관계자라는 사실을 알고 있다. 그리고 그 사건에 관련되어 미디어에 등장하며 르포를 쓴 걸 보았기 때문에 하기타니 도시코도 시게코를 '유명한 라이터'로 인식한 것일 게다.

그렇다면 이 그림이 무엇을 의미하는지 어느 정도 짐작할 수 있지 않을까? 그림을 본 시게코가 경악한 이유도 예측할 수 있지 않을까?

그게 '불가능한' 걸까?

"입가심으로 차 한 잔 더 내올까요?"

시게코는 부엌으로 향하는 도시코의 둥근 등을 멍하니 바라보았다. 그렇다. 그게 불가능한 모양이다.

저 사람은 히토시가 그린 그림의 내용을 모른다. 제대로 본 적조차 없을지도 모른다. 보았다 하더라도, 거기서 의미를 찾으려 하지 않았던 것이다.

저 사람은 뭔가를 깊이 생각하는 사람이 아니다. 그럴 시간도, 그럴 필요도 없는 인생을 숨가쁘게 살아왔기 때문에.

"아주머니."

시게코는 애써 부드럽게, 천천히 도시코를 불렀다.

"제게 보여주시기 전에, 아주머니도 히토시의 공책을 보신 적 있으세요?"

도시코는 바로 대답했다.

"예, 봤습니다."

역시, 보고도 눈치채지 못한 것이다. 그 사건을 알고 있고, 시게코를 기억하기까지 하면서도 말이다.

"아키요시 씨라는 직장 동료 분께는 세 권 전부 보여드린 건가요?"

"아뇨, 공책은 선생님께 보여드린 그것만 보여줬어요. 저쪽 수채화와 스케치북은 전부 보여주었지만요."

무척 잘 그린 그림이라 다른 것도 보고 싶다고 해서 세번째 공책을 꺼낸 거라고 한다.

"공책에 그린 것 중에선 그게 제일 그럴듯한 그림이라서요. 하지만 스케치북과 비교하면 너무 차이가 나잖아요? 그래서 참 이상한 일이라면서 보여주었지요."

만약 이 공책도 보았다면, 어쩌면 그 아키요시라는 직장 동료는 눈치를 챘을지도 모른다.

"다시 한번 여쭤보겠는데요, 그 박쥐 풍향계 그림을 보고 사건 얘기를 한 사람도 아키요시 씨인가요?"

"예."

도시코는 차를 가지고 와서 자리에 앉았다.

"저는 아무것도…… 기타센주에서 그런 사건이 있었다는 것도 잘 몰랐습니다."

그 아키요시라는 주부가 없었다면 도시코가 시게코를 찾아올 일도, 시게코가 여기 올 일도 없었던 것이다.

"그뒤에 아키요시 씨하고는 무슨 이야기를 하신 적 있나요?"

"선생님을 만나게 되었다는 거 말씀이세요?"

"네. 알려주셨어요?"

도시코는 쑥스러운 듯이 쿡 웃었다.

"사실은 이야기하지 않았어요."

"아키요시 씨는 아무것도 묻지 않았나요? 흥미가 없지는 않았을 텐데."

"바쁜 사람이니까요. 워낙 아는 사람들도 많고."

도시코는 마치 길 가다 만난 이웃 주부와 이야기할 때처럼 자연스레 쓴웃음을 지으며 말했다.

"정말 좋은 사람인데, 좀 수선스러운 성격이에요. 다른 일이 생기면 또 금방 관심사가 바뀌죠. 변덕도 있고. 만약에 제기 선생님을 만난다는 이야기를 했다면……"

유명인을 워낙 좋아하니까 분명히 넉살 좋게 따라나섰을 거예요, 라고 도시코는 말했다.

"그러면 선생님께 폐가 될 것 같아서요. 워낙 잘 까먹는 사람이니까, 지금도 그냥 시치미떼고 있어요."

마음이 놓였다. 시게코 입장에서도 그게 편하다. 도이자키 아카네 일만이 아니라, 9년 전의 '산장'까지 '히토시의 초능력이다!'라고 떠들고 다니면 차분하게 조사할 수도 없을 것이다.

"죄송하지만, 앞으로도 계속 이야기하지 말아주시겠어요?"

"예, 선생님 말씀대로 하겠습니다."

도시코는 차와 함께 꽃 모양 화과자도 옻칠한 그릇에 담아 내왔다.

손님을 접대하는 마음 씀씀이. 깔끔하게 정돈된 집안. 성실하고 부지런한 성품. 아키요시를 대한 태도에서도 알 수 있듯이, 나름대로 사람을 정확하게 보는 눈과 지혜로운 처세.

하기타니 도시코는 결코 어리석은 여자가 아니다. 무능하지도 않다. 판단력도 있다. 다만 A와 B가 있고 B와 C가 있는데, 이 두 가지가 제각각 연결되어 있을 때 A와 C도 연관이 있다는 생각을 바로 하지 못하는 것뿐이다.

하지만 일단 뭔가를 시작하면 꾸준하다. 나대는 성격도 아니고, 미디어를 좋아하는 것도 아닌 이 사람은, 아키요시의 말만 믿고 텔레비전 방송국이나 출판사를 돌아다니다 결국 시게코에게까지 왔다. 그 도중에 '역시 초능력 같은 게 있을 리 없어'라는 이성적인 판단을 하지 않았기 때문이다.

조심해야 한다. 이 사람을 유도하지 않도록, 내 생각을 주입시키지 않도록, 언동을 신중하게 하자. 이것이 '마음을 정리하는 과정'이라면, 도시코가 상처 입게 만들어서는 안 된다. 그리고 상처를 입히는 것보다 더 나쁜 것은, 내가 이 사람을 끌어들여 폭주해버리는 것이다. 시게코는 그렇게 마음속으로 스스로를 타일렀다.

"아주머니, 히토시가 이런 그림을 그리고 있을 때 곁에서 보신 적이 있나요?"

"아뇨, 거의……"

"다 그린 걸 보여준 건가요?"

"그게, 경우에 따라 달랐어요. 예를 들어 그 매화 그림 같은 거요. 저와 함께 어디 나갔다 와서 그린 건 바로 보여주었습니다. 하지만……"

도시코가 머뭇거렸다. 시게코는 기다렸다.

"이 공책에 있는 그림은 사실 잘 보여주지 않았어요. 제대로 된 그림이 아니라서 창피하다고요."

"몰래 보신 적은요?"

도시코는 불단의 히토시를 바라보았다.

"아뇨…… 그런 일은 저는…… 아무리 부모라도…… 왠지 나쁜 일인 것 같아서요."

"훌륭하세요."

도시코가 쑥스러워하며 자기 몸을 문질렀다. 시게코가 격려 삼아 말했다.

"자식에게도 사생활이 있다느니, 자식은 독립된 존재라느니, 말은 그렇게 하면서도 사실은 그렇게 하지 못하는 게 부모라는 존재니까요."

도시코는 무척 쑥스러워했다.

"그런 생각으로 그런 건 아닙니다. 히토시가 무얼 그리는지 신경은 쓰였죠. 특히 그 아동상담소에 다닌 뒤부터는 아무래도 더요."

"아동상담소에서 히토시의 공책 그림에 관해 말씀하셨나요?"

쑥스러워하는 표정을 지우며 도시코가 잠깐 침묵했다.

"말씀드리지 않았습니다."

"학교 선생님에게는요?"

고개를 저었다.

“히토시는, 제대로 되지 않은 그림에 대해선 아무에게도 이야기하지 말아달라고 제게 부탁했어요. 엄마하고 나만 아는 비밀이야, 라면서요.”

시게코는 소리 없이 웃었다.

“그 약속을 지키신 거네요.”

도시코가 변명이라도 하듯 빠르게 말했다.

“하지만 조금 전에도 말씀드렸다시피, 그애는 이따금 공책에 그린 그림을 직접 보여주기도 했어요. 뭘 그린 것인지 이야기해주기도 해서, 저는 이게 무슨 불길한 일에 관련된 것이라고는 전혀 생각지 못했습니다. 예, 정말로요. 히토시가 죽은 후 세 권을 전부 살펴본 것도 다른 뜻이 있어서가 아니라, 그저 그애가 남긴 물건이기 때문이었어요.”

시게코는 도시코를 바라보며 공책 세 권을 늘어놓았다.

“기억하시는 대로만 말씀해주시면 돼요. 이 공책 그림 중에서 히토시가 직접 보여주면서 무슨 내용인지 이야기해준 것이 어느 그림인지 가르쳐주시겠어요? 대충이라도 괜찮습니다.”

도시코는 고개를 갸웃하며 공책을 넘겼다. 그리고 손가락으로 짚어가며 더듬더듬 설명하기 시작했다.

도시코가 기억하는 것은 그림 안에 자신과 히토시가 등장하는 그림, 그리고 함께 외출한 곳의 풍경뿐이었다. 히토시가 설명했다는 내용에도 별다른 부분은 없었다.

공책 세 권을 통틀어, 도시코가 꼽은 그림은 총 아홉 장이었다.

“기억력이 나빠서 죄송합니다.”

도시코가 꼽은 그림에 ‘산장’ 그림은 포함되지 않았다. 히토시는 아무 말 없이 이 그림을 그리고, 어머니에게 아무런 설명도 하지 않은 것이다.

아무 말도 하고 싶지 않았던 걸까, 아니면 할말이 없었던 걸까.

시게코 입장에서는 이 정도 확인한 것만으로도 감지덕지였다. 히토시가 그림의 소재로 삼은 영상이나 텔레비전 프로그램은 어떻게든 찾아볼 방법이 있다.

"잘 알았습니다. 감사드려요."

첫번째 공책의 '산장' 그림 뒤부터 있는 페이지를 아까는 보지 못했기 때문에, 시게코는 다시 공책을 들어 뒤에서부터 거꾸로 넘겨보았다. 그 뒤로 그림이 두 장 더 있었다. 하나는 창문에서 내다본 동네 풍경 같았는데, 이 다세대주택 창문에서 내다본 풍경은 아닌 듯했다. 무척 엉성하게 그려져 있어, 지붕들이 삼각형 파도처럼 보였다.

또 한 장은 새장 안에 있는 새 그림이다. 노란색으로 칠한 걸 보면 카나리아일까?

가이라쿠엔공원의 매화 그림을 비롯해 이 두 장은 분명히 스케치에 어울릴 소재인데, 히토시는 공책에 그렸다. 게다가 엉성하다. 신칸센과 달리 실물이나 사진을 보지 않고 머릿속에 떠오른 것을 그리면 모두 이렇게 그려지는 걸까? 아니면 히토시의 마음속에 명확한 기준이 있어서, 풍경화라도 '머릿속에 떠올라서 그린' 것이면 스케치북에 그린 것들과는 시작부터가 다른 걸까?

다시 '산장' 페이지를 펼쳤다.

심장이 다시 한번 철렁했지만 그래도 아까보다는 괜찮았다. 표정도 바뀌지 않았다. 삼각형 지붕. 열세 개의 회색 팔. 시게코는 구석구석 자세히 관찰했다.

그리고 아까는 빠뜨리고 보지 못한 것을 발견했다.

왼쪽 아래 귀퉁이다. 얼핏 봐서는 무엇인지 알 수 없었다. 잘못 그어버린 것처럼 보이는 검은 줄.

하지만 거기엔 형체가 있었다. 팔과 마찬가지로 땅 위로 튀어나와 있다.

시게코는 눈을 부릅뜨고 들여다보았다.

그것은—유리병이었다. 병의 윗부분이다.

와인 병과 비슷하다. 땅에 묻혀 목 윗부분만 밖으로 나와 있는 것이다.

시게코는 정신을 가다듬으려고 숨을 멈췄다.

그 '산장'의 정원에는 동 페리뇽 병이 묻혀 있었다. 아미카와가 몇 번째인가의 피해자를 묻을 때 표시 삼아 세워두었던 것이다. 그들이 그랬던 것은 그때뿐이었고, 그래서 병도 딱 하나였다.

시게코는 병을 실물로 보지 못했다. 대대적인 수색이 끝날 때까지 보도관계자들은 '산장'에 들어갈 수 없었다. 내부 촬영이 허락되었을 무렵에는 정원이 완전히 파헤쳐져 나무들도 뿌리째 뽑혀 있었기 때문에, 원래의 풍경은 찾아볼 수 없었다.

동 페리뇽 병도 당연히 치워진 상태였다. 경찰이 현장기록 때 촬영한 사진을 갖고 있을 테지만, 그것은 공개되지 않는다. 샴페인 병이 있었다는 사실 자체가 일반에 공개되지 않았다. 시게코도 한 형사로부터 그 이야기를 듣고야 알았다.

텔레비전 영상에는 절대 찍히지 않았을 것이다. 병이 거기 있었을 때는 카메라가 들어갈 수 없었으니까.

그런데 히토시는 어떻게 샴페인 병을 그린 걸까?

왜 이런 게 여기 있지?

'제3의 눈'이야.

쇼지의 말이 시게코의 머리를 뒤흔들었다.

수요일은 재미없다. 미키가 학원에 가서 집에 같이 갈 수 없기 때문이다. 소녀는 속으로 투덜거리며 입을 삐죽 내밀었다.

미키는 보습학원 말고도 여러 가지를 배우러 다닌다. 수영과 영어회화 같은 것들이다. 그런 때는 일단 집에 들렀다가 다시 나가기 때문에, 학교가 끝나고 같이 돌아갈 수 있다. 하지만 보습학원에 가는 날은 다르다. 미기네 엄마가 학교 뒷문까지 자가용으로 데리러 와서 바로 태우고 가버린다.

미키가 다니는 학원은 먼 곳에 있다고 한다. 전차로 다섯 역이나 가야 한단다. 그래서 엄마가 차로 데려다준다. 우리집은 비 오는 날에도 아무도 데리러 안 오는데.

혼자서 신호가 바뀌기를 기다리며, 소녀는 무거운 책가방을 고쳐 멨다. 횡단보도 건너편에는 지팡이를 짚은 할아버지 한 사람만 서 있다. 허리가 잔뜩 굽은 할아버지. 이따금 이 횡단보도에서 마주친다. 언젠가 엄마에게 이런 말을 했더니 이 근처에 유명한 성형외과가 있어서 그런 거라고 가르쳐주었다. 저런 할아버지가 왜 성형을 하는 걸까?*

신호가 파란불로 바뀌어 소녀는 길을 건넜다. 할아버지는 걸음이 매우 느려서 횡단보도를 절반 정도 건너서야 서로 스쳐지나갔다. 콜록콜록 기침을 한다. 감기에 걸린 거다. 성형외과에서 감기도 고치나?

얼마전 미키가 말했다. 학원을 일주일에 한 번만 가면 진도를 따라잡을 수가 없어서, 앞으론 두세 번 다니게 될지도 모른다고. 그러면 이런 재미없는 날이 늘어가게 될 것이다. 그건 싫다. 나도 학원에 다니고 싶다고 했는데, 엄마나 아빠는 초등학교 4학년 때부터 학원에 다닐 필요는 없다고 했다. 무엇보다 우리집엔 그럴 돈이 없어. 너 하나만 키우는 것도 아니고.

그랬다가 내가 바보가 되면 어쩌려는 걸까? 엄마 아빠는 나 같은 애는 신경도 안 쓰는 모양이다.

혼자 걷다보면 머릿속에서 말이 빙빙 돈다. 이야기하고 싶은데 상대가 없다.

하는 수 없이 소녀는 깡충깡충 뛰면서 노래를 불렀다. 재미없는 기분에 재미없는 노래다.

보도를 걸어, 처음 나오는 모퉁이에서 오른쪽으로 꺾었다. 길 폭이 갑자기 좁아지고 가드레일도 없다.

길 양쪽에는 집들이 잔뜩 늘어서 있다. 마당이 있는 큰 집. 폭이 좁은 작은 집. 차 앞부분이 길로 튀어나오게 세워놓은 집도 있다. 저런 집을 지날 때는 앞뒤를 잘 살펴야 한다. 언제 차가 튀어나올지 모르니까. 엄

---

* 일본어로 '성형'과 '정형'은 발음이 같다.

마는 이런 곳에서 차에 치이면 치인 사람만 손해라고 했다.

혼자 있으면 깡충깡충 뛰는 것도 재미없다. 소녀는 뛰기를 멈추고 부루퉁한 얼굴로 걷기 시작했다. 다음 모퉁이가 나왔다.

걸음을 멈추고 생각했다.

원래는 항상 여기서 왼쪽으로 접어든다. 미키와 함께 재잘거리며.

사실은 똑바로 가는 게 우리집이나 미키 집이나 더 가까운데, 일부러 돌아가는 것이다. 엄마들이 그렇게 하라고 했기 때문이다.

─그 길로 다니면 안 돼.

─알았지? 꼭 다른 길로 돌아가야 해.

왜냐고 물어보면 어쨌든, 이라는 대답뿐이다. 왜 '어쨌든'이냐고 물으면 엄마는 화를 낸다. 넌 왜 엄마 말을 안 듣는 거니! 미키처럼 착하게 굴 수 없어? 미키네는 부자고, 엄마 아빠도 상냥하니까 당연히 착한 애가 되는 거야, 라고 말대답했다가 얻어맞았다.

미키는 알고 있었다. 왜 이 길로 다니면 안 되는지 자기 엄마가 가르쳐줬단다.

모퉁이에서 세번째 집에, 경찰에 잡혀간 적이 있는 사람이 살고 있나고.

여러 가지 나쁜 소문이 있는 집이라고.

여자아이가 지나가면 경찰에 잡혀간 적 있는 사람이 말을 건다고.

그리고 집안으로 끌고 들어가 여러 가지 나쁜 짓을 한다고.

'끌고 들어간다'는 게 뭘까? 난 손으로 잡아당기는 것 정도로는 당하지 않는다. 뭘 준다고 꼬드겨도 따라가지 않는다. 어른들은 거짓말쟁이란 걸 아니까.

그렇지만 미키는 무척 무서워했다. 엄마에게 야단맞는 게 싫어서가 아니라, 정말로 저 집이 무섭다고 했다.

소녀는 멈춰 선 채 고집스러운 표정을 지으며 생각했다.

오늘은 혼자니까 똑바로 가볼까?

세번째 집 앞을 지나왔어. 저녁 먹을 때 엄마에게 이야기해주자. 그 집 앞을 지나왔는데도 아무 일 없었다고. 그러면 엄마가 화낼까?

화내도 괜찮다. 암만 화내도 또 지나갈 테니까. 미키랑 같은 학원에 보내줄 때까지 계속 지나다닐 거라고 해줄 테다.

좋아. 다시 한번 책가방을 추스르고 똑바로 걷기 시작했다.

신경도 써주지 않는 아빠가 밉다. 동생만 예뻐하는 엄마도 밉다. 툭하면 야단치는 선생님도 밉다.

사실 나는, 돈도 많고 친절한 엄마 아빠가 있는 미키를 속으로는 싫어하는 건지도 모른다.

경찰에 잡혀간 적이 있다고 그렇게 나쁜 사람일까? 만약에 그 사람이 엄마 아빠보다 더 착하다면 어떨까?

난, 그 사람을 좋아하게 될지도 모른다.

한 걸음 한 걸음 땅을 다지듯 걸었다. 등에 매달린 책가방이 흔들렸다.

모퉁이에서 세번째 집은 정사각형 모양 2층 건물이다. 회색인데 빗물 때문에 지저분한 얼룩이 줄처럼 나 있다. 콘크리트도 아니고, 나무로 지은 집도 아니다.

창문도 집처럼 정사각형이다. 현관문만 직사각형인데, 눈에 확 띄게 밝은 노란색으로 칠해져 있다.

소녀는 세번째 집 바로 앞에서 멈췄다.

길 한가운데다. 주위를 빙 둘러보았다.

저 앞에 있는 건널목을, 흰 셔츠를 입은 아저씨가 마트 봉투를 흔들며 건너가고 있다.

그 사람 말고는 아무도 없다.

나하고 정사각형 집뿐이다.

으음, 집들이 잔뜩 늘어서 있는데도 이 집만 외톨이 같은 느낌이다. 혼자만 모양이 달라서? 색깔이 달라서? 예쁘지 않은 집이라서?

꼭 나 같다.

정사각형 창문에는 모두 격자가 달려 있다. 연립주택이나 아파트 창에 달려 있는 철창. 도둑이 못 들어오게 하려는 거라고 전에 엄마가 가르쳐주었다.

그렇지만 이 집 창문에 달린 격자는 꼭 텔레비전 드라마에서 본 교도소 감옥 같다. 맞아, 교도소는 경찰에 잡혀간 사람이 들어가는 데지?

이 집은 교도소에 들어간 적 있는 사람이 사는 데라서 저런 게 달려 있는 건가?

따릉따릉, 하는 소리가 나서 소녀는 깜짝 놀랐다. 뒤에서 자전거가 나가온다. 얼른 반대쪽으로 비켰다.

자전거에 탄 사람은 마른 체구의 여자였다. 아줌마다. 하지만 옷 색깔은 아주 예쁘다.

아줌마는 정사각형 집 앞에 자전거를 세웠다. 현관문 옆, 1층 창문 격자 바로 아래다. 훌쩍 자전거에서 내려와 뒷바퀴 스탠드를 세우고 앞에 달린 바구니에서 가방을 꺼낸다. 가방 안을 뒤지다가—

물끄러미 바라보고 있는 소녀를 발견했다.

안색이 좋지 않은 아줌마였다. 눈도 흐리멍덩하다. 소녀를 아래위로 훑어보고 잠깐 뭔가 말하려는 듯한 표정을 지었다. 하지만 아무 말도 하지 않았다.

아줌마는 열쇠고리를 꺼내 자전거에 자물쇠를 채웠다.

그리고 이번에는 다른 열쇠로 현관문을 열었다.

찰칵. 쾅. 샛노란 문이 열렸다가 닫혔다. 아줌마는 정사각형 집 안으로 사라졌다.

문이 잠깐 열렸을 때, 현관 안쪽으로 운동화가 잔뜩 흩어져 있는 것이 보였다.

소녀는 몇 차례 눈을 깜박이며 방금 본 것을 눈 깊숙이, 머릿속에 담아두었다.

제3장

재회

6월이 되도록 시게코는 일부러 하기타니 히토시에 대해 생각하지 않으려 애썼다. 조금 시간을 가질 필요가 있다고 느꼈기 때문이다.

원래 시게코가 집중해야 하는 쪽은 노아 에디션의 업무다. 일에 몰두하다보면 그 '산장' 그림을 머릿속에서 치워두는 건 그리 어렵지 않았다.

이 문제는 노자기나 게이이에게 말하지 않았다. 쇼지힌데도 이야기하지 않았다. 말을 하면—자기 입으로 누군가에게 그것을 설명하면, 지금 머릿속에 몽롱하게 뒤엉킨 의문이 어중간한 모양새로 굳어져버릴 것 같기 때문이었다.

히토시의 그림은 지금은 모두 시게코가 가지고 있다. 하기타니 도시코에게 부탁해서 빌려온 것이다. 도시코는 필요 없다고 사양했지만, 시게코는 그림 장수까지 적은 보관증을 써주었다. 그림을 더 꼼꼼히 분석해볼 작정으로 그렇게까지 한 것이지만, 그러려면 냉각기간이 필요하다는 생각이 들었다.

지금 다시 '산장' 그림을 보면, 샴페인 병은 역시 그냥 잘못 칠한 크레용 자국으로 보일지도 모른다. 맨 처음 봤을 때는 발견하지도 못하고 넘어갔을 정도니까, 충분히 그럴 수 있다. 내가 잘못 본 것이다. '산장' 그림을 보고 놀란 나머지, 샴페인 병으로 착각했을 뿐이다.

6월 첫째주가 되었을 때 쇼지는 갑자기 출장을 떠나게 되었다. 주말을 끼고 3박 4일로 상하이에 다녀와야 한다는 것이었다. 마에하타 철공소가 거래하는 기계 제조사 중에는 아시아의 다른 나라로 생산거점을 옮긴 곳이 많다. 기술교류니 지도니 연수니 해서 쇼지가 해외출장을 가는 일은 드물지 않았다.

"본사 쪽에는 이제 우리같이 기술 있는 숙련공이 없거든."

쇼지는 거래처를 '본사'라고 부르는 버릇이 있었다.

"그래서 우리에게 부탁하는 거지."

싫지만은 않은 표정이면서도, 쇼지는 계속 이렇게 일본의 공업기술이 해외로 유출되면 심각해질 거라느니, 우리 같은 하청업체 입장에서는 적을 돕는 꼴이라느니 하고 투덜대며 짐을 쌌다.

시게코는 오랜만에 차를 운전해 쇼지를 나리타공항까지 데려다주었다. 탑승 게이트 앞에서 손을 흔들고 헤어지자 묘하게 혼자가 된 느낌이 들었다.

집에 돌아와 평상복으로 갈아입고, 별 생각 없이 위층에 있는 서재 겸 서고로 올라갔다.

하기타니 히토시가 그곳에서 기다리고 있는 듯한 느낌이었다.

다시 히토시의 공책을 펼쳤다.

정좌한 시게코의 무릎 위에 놓인 '산장' 그림. 하늘을 움켜쥐려는 듯

땅에서 솟아난 열세 개의 회색 팔.

역시나, 샴페인 병은 샴페인 병으로 보였다.

한숨을 내쉰 시게코는 공책을 내려놓고 일어섰다. 옛날 명함 파일을 어디 넣어두었더라.

9년 전 사건 당시, 시게코는 경찰 쪽으로 깊이 파고들어 취재를 한 게 아니었기에 수사 담당형사들과 알고 지낼 기회가 없었다.

다만 막판에 이르러 피차 생각도 못한 상황에서 우연히 마주친 적이 있었는데, 그것을 계기로 한 또래 형사와 약간 안면을 텄다. 샴페인 병 이야기를 해준 사람도 그 사람이었다.

당시 수사1과 제4계에 소속되어 있던 아키쓰 신고秋津信吾라는 형사다. 받자마자 내내 파일에 넣어두었기 때문에 명함은 새것처럼 깨끗했지만, 8년이 지났으니 소속이나 직함이 바뀌었을 가능성이 크다.

밑져야 본전이라는 생각으로 전화를 걸었는데, 의외로 바로 연결이 되었다. 아키쓰는 경부로 승진해 현재 수사1과 제3계 소속이라고 했다. 하지만 지금은 출장중이었다.

나중에 다시 걸겠다고 하자, 전화를 받은 사람은 그러면 언제 연락이 닿을지 모른다며, 친절하게도 아키쓰에게 전달해 다시 전화를 드리겠다고 했다. 이런 게 요새 이야기하는 '시민에게 가까이 다가가는 경찰'이라는 걸까? 휴대전화 번호를 남기고 정중하게 고맙다는 인사를 한 뒤 수화기를 내려놓았다.

그러고 나서는 뒤늦게 후회했다. 이제 와서 정말로 과거의 사건과 직접 연관된 사람을 다시 만날 용기가 있을까? 이렇게 불쑥 연락해도 되는 걸까?

뭔가 생각이 나면 바로 행동으로 옮겨버리는 이런 성격은 시게코가 젊었을 때부터 지니고 있던 어쩔 수 없는 부분이다. 9년이 지나도 덜렁대는 건 여전하다는 생각이 들어 시게코는 자기 이마를 탁 때렸다.

아키쓰 형사에게서 연락이 온 것은 이튿날 오후 2시가 조금 지나서였다.

"아, 마에하타 씨? 마에하타 시게코 씨 전화 맞습니까?"

아키쓰는 큰 덩치와 활달하고 직선적인 말투에 늘 기운이 넘치는 사람이다. 상대에 따라서는 거칠게 느낄 수도 있지만 그만큼 말이 잘 통한다. 사십대가 되어 승진한 후에도 그의 말투와 목소리는 여전했다.

"네, 마에하타예요. 오랜만입니다."

"진짜 오랜만입니다. 잘 지내십니까?"

"덕분에 그럭저럭 지냅니다. 아키쓰 씨, 경부로 승진하셨다면서요? 축하드려요."

아키쓰는 호탕하게 웃었다.

"뭐가 잘못되었는지 시험에 붙어버렸네요. 하지만 하는 일은 똑같습니다."

그런데 무슨 일이죠? 하고 아키쓰가 물었다. 시게코는 갑자기 연락해 미안하다고 사과하고, 자기 쪽에서 전화를 다시 걸었다.

"별일은 아니지만, 아키쓰 씨에게 여쭤보고 싶은 게 있어서요. 저기, 옛날 그 사건과 관련된 건데요."

"아하, 급한 일입니까?"

"네, 뭐. 가능하다면 좀 서둘러 부탁드리고 싶은데요."

"마에하타 씨는 속전속결이시니까요. 그놈 산장 유리창을 깨뜨리던 시게코 씨 모습이 기억나네요. 아니, 현관을 부수려고 했던가?"

"너무 그러지 마세요."

시게코는 몸을 움츠렸다. 아키쓰가 재미있다는 듯이 웃었다.

"타이밍이 좋으시군요. 지금은 시간 낼 수 있습니다. 계신 쪽으로 가죠. 전화보다 만나서 이야기하는 게 낫겠죠?"

정말 말이 잘 통하는 사람이다.

"지금 어디 계세요?"

아키쓰는 아키하바라에 있다고 대답했다.

"그럼 우에노에서 뵈면 어떨까요? 저도 바로 출발할 수 있으니 삼십 분이면 도착할 거예요."

아사쿠사 쪽 출구에서 만나기로 정하고서, 시게코는 얼른 나갈 채비를 하고 집을 나섰다.

8년 만에 만난 아키쓰 형사는 체격이나 혈색이나 그때와 변함없는 모습이었지만 약간 배가 나온 듯 보였다. 개찰구 앞에서 서글서글한 얼굴로 손을 흔들고 있다.

다시 인사를 나누다 어라? 하는 생각이 들었다. 아주 조금이지만 술기운이 있는 것 같았다.

"방금 막 계산이 한 건 끝나서요."

'계산이 끝났디'는 건 특별수사본부가 해산되었다는 말이다.

"아, 그래서 다른 수사관들과 건배를 하셨군요?"

"네. 신문 보셨습니까? 한 달 전인가, 역 앞 잡거빌딩에서 일어난 강도살인사건이요."

그러고 보니 그런 사건이 있었던 것도 같다.

"범인이 검거되었어요. 살해된 전자부품회사 사장의 옛 부하였죠."

그래서 오후에 시간을 낼 수 있었다는 것이다. 정말 기막힌 타이밍이었다.

토요일이라 어디나 붐볐다. 조용히 이야기 나눌 만한 가게를 찾아 역 앞을 계속 걸었다. 그러면서 서로 요즘 어떻게 지내는지 안부를 주고받았다.

아키쓰는 그 연쇄살인사건이 끝난 뒤에도 보충수사에 2년 넘게 관여했다고 한다. 대부분은 '산장'에서 발견된 시체의 신원확인 작업이었다. 시게코가 마지막으로 연락한 것은 범인이 체포된 지 두 달 후쯤이었던 걸로 기억하고 있는데, 아키쓰 형사는 그뒤로도 오랫동안 사건에 묶여 있었던 셈이다.

"그런데도, 아직 신원이 밝혀지지 않은 사람이 하나 남았습니다."

"가족이 나타나지 않은 건가요?"

"무슨 사정이 있는 건지, 그 여자가 천애고아였던지. 아, 그리고 성별은 밝혀졌지만 나이는 대략적으로밖에 파악할 수가 없어서요."

그 사건이 겨우 정리된 뒤 아키쓰는 일단 관할서로 전출되었다고 한다. 몇 군데를 거치면서 승진도 하고 경시청으로 돌아온 지 이제 4년. 지금은 수사3계 부장이라고 한다.

"그럼 좀 있으면 반장이겠네요. 부하들을 거느리게 되겠어요."

시게코의 말에 아키쓰는 글쎄요, 하며 신음했다.

"저는 그런 체질이 아닙니다. 현장을 돌아다니는 게 성미에 맞죠."

역에서 꽤 떨어진 곳에 한적한 찻집이 있었다. 그냥 이런 곳이 낫겠다며 아키쓰가 가게 문을 밀었다.

잠시 후 나온 아이스커피는 맛이 흙탕물 같았다. 손님이 없는 게 당연했다. 하지만 냉방은 잘되었고, 조용해서 좋았다.

"불쑥 이런 말씀 드리기는 뭣하지만, 실은 깜짝 놀랐습니다." 아키쓰가 입을 열었다. "마에하타 씨는 이미 그 사건을 잊은 게 아닐까 생각했거든요. 우리도 포함해서 말이죠."

시게코는 고개를 끄덕이고 아래를 보았다.

"오랫동안 그랬었죠."

"마에하타 씨가 증인으로 출석하셨던 공판 기억하십니까? 본부의 시노자키라는 형사가 방청을 갔었거든요. 마에하타 씨가 겁먹은 모습이었다고 무척 걱정했습니다."

"그래요……? 창피하네요."

"창피할 것 없습니다. 무서운 게 당연하죠. 우리도 겁먹을 정도였으니까요."

먼 곳을 바라보듯, 아니 지금도 누군가를 시선으로 위협하듯 눈을 가늘게 뜨고 아키쓰가 중얼거렸다.

"그놈은 괴물입니다. 제발 그런 놈이 다시는 나오지 않길 바랄 뿐이에요."

"범인은 요새 구금반응*이 심하다고 들었는데요."

"꽤 심한 모양이더군요." 아키쓰는 얼굴을 찌푸렸다. "잡혔을 때는 사형당하기까지 몇십 년도 더 걸릴 테니 계속 세상을 소란하게 만들겠다느니 책을 쓰겠다느니 의기양양했는데 말입니다. 뜻대로 되지 않았던 거죠. 가미 씨는 그래봤자 그 녀석도 인간이니까 언젠가 자신이 저지른 짓이 독처럼 온몸에 퍼질 거라고 했는데, 진짜 그렇게 되었어요."

가미 씨―시게코는 기억을 더듬었다.

"다케가미 씨였던가요?"

"네, 맞습니다. 데스크 담당이었죠. 요즘은 수사본부 내에는 데스크

---

* 자유가 제한된 구금상태에서 일어나는 심인반응(心因反應).

라는 업무가 없습니다. 뭐든 컴퓨터로 해치워버리니까요."

"다케가미 씨는 잘 지내시나요?"

"잘 지냅니다. 재작년에 퇴직했어요."

역시 9년이라는 세월은 길다.

"그 따님이 조금 전 말한 시노자키라는 녀석과 결혼했죠. 손자도 생겨서 애 보느라 매일 '허둥지둥'합니다. 현역 시절보다 더 바쁜 것 같아요."

"어머, 그래요?"

"아버지가 형사고 남편도 형사라니 재미있죠. 우리 마누라는 절대로 형사에겐 딸을 주지 않겠다고 해요. 저도 동감입니다."

시게코의 기억으로는 사건 당시 아키쓰는 독신이었다. 그럼 이 사람도 그사이 결혼을 했다는 이야기다.

"뭐, 이런 이야기도 재미있지만,"

입가에 여전히 미소를 남긴 채 아키쓰가 진지한 표정을 지었다.

"마에하타 씨는 옛날이야기나 하고 싶은 건 아니겠죠?"

시게코는 맛없는 아이스커피 잔을 옆으로 밀어두고 어떻게 이야기를 꺼내야 할지 잠시 고민했다. 아키쓰의 얼굴을 보고 있자니 계속 이런저런 기억이 떠올라, 무엇 때문에 시간을 내달라고 부탁했는지도 잊어버린 듯한 기분이었다.

시게코가 그 '산장'을 찾아간 것은 두 번이다. 처음은 아직 사건이 해결되기 전(직전이라고 하는 게 더 정확할까), 혼자 쳐들어갔을 때다. 두 번째는 '산장'의 현장감식이 끝나고 취재진에게 공개된 직후로, 범인이 검거된 지 두 달 후였다. 그랬다. 시게코가 아키쓰에게 마지막으로 전화를 건 것은, 이미 언론관계자가 아닌 자신이 '산장'에 들어가볼 수 있겠냐고 묻기 위해서였다.

—괜찮습니다. 유족들도 많이 찾아오고 있습니다. 헌화대도 생겼고요.

며칠 뒤 시게코가 쇼지와 함께 '산장'을 찾아갔을 때, 아키쓰가 경비를 담당한 경찰관에게 미리 이야기를 해두었던지, 둘은 다른 사람들과 얼굴을 마주치지 않고 들어갈 수 있었다.

헌화대에 꽃을 바치고 쇼지와 함께 합장을 했다. 둘 다 아무 말도 하지 않았다. 경찰관에게 고맙다는 인사를 하고 나와서 쇼지가 운전하는 차로 돌아간 뒤, 시게코는 그제야 울음을 터뜨렸다. 오열도 아니고 흐느껴 우는 것도 아니고, 그저 하염없이 흐르는 눈물을 그칠 수가 없었다. 도쿄로 돌아올 때까지 내내 눈물샘이 망가진 것처럼 울었다.

그 기억, 되살아나는 그때의 마음이 며칠 전 일보다 훨씬 선명하고 강렬해, 시게코는 저도 모르게 중얼거렸다.

"……그 산장은,"

"네."

아키쓰가 고개를 끄덕였다.

"어떻게 되었나요?"

"건물은 없어졌습니다. 철거해버렸어요."

시게코를 안심시키려는 듯한 말투였다.

"토대까지 파내고 깨끗이 정리해 공터로 만들었죠. 지금도 그대로입니다. 풀이 무성하지 싶어요."

"그런가요……?"

"토지와 건물 소유권은 아미카와의 어머니가 갖고 있었는데—아, 그건 마에하타 씨가 알아낸 거였죠?"

아키쓰가 슬쩍 웃었다.

"그 어머니는 아미카와에게 살해당했지요. 상속인이 피상속인을 살해했을 경우, 그 상속인은 상속권을 잃습니다. 달리 다른 상속인이 있는 것도 아니라서 그 땅은 국가 소유가 되었어요. 하지만 쓸 곳이 없었죠. 판다 해도 사려는 사람도 없었을 테고. 유족회 쪽에서 자금을 모아 그 땅을 사들이고 위령비를 세우자는 의견도 있었지만, 별장지 관리조합의 반대가 심해 뜻을 이루지 못했습니다. 하기야 유족회 안에서도 의견이 갈렸던 모양이더군요."

다들 잊고 싶은 거예요, 하고 아키쓰가 부드럽게 말했다. 당신뿐만이 아닙니다, 마에하타 씨.

시게코는 마음을 굳히고 고개를 들었다. 가방에서 하기타니 히토시의 공책을 꺼냈다. 그 페이지를 펼쳐 아키쓰 앞에 내밀었다. 아키쓰는 눈을 깜박였다.

"어린아이 그림이잖습니까?"

"한번 봐주시겠어요?"

아키쓰는 공책을 곧바로 받아들었다. 시게코는 공책이 아니라 그의 얼굴을 뚫어지게 바라보았다. 그의 반응을.

아키쓰의 얼굴이 굳어졌다.

"잠깐 실례."

그는 갑자기 공책을 탁자 위에 내려놓고 가슴 호주머니에서 안경 케이스를 꺼냈다. 그리고 가느다란 독서용 안경을 꺼내 코끝에 걸쳤다.

"작년쯤부터 노안이 와서요."

"저는 더 빨리 왔어요."

"그러십니까? 우리 아버지도 빨랐죠."

가볍게 말을 주고받으면서도 아키쓰는 공책에서 시선을 떼지 않았다.

"왼쪽 아래 구석을 봐주세요." 시게코가 말했다. "검은색 크레용으로 그린 것 보이시죠?"

아키쓰는 말없이 고개를 끄덕이며 공책을 들여다보았다.

"어떻게 생각하세요?"

"어떻게 생각하느냐……" 아키쓰가 시게코의 말을 되뇌며 눈길을 들었다. "생각할 것도 없이, 그 '산장'이군요."

"역시."

"게다가 이건" 하며 아키쓰는 굵은 엄지로 왼쪽 아래 구석을 가리켰다. "동 페리뇽 병이고요."

"기억하고 계시네요?"

"잊을 리가 없죠. 그놈들이 세워둔 묘비입니다. 웃기는 이야기죠."

시게코는 체온이 쭉 내려가는 느낌이 들었다. 내가 잘못 본 게 아니었다. 잘못 생각한 것이 아니었다.

"이 그림은 누가 그렸습니까? 직접 그리신 건 아니겠죠?"

"네, 아니에요."

갑자기 아키쓰는 조심스러운 표정을 지었다.

"혹시…… 자제분인가요?"

너무도 뜻밖의 질문이라 시게코는 웃음을 터뜨리고 말았다. 아키쓰는 눈을 동그랗게 떴다.

"아니죠? 아닌 거죠?"

"네, 네. 웃어서 죄송해요. 전 아이가 없거든요. 아, 남편과는 잘 지내지만요."

"아아, 그렇습니까?"

"아키쓰 씨는 아빠가 되셨죠? 따님 한 분인가요?"

"여자애 하나, 남자애 둘입니다. 아래 두 놈은 쌍둥이고요."

"그럼 애들 보느라 '허둥지둥'하시겠군요. 힘드시겠어요."

웃는 시게코 앞에서 아키쓰는 이마를 닦았다.

"이거, 남 말 할 때가 아니었군요. 그나저나 가르쳐주세요. 대체 이건 누가 그린 거죠?"

시게코는 사정을 설명했다. 하기타니 도시코와의 만남부터 이 공책의 그림을 발견하기까지의 모든 경위를.

이야기하면서 또 한 권의 공책을 보여주었다. 박쥐 풍향계와 회색 피부의 소녀가 있는 그림이었다.

그리고 마지막으로, 역시 도시코에게서 빌려온 히토시의 스냅사진을 테이블에 올려놓았다.

아키쓰는 천천히 공책을 넘기며 이따금 시게코의 얼굴을 쳐다보았다. 하지만 아무 말 없이 듣고만 있었다. 설명을 다 마치고 시게코는 기다렸다. 자, 아키쓰는 무슨 말을 할까? 웃을까, 아니면 놀릴까. 초능력이라고요? 사이코메트러? 어떻게 된 거 아닙니까, 마에하타 씨?

아키쓰가 입술 끝을 끌어올리며 싱긋 웃었다.

"그래서, 마에하타 씨가 제게 묻고 싶은 건 뭐죠?"

이 사람은 옛날과 마찬가지로 실무적인 사람이다. 쓸데없는 감상 같은 건 입 밖에 내지 않는다.

어깨의 힘을 뺀 시게코는 저도 모르게 쓴웃음을 짓고 말았다.

"이 동 페리뇽 병에 관한 정보가 그뒤에 어떤 형태로든 언론에 나온 적이 있나요? 가능성만이라도 있다면 알려주세요."

"그러니까, 만약 그런 사실이 있다면," 아키쓰는 확인하듯이 잠깐 끊었다가 말을 이었다. "히토시라는 아이가 그걸 보고 이 그림을 그렸다는 가설이 성립되기 때문이죠? 아니, 그 반대인가? 이 아이가 텔레비전이나 신문 같은 매체를 통해 동 페리뇽 병의 존재를 알아낼 기회가 있었다면, 그애가 초능력자라는 가능성을 부정할 수 있으니까?"

둘 다 같은 뜻이었기 때문에, 시게코는 고개를 끄덕였다.

"글쎄요."

일부러 말끝을 늘이며 아키쓰는 꾀죄죄한 천장을 올려다보았다.

"있었을지도 모르고, 없었을지도 모릅니다."

"텔레비전에 보도된 '산장' 내부 영상에 동 페리뇽 병은 없었어요. 그건 제가 확실히 기억해요. 그 병에 관한 코멘트를 들은 기억도 없고요."

"그렇겠죠. 하지만 그 사건에 관해서는 그후로 책도 여러 권 나왔고, 영화나 드라마도 만들어졌습니다. 아시죠?"

"있다는 건 알아요. 읽거나 본 적은 없지만."

"저도 마찬가지입니다. 아미카와를 즐겁게 해줄 뿐이라는 생각이 들어서요."

시게코도 동감이었다. 아미카와를 즐겁게 해줘서라기보다는 그가 하는 짓에 가담하는 것 같은 기분이 들어 싫었다.

"동 페리뇽 병 자체는 사건의 대세를 좌우할 만한 정보가 못 되죠. 우리가 굳이 숨기려 한 게 아니라 기분 나쁜 이야깃거리를 자진해서 누설할 필요가 없었던 것뿐입니다. 유족들이 알아서 좋을 것도 없었고요."

그 심정은 충분히 이해가 간다.

"그럼 외부에 알려졌을 가능성도 있는 거군요."

아키쓰는 팔짱을 끼고 등받이에 몸을 기대며 시게코의 얼굴을 유심히 바라보았다. 그리고 말했다.

"역시, 끝나지 않았군요."

"네?"

"마에하타 씨 마음속에선 아직도 그 사건이 계속되고 있는 거네요. 아닙니까?"

대답할 수 없었다. 아키쓰도 딱히 대답을 원하는 것 같지는 않았다.

"간단하게 말해 마에하타 씨는 뭘 하고 싶은 겁니까?"

"그건……"

"이 히토시란 아이가 정말로 특수한 능력을 지녔는지 아닌지 확인하고 싶다, 그거 아닌가요?"

"네, 그래요. 그게 출발점이었죠."

"그렇다면 꼭 이 그림을 통해서만 조사할 필요는 없지 않습니까."

그러면서 아키쓰는 '산장' 그림의 가장자리를 손가락으로 톡톡 두드렸다.

"아미카와 사건은 이러니저러니 해도 9년 전 사건입니다. 동 페리뇽 병 같은 세부적인 정보가 어떻게 퍼졌는지는 이제 와서 조사할 수도 없어요. 냉정히 생각해보면 마에하타 씨도 금방 이해가 갈 겁니다."

"하지만,"

"하지만, 이 그림에 얽매이게 된다." 시게코의 말을 막으며 아키쓰가 말했다. "이 그림을 처음 본 순간 여기에 갇혀 다른 것을 볼 수 없게 돼버렸다, 그런 이야기죠?"

사실이었기 때문에 시게코는 마지못해 고개를 끄덕였다.

"저주받은 거군요. 결국에는."

"저주라뇨! 저는, 그렇게는…… 생각하지 않는데요."

"그러시겠죠. 그렇게 생각하지는 않는다. 그러니 저주라고 하는 겁니다."

코로 숨을 크게 내쉬고 아키쓰가 슬쩍 웃었다.

"우리처럼 그걸 직업으로 삼고 있는 사람도 한 가지 사건에 오래 얽매이는 경우가 있습니다. 하물며 마에하타 씨는 글을 쓰는 사람이고 수사나 범죄에는 아마추어죠. 그런 체험을 했으니 쉽게 끝내지 못하는 건 당연합니다. 어쩌면 평생 끌고 가야 할지도 모르죠."

그렇대도 그것 나름으로 괜찮지 않습니까? 라며 아키쓰는 말을 이었다.

"끝나지 않는다면 억지로 끝낼 것 없어요. 그냥 마에하타 씨의 일부로 삼아버리면 됩니다. 필요 없을 때는 딴 데로 치워두고요. 어떻습니까, 제 생각이?"

달리 대꾸할 말이 없어서 시게코는 슬쩍 웃으며 그렇군요, 라고 대답했다.

"하기타니 히토시라는 아이의 능력에 관해 소사하려 한다년, 마에하타 씨가 대상으로 삼아야 할 건 이쪽입니다."

아키쓰는 박쥐 풍향계 그림이 있는 페이지를 펼치고 시게코 쪽으로 빙글 돌려놓았다.

"이쪽은 아직 따끈따끈하고 김이 모락모락 나는 사건이에요. 자세한 정보도 얻기 쉬울 테고, 관계자들을 찾기도 수월할 겁니다."

도이자키 아카네. 시게코는 속으로 그 이름을 되뇌었다.

"히토시란 애가 어째서 이런 그림을 그렸는지, 왜 그린 건지. 이 그림은 일반적인 오감에 기초한 체험에서 얻어진 지식을 바탕으로 한 건지, 그렇지 않은지. 저도 신경은 좀 쓰입니다."

"아키쓰 씨는 이 사건을 아세요?"

"보도된 내용밖에 모릅니다. 시효가 지난 사건이라는 게 수사 초기 단계에서 일찌감치 밝혀졌으니까요. 우리가 나설 틈이 없었죠. 하지만 아는 사람을 통해서 담당형사와 연결해볼 수는 있을 겁니다. 센주미나미 경찰서죠?"

"네."

"한번 손을 대보시겠습니까? 아니면, 계속 '산장'에 얽매이고 싶으세요?"

일이 이렇게 풀려버리자 갑자기 차분해지는 기분이었다. 분명히 '산장' 그림을 본 순간부터 시게코는 일종의 최면술에 걸린 것 같은 기분이었다. 스스로도 어렴풋이 자각하고 있었기 때문에 한동안 생각하지 않으려 했지만, 최면상태로는 아무리 냉각기를 가져도 결과는 마찬가지다.

"네. 아키쓰 씨 말씀처럼 제가 곁길로 빠졌던 것 같아요."

"그것도 무리는 아니죠." 아키쓰가 활짝 웃었다. "이야기해보기에 적합한 사람을 찾으면 연락드리겠습니다. 이 도이자키라는 부부는 변호사를 고용했던가요?"

"이웃들 이야기로는 그런 것 같아요."

"언론에 대처하려면 필요했겠죠. 그렇다면 그 변호사도 일단 만나보는 게 좋을 것 같군요. 사건에 대해 꼭 조사하지 않더라도, 도이자키 씨 가족과 하기타니 씨 가족 사이에 어떤 연결고리가 있었는지 알아보려면 아무래도 거쳐야 할 과정일 테니까요."

시게코는 갑자기 부담스러워졌다.

"역시나 도이자키 씨 가족을 직접 만나봐야 할까요?"

"꽤나 마음 약한 발언이시네요."

"솔직히 말해, 내키지가 않아요."

"하지만 하기타니 씨측을 조사하는 것만으론 충분치 않을 겁니다."

"저는 의외로 간단한 결론이 기다리고 있지 않을까 싶어요. 하기타니 도시코 씨가 무슨 일인가로 히토시를 데리고 도이자키 씨 집 근처를 지나간 적이 있다거나."

"아니면 하기타니 도시코 씨가 도이자키 집안 누군가와 아는 사이라거나?"

"네, 그렇죠."

"그렇다면 박쥐 모양 풍향계는 확실히 설명이 되겠죠. 하지만 아카네의 시체가 묻혀 있었다는 것까지는 모를 텐데요. 이웃 주민들도 아무도 눈치채지 못했으니 말입니다."

그렇다. 아카네가 죽었다는 것은 도이자키 부부만 아는 비밀이었다. 여동생인 세이코마저도 전혀 몰랐다.

문득 시게코의 마음 한구석이 술렁거렸다.

부부는 세이코에게 언니에 대해 뭐라고 말했을까? 세이코가 그걸 의심스럽게 여긴 적은 없었을까?

"어설픈 접근은 하지 않는 게 좋아요, 마에하타 씨."

아키쓰가 아픈 곳을 찔렀다.

"하기타니 도시코 씨에게는 공책을 돌려주고 그냥 이렇게 말하면 됩니다. 나는 이런 조사를 할 수 없습니다. 다른 분에게 맡기는 게 좋겠습니다, 라고요. 아니면 이런 조사 자체가 원래 어려운 일이라고 이야기하는 것도 괜찮겠군요. 히토시는 어쩌면 평범한 사람에게 없는 능력을 가졌을지도 모른다, 어머니가 그렇게 믿는다면 그게 진실이다. 제일 좋은 위로죠."

시게코는 미소를 지었다.

"아키쓰 씨는 여전하시네요."

"네? 그렇습니까?"

"현실파예요."

"진짜 현실파라면 애당초 그런 초능력 이야기 자체를 웃어넘기지 않겠습니까?"

두 사람은 웃었다.

"인간은 때론 터무니없는 짓을 저지르는 동물이죠." 아키쓰가 말했다. "보통 정신으로는 할 수 없는 짓을 아무렇지도 않게 저지르는 경우가 있어요. 그것 또한 평범한 능력은 아닐 겁니다. 그래서 저는, 그것과는 다른 종류의 능력이 인간이라는 동물 안에 숨겨져 있다 해도 이상할 것 없다고 생각합니다. 과학자들은 의견이 다를 테지만, 다행히 저는 형사니까요."

"저도 평범한 글쟁이인걸요……"

"하지만 형사나 글 쓰는 분들이나, 살아 있는 사람과 맞닥뜨려야 하는 직업이죠."

아키쓰는 좀더 활기찬 목소리로 단언했다.

"싫으면 그만두면 돼요. 누구에게도 구애받을 필요 없습니다. 하지만 아주 조금이라도 마음이 움직인 것은, 이 히토시란 아이가 마에하타 씨의 마음속에 있는 무언가를 건드려서, 그것을 일깨웠기 때문이라는 사실은 부정하지 않으셨으면 합니다. 그건 뭐랄까, 제 느낌입니다. 어디까지나 느낌. 조언은 아닙니다."

아키쓰는 잔을 집어들고, 녹아내린 얼음과 함께 아이스커피를 들이켰다.

"그런데 마에하타 씨도 담배 끊으셨습니까?"

"네? 아아, 3년쯤 되었어요. 아키쓰 씨도요?"

"금연 6개월쨉니다. 생각보다 쉽게 끊었던 것 같은데, 이럴 때는 피우고 싶어지네요."

8년 전 얼어붙을 듯한 밤에 '산장'에서 마주쳤을 때, 아키쓰에게 얻어 피운 담배를 떠올렸다.

아키쓰와는 다시 우에노 역 앞에서 헤어졌다. 그뒤 시게코는 이렇다 할 목적지를 정하지도 않고 한 시간가량 걸었다. 문득 아키하바라 역 근처라는 것을 깨닫고 거기서 전차를 탔다.

걷는 내내 생각은 이리 흔들리고 저리 흔들리다가, 이따금 멍하니 멈춰버리기도 했다. 스냅사진 속에서 웃고 있는 하기타니 히토시의 얼굴이 떠오르는가 하면, 불에 탄 도이자키네 집터에 그려진 사람 모양의 흰 선을 생각하기도 했다.

시게코는 전에 노지키와 게이에게, 이 조시는 하기타니 도시코가 '마음을 정리하는 과정'을 돕기 위한 거라고 한 적이 있다. 그야말로 그럴듯한 설명이었고, 실제로도 그때 심정은 그랬다.

하지만 이렇게 조금 떨어져서 보니 꼭 변명 같은 대사였다는 생각이 들었다. 일에 깊숙이 개입하지 않으면서 동시에 도시코에게 친절한 척하기 좋은 그럴듯한 구실이었다.

사실은 그런 일은 불가능하다. 어떤 형태건 누구의 것이건, '죽음'을 다룰 때 자신만 상처입지 않도록 거리를 두는 방법 따위는 존재하지 않는다. 깊이 개입하지 않을 수가 없는 것이다. 자기 식으로 가볍게 표현하기는 했지만, 아키쓰도 결국 이런 이야기를 한 게 아닐까?

전차로 다음 역을 지날 때, 집에 도착하면 도시코에게 전화해서 이 조사는 자신에겐 어려운 일이며 받아들일 수 없다고 이야기하기로 결심했다. 그다음 역을 지나면서는 그러면 분명 후회할 거라고 마음을 고쳐먹었다. 마음이 계속 그렇게 오락가락했다.

어째서 이런 문제에 말려든 걸까? 아키쓰는 하기타니 히토시가 지닌 무언가가 시게코의 마음을 건드려 일깨웠다고 했다. 그게 뭘까? 마음속에서 무슨 일이 일어난 걸까?

전차에서 내려 개찰구를 빠져나왔다. 평소 같으면 들렀을 마트나 상점가도 그냥 지나쳐, 담담하게 같은 리듬으로 걸었다.

마에하타 철공소 간판과 공장 뒤편에 숨은 듯 서 있는 집이 보였다.

우리집. 쇼지와 두 사람의 가정을 꾸린, 이제는 시게코에게는 둘도 없는 '집'이다.

시게코는 걸음을 멈추고 낡은 목조주택의 기와지붕을 올려다보았다.

좋은 추억도 나쁜 기억도 모두 다 저 지붕 밑에 숨쉬고 있다. 쇼지와 함께 살아온 세월이 저 집 안에 담겨 있다.

도이자키네 집도 마찬가지였을 것이다. 도이자키 부부의, 도이자키 자매의 좋은 추억과 나쁜 기억들.

하지만 그곳에는 아카네의 시체가 늘 함께 존재했다.

불에 타 반쯤 무너진 그 집은 모든 것을 알고, 모든 것을 이해하고 있었다.

나는 그것이 알고 싶다. 그 집이 알고 있는 것을 알고 싶다. 시게코는 갑자기 깨달았다. 그것이 자신을 움직이고 있다는 사실을.

도이자키 가의 사람들이 왜 그런 삶을 선택했는지, 왜 그런 일이 일어났는지. 그런 일이 일어났는데도 어떻게 형사사건 시효가 성립될 때까지 비밀을 지킬 수 있었는지.

그리고 그것을 어떻게 하기타니 히토시가 알 수 있었는지.

나는 알고 싶다. 수수께끼를 풀고 싶다. 그럴 자격 같은 건 없다. 권리도 없다. 비슷한 짓을 하다 뼈아픈 실수를 저지른 과거도 있다. 그런데도 나는 아직 미련을 버리지 못했다.

미련을 버리지 못한 게 창피해서, 그럴듯한 변명이 필요했다.

하기타니 도시코를 위해서가 아니다. 자신을 위해서, 시게코는 일어선 것이다.

제멋대로다. 창피한 구경꾼 근성이다. 어째서 나는 이렇게 성가신 성격인 걸까.

저녁노을이 물든 하늘 아래 우뚝 선 채로 눈을 감고, 시게코는 심호흡을 했다.

어쩔 수 없다. 한번 더, 다시 한번 이 성가신 마에하타 시게코라는 인간이 움직이는 대로 따라가보자. 무엇이 자신을 움직이고 있는 건지 알기 위해서는 일단 움직여봐야 한다.

그날 밤, 시게코는 혼자 간단히 저녁식사를 마치고 하기타니 도시코에게 전화를 걸었다.

도시코는 막 집에 들어온 참이었다. 통화가 좀 길어질 테니 편할 때 다시 걸겠다고 하자 도시코는 상관없다며 허둥댔다.

"선생님, 무슨 일이 있었나요?"

"그런 건 아니에요. 앞으로 어떻게 할지 의논하고 싶어서요."

아주머니─시게코는 목소리에 힘을 주어 불렀다. 새삼스러운 이야기를 할 거라는 느낌이 전해지도록.

"히토시가 남긴 그림이 뭘 의미하는지, 히토시가 왜 그런 그림을 그렸는지, 지금도 정말 알고 싶으신 건가요?"

평소 같으면 시게코의 말이 끝나자마자 대답하던 도시코도 뭔가 분위기가 다르다는 것을 느꼈는지 머뭇거리며 뜸을 들였다.

"그게, 무슨 말씀이신가요, 선생님?"

"저는 히토시의 능력에 관해 조사를 제대로 해볼 생각이에요."

"네, 정말 감사합니다."

"하지만 그렇게 되면 지금보다 훨씬 더 자세히, 여러 가지를 여쭤봐야 해요. 하기타니 씨가 대답하시기 어려운 질문을 할지도 모릅니다."

"그건…… 어째서인가요?"

시게코는 설명했다. 히토시가 도이자키 아카네 사건을 그린 걸로 추정되는 그 그림, 박쥐 풍향계가 달린 지붕 아래 잠들어 있는 회색의 소녀 그림이 하나의 열쇠라는 사실을.

"히토시가 어떤 특수한 능력을 사용해 그 그림을 그렸든지, 아니면 무슨 이유가 있어 그 집에서 일어난 일을 알아내어 그렸든지,"

진실은 둘 중 하나예요, 라고 시게코는 말했다.

"하지만 히토시가 세상을 떠난 이상, 그애의 특수한 능력을 실험이나 검사를 통해 확인할 수는 없습니다. 제가 할 수 있는 건 후자의 가능성—히토시가 도이자키 씨를 알고 있던 게 아닐까 하는 가능성을 조사하는 것뿐이에요."

아니나다를까, 도시코는 기겁하듯 대답했다.

"선생님, 그렇지 않습니다. 사건이 밝혀진 건 이미 그애가 죽은 뒤였어요."

"압니다. 하지만 사건이 드러나기 전에 알고 있었을 수도 있잖아요? 아카네라는 아이가 살해되어 묻힌 것은 16년 전의 일이에요."

"저기 선생님, 히토시는 초등학생이에요."

도시코가 웃음을 터뜨렸다. 시게코는 또박또박 대답했다.

"이제 곧 중학생이 될 나이였죠. 초등학교 1학년이나 2학년 아이들과는 달라요."

"하지만 선생님, 그애는 한 번도 혼자서 멀리까지 간 적이 없었어요. 늘 제가 데리고 나갔죠. 단둘이 살았는걸요. 제가 잘 알아요. 제가 모르는 걸 히토시 혼자 알고 있다니, 그럴 리가 없어요."

"그렇게 믿는 것뿐일지도 모르는 거예요, 아주머니."

도시코는 대답이 없었다.

"히토시에게는 그애 나름의 세계가 있었을 거예요. 히토시만의 인간관계도 있었을 테고요. 거기엔 어머니가 모르는 부분도 있을 겁니다. 부모자식 사이라는 게 그런 것 아닌가요?"

당황하는 기색이 느껴졌다.

"저는 히토시가 그린 그 그림의 수수께끼를 풀어줄 열쇠가 그 부분에 숨이 있다고 생각해요. 그걸 조사하려면 표면적인 부분만으로는 부족해요. 시간도 들고 힘도 들 거예요. 조금 전에 말씀드렸듯이, 아주머니의 사생활에 관계된 이야기도 여쭤보지 않을 수 없을 겁니다."

시게코는 일부러 약간 위협적인 말투로 단호하게 말했다.

"그래도 괜찮겠습니까? 그래도 아주머니는, 제게 그 일을 맡겨주실 건가요?"

도시코는 숨소리만 내면서 꽤 오랫동안 말이 없었다. 시게코는 기다렸다.

이윽고 가느다란 목소리로 도시코가 물었다.

"선생님?"

"네."

"그러면…… 도이자키 씨 집의, 그, 죽은 딸과 집안에 대해서도 조사하시는 건가요?"

"그렇게 될 겁니다. 그들 중 누군가가 뜻밖에도 히토시와 연결돼 있을 가능성도 생각할 수 있으니까요. 어디까지나 가설 중 하나지만요."

"그렇게 되면…… 도이자키 가족분들이 괴로울 텐데요."

역시 마음씨 고운 사람이라는 생각이 들었다.

"그렇죠. 하지만 피할 수 없는 일이에요."

"선생님도 괴롭지 않으시겠어요?"

"모르겠습니다."

단호한 대답이 나와 시게코는 스스로도 깜짝 놀랐다.

"무책임하게 들릴 테지만 아직은 모르겠어요. 아주머니, 솔직히 말씀드리면 저는 지금 어중간한 상태로 이 사건에서 손을 떼는 게 더 괴로울 것 같아요."

뜬금없이 감탄한 듯 한숨을 내쉬며 도시코가 말했다.

"선생님은 일에 정말 열심이시네요."

시게코는 웃고 말았다.

"아뇨, 그런 게 아니에요. 아주머니, 저는 히토시에 대해 무슨 글을 써서 발표하려거나 하는 생각은 전혀 없습니다."

"아아, 그럼 어째서……"

"그냥 알고 싶어요. 히토시에 대한 것을. 진실을요."

"그렇다면, 저어,"

우물쭈물하던 끝에 하기타니 도시코가 겨우 꺼낸 말은, 세상 사람들이 생각하는 것보다, 그녀 자신이 그렇게 믿고 있는 것보다 그녀가 훨씬 총명하다는 사실을 실증하는 한마디였다.

"만약 제가, 그렇게 힘든 일이라면 저는 이제 선생님에게 아무것도 부탁드리지 않겠다고 말씀드려도, 선생님은 조사를 계속하시겠죠?"

네, 라고 시게코는 대답했다.

"그러니까, 좀전에 한 질문은 취소할게요. '그래도 맡겨주시겠습니까'가 아니라 '그래도 협조해주실 수 있습니까'라고 여쭤봐야 했네요."

뜻밖에 도시코는 부드러운 목소리로 웃었다.

"저는 예전에 선생님이 쓰신 글을 읽고요, 같은 여자인데도 어쩜 이렇게 머리가 좋고 용기 있는 분이 다 있을까 생각했어요."

"송구스럽습니다."

"좀 감탄했었습니다."

"그건 과대평가예요, 아주머니."

말투에 웃음을 머금은 채 도시코가 말했다.

"선생님, 저는 어려운 건 모릅니다. 하지만 저는—못난 어미라고 생각하시겠지만 히토시를 아직은 더 생각하고 싶습니다. 여러 가지를 추억하고 싶어요."

이해합니다, 라고 시게코는 속으로만 대답했다.

"그래서 어떤 이유에서든 선생님이 히토시를 생각해주신다면, 저는 선생님을 도와드리고 싶어요. 이렇게 대답해도 되겠습니까? 제 뜻이 전달되나요?"

"충분해요. 감사합니다."

눈물을 흘리는지, 도시코가 쉰 목소리로 말했다.

"히토시에 대해서 저도 더 알고 싶어요, 선생님."

도시코는 지금 분명 불단을 바라보고 있을 것이다.

"추억할 수 있는 것은 모두 추억하고 싶고, 나중에라도 알 수 있는 게 있다면 모두 알고 싶어요. 하지만 그게 쉬운 일은 아니겠죠."

울면서 웃는 목소리였다.

"저는 지금도 히토시 이야기를 자주 해요. 마트에서도 이야기하고, 이웃 사람을 길에서 만났을 때도 그만 불쑥 입 밖에 나와버려요. 다들 들어주시죠. 하지만 선생님, 역시 그건 죽은 아이 나이 세기잖아요. 사람들 얼굴에 다 쓰여 있어요. 참 딱하다, 하지만 어쩔 수 없겠구나, 라고요. 지금은 괜찮지만 시간이 흐르면 저는 점점 직장이나 이웃 분들에게 불편한 사람이 될 겁니다. 하지만 선생님, 저는 아직도 히토시 생각을 멈출 수가 없어요. 앞으로도 그만둘 수 없을 것 같아요."

시게코는 말없이 수화기를 꼭 쥐고 듣고 있었다. 만약 곁에 있다면 도시코의 어깨를 안아주고 싶었다.

"그만둘 수가 없으니, 선생님이 하실 일을 도와드리겠습니다. 그렇게 해주세요."

"아주머니."

"예?"

"감사합니다. 하지만 언젠가 그게 괴로워지면 망설이지 말고 말씀해주세요. 약속이에요."

"예, 알겠습니다. 약속드릴게요."

수화기 너머로 코 푸는 소리가 들렸다. 도시코의 마음이 진정되기를 기다렸다가 시게코는 말했다.

"아주머니, 여쭤보고 싶은 건 많지만 지금은 간단히 한 가지만 질문드릴게요. 히토시를 데리고 도이자키 씨 집 근처에 간 적은 없으세요? 기타센주 역에서 걸어서 이십 분 정도 걸리는 곳이에요. 언제든 관계없으니, 그 근처에 히토시와 들렀던 적 없나요?"

도시코가 전혀 머뭇거리지 않고 대답했다.

"없습니다."

"그럼 한 가지 더. 아주머니가 도이자키 가족 누군가와 아는 사이라거나, 예전에 어떤 형태로건 알고 지냈다거나, 그런 일은 없습니까?"

이번에도 바로 대답했다.

"없어요, 선생님. 그런 일이 있었다면 제가 기억을 하죠."

"박쥐 모양 풍향계를 본 적은 있나요? 어디서 보았든 관계없습니다. 가게에서 우연히 본 것이어도 상관없고요."

"없습니다. 풍향계라는 것 자체를 실물을 본 적이 없는 것 같아요."

"알겠습니다. 늦은 시간에 죄송했어요. 편히 주무세요."

선생님도요—라고 하며 도시코가 먼저 전화를 끊었다.

시게코는 천천히 목욕을 했다. 나와서 머리를 말리는데 전화가 왔다. 쇼지였다. 별일 없느냐고 묻기에 별일 없다고 밝게 대답했다. 거긴 어떠냐고 물으며, 한동안 그저 그런 이야기를 나누었다.

그다음주 동안, 시게코는 본격적인 조사 준비에 착수했다.

우선 제일 먼저 할 일은 하기타니 히토시 문제에 관계하게 되면서 노아 에디션에 미치게 될 시간적, 물리적 영향을 가능한 한 줄이기 위한 조치를 취해두는 것이었다. 구체적으로 말하면, 노자키와 게이에게 지금까지 시게코가 담당했던 업무의 일부를 인계하는 일이었다.

두 사람 모두 싫은 표정을 보이지 않고 응해주었다. 덕분에 시게코는 일주일에 최소한 하루는 자유롭게 조사활동을 할 시간을 마련할 수 있게 되었다.

"뭔지 몰라도 상당히 투지가 불타네."

노자키는 그렇게 시게코를 놀렸다. 약간 염려하는 듯한 느낌이기도 했다.

"제가 할 수 있는 일이 있다면 뭐든 하겠어요!"

게이는 시게코 몫의 일을 대신하는 것 외에도 조사까지 거들겠다고 나섰다.

"그만둬. 오히려 거추장스러워."

"에, 왜요?"

"왜 거추장스러운지 모르니까 더 그렇지."

"저 편한 대로만 해서 미안해요."

시게코는 두 사람에게 고개를 숙였다.

"별로 상관없어. 조사하는 게 더 재미있어서 그만두겠다는 소리만 하지 마. 그것만은 사양이야."

그렇게 못박긴 했지만, 노자키는 더이상 물으려 하지 않았다.

그다음 시게코는 대략의 스케줄표를 만들었다. 하기타니 히토시에 관한 조사를 어느 각도에서 어떻게 진행할지. 먼저 무엇을 해야 하는지. 무엇을 조사하고, 누굴 만나야 하는지. 처음에는 기억나는 것들부터 적어가기 시작하여 어느 정도 채워졌을 때 그것들을 정리했다.

날짜에 신경쓰면서 스케줄을 짠 까닭은 시게코가 직장여성인 동시에 가정주부이기 때문이었다. 직장과 취재활동 말고도, 이제 6월이니 슬슬 계절옷 정리도 해야 한다.

그리고 세번째는 기초지식을 얻는 일이었다. '사이코메트리'라는 단어를 인터넷으로 검색하자 깜짝 놀랄 만큼 많은 페이지들이 나왔다. 그 중에는 얼핏 보기에도 필요 없다고 판단되는 것들도 있었지만, 이 분야에 거의 아는 게 없는 시게코에게는 귀중한 정보가 많았다. 준비 삼아 읽은 책만으로는 제대로 파악할 수 없어 참고문헌으로 살펴볼 서적이나 잡지 과월호를 적다보니 목록이 어느새 길어졌다. 구하기 쉬운 것도 있었고 어려운 것도 있었는데, 겨우 구했는데 막상 읽어보니 별로 도움이 안 되는 자료도 있었다.

가능하면 만나서 이야기를 들어보고 싶은 인물들도 정리했다. 그다지 길지는 않은 목록이었다. 처음으로 이 분야에 관심을 갖게 된 시게코가 받은 전체적인 인상은, 사이코메트리든 뭐든 간에 흔히 '초능력'이라고 불리는 인간의 특수능력에 관해서는 제대로 정리된 과학적 실험이나 실증, 연구가 거의 이루어지지 않았다는 사실이었다.

출장에서 돌아온 쇼지에게는 히토시에 대해 '지금까지보다 좀더 신경써서' 조사할 거라고 설명했다. 무척 간략한 설명이었지만 쇼지는 충분히 알아들은 모양이었다. 늘 그랬듯 시게코가 2층 서고를 서재로 사용하기 시작한 것과 거기에 쌓아올린 새 책이며 잡지 복사본 파일만 보고도 납득한 모양인지 "아무튼, 열심히 해" 하고 대범하게 말했다.

상하이 출장 선물로 쇼지는 시게코에게 치파오를 사다주었다. 이번에 통역으로 동행했던 여성이 시게코의 나이와 대략적인 몸매, 외모에 대해 물은 뒤 골라준 것이라고 했다.

하지만 아쉽게도 그 드레스는 시게코에게 너무 작았다. 쇼지는 크게 실망했다.

"아아, 이럴 수가 분명히 맞을 거라 생각했는데."

"미안해. 그런데 당신, 혹시 내 몸매에 환상이 있는 거 아니야?"

"그럴 리가 있어? 난 정확하게 당신 스리 사이즈를 댔다구."

"몇인데?"

"그러니까 그게,"

우물우물하며 쇼지가 댄 숫자는 시게코의 10년 전 사이즈였다.

"세월은 막을 수가 없지. 인생무상이라니까, 여보."

그래도 무척 예쁜 드레스라서 시게코는 그걸 소중하게 장롱에 넣어두었다. 다이어트 목표로 삼자. 언젠가 다이어트를 할 때가 온다면 말이지만.

아키쓰의 전화는 수요일에 왔다.

"받아 적으세요"라는 말과 함께 수화기 너머로 시끌시끌한 사람들 소리가 들려왔다.

일단 센주미나미 경찰서 형사과의 노모토라는 형사.

"도이자키 부부를 취조했던 담당관 중 한 사람입니다. 우연히도 우리 반에 있는 젊은 친구와 경찰학교 동기라더군요. 마침 잘됐죠."

"그럼, 이 노모토라는 분도 젊은 분인가요?"

"서른 살쯤 되지 싶은데요."

아키쓰는 근처에 있는 누군가를 큰 소리로 불렀다.

"이봐, 마사루. 너 몇 살이지?"

약간 떨어진 곳에서 아키쓰보다 젊은 목소리가 대꾸했다.

"스물일곱인데요."

"─그렇답니다."

아키쓰가 말했다.

"팔팔하네요."

"햇병아리죠, 뭐. 저쪽에는 이미 이야기를 해뒀으니 시간만 나면 언제든 만나줄 겁니다. 그리고 자세한 이야기는 하지 않았으니까, 마에하타 씨가 뭣 때문에 조사하는 건지 알면 깜짝 놀랄 거예요."

도이자키 부부가 고용한 변호사도 알아냈다. 신바시에 사무실을 둔 다카하시 유지高橋雄治라는 변호사로, 소속은 제2도쿄변호사회라고 한다.

"명부를 보면 우리 또래입니다. 사진만 봐서는 저처럼 배 나온 아저씨는 아닌 것 같네요. 하지만 딱하게도 이마가 훌렁 벗어졌어요."

"세월은 막을 수가 없죠. 인생무상이에요, 아키쓰 씨."

"그렇게 말씀하시니 중년의 탄식도 고상하게 들리는군요."

센주미나미 경찰서에서는 아무도 그와 접촉하지 않았다고 한다. 도이자키 부부가 변호사를 선임한 이유가 경찰이 손을 뗀 뒤의 취재공세를 헤쳐나가기 위해서였다는 사실을 알 수 있었다.

"그래서, 이 변호사 선생에 대해서 경찰 출입기자한테 이야기를 들었습니다. 제법 만만치 않은 사람이라니까 명심하세요."

시게코는 노모토 형사와 다카하시 변호사의 이름을 취재 스케줄 위쪽에 적어넣었다.

그러나 역시 제일 먼서 시간을 내야 할 대상은 하기타니 노시고였다. 시작점으로 돌아가 다시 출발하는 거다.

이번에야말로 하기타니 집안의 모든 것을 빠짐없이 알 필요가 있다. 특히 히토시의 출생에 관해 물어봐야 한다. 혈연은 곧 인간관계고, 히토시가 어떤 아이였는지 가능한 한 정확히 알아내려면 지나칠 수 없는 사항이다.

도시코가 마음의 준비를 해둘 수 있도록, 시게코는 미리 전화로 그 뜻을 설명했다.

"아주머니, 지금까지 제가 들은 바로는 어떤 사정이 있으신지 몰라도 히토시의 아버지에 관해선 별로 말씀하고 싶지 않으신 것 같던데, 혹시 제 착각인가요?"

아뇨—도시코가 희미한 목소리로 대답했다.

"좀, 이런저런 사연이 있어서요."

"죄송하지만 앞으로는 말씀해주셔야 할 것 같아요. 물론 절대 다른 사람에게 말하지는 않겠습니다."

"필요하신 거죠? 그렇죠, 선생님?"

"네, 필요합니다."

시게코는 딱 부러지게 말했다. 여기서 어중간하게 대답해서는 안 된다.

"아주머니. 아주머니와 히토시의 호적과 주민등록은 어떻게 되어 있습니까?"

"어떻게 되어 있냐니요?"

"주민등록은 지금 사시는 곳으로 되어 있죠? 시나 현에서 보내는 통지서가 그쪽으로 오나요?"

"예, 그렇습니다."

"호적도 거기로 등록되어 있나요? 아니면 다른 곳인가요?"

"아마 여기로 되어 있을 거예요." 불안한 말투였다. "그럴 겁니다. 우린, 그게, 집 쪽에는 호적을 둘 수 없어서요."

확실히 '사연' 있는 냄새가 폴폴 풍긴다.

"내키지 않으신다면 제게는 보여주지 않아도 괜찮으니까, 아주머니 기억을 확인할 수 있도록 호적등본과 제적등본, 주민등록등본을 떼주시겠어요? 제적등본이라고 하는 건, 세상을 떠난 히토시의 호적도 있지만, 지금 계신 곳으로 옮기기 이전의 적을 말하는 겁니다. 그러니까 호적도 포함될 거예요. 정말 죄송하지만, 아주머니의 혈연이나 가족 중어느 분이 히토시와 접촉했을 가능성이 있는지 제가 자세히 알아야 합니다. 부탁드릴게요."

알겠습니다, 라고 도시코는 기어들어가는 목소리로 대답했다. 시청 창구에 가서 예전에 살던 곳을 전부 확인하고 싶다고 하면 담당자가 신청서 작성법을 가르쳐줄 거라고, 시게코는 도시코를 다독였다.

이렇게 해서 새로운 출발의 첫번째 회견을 위해 시게코가 하기타니 도시코의 집을 찾아간 것은 그다음주 월요일이었다. 간토 지방은 장마철에 들어섰다. 우산을 들고 후나야마 역에 내리자, IC리코더와 취재노트가 든 어깨에 멘 가방이 무거웠다.

도시코는 염려했던 만큼 곤혹스러워하거나 겁먹은 표정이 아니었다. 오히려 개운한 표정으로 시게코를 맞아주었다.

"필요한 서류 모두 떼어왔어요. 창구 여직원이 정말 친절하더라고요."

시게코가 자리에 앉기도 전에 시청 마크가 찍힌 봉투를 몇 개 가져와 기쁜 듯이 내보였다. 그리고 서둘러 아이스커피를 내왔다.

잘못 알아듣는 것을 방지하기 위해서라고 녹음기를 꺼내놔도 도시코는 전혀 움츠러들지 않았다. 시게코는 히토시의 불단에 합장하면서, 도시코에게 심경의 변화라도 일어난 거냐고 속으로 살짝 물어보았다. 미안, 너희 엄마를 고민하게 만들 이야기를 꺼내게 돼서. 하지만 이건 아직 시작에 불과해.

"저나 히토시의 출생에 관한 걸 말씀드리기 어려운 건, 꼴사나운 신세타령이 되기 때문입니다."

도시코가 살짝 고개를 숙이고 더듬더듬 이야기했다.

"하지만 그런 걸 마냥 신경쓰고 있으면 선생님에게 부탁드린 보람이 없어지겠죠. 선생님처럼 당당한 분 입장에서 보시면 제 인생은 전부 부끄러운 일들뿐이니까, 이제 와서 쑥스러워하거나 숨겨봐야 소용없다고 히토시가 웃을 것 같습니다."

"제 인생도 전혀 당당하지 않은걸요. 큰 실수도 있었고요."

"아뇨, 그래도 선생님은 일을 하시잖아요. 세상에 도움을 주는 훌륭한 직업이죠."

그에 대해서도 의견이 달랐지만, 시게코는 미소를 지으며 아무 말도 않기로 했다.

"히토시에게는 아버지가 없어요."

똑바로 무릎을 꿇은 채, 두 손을 무릎 위에 얹은 도시코가 이야기를 시작했다.

"저, 물론 있기는 하지만 인지*를 받지 못했어요. 그게, 사실대로 말씀드리자면 아버지가 누군지 몰라서이기도 하고요."

놀라서 되묻거나 표정을 바꾸지 않으려 마음먹었지만, 그런 말을 듣고는 동요하지 않을 수 없었다.

"아버지를…… 모른다고요?"

"예. 너무 창피한 이야기지만요."

도시코는 거칠어진 손을 꼼지락거렸다.

"제가 태어난 곳은 이타바시예요. 아버지가 거기서 장사를 하고 있었죠. 하지만 잘되지는 않았어요. 그래서 제가 두 살인가 세 살 때 아버

---

* 認知, 사생아를 그 부모가 자기 자녀라고 인정하는 법률상의 절차.

지의 본가가 있는 교토쿠로 이사를 갔죠. 그때만 해도 그 부근은 여름이면 바다낚시를 할 수 있는 곳이었어요. 아버지의 본가는 작은 식당을 하고 있었는데, 저는 거기서 중학교를 마칠 때까지 살았습니다."

하기타니 도시코는 1952년에 태어났다. 그 당시의 이타바시 구가 어떤 모습이었을지 시게코로서는 전혀 짐작이 가지 않았다. 적어도 요즘 같은 주택가는 아니었으리라는 정도만 겨우 상상할 수 있었다.

"이게 그 이타바시 쪽의 제적등본이에요."

호적상의 주소 표기는 등기부와 같은 방식이라 읽기 힘들다. 시게코는 주소보다도 도시코에게 네 명의 형제자매가 있다는 사실에 더 눈길이 갔다. 오빠 한 명, 여동생 두 명, 남동생 한 명. 도시코는 2남 3녀 중 장녀다.

"여기가 어디쯤인가요?"

"가와고에 가도와 도쿄순환도로 7호선이 교차하는 고가도로가 있는데, 그 근처였던 것 같아요. 저는 어렸을 때 떠나온지라 잘 기억이 나지 않네요."

"그 무렵에는 아직 지금처럼 주택이 많이 모여 있진 않았겠군요."

"예, 들판이나 밭도 있었어요."

"아버님은 거기서 무슨 장사를 하셨나요?"

"뭐라고 하나요, 연료 같은 걸……"

"연료? 가와고에 가도 옆이라면, 혹시 주유소 같은 거였나요?"

"글쎄요……" 도시코는 난처한 듯 목을 움츠렸다. "죄송합니다. 저는 기억이 안 나요. 그 장사를 실패한 게 아버지에게는 무척 후회스러운 일이었는지, 집에서 그때 이야기가 나오는 일이 거의 없었거두요."

시게코는 눈을 가늘게 뜨고 등본을 보았다. 돋보기안경을 꺼낼 차

레다.

도시코의 아버지 이름은 하기타니 요시카즈萩谷義一였다. 1930년생. 어머니는 가즈코和子. 남편보다 두 살 아래다.

"아버지에게는 형과 누나가 한 분씩 있었다는데, 저는 두 분 다 모릅니다. 큰아버지는 전쟁터에 나가 동남아시아에서 전사했는데 유골도 돌아오지 않았다고 해요. 고모는 전쟁이 끝난 지 얼마 되지 않아 병으로 세상을 떴다고 하고요. 영양실조였을지도 모르겠습니다."

두 분 다 좋은 분들이었던 모양이에요, 라며 도시코는 쑥스럽게 웃으며 자기 몸을 문질렀다.

"큰아버지는 공부를 잘하셔서, 앞으로 훌륭한 학자가 될 거라고 할아버지가 무척 기대하셨던 모양이에요. 하지만 전쟁으로 돌아가셨으니 실망이 크셨겠죠. 우리 아버지는 공부는 전혀 못해서 '너 같은 것만 남다니 속이 터진다' 하는 소리를 들었죠."

마치 자기 일처럼 부끄러워하며 도시코는 입을 가렸다.

"할아버지는 술이 취하면 꼭 그런 말씀을 하시는 바람에 항상 아버지와 말다툼을 하셨어요. 두 분은 사이가 좋지 않았죠."

지금 쉰세 살인 하기타니 도시코로부터 한 세대만 거슬러올라가도 2차세계대전이 남긴 상처가 적나라하게 드러난다. 전후戰後는 물론이고, 쇼와* 시대도 이제 옛날이라는 생각은 착각이다.

"아버지가 교토쿠 집을 나와 직접 장사를 시작한 것도 할아버지에 대한 앙갚음이었다고나 할까요. 어디 두고 보자 하는 생각이 있었을 거예요. 물론 저는 몰랐고, 나중에 어머니나 오빠한테 들은 이야기지

---

* 昭和, 일본의 연호. 1926~1989년.

만요."

할아버지의 이름은 하기타니 이와오萩谷巖였다. 고집스러운 느낌이
드는 이름이다.

"그래도 이사까지 가시다니 큰 결심을 하셨네요."

도시코가 웃음을 터뜨렸다.

"그렇죠? 어머니 말씀으로는 속은 거라고 했어요."

"속아요?"

"예. 앞으로 이타바시 쪽이 개발될 거라는 어떤 사람의 감언이설에
홀랑 속아넘어갔던 거죠. 저는 기억 못하지만, 오빠 이야기로는 처음
얼마 동안은 다른 분과 함께 장사를 했던 것 같고요."

"동업자 말인가요?"

"예. 아버지는 초등학교밖에 못 나왔고, 장부 적는 법도 몰랐어요. 본
가에 돌아가서도 끝까지 배우지 못했죠. 그런 건 전부 어머니가 했어
요. 그러니 혼자서 장사를 한다는 것은 애당초 무리였을 거예요."

못마땅한 말투는 아니었다. 오히려 그 시절을 그리워하는 듯한 눈
치다.

"아버지는 전쟁중에 군수 공장에서 일했던 모양인데, 워낙 게으른 분
이셨어요. 열심히 일하는 성격은 아니었죠. 단숨에 큰돈을 벌 수 있는
일만 생각했고. 그런 사람들일수록 꼬임에 잘 넘어가잖아요? 아, 이것
도 어머니가 해준 이야기예요."

"어머니 성함이 가즈코 씨죠?"

"예, 부부싸움을 곧잘 하셨어요. 우리 세대 부모님들은 대개 그랬을
겁니다. 먹고살기 빠듯했으니까요. 부잣집들은 달랐겠지만."

도시코는 잠깐 눈을 깜박이고, 멋쩍은 웃음을 지었다.

"아아, 이런 이야기는 해봐야 별로 도움 안 되겠죠? 어쨌든, 우린 아버지 본가로 돌아온 뒤에 식당 일을 거들었습니다."

식당은 장사가 제법 잘되었고, 여름철에는 바다낚시하러 오는 사람들을 받는 가건물을 지어 손님이 많이 몰렸던 기억이 난다고 했다.

"오빠…… 아, 여기 이 마쓰오松夫라는 오빠예요."

장남인 하기타니 마쓰오. 1951년생이다.

"이 오빠가 자주 일을 도왔어요. 빙수를 만들기도 하고, 오징어를 굽기도 하고."

"아주머니도 도우셨나요?"

"바쁠 때는 총출동했죠. 옛날에는 아이들도 일을 많이 했답니다, 선생님."

시게코와 딱 띠동갑이지만, 이야기를 듣다보면 도시코의 나이는 훨씬 더 많은 느낌이 들었다.

본의 아니게 본가의 식당일을 하게 되었지만, 그래도 하기타니 요시카즈는 손해는 보지 않았던 모양이었다.

"가난했어도 우리 오 남매를 정성껏 길러주셨거든요."

도움이 안 될 것 같다고 하면서도, 이미 발동이 걸렸는지 도시코는 한동안 옛날이야기를 계속했다. 하기타니 집안은 원래 기사라즈에서 어업을 하던 집이고, 할아버지 이와오가 교토쿠로 이사한 것은 2차대전이 끝난 뒤라고 한다.

"먹을 것이 없을 때였으니 처음에는 식당이라고 할 수 없었어요. 암거래상이었죠. 이쪽에서 물건을 구해 직접 짊어지고 도쿄에 팔러 갔대요. 먹는장사는 한국전쟁이 시작되었을 무렵에 시작했을 거예요. 세상이 점점 안정되어 경기도 좋아졌거든요. 팔 것들이 생겼으니 아예 먹는

장사를 시작한 것 같아요. 그래서 꽤 일찍부터 술도 팔았고요."

"식당이나 선술집 같은 거였군요."

"그렇죠." 도시코는 고개를 끄덕였다. "술은 할아버지가 드실 때가 더 많았지만."

술고래였어요, 도시코는 웃으며 덧붙였다.

"술에 취하면 하기타니 가문 자랑을 하셨죠. 우리는 보통 집안이 아니라고, 위로 거슬러올라가면 조상 중에 치바현의 고시*도 계셨다고요. 왜, 그 지역 무사로 영지를 가지고 있는……"

"아아, 네."

"성도 원래는 '야하기矢作'였답니다. 그런데 에도 시대에 들어서면서 전쟁이 사라졌고, 선주船主 노릇을 하면서 무기를 만드는 사람의 성씨를 쓰기가 뭣해서 '하기야'로 바꾸었다고 해요. '萩谷'**라는 한자는 나중에 붙인 거니까 '하기타니'라고 읽는 것은 잘못이라고 했죠. 어쨌든 할아버지 말씀이 그렇다는 거고, 족보 같은 것도 없으니 어디까지 사실인지는 모르지만요."

"그런 할아버님이셨으니 공부를 잘하시는 큰아버님은 큰 자랑이었겠군요."

도시코는 고개를 크게 끄덕거렸다.

"항상 비교만 당했으니 우리 아버지도 딱했을 것 같아요. 죽은 사람에게는 누구도 못 당하는 법이죠."

한국전쟁이 일어났을 무렵이라고 하니 하기타니 이와오가 식당을 시작한 것은 1950년이다. 요시카즈의 장남인 마쓰오가 1951년, 큰딸

인 도시코가 1952년에 태어났고, 그때 이미 요시카즈와 가즈코 부부는 이타바시에서 살고 있었으니, 결국 요시카즈는 아버지의 장사를 이을 마음이 없어 본가를 나갔다고 볼 수도 있다. 하지만 자기 장사가 실패로 끝나자, 풀이 죽은 모습으로 돌아와 결국은 먹는장사를 돕게 된 것이다.

시게코는 얼마 되지 않는 현대사 지식을 짜냈다. 1950년은 쇼와 25년. 당시 대장성 장관이었던 이케다 하야토가 '가난한 사람은 보리밥을 먹어라'라는 유명한 실언을 했던 무렵이 아닌가? 그때만 해도 이 나라는 아직 완전히 재기하기 전이었다. 하지만 한국전쟁으로 호경기를 맞이하며, 일본 경제는 급속히 발전하기 시작했다.

배급제도도 그때쯤엔 이미 없어졌을까. 식권은 여전히 쓰이고 있었을까. 아버지가 하던 옛날이야기를 좀더 귀 기울여 들어둘걸. 그래도 좀전에 '연료 장사'라는 말에 주유소냐고 되물은 것은 어처구니없는 질문이었다. 당시의 일반적인 연료는 숯이나 연탄이었을 것이다. 대형트럭을 이용한 운수업이 꽃핀 것도, 마이카 붐이 일어난 것도, 아직 먼 미래의 이야기였을 테니까.

왠지 그 광경이 눈에 그려지는 것 같았다. 전쟁이 끝나고 사회가 다시 일어서는 가운데, 다시 어업으로 돌아갈 생각은 전혀 없고, 암거래의 연장선상에서 장사를 하면 먹는장사가 안전할 거라는 아버지와, 더 큰 야심을 품고 앞으로 분명 큰 수요가 생길 가정용 연료 장사에 손을 대려는 아들. 그리고 그 아들은 아버지에게 계속 바보 취급을 받아 반항심을 품고 있었다.

하지만 그 시도는 실패했다. 실제로 하기타니 요시카즈는 그보다 훨씬 머리 좋은 누군가에게 속은 건지도 모른다. 창업 사기는 어느 시대에나 존재하지만, 사회가 빠르게 바뀌어 앞으로 모든 것이 좋아질 테고 자신들 처지도 좋아질 거라는, 누구나 이른바 청운의 꿈을 품고 있던 쇼와 시대에는 그런 사회 분위기를 틈타 나쁜 짓을 저지르는 이들이 많았다.

부모가 사는 본가에 처자를 데리고 돌아온 요시카즈는, 한층 복잡한 분노와 좌절감을 품게 되었을 것이다.

하기타니 식당이 어떤 음식을 내놓았을지 상상하면 우습기도 하고 슬프기도 하다. 이윽고 해수욕이나 바다낚시를 즐기는 사람들이 밀려들어 장사는 생각했던 것보다 훨씬 성공했지만, 손님으로 붐비는 바닷가에 가건물을 세우고 가게를 운영하면서도 요시카즈는 과연 그 성공을 기뻐했을까?

"아버님은 할아버님 앞에서 기를 펴지 못하셨겠어요."

도시코는 짝 하고 손뼉을 쳤다.

"예, 맞아요. 그랬습니다. 선생님 말씀 그대로였어요."

"그래서 어머님은 그런 아버님과 자주 다투셨던 거군요."

"아버지는 어머니 앞에서도 기를 펴지 못했어요." 도시코가 미소를 지었다. "장사에 실패하면서 고생하신 건 물론이고, 아마도 그 뒷감당도 전부 어머니가 떠맡았던 것 같아요. 그러니 그랬겠죠. 어머니는, 정말 기가 센 분이었어요. 아버지는 그런 어머니에게 무척이나 의지하셨고요."

시게코는 문득 예전에 취재 때문에 만난 사람의 말이 떠올랐다. '사람의 행복이나 불행은 자기가 결정하는 게 아니다. 주위에 있는 사람들이 결정하는 것이다'라는.

어느 정도 눈치는 빠르지만 경험이 없어 늘 위태로운 요시카즈에게는, 당차고 건실한 아내가 있었다. 게다가 빼어난 사업수완까지는 아니어도 몸으로 장사를 익혀온 아버지도 있었다. 요시카즈는 그 두 사람 사이에 끼여 숨 막히는 인생을 보냈다. 행복이든 불행이든 결정권은 그의 손안에 있지 않았다―

도시코를 비롯한 다섯 남매는 그런 부모 밑에서 태어나고 자랐다. 시게코는 등본을 보며, 도시코의 형제자매들 이름과 생년월일을 확인하고 올해 나이를 적어보았다.

장남 마쓰오 54세

장녀 도시코 53세

2녀 다카코孝子 50세

3녀 미쓰코光子 47세

2남 다카시高志 46세

그들의 근황과 도시코와의 사이가 어떤지는 차차 듣기로 하고, 시게코는 먼저 이렇게 물었다.

"할아버님은 아마도 세상을 떠나셨겠죠?"

잠깐 머뭇거리더니 도시코는 고개를 끄덕였다.

"1965년인가, 66년인가, 우리가 교토쿠로 간 지 10년은 넘은 때였을 겁니다. 뇌졸중이었어요. 워낙 약주를 많이 드시는 분이었으니까요."

한편 할머니가 세상을 떠난 것은 2000년 가을이라고 한다.

"할머님은 장수하셨네요."

"예, 거의 백 살까지 사셨죠."

경로의 날에 지방자치단체로부터 축하금을 받은 직후 쓰러져, 입원한 뒤 며칠 후에 세상을 떠났다고 한다.

“노령으로 가셨죠. 받을 걸 다 받고 죽다니 대단한 근성이라고 감탄하며 웃는 이웃분도 계셨어요.”

시게코는 등본을 보았다.

“성함이 하기타니 치야萩谷ちゃ시군요.”

“예. 돌아가시기 사오 년 전부터 몸이 약해져서 자리에 누워 계실 때도 많았지만, 정신은 돌아가실 때까지 말짱하셨어요.”

“큰어른이셨겠네요.”

도시코는 고개를 갸우뚱했다.

“예? 뭐라고요, 선생님?”

“아, 죄송합니다. 큰어른이요. 집안일을 도맡아 처리하는 그런 분 말입니다.”

“아아……”

살짝 주먹을 쥐고 입에 댄 채 도시코는 생각에 잠겼다.

“그래요. 할머님이 집안일을 결정했죠. 예, 그랬을 거예요.”

도시코는 혼자 웅얼웅얼하며 고개를 끄덕인다. 시게코는 그 몸짓에서 문득 도시코가 부끄러워하던 ‘사연’의 실마리가 시작될 것 같다는 느낌이 들었다. 지나친 생각일지도 모르지만.

할아버지인 이와오의 이야기는 자주 나왔지만, 치야라는 할머니의 이름은 시게코가 먼저 꺼내기 전까지 나오지 않았다. 그것도 뭔가 이유가 있을 것 같다. 하기타니 도시코는 자기가 이야기하기 힘든 일에 대해서는(아마 본인도 의식하지 못하는 사이에), 말하지 않고 넘어가버리는 버릇이 있는 것 같았다.

“아버님과 어머님은 건재하신가요? 히토시에겐 할아버지와 할머니가 되겠군요.”

옛날로 거슬러올라가기만 하는 이야기를 현재로 되돌릴 셈으로 시게코는 일부러 히토시의 이름을 입에 올렸다. 하지만 도시코는 '할아버지와 할머니'라는 말에 묘하게 움찔하는 반응을 보였다.

"아뇨, 두 분 모두 안 계십니다."

아직 칠십대 중반일 텐데 이상하다.

"두 분 모두 일찍 돌아가셨어요. 아버지는 쉰다섯에 돌아가셨고, 어머니는 그러니까……"

손가락을 꼽으며 암산하는 시늉을 하고 말했다.

"쉰여덟이셨나, 아버지 7주기를 치르고 바로 세상을 뜨셨어요."

"역시 병환으로?"

"예, 암이었습니다. 아버지와 마찬가지로요. 아버지는 위암이었고, 어머니는 자궁암이었어요. 요즘 같았으면 발견도 좀더 일찍 했을 거고 약도 있으니까 더 오래 사셨을 테지만요."

하기타니 요시카즈가 세상을 뜬 해는 1985년, 가즈코는 1991년이라는 이야기다.

"집에서 하던 사업은 마쓰오 오빠가 이어받았습니다. 오빠는 고등학교를 나오자마자 바로 집안일을 돕기 시작해서 그런지 몇 년 뒤에는 아버지보다 더 열심이었어요. 어머니도 아버지보다 오빠 의견을 들을 정도였고요. 아버지가 돌아가실 무렵에 오빠는 이미 가정을 꾸린 상태여서, 자연스럽게 사업을 물려받은 거죠."

"지금도 오라버니께서 하고 계세요?"

"예." 대답은 바로 나왔지만, 도시코의 표정이 갑자기 굳어졌다. "사업도 여러 분야로 더 크게 벌였고요."

쇼와 40년대 중반에 이르러 도쿄 근교에서는 택지개발이 활발해졌다. 교토쿠도 예외는 아니었다. 마쓰오라는 오빠는 그런 시대의 움직임에 민감했던 모양이다.

"여기서 이대로 선술집 같은 거나 하면 앞날이 뻔하다고, 조만간 바닷가는 전부 매립되고 그 주위는 주택가가 되어버릴 거라고 했어요."

"혜안이셨군요. 아아, 보는 눈이 있으시다는 뜻이에요."

"예…… 그런가요?"

말뜻을 이해했을 텐데도 도시코는 어정쩡하게 대답했다. 시게코는 도시코가 또 이야기하지 않고 넘어간 게 있는 듯한 느낌이 들었다.

"그래서 이사를 했어요. 우라야스로요."

1972년. 요시카즈는 마흔둘, 마쓰오는 아직 스물한 살 때다. 고등학교를 나온 지 3년째 되는 해다.

"오빠의 의견에 따라 이사하신 건가요?"

"예."

"한창때였을 텐데, 아버님은 반대하지 않으셨나요? 교토쿠에 있는 가게에도 애착이 있었을 테고요."

예, 그게, 하며 도시코가 머뭇거렸다.

"할머님이 오빠 편을 드셨거든요."

하기타니 치야를 말하는 것이다. 그러고 보니 도시코는 치야를 '할머님'이라고 불렀다.

"지하철이 뚫릴 거라든가 하는 현실적인 예상도 있었으니, 큰 역 근처로 가려는 생각도 했을 거예요. 그렇지만 국철 후나야마 역 근처는 이미 땅값이 꽤 많이 올라 손을 댈 수가 없었죠. 그래서 우라야스로 간 겁니다. 오빠에게 무슨 생각이 있었다 해도 그냥 어림짐작이었을 거예요. 하지만 할머님이……"

마쓰오 말대로 하라고 했다는 것이다.

"집안을 좌지우지하던 할머니셨으니, 그 의견에 무게가 실렸겠군요."

"예, 그렇기는 한데요……"

아무래도 이야기하기 편치 않은 모양이었다.

"또다른 이유가 있었던 건가요?"

도시코를 채근할 생각으로 시게코가 슬며시 물었다. 도시코는 팔짱을 끼고 잠시 망설인 뒤 한숨을 내쉬었다.

"저기, 선생님이 거짓말로 여기거나 웃으실 것 같아서요."

"웃다뇨. 말씀해주세요."

"그러세요? 꼭 지어낸 얘기처럼 들릴 것 같아서 좀 조심스러워지네요. 아무래도 내용이 내용이다보니까요."

이렇게까지 머뭇거릴 이유가 있을 것이다.

"할머님은…… 저어…… 좀 뭐랄까, 신기 같은 게 있는 분이었어요."

아하, 시게코는 장단을 맞췄다. 그제야 의문이 풀린 기분이었다. 역시!

"그거야말로 천리안이라고 해야 할지,"

도시코는 눈치를 살피듯 시게코를 바라보았다.

"점쟁이 같은 일도 하셨어요. 잘 맞는다고 소문도 났고요."

웃지 않겠다고 말했지만 결국 시게코는 웃고 말았다. 도시코가 몸을 움츠렸다.

"그것 봐요, 선생님. 웃으시잖아요."

"죄송해요. 과연, 히토시의 증조할머니가 그런 분이셨군요."

도시코는 당황하며 두 손을 설레설레 저었다.

"선생님, 하지만 전 히토시가 증조할머니를 닮아 그런 거라고 생각하진 않아요. 그런 생각으로 선생님을 만나뵈러 갔던 건 아닙니다. 그래서 이런 말을 꺼내기가 힘든 거였고요. 꾸며낸 이야기 같죠?"

시게코는 아니라며 손을 저었다.

"그렇지 않아요. 저도 선입관을 갖지 않으려 하니까, 마음놓으세요."

요컨대, 하기타니 집안이 장사의 터전을 우라야스로 옮긴 것은 치야의 '점괘'에 따른 것이었다.

하기타니 요시카즈는 완고한 아버지에게 눌리고 당찬 아내에게 기가 죽어 지냈을 뿐만 아니라, 무당 같은 존재인 어머니의 말도 거스르지 못할 입장이었던 셈이다.

"아까는 말씀 못 드렸지만, 아버지가 연료 장사하러 이타바시 쪽으로 갈 때도 그랬어요."

"아, 예."

"할머님은 일이 잘 풀리지 않을 테니 그만두라고 했대요. 제가 직접 들은 게 아니고 전해들은 거라 잘은 모르지만, 어머니 말로는 할머님이 이렇게 말씀하셨다고 합니다. '요시카즈, 넌 속고 있는 거야, 돈만 뜯기고 쫓겨날 거야'라고요."

그 정도는 천리안이 아니라도 어느 정도 세상 물정을 알면 할 수 있는 예측일 것이다.

"그것 말고도 비슷한 일이 있었나요?"

"그게…… 마쓰오 오빠한테였는데, 그러니까, 오빠 편을 들었을 때였어요. 우라야스로 이사할 때."

도시코는 횡설수설했다.

"할머님이 이렇게 말했답니다. '마쓰오, 네 아버지와 어머니는 그리 오래 살지 못한다. 환갑 전에 죽을 테니 지금부터 네가 정신 차리고 장사를 해라. 네 아버지나 어머니가 하는 말 같은 건 상대 안 해줘도 된다'라고요."

으음, 시게코는 신음했다.

"이건 제가 오빠한테 직접 들은 이야기예요. 물론 당연히 깜짝 놀랐다고 해요. 하지만 아버지가 진짜 쉰다섯에 돌아가시고, 어머니도 환갑을 치르지 못했으니, 정말 놀라웠죠."

"그럼 오빠는 할머니의 예언을 믿었던 건가요?"

도시코가 고개를 크게 끄덕였다.

"그럼요."

"지금도 그런가요?"

"예, 믿고 있어요."

순간 도시코의 눈에 강렬한 빛이 떠올랐다가 슬며시 사라졌다. 표정에 그늘이 졌다. 시게코는 이 치야라는 할머니의 존재가 틀림없이 도시코와 히토시의 인생에 영향을 미쳤을 거라고 생각했다. 이 옛날이야기는 결코 쓸데없는 이야기가 아니다. '저와 히토시는 집 쪽에 호적을 둘 수가 없었어요'라고 했던 말이 얼핏 스쳤다.

"선생님, 도쿄 디즈니랜드에 가보신 적 있나요?"

시게코는 눈을 깜박였다.

"네? 아, 몇 번 간 적 있죠."

"대단한 유원지죠? 아, 유원지가 아니라 테마파크라고 하던가요?"

"히토시가 좋아했나요?"

"딱 한 번밖에 데려가지 못했지만요."

쓸쓸한 미소를 지으며 도시코가 말을 이었다.

"우라야스로 이사해 얼마 되지 않은 때였어요. 할머님이 10년도 채 걸리지 않아 이 근처에 커다란 유원지가 생길 거라고 했답니다. 꿈같이 예쁜 유원지다, 사람들이 많이 올 거다, 전국에서 몰려올 거다, 그러니 그 기회를 놓치지 말고 장사를 하라고요."

"그것도 오라버니께서 들으신 이야기인가요?"

우라야스 시에 도쿄디즈니랜드가 오픈한 것은 1983년이다. 하기타니 집안이 이사한 지 11년 뒤니, '10년도 채 걸리지 않아'는 아니다.

하지만 실제로는 오픈하기 훨씬 전부터 토지 매매 이야기가 나왔을 테고, 그 지역에서는 큰 화젯거리가 되었을 것이다.

JR 게이요 선이 개통되기 전까지는, 공공교통으로 디즈니랜드에 갈 때 반드시 우라야스를 거쳐야만 했다. 덕분에 그 도시가 크게 발전한 것은 틀림없다. 하지만 천리안을 지니지 않은 사람도 그런 예상은 할 수 있었을 것이다. 장사하는 사람이라면 더더욱.

"그 이야기를 들은 덕분인지 어떤지는 몰라도, 오빠는 결국 사업에 성공을 했어요."

"이비님보다 훨씬 크게 성공하신 거군요."

"예. 레스토랑이나 마트 같은 것을 몇 개나 가지고 있어요. 지금은 우라야스뿐만이 아니라 도심에도 가게를 냈습니다. 상당히 잘되고 있어요."

오빠의 성공을 기뻐하는 것 같지도, 동생으로서 오빠를 자랑하는 것 같지도 않은 말투였다.

시게코는 IC리코더의 카운터를 확인하고 취재노트 페이지를 넘겼다. 도시코는 그런 모습을 불안한 표정으로 지켜보고 있었다.

"이야기가 다시 돌아가는데요, 우라야스로 이사할 무렵 아주머니는 딱 스무 살이셨겠네요. 처음에 하신 말씀으로는 중학교를 나올 때까지는 교토쿠에 있는 본가에 계셨다고 했는데……"

"예, 저는 오빠와 달리 고등학교에 가지 않고 중학교를 마치자마자 취직을 했어요. 기숙사가 있는 회사라서 계속 거기서 지냈습니다."

아쓰기에 있는 큰 자동차공장이었다고 한다.

"학교에서 소개해 간 곳이었어요. 컨베이어 벨트 앞에서 하루종일 서서 일을 했죠. 덕분에 다리가 튼튼해졌어요."

도시코가 취직했을 무렵, 식당은 아직 요시카즈가 경영하고 있었다. 그는 과년한 딸이 이런 가게 일밖에 모르는 것은 좋지 않다, 든든한 직장을 잡아 품행 바른 회사원과 결혼하라 권했다고 한다.

"제가 일하기 시작한 무렵에는 오빠도 아직 학생이었고 동생들도 한창 자랄 때였어요. 그래서 제가 월급을 받아서……"

"송금해서 살림에 보태신 거군요."

"예, 큰돈은 아니었지만요."

시게코는 싱긋 웃었다.

"그러시는 중에 결혼 이야기도 나왔겠네요?"

"예…… 혼담이 들어왔죠. 아마 다들 우라야스로 옮긴 직후였을 거예요."

직장 상사가 맞선을 보지 않겠느냐고 권했다고 한다.

"그래서, 맞선을 보셨나요?"

도시코는 천천히 고개를 저었다. 치야가 반대했다는 것이다.

"그것도 할머님 의견이었습니까?"

자칫 '점괘'라고 말할 뻔했지만 얼른 표현을 바꾸었다.

"도시코는 함부로 결혼시키지 마라, 변변한 남자를 만나지 못할 거다, 라고 하셨어요."

"할머님은 정말로 그런 사실을 알고 계셨을까요?"

"글쎄요……"

"부모님도 그런 할머님의 의견에 반대할 수 없었던 건가요? 오라버니도……"

아, 그렇다. 마쓰오는 반대할 수 없었을 것이다. 치야의 말을 믿고 있었으니까.

"부모님은 제 뜻대로 하게 놔두라고 할머님께 부탁하신 적도 있었어요. 하지만 하기타니 집안에서 할머님의 말씀은 절대적이었어요."

"오라버니는 뭐라고 하셨어요?"

"할머니가 시키는 대로 하라고요."

결국 그로부터 2년 정도 지나 도시코는 일을 그만두고 본가로 돌아오게 되었다.

"이제 다른 사업에도 손을 대게 될 테니 와서 거들어달라고 오빠가 말해서요."

도시코는 그 요구에 고분고분 따랐던 것이다.

"그래서 그뒤로는 내내 본가에서 지내셨나요?"

네, 라고만 하고 도시코는 다시 입을 다물었다. 슬슬 요령이 생긴 시게코는 구체적인 질문을 몇 차례 반복해서 물어보았다.

그렇게 해서 알아낸 사실은 실로 어이없는 내용이었다. 일을 그만두고 집으로 불려온 도시코는, 실은 집안일만 떠맡게 된 것이었다.

장남 마쓰오는 가업에 매진했다. 부모는 그걸 도왔다. 여동생들과 남동생은 차례로 학교를 졸업하고 각기 사회생활을 시작했지만, 도시코만은 집에 붙들려 있었다.

그리고 또 한 가지, 도시코에게는 '중요한' 역할이 주어졌다. 치야의 시중을 드는 일이었다.

도시코가 본가로 돌아왔을 때, 치야는 이미 칠십대 중반이었다. 곁에 붙어서 돌봐야 할 정도로 쇠약하지는 않았지만 확실히 고령이었다. 일단 맡아서 돌봐줄 사람이 필요했다. 게다가 치야는 교토쿠에서처럼 우라야스에서도 '점'을 보았다. 그게 점점 소문이 나 사람들이 모여들게 되어, 그 관리를 도와야 했다고 한다.

시게코는 살짝 몸을 내밀고 약간 장난스럽게 도시코에게 속삭였다.

"그렇게 잘 맞았나요? 할머님의 점괘가?"

도시코는 무척 진지한 표정으로 고민했다.

"맞는다고 하셨어요. 보러 오신 분들은요."

"어떤 분들이 오셨죠?"

"선생님은 동네 점집에 가보신 적 없으세요?"

"제가 자란 동네에는 없었어요. 있었다 해도 우리 부모님은 그런 걸 믿지 않는 편이라서 있는 줄도 몰랐을 거예요."

취재 때문에 영감靈感을 이용해 점을 보는 사람을 찾아간 적은 있지만, 그건 이것과는 다른 이야기다.

"오는 사람도, 묻는 내용도 가지각색이었어요. 자식의 천식이 낫지 않는데 뭐가 잘못된 거냐, 집을 다시 짓고 싶은데 언제가 좋겠느냐, 혼담이 있는데 좋으냐 나쁘냐, 이사를 언제 가는 게 좋겠느냐, 이런 것들요."

"네. 그러면 방위方位도 보셨겠네요."

"예, 봤죠. 아기 이름도 지었고요."

"신사의 신주神主 같은 역할이셨네요."

"아, 맞아요. 정말로 그랬죠."

"그럼 할머님도 그런 의뢰를 받고 답을 해줄 때, 신관이나 무녀들처럼 흰옷을 입거나 하셨나요?"

"아, 아뇨." 도시코가 웃었다. "그렇게 정식으로 갖추고 한 건 아니었어요. 손님들이 할머님 사랑방에 찾아와서 차 같은 걸 마시면서 이야기하셨죠."

"글씨 같은 것도 쓰시고요?"

"네, 이렇게 생긴," 도시코는 손으로 사방 30센티미터쯤 되는 사각형을 만들어 보였다. "나무로 된 판을 갖고 계셨어요. 거기 여러 가지 글자가 적혀 있었고요. 나무 목木이나 쇠 금金, 흙 토土자, '병오丙午' 같은 간지干支 글자도 있었고요."

신사에서 역曆을 보는 것과 비슷하다.

"팻말 같은 거라 따로따로 움직일 수 있거든요. 그걸 이리저리 움직여서 뭔가를 계산하는 거죠. 하지만 대부분은 할머님이 꾼 꿈에 따라 결정되었어요."

"꿈이요?"

"예. 앞일이 꿈에 보인다고 하셨어요."

예지능력이라는 걸까?

"잃어버린 물건을 찾아주기도 하셨나요?"

"했어요. 그게 제일 잘 맞는다고 했죠."

도시코의 말에 힘이 들어갔다.

"사람들이 할머님을 무척 고맙게 여겼어요."

"오라버니에게 조언했던 것처럼 사업관계로 상담하는 분들도 계셨겠네요?"

"할머님 점괘가 잘 맞는다는 소문이 난 뒤로는 꽤 왔죠. 선거 결과가 어떻게 될지 봐달라며 의원님이 온 적도 있었고요."

"그럼, 점과는 다른 건가요? 할머님은 그런 걸 뭐라고 부르셨죠?"

"괘를 본다고, 했던 것 같아요."

"괘? 팔괘의 그 괘요?"

"아뇨, 팔괘를 보는 것과는 달라요."

"글자는 이런 것이었나요?"

시게코가 공책에 써서 보여주자 도시코는 고개를 끄덕였다.

"그런 글자예요. 하지만 역 앞 같은 데 가면 있는 그런 건 아니었어요. 댓개비 같은 것도 쓰지 않았고요."

어디까지나 치야의 능력이라는 이야기다.

"역시 거짓말 같으시죠, 선생님?"

불안한 표정을 짓는 도시코를 보면서 시게코는 물었다.

"아주머니는 어떠셨어요? 할머님의 그런 능력을 믿으셨나요?"

예상 밖의 질문이었는지, 도시코의 눈이 휘둥그레졌다.

"저 말인가요, 선생님?"

"네."

"저는, 글쎄……"

"저기 말이죠, 도시코 씨. 제가 아주머니 입장이었다면 분명히 반발했을 거예요."

시게코는 애써 스스럼없는 말투로 이야기했다. 처음으로 '도시코 씨'라고 이름을 부른 것도 그 때문이었다.

"너무하잖아요. 좀전에 말씀하신 혼담 이야기만 해도 그래요. 그냥 그 혼처가 탐탁지 않다거나, 상대방 얼굴이 마음에 들지 않는다거나, 경력이 부족하다거나, 그런 이유라면 그나마 이해가 가요. 하지만 할머님은 아예 못을 박아버리셨잖아요? 변변한 남자를 만나지 못할 테니 함부로 결혼시키지 말라니, 저 같으면 화를 냈을 거예요. 아주머니는 화나지 않으셨어요?"

도시코는 몸을 잔뜩 움츠렸다.

"그런……가요?"

"그럼요! 대들지 그러셨어요? 내 인생은 내가 결정할 테니 상관 말라고요."

어려운 문제를 맞닥뜨린 듯이, 도시코는 한참 고민했다.

"저는요…… 선생님, 저는 선생님처럼 머리가 좋지 않아요."

"그렇지 않아요. 일도 열심히 하셨잖아요. 히토시도 혼자 키우셨고, 충분히 훌륭하세요. 저 같으면 도저히 할 수 없는 일들이에요."

"그건, 그러니까," 도시코는 웃었다. 지금까지 보여준 웃음과 다르게 허물없는 표정이었다.

"선생님도 하실 수 있게 돼요. 여자라면 아이가 생기면 누구나 키울 수 있어요. 그렇게 돼 있는건요."

"요즘은 그렇지 않은 사람들이 얼마나 많은데요. 자식을 내다버려 죽게 만들고, 학대하고, 뉴스만 봐도 끔찍한 일들이 많잖아요."

도시코는 애매하게 예, 하고 중얼거리며 일어서더니, 아이스커피를 다시 준비했다.

"그런 건, 저는 생각도 해보지 못했어요."

"자기 인생을요?"

"예. 매일 바빠서…… 오빠는 장사 때문에 잠자는 시간도 아까워하는 것 같고, 부모님도 오빠와 함께 고생하고 계셨고요. 제가 할 수 있는 일이라고는 집안일뿐이니까 하다못해 그거라도 제대로 하자는 생각이었어요."

"하지만 그것과 이건 다르죠. 할머님의 점괘를 믿고, 시키는 대로 하느냐 마느냐 하는 건 말예요."

아이스커피를 채운 잔을 내와 시게코에게 권하며 자리에 앉은 도시코는 눈치를 보는 듯한 표정을 지었다.

"그렇지만 선생님, 훌륭한 직업을 갖고 계신 선생님도 남편 분을 위해 집안일을 하시잖아요. 집에서 장사를 하는데 가족 모두 바쁘다면 누구 한 사람은 청소나 빨래, 밥을 해야 해요. 저는 그게 싫다는 생각은 해본 적 없었어요. 하물며 내 인생이 이러니저러니 하는 생각은 더더욱 해본 적 없고요."

도시코는 힘없이 웃으며 말을 이었다.

"그런 어려운 문제는 생각해본 적 없는걸요. 저녁 반찬을 뭘로 할까 하는 거면 몰라도."

"하지만, 예를 들어 아주머니가 가정을 꾸리는 생각은 해보신 적이 있을 거 아니에요. 결혼 말예요."

없어요, 하며 도시코는 고개를 저었다.

"결혼할 상대도 없었는걸요. 집에서 정신없이 일하다보니 벌써 서른이 되었더라고요. 또 정신없이 지내다보니 서른다섯이 되어서, 이미 결혼할 나이가 지나버렸고요."

"그동안 형제자매는 각각 독립해서 나가신 거죠? 가족분들은 아무 말 없었나요? 아주머니에게 미안하다는 말도?"

도시코가 난처한 듯이 고개를 숙였다. 시게코는 눈치챘다.

"아아. 도시코는 함부로 결혼시키지 말라는 할머니의 점괘가, 그때뿐만 아니라 계속 유효했던 거군요."

그런 걸까요? 하고 도시코는 고개를 갸웃거렸다. 너무 속이 탔다.

이런 안타까움도 시게코가 제삼자라서 느끼는 것이지, 하기타니 집안의 사람들은 의식하지 못하는 종류의 감정이었던 게 아닐까? 도시코는 집에 있다. 무슨 일이건 도시코가 해준다. 도시코 누나 저거 해줘, 이거 해줘. 도시코 누나의 인생? 할머니가 말씀하셨잖아, 도시코는 집에 있으라고.

"그렇다면, 아주머니 아버님이나 오빠뿐만이 아니라 가족 전체에 할머님의 영향력이 미쳤던 거로군요."

도시코는 글쎄요, 하고 중얼거릴 뿐이었다.

"동생들은 어땠어요? 취직이나 결혼을 할 때 할머님이 반대해서 충돌하거나 하진 않았나요?"

"할머님은 그애들에겐 거의 아무 말씀도 않으셨어요. 무슨 말씀을 해도 좋은 이야기뿐이었고요."

"그렇다면, 이래저래 간섭을 받은 건 아주머니뿐인 건가요?"

"여동생들은 야무진 성격이 있고, 남동생은 공부를 잘해서 좋은 대학을 나왔어요. 그러니 걱정할 게 없었죠. 착실했으니까요."

도시코가 겸연쩍어하며 말을 이었다.

"제가 이런 말씀 드리는 건 좀 그렇지만, 다카코와 미쓰코는 얼굴도 예뻤어요. 대학교 다닐 때는 미스 뭐라더라, 그런 것에도 뽑힐 정도였고요."

미스 캠퍼스? 아니면 미스 치바일까? 아무리 그렇다 해두, 얌전한 성품에 큰딸답게 식구들을 잘 보살펴주는 큰언니에게 집안일을 모두 미뭐도 된다는 법은 없다.

식구들을 보살피는 일—이라고 생각하다가 문득 깨달았다. 그렇게 속 편한 여동생들과 남동생도 나중에는 독립해서 집을 나갔다. 오빠는 결혼해서 가족을 이루었다. 부모는 세상을 떠났다. 전체적으로 가족 구성원이 줄어들고, 또 오빠의 아내라는 새로운 주부도 들어왔다. 그만큼 도시코의 부담도 줄었을 텐데, 왜 집에서 떠날 수가 없었던 걸까?

그래, 할머니 때문이다. 도시코는 아마 치야의 시중을 혼자 떠맡았을 것이다.

"할머님 시중은 아주머니가 하셨나요?"

아니나다를까, 도시코는 바로 고개를 끄덕였다.

"부모님이 병환중일 때도 그 시중은 아주머니 몫이었군요?"

"다들 일이 바빴으니까요."

"그런 문제에 관해 다른 의견은 나오지 않았나요? 누가 도와야 한다는 그런 거요."

시게코 입장에서 보면 사람이 너무 무르다고밖에 생각할 수 없지만, 도시코는 자랑스러운 듯이 웃었다.

"할머님이 결정했어요. '집안일은 도시코에게 맡겨라. 그러면 하기타니 집안은 평안하다. 도시코면 된다'고요."

'도시코면 된다'라는 말은 '도시코라면 마음이 놓인다'는 뜻도 전혀 없진 않을 테지만, '도시코에게 시키면 된다'는 의미가 더 크지 않았을까? 물론 나이가 들수록 곁에서 정성스럽게 시중들어줄 사람이 있어야 하는 치야에게는 도시코만큼 믿음직한 가족도 없었을 테고.

어쩔 수 없이 우울한 심정이 얼굴에 드러나고 말았다. 도시코가 이상하다는 듯이 시게코를 쳐다보았다.

치야는 하기타니 집안의 여성 가장이자 폭군이다. '점괘'라는 터무니없는 무기를 이용해 하기타니 집안을 지배하고 있었다. 모두 집안이 잘되게 하기 위한 거라며.

다만 그 지배에는 교묘하다기보다도 안이한 부분이 있었다. 사업 수완이 있는 장남에 대한 대우야 그렇다 치고, 미인에다 머리도 좋은 두 여동생, 수재인 남동생에게는 처음부터 거리를 두고 있다. 그런 아이들은 자아가 강하기 때문이다. 다루기 힘들다는 걸 뻔히 알기 때문이다.

그들에게는 듣기 좋은 말만 하고, 평범하고 얌전해 무슨 말이든 잘 따르는 큰딸에게 모든 걸 떠안긴다. 알고 보면 뻔하다. 치야에게는 도시코가 제일 다루기 쉬웠기 때문에 '도시코면 된다'고 했던 게 아닐까?

시게코에게는 이런 것들이 일종의 '학대'로 보였다. 아이에게서 인생을 빼앗아 자기 의지를 지니지 못하게 만들고, 노임도 주지 않고 부려먹은 셈이니까.

요즘 세상에 아직도 이런 집안이 있나?

물론 도시코의 나이도 감안해야 한다. 하지만 하기타니 집안의 경우에 무엇보다도 특수한 것은, 치야가 비범한 능력을 갖고 있다고 자칭하며 그 힘에서 나오는 점괘를 행사함으로써 권력을 장악하고 있었다는 사실이다.

구성 인원이 적고 대부분이 혈연관계이긴 했지만, 이것은 낡은 가부장제의 왜곡된 잔재라기보다 컬트종교에 가깝다고 하는 게 나을지도 모르겠다.

천리안을 지닌 교주와 그 신도들.

시게코는 취재노트의 페이지를 넘겼다.

"그러면, 저도 묻기 힘들고 아주머니도 말씀하시기 힘들 테지만, 이제 히토시의 출생에 관해 이야기해주세요. 죄송합니다."

예, 하고 작은 목소리로 대답하고 도시코가 등을 구부렸다.

"히토시의 아버지를 모른다고 하셨는데, 그 의미를 말 그대로 받아들여도 될까요?"

도시코는 한 손을 얼굴에 대더니 더 작은 목소리로 대답했다.

"오빠가 하던…… 레스토랑에서 일하던 사람이었는데요,"

"네." 용기를 북돋워줄 셈으로 시게코는 고개를 끄덕였다.

"오빠와 죽이 잘 맞는다고 할지, 오빠가 좋게 보던 사람이 있었습니다. 부인과 이혼하고 열 살 된 사내아이를 혼자 키우고 계셨죠. 이름은 오가미 씨라고 하고요."

남자 혼자서 한창 크는 사내아이 식사를 챙겨주기 힘들 테니 우리집에 와서 먹으라며, 하기타니 마쓰오는 곧잘 오가미 부자를 집에 데리고 왔다. 그들의 식사는 물론 도시코가 직접 만들었다. 자연히 오가미와 도시코는 가까워졌다.

"레스토랑에서 경리를 보는 사람이었어요. 성실하고 꼼꼼해서 오빠가 듬직하게 여겼죠."

쑥스러워하는 도시코를 시게코가 거들어주었다.

"그 오가미 씨가 아주머니에게 좋은 감정을 품었다, 아주머니도 오가미 씨를 좋은 사람이라고 생각했다, 그래서 교제를 했다, 그런 말씀이군요?"

도시코의 뺨이 붉어졌다. 예, 하며 윗몸을 끄덕였다.

"멋지네요. 오가미 씨는 몇 살 정도 되는 분이었나요?"

"그때 마흔두셋 되었을 거예요. 저는 마흔이었고요."

교제라 해도 요즘 세상의 십대 커플과 비교할 게 못 된다. 게다가 도시코는 쉽게 집을 비울 수 있는 입장도 아니고, 오가미에게는 직장이 있고 자식도 있다. 오가미 입장에서 보면 도시코는 사장의 여동생이라는 부담도 있다.

"첫 데이트는 어디서 하셨어요?"

일부러 놀리듯이 묻자 도시코는 기쁜 듯이 손을 꼬았다.

"영화관에 데려가주셨어요. 늘 맛있는 음식을 대접받으니 답례를 하고 싶다면서요."

"두 분이 친해진 걸 오빠도 아셨나요?"

"예. 오가미 씨는 그런 면에서도 성실한 분이라, 오빠에게 말씀드린 것 같았어요."

"오빠께선 뭐라고?"

도시코의 동그란 얼굴에서, 즐거운 추억을 되새기던 기쁜 표정이 불쑥 사라졌다.

"처음엔 기뻐했어요. 나중에 들은 이야기지만, 사실 오빠는 처음부터 그럴 생각으로 오가미 씨를 우리집에 데리고 왔던 거였거든요."

동생과 맺어주고 싶었던 것이다. 하기타니 미쓰오는 가족들 뒤치다꺼리를 하며 청춘을 허비한 여동생을 나름대로 측은하게 여겼는지도 모른다. 도시코에게도 나름의 행복을 누리게 해주고 싶은 바람이 있었을 것이다. 뭐니 뭐니 해도 피를 나눈 오누이 사이이니까.

"저한테 살짝…… 혹이 하나 달린 이혼남이지만 나쁘지는 않을 거라고 말한 적도 있었고요."

잘된 이야기 아닌가? 그런데 왜 도시코의 표정이 흐려지는 걸까? 쉽게 예상할 수 있었지만, 그래도 시게코는 단계를 밟았다.

"그럼 결혼 이야기까지 나왔던 건가요?"

"예."

"하지만 이루어지지는 못한 거고요."

도시코가 이번에는 말없이 고개를 끄덕였다.

"누군가 반대한 건가요?"

마치 꾸짖을까봐 두려운 듯이 눈치를 보며, 도시코는 아주 작은 목소리로 말했다.

"할머님이……"

고용인을 하기타니 집안에 들일 수는 없다, 그 남자는 우리 집안의 재산을 노리고 있다고 말했다는 것이다.

"아주머니가 그분에게 시집가는 거니까, 다른 문제는 없잖아요?"

"하지만……"

"그건 할머님 의견이셨나요? 그것도 점괘였습니까?"

"아주 좋지 않은 장래가 보인다고 하셨어요. 오가미 씨가 우리 집안과 연결되면 죽는 사람이 나올 거라고, 그래도 괜찮으냐고."

의견이라면 의논할 수도 있지만 점괘는 그렇지 못하다. 치야의 말이 곧 결정사항이다.

당시 마쓰오는 처음으로 치야의 뜻을 거슬렀다고 한다. 도시코가 너무 가엾다고.

"하지만 할머님은 뜻을 굽히지 않으셨어요. 오빠를 호되게 야단치셨죠. 누구 덕분에 사업이 이렇게까지 커진 건지 아냐고요. 오빠도 그냥 물러서지 않아서, 큰소리가 오가기도 했어요."

치야는 부리기 편리한 도시코를 놓치고 싶지 않았던 것이다. 마쓰오 눈에도 드디어 그런 의도가 보인 건지도 모른다.

"그전까지는 그런 적이 한 번도 없었거든요. 우리도 깜짝 놀랐지만, 누구보다 놀란 사람은 할머님이셨겠죠."

뜻하지 않은 반격에 충격을 받은 치야는 몸져누웠다고 한다. 몸이 나빠진 것뿐 아니라 정신의 균형도 무너졌는지, 이리저리 배회하거나 이상한 소리를 지르며 인지증 비슷한 상태에 빠져버렸다.

"그래서 결국은 입원하시게 되었고……"

"아주머니가 오가미 씨와 교제하고 결혼 이야기가 나온 지 얼마나 지났을 때인가요?"

도시코가 잠시 생각했다.

"글쎄요, 반년 정도 지났을까요?"

결국 치야는 한 달간 입원했다. 몸에 큰 병도 발견되지 않았고 인지증 비슷한 상태도 입원하자마자 바로 회복되었는데, 고령인데다 본인이 집에 돌아가고 싶어하지 않아 신중을 기하느라 한 달이나 걸렸던 것이라고 한다.

"할머님이 댁에 돌아가고 싶어하지 않으셨다고요?"

"예. 당신이 하는 말씀을 거스르다니, 이 집안은 이제 끝장났다고 하셨지요."

떼쟁이 어린아이와 매한가지다. 시게코는 쓴웃음이 나려는 것을 꾹 참았다. 오도카니 앉아 있는 도시코의 얼굴에 드리운 그늘이 더욱 짙어져갔다.

"저도…… 할머님이 이렇게까지 말씀하신다면 역시 포기하는 게 낫지 않을까 생각했어요."

도시코 역시 치야를 교주로 삼았던 컬트종교의 멤버였기 때문일 것이다.

"오빠는 어떠셨나요? 동생들은요?"

마쓰오는 나름대로 계속 고집을 부렸다. 근성을 건 싸움이었다. 조만간 할머니도 굽히게 될 거라며 도시코를 격려했다고 한다. 하지만 당시 이미 다들 결혼한 상태였던 여동생들과 남동생, 그리고 새언니인 다케코武子는 도시코의 결혼에 반대했다. 할머니 말씀은 지금까지 어긋난 적이 없다, 얌전히 시키는 대로 하는 게 좋다, 모두 입을 모아 도시코에게 그렇게 이야기했다고 한다.

그 사람들의 진심은 알 수 없다. 치야에 대한 '믿음'의 정도는 각자 다를 것이다. 하지만 적어도 새언니인 다케코의 심정은 시게코도 쉽게 짐작이 갔다. 도시코가 결혼해서 집을 나가면 치야의 시중과 집안일은 바로 자기 몫이 된다. 이제 와서 웬 날벼락인가 싶었을 것이다.

"오가미 씨는요?"

"아, 정말, 너무 착한 분이셔서요."

도시코는 문득 그리운 듯이 눈시울을 적셨다.

"제게 폐를 끼치고 싶진 않지만 일단은 두고 보자고 하셨어요."

그의 외아들도 도시코를 따랐다고 한다. 아버지의 재혼을 싫어하는 눈치도 전혀 없었다.

"오가미 씨가 전처와 이혼한 건 그애가 다섯 살 때였다고 해요. 아직 엄마에게 어리광을 부릴 나이죠. 그래서 내내 버림받았다는 생각을 갖고 있었을 거예요. 제가 딱히 해줄 수 있는 것도 없지만, 그애는 워낙 쓸쓸했으니까 그저 응석을 부릴 상대가 생긴 게 기쁜 모양이었어요. 저도 기뻤고요."

그렇다면 이 결혼의 장애물은 치야의 '점괘'뿐이다. 아니, 그것뿐이었을 텐데—

"그리고 할머님이 입원해 계신 동안 골치 아픈 일이 일어났답니다……"

지금까지보다 곤혹스러운 표정으로, 도시코는 머뭇거리며 설명했다.

치야의 신도 중, 지역의 실업가이자 이른바 유지인 사람이 있었다. 당시 이미 예순이 넘은 남자였다.

평소부터 툭하면 치야의 점괘를 물으러 오던 사람이라 입원 소식을 듣고 놀라 병문안을 왔다. 거기까지는 상관없는데, 치야가 병원에 있다는 것을 알면서도 이런저런 구실을 만들어 집에 얼굴을 내밀었다.

마쓰오의 아내 다케코는 남편을 도와 일하고 있었고, 발도 넓고 취미도 많아 외출이 잦았다고 한다. 오빠 부부의 아이들도 낮이면 학교에 갔다.

자연히 집을 보는 건 도시코 혼자였다. 그런데도 드나들려 했으니 처음부터 흑심이 있었던 게 틀림없다.

치야가 입원한 지 2주째에 접어들 무렵, 도시코는 그 남자에게 몹쓸 짓을 당했다.

얼굴이 보이지 않을 정도로 고개를 숙이고 그 이야기를 하는 도시코를, 시게코는 아무 말 없이 그저 바라볼 수밖에 없었다.

"폭력을 휘둘렀군요."

겨우 입을 열어 묻자, 도시코는 살짝 고개를 저었다.

"때리지는 않았어요."

"협박은?"

또 고개를 젓는다.

"그냥, 저기……"

"괜찮아요. 억지로 이야기하지 않으셔도."

고개를 끄덕이며 도시코는 한숨을 내쉬었다.

"어쨌든 그 지역에서 힘이 있는 사람이라 오빠도 꽤 신세를 지고 있었고, 은행 같은 데도 영향을 미치는 사람이었기 때문에, 그래서 저는……"

그것만으로도 충분히 무슨 이야기인지 알 수 있었다.

"우리 집안에 나쁜 일은 절대 하지 않겠다고 했어요."

한 번만이 아니었다고 한다. 그 남자는 뻔뻔스럽게 몇 번이나 집에 찾아왔다.

도시코는 누구에게도 그 이야기를 할 수가 없었다.

이윽고 치야가 퇴원해 집으로 돌아왔다. 기력도 체력도 되찾아서.

"오빠는 그때까지도 포기하지 않은 것 같았지만, 오가미 씨와의 결혼 이야기는 제 쪽에서 포기했습니다."

하지만 그 이유는 이야기하지 않았다. 오빠에게나, 오가미에게나.

"할머님 말씀을 거스를 수 없어서 안 되겠다고 하니까, 오빠도 할 수 없다는 표정을 지었어요."

"오가미 씨는요? 아무 이야기도 하지 않았나요?"

시게코는 그 사람의 반응이 궁금했다. 도시코가 헤어지자고 한다고 냉큼 예, 그렇습니까, 하고 받아들였을 리는 없다. 이유를 알고 싶어했을 것이다. 어쩌면 그때까지의 경위와 도시코의 태도를 보아 뭔가를 눈치챘는지도 모른다.

도시코는 몸을 움츠리고 기어들어가는 목소리로 말했다.

"오가미 씨에게도 똑같이 이야기했죠. 그 사람도 우리 할머님을 알고 있었으니까, 할머님이 안 된다고 하면 안 된다고…… 제가 그렇게 생각한다면, 무리를 해서 좋을 게 없겠다고요."

하기타니 집안에 드리운 치야의 어두운 권력. 누구도 거기에는 대적할 수 없다. 그렇게 믿고 있었다.

"안타깝지만 포기할 수밖에 없겠다, 인연이 아니었나보다, 라고 하셨어요."

아들이 무척 아쉬워할 거란 얘기도 했다고 한다.

"저도 정말 아쉬웠죠. 이젠 밥도 해줄 수 없게 되었구나 싶어서요."

가슴 밑바닥에서 길어올린 추억 때문인지 도시코는 목이 메었다. 시게코는 말없이 바라보고 있었다. 도시코는 손수건을 꺼내 얼굴을 닦았다.

"죄송합니다."

치야가 집으로 돌아오자 그 남자는 도시코를 밖으로 불러내려 했다고 한다. 치야를 혼자 내버려둘 수 없다고 도시코는 거절했다. 그러자 남자는 집으로 찾아왔다. 치야는 그 남자가 도시코를 데리고 나가는 것을, 이유도 묻지 않은 채 말리지도 않고 보고만 있었다고 한다.

불온한 추측이 시게코의 마음을 검게 물들였다.

치야는 알고 있었던 게 아닐까? 애당초 치야가 꾸민 짓이 아닐까? 도시코의 혼담을 밍치기 위해서. 하지만 그 밀을 차마 입 밖에 닐 수 없어 시게코는 꾹 참았다.

"괴로우셨겠네요."

시게코가 겨우 꺼낸 변변치 못한 위로의 말에 도시코는 머리를 깊숙이 숙였다.

도시코가 임신한 사실을 깨달은 것은, 치야가 퇴원하고 두 달 정도 지나서였다.

"저는 저기, 오가미 씨하고도……"

"두 분 다 어른이셨으니까요."

도시코는 이번엔 얼굴을 붉히지 않고 다만 부끄러운 듯이 눈길을 떨어뜨렸다.

"그래서 어느 쪽 아이인지 몰랐던 거죠. 날짜를…… 세어보니…… 죄송합니다, 이런 이야기를 해서."

"아니에요, 신경쓰지 마세요."

"오가미 씨 아이라고 하긴 좀 힘들었어요. 하지만 그것도 확실하진 않았고요."

도시코는 우선 그 남자에게 임신한 사실을 털어놓았다. 그러자 남자는 뻔한 반응을 보였다. 꽁무니를 뺀 것이다. 나쁜 짓은 안 하겠다는 말도 거짓말이었다.

"어쩔 수 없이 오빠와 의논하는 수밖에 없었어요. 오빠는 얼굴이 창백해질 정도로 놀라서, 왜 더 일찍 이야기하지 않았냐고 저를 나무랐죠."

잠깐 뜸을 들였다가 시게코가 물었다.

"할머님에게도 말씀드렸나요?"

"네, 오빠가……"

"뭐라고 하셨나요?"

그러니까 내가 도시코는 변변한 남자를 잡지 못할 거라고 했잖아, 라며 치야는 웃었다고 한다. 버림받고 애비 없는 자식을 낳는 꼴이 될 거라고.

화가 치밀어오르는 것을 억지로 참느라 시게코는 식은땀이 났다.

"저는 아이를 낳고 싶었어요."

마치 사과하듯 도시코가 중얼거렸다.

"어떻게든 낳고 싶었죠. 그래서 오빠에게 무릎 꿇고 부탁했어요. 혼자서 잘 키울 테니까 낳게 해달라고."

마쓰오는 허락했다. 너 혼자 키울 수는 없다, 우리집에서 키우자고 했다. 다케코도 반대하지 않았다고 한다.

어차피 월급도 주지 않는 가사도우미인 도시코가 떠나면 자기가 힘들어지니까 그랬을 거라고 여기면 좀 지나친 생각일 터이다. 아이를 낳고 싶다는 도시코의 간절한 마음이, 역시 자식을 키우는 어머니인 다케코에게 통했기 때문이라고 믿고 싶었다.

"할머님은요?"

할머님이라고 부르기도 끔찍한 기분이었다.

"낳는 것은 네 마음이지만 오가미의 자식을 우리집에 들일 수는 없다, 낳겠다면 나가서 낳아라, 그렇게 화를 내셨죠."

실업가 남자와의 문제는 마쓰오와 도시코 단둘만의 비밀이었다. 그렇다면 표면상으로는 도시코 뱃속의 아기는 오가미의 자식이라는 이야기가 된다. 치야는 그렇게 주장한 것이다.

다케코와 도시코의 동생들이 그렇게 생각하는 거야 어쩔 수 없다. 하지만 치야는 다르다. 아기가 오가미의 자식이 아닐 가능성이 그디는 사실을 치야는 분명히 알고 있었을 터이다.

그런데 이 무슨 뻔뻔한 소리인가. 시게코는 목소리가 날카로워지는 것을 피할 수가 없었다.

"그래서 가족들은 결국 또 할머님의 '점괘'에 따랐던 건가요? 할머님이 반대한다고 아주머니 결혼을 포기하게 만들고, 할머님이 반대한다고 임신한 아주머니를 집에서 내쫓았다, 그런 이야기인가요?"

시게코의 화난 표정에 도시코는 겁을 먹은 것 같았다.

"여동생들과 다카시도…… 자기들도 이미 아이들이 있다보니, 할머니 말씀대로 하는 게 좋다는 것은 알지만, 그럼 누나가 불쌍해서 어떡하냐고 무척 난처해했어요……"

그보다 몇 배는 더 난처해했어야 마땅하다. 하기타니 집안의 사람들에게는 이제야 슬슬 자기들 머리로 생각할 수 있는 좋은 기회였다. 이제껏 치야의 점괘에 모든 것을 맡기고 스스로 판단하지 않은 것이 잘못이었다는 사실에 눈을 뜰 수 있는 찬스였다.

그렇다. 자기 머리로 생각하지 않게 되고, 오랜 세월에 걸쳐 거기 익숙해져버린 사람은 도시코뿐만이 아니었다. 하기타니 집안 모두가 그랬다. 단 한 사람, 치야라는 권력자를 제외하고는.

"마쓰오 오빠와 다케코 새언니도 여러모로 애를 써주었어요. 저는 그때까지 새언니가 그렇게 정이 많은 사람인 줄 몰랐는데, 그때는 정말 잘해주셨죠."

형세는 치야에게 불리했다. 잘 흘러갔으면 도시코는 오빠 부부의 보호 아래 출산할 수 있었을 것이다.

하지만 악마는 치야의 편을 들었다.

이래저래 하기타니 집안이 한창 갈등을 빚고 있을 때, 마쓰오 부부가 경영하는 마트 한 곳에서 한밤중에 미심쩍은 화재가 일어났다. 조사해보니 누전이 원인이었다. 전기공사에 사소한 부주의가 있었던 모양이다. 그리 오래된 건물이 아니었기 때문에, 실로 불운한 사건이었다.

그러자 바로 치야는 기고만장해졌다.

그것 봐라, 그러기에 이야기하지 않았느냐. 오가미 같은 남자가 얼씬거리니 이런 일이 일어난다, 도시코는 그 남자와 관계해 애까지 배서 우리 집안에 재앙을 불러들인 것이다.

놀랍게도 치야의 그런 주장에 가족들은 크게 동요했다. 특히 그때까지 마쓰오만큼 치야의 점괘에 경도되어 있지 않던 여동생들과 남동생이 제일 먼저 어이없이 함락되었다고 한다. 화재라는 재앙을 맞닥뜨리고 보니 진심으로 치야의 능력에 두려움을 느끼게 된 것이다. 아이러니한 이야기다.

분위기는 대번에 바뀌었다. 도시코는 출산 전에 집을 나가게 되었다.

그래도 유일하게 진실을 알고 있던 마쓰오는 화재 때문에 크게 동요하면서도 치야와 동생들의 눈을 피해 도시코를 돌봐주었다고 한다. 처음 살던 연립주택을 얻어준 것도 마쓰오였고, 탁아소에 맡길 수 있을 정도로 히토시가 자랄 때까지는 생활비도 모두 대주었다. 큰 액수는 아니었지만.

"그 돈을 마련하기도 오빠로선 쉽지 않았을 거예요. 장부는 새언니도 함께 보고, 여동생 미쓰코의 남편이 회사 전무였기 때문에 오빠 마음대로 할 수가 없었죠. 주머닛돈을 털어서 주었던 걸 거예요."

게다가 마쓰오는 그 실업가 남자의 눈도 신경써야 했다.

"오빠가 그 사람에게 정말로 신세를 많이 지고 있는 상황이었거든요. 마음고생이 심했을 거예요."

"하지만 그럴 상황이 아니잖아요. 상대는 도망쳤어요. 오빠는 아주머니와 히토시를 부양하느라 도망간 남자의 책임을 대신 짊어져준 거잖아요? 그런데 왜 눈치를 봐야 했죠?"

자신이 야단맞은 양, 도시코는 목을 움츠렸다.

"그쪽으로서는 저와 히토시가 오빠 곁에 있으면 오빠에게 약점을 잡힐 듯한 기분이 들지 않았겠어요? 그래서 오빠에게 화를 냈겠죠. 정말로 자기 자식인지도 모르는데 속여서 떠맡기려는 거냐, 뭘 원하는 거냐, 하며 몇 번이나 다그쳤다고 해요."

적반하장도 유분수다.

"부자에다 지역 유지라 해도 가지각색일 텐데, 그 남자가 그렇게 거물이었나요?"

고개를 꼬며 도시코는 잠시 생각에 잠겼다.

"히토시가 초등학교에 들어가던 해였나? 사업에 실패해서 회사를 내놓고……"

꼴좋다. 천벌이지 않은가.

"그뒤에 곧 뇌경색으로 쓰러졌다고 합니다. 계속 입원과 퇴원을 반복하다가 많이 쇠약해져서 죽었다고 들었어요. 3년 전쯤에요."

그래서 이제 별로 나쁜 소리는 하고 싶지 않고…… 도시코는 우물거렸다.

시게코는 '아주머닌 사람이 너무 착해서 탈이에요'라고 소리치려다 겨우 참았다. 아무리 나쁜 남자라도 히토시의 아버지일지도 모르는 사람이다. 히토시는 그 사람의 피를 이어받았을지도 모른다. 시게코가 화내고 욕을 할수록, 도시코는 더 괴로워질 것이다.

마음속으로 들어올린 주먹을 살며시 내리고, 취재노트에 화풀이하듯 글씨를 갈겨썼다. 두 사람의 아버지 후보 중 한 사람은 이미 사망했다. 하지만 실망할 필요는 없다. 히토시의 얼굴을 본 적도 없는 인간이라면 그 능력에 대해 알고 있을 리가 없다. 완전히 제외다.

그리고—만약 히토시가 특수한 능력을 지니고 있었다면, 그것이 유전적 요인을 띤 것이라면, 그 뿌리는 분명히 어머니 쪽에 있다. 실제로 치야라는 인물이 존재하니까. 아버지 쪽은 별로 신경쓰지 않아도 괜찮을 것이다.

시게코가 벼락공부를 한 바로는—서둘러 훑어본 책 몇 권이 다였지만—천리안이나 사이코메트리 같은 능력은 분명 유전인 듯했다. 다만 부모→자식이 아니라 조부모→손자인 경우가 많다. 격세유전이다. 하기타니 치야와 히토시는 증조모→증손자이니 한 세대 더 벌어져 있다.

하긴 이것도 치야가 '진짜'가 아니라면 성립되지 않는 이야기지만.

하기타니 집안에 군림했던 치야는 이미 저세상 사람이다. 죽은 사람은 말이 없다.

분노는 겨우 가라앉혔지만 흥분한 탓에 글씨가 마구 커졌다. 시게코는 새 페이지를 펼치고 고개를 들었다.

"본가의 가족분들과는 지금은 어떤 관계죠?"

치야는 5년 전에 죽었다. 도시코와 히토시를 쫓아낸 장본인은 이제 없다. 마쓰오 부부가 명실 공히 하기타니 집안의 가장이 된 이상, 도시코도 이젠 꺼릴 이유가 없을 것이다.

하지만 짐작과 달리 도시코는 천천히 고개를 저었다.

"오빠는 지금도 이따금 돈을 부쳐주고 연락도 해요. 휴대전화는 참 편리하더라고요. 오빠에게 직접 걸 수 있으니까요."

"다른 분들과는?"

"계속 연락이 끊어진 상태예요."

"왜죠? 할머님도 돌아가셨는데. 아직 뭔가 문제가 있나요? 이번에는 다른 사람이 점을 보기 시작하기라도 한 건가요?"

두 손을 무릎에 얹고, 도시코는 죄송하다며 힘없이 고개를 숙였다.

"저한테 사과할 것 없어요. 왜 그러세요?"

"선생님 같은 분에겐…… 우리 같은 사람들 사고방식은, 난센스랄까, 바보 같아 보일 거라는 건 저도 알아요."

시게코는 그제야 깨달았다. 조금 전부터 자신이 치야 이야기를 할 때 계속 말투가 공격적이었다는 사실, 치야의 점괘에 우왕좌왕하는 하기타니 집안사람들에게 비판적인 태도를 취하고 있다는 사실이 도시코의 입을 무겁게 만든 것이다.

"기분 상하게 해드려 미안해요. 제가 말이 지나쳤던 것 같아요."

지금까지의 패턴대로 시게코의 사과에 도시코는 또 과민반응을 보였다. 아뇨, 선생님께서 사과를 하시다뇨, 하며 온몸을 허우적거렸다.

시게코는 살짝 몸을 내밀어 도시코의 손등에 자기 손을 얹었다. 보기에는 통통하던 도시코의 손은 메마르고 거칠었다. 울퉁불퉁한 손가락 관절이 손바닥에 느껴졌다.

"저는 하기타니 집안 분들의 역사를 전혀 어리석다고 생각하지 않아요. 다만 좀 이상하고…… 그래요, 별로 합리적이지 않다는 생각은 들어요. 하지만 그렇다고 해서 깔보거나 할 마음은 없어요. 그렇게 들렸다면 제가 경솔했습니다."

허공을 떠돌던 도시코의 시선이 살며시 가라앉았다. 눈초리에 눈물이 고였다.

"5년 전 할머님 장례식에 히토시를 데리고 갔습니다."

조용히 시게코에게 손을 맡긴 채 도시코가 말했다.

"그때까지 히토시의 얼굴을 본 적이 있는 사람은 마쓰오 오빠뿐이었어요. 모두 히토시가 태어났다는 것은 알고 있었을 테지만, 어떤 아이인지는 몰랐지요."

"저렇게 귀여운 아이니, 다들 놀랐겠어요."

“예.”

고개를 끄덕이자 눈물이 무릎 위에 떨어졌다. 도시코는 그래도 미소를 지었다.

“용케 혼자서 훌륭하게 키웠다면서 새언니가 저를 칭찬해주었어요. 예의바른 아이라고 히토시의 머리도 쓰다듬어주었죠. 히토시는 처음으로 자기 사촌형제들을 만났어요. 서로 눈이 동그래져서 쳐다보는 모습이 얼마나 우스웠던지요.”

그러나—

“분향을 하는데, 할머님 영정이 쓰러져 제단에서 떨어져버린 거예요.”

영정 액자의 유리에 금이 갔다.

어처구니없는 불상사다. 장의사가 정말 죄송합니다, 하며 백배사죄했다고 한다. 하지만 흔히 일어나는 일은 아니다. 지진이 난 것도 아닌데, 왜 그런 일이 생긴 걸까.

“다들 곧바로 입 밖에 내지는 않았어요. 하지만 얼굴에는 쓰여 있었죠. 할머님은 아직 화가 풀리지 않으셨다, 도시코를 용서하지 않으신 거다.”

도시코와 히토시는 발인만 지켜보고 집으로 돌아왔다.

화장터까지는 따라가지 않았다.

가족의 화해와 관계회복의 싹은 뿌리째 뽑혀버렸다.

집념이 깊구나. 시게코는 속으로 생각했다. 하기타니 치야는 아직 살아 있다. 자식을, 손자를 손안에 쥐고 지배하고 싶다는 치야의 집념이, 죽은 뒤에도 남아 있는 것이다.

시게코는 이 방의 공기까지도 차가워진 느낌이 들었다. 그럴 리가 없는데, 치야의 혼이 여기 내려와 두 사람의 대화에 귀 기울이는 듯한 기분마저 들었다.

"그뒤로는 납골 때나 3주기에도 부르지 않더군요."

어쩔 수 없다고 생각해요, 도시코가 말했다.

"그리고 저는 히토시와 둘이 살면서 너무 행복했으니까요. 새삼스레 본가로 돌아갈 생각도 없었어요."

"그런 일이 있었는데도 오빠는 경제적으로 계속 도와주셨군요. 다행이네요."

"예. 큰 도움이 되었죠."

하지만 마쓰오의 상황은 옛날보다 힘들어졌다고 한다.

"제가 집을 나올 무렵에는, 아까 말씀드렸듯이 오빠 회사에서 급여를 받는 사람은 여동생 미쓰코의 남편뿐이었어요. 원래 오빠 회사에 다니던 사원이었거든요. 그런데 요새가 이렇게 불경기잖아요. 다카코의 남편이나 다카시나 다니던 회사가 각각 도산하거나 급여가 줄어서, 요 4년 사이에 결국 모두 오빠에게 기대게 되었어요."

주머닛돈에서 융통하기도 매년 어려워져가는 모양이었다.

"다행히 회사는 잘돼가고 있지만, 먹여 살릴 입이 늘다보니 자기 용돈도 부족할 정도라고 제게 푸념할 정도예요."

웃으며 자리에서 일어나, 도시코는 눈물을 닦고 코를 풀었다.

"오라버니는 히토시를 몇 번이나 만나셨나요?"

"글쎄요……"

"아주머니를 찾아오신 적은 있었나요?"

"글쎄요. 전에 살던 집과 여기를 합쳐서 네다섯 번 정도 될 거예요."

마쓰오는 히토시를 무척 귀여워했다고 한다.

"나머지는, 그…… 히토시 장례식 때죠."

히토시의 장례식에는 마쓰오와 다케코 둘이서 왔다고 한다.

"히토시도 오라버니를 많이 따랐겠네요."

"예. 큰외삼촌, 큰외삼촌 하면서요."

"저도 한번 그 오라버니를 뵙고 싶은데요."

도시코는 순간 코끼리처럼 작은 눈을 동그랗게 떴지만, 곧 고개를 끄덕였다.

"히토시에 관해 물어보시려는 거죠?"

"네."

"그래요. 여동생들이나 다카시는 아무것도 모르니, 오빠에게 묻는 게 제일 낫겠어요. 제가 눈치채지 못한 일이라도 오빠라면 눈치챘을지도 모르죠. 저보다 훨씬 머리가 좋으니까요."

연락해보겠습니다, 하고 도시코는 약속했다.

"오늘은 긴 시간 동안 죄송했어요. 마지막으로 하나만 더."

손가락을 세우며 시게코는 도시코의 얼굴을 보았다.

"오가미 씨와는 그뒤로 만나지 못하셨나요?"

도시코가 자세를 고쳐 앉으며 고개를 저었다.

"지금까지 한 번도요?"

"예. 결혼 이야기가 없었던 일로 된 뒤에 바로 오빠가 하던 레스토랑을 그만두고 말았어요. 역시 마음에 걸렸겠죠. 그뒤로 어디서 어떻게 지내시는지, 저는 전혀 몰라요."

이름도 알려달라고 하자, 도시코는 오가미 미쓰오大上滿夫라고 수줍은 듯이 가르쳐주었다. 아이의 이름은 요시미義美라고 한다.

오가미 미쓰오는, 어쩌면 자신에게 또 한 명의 아들이 있었을지도 모른다는 사실을 알게 되면 어떻게 생각할까.

도시코를 잘 따랐다던 오가미 요시미는 이제 어엿한 성인이 되었을 것이다. 그 청년도, 자기 동생일지도 모를 그 아이가 열두 살에 죽었다는 이야기를 들으면 어떤 느낌이 들까.

하기타니 집안사람들은 마쓰오를 제외하고 히토시의 삶과 죽음에 등을 돌리고 외면하는 길을 택했다. 하지만 오가미 부자는—그들만은 히토시의 삶과 죽음에 대해 알 기회만 있었다면, 분명 도시코를 찾아와 이 작은 불단에 합장을 해주지 않았을까? 시게코는 그런 생각이 들었다. 어차피 소망이 담긴 추측이지만, 뭐 어떤가. 마음속으로 생각만 하는 거라면.

생각만?

도시코에게는 비밀로 하고 그들을 찾아내 만나보는 일은 결코 불가능하지 않을 것이다. 오가미 쪽 집안에도 누군가 이상한 능력을 지닌 사람이 있지 않았는지 확인해보기 위해서라도 그럴 필요가—

시게코는 얼른 생각을 멈췄다. 치야가 있는 이상, 아버지 쪽 핏줄에 무게를 둘 일은 없다고 판단해놓고 이게 무슨 생각이람? 무엇보다 도시코에게 양해도 구하지 않고 오가미 부자에게 히토시의 존재를 알리겠다는 건 주제넘은 참견 아닌가? 내가 무슨 쓸데없는 생각을 하는 거지?

"어머, 시간이 벌써 이렇게 되었네요."

도시코가 벽시계를 올려다보며 눈을 동그랗게 떴다.

"선생님, 피곤하시겠어요."

"아주머니가 피곤하시겠죠. 긴 시간 죄송했어요."

좁은 현관 앞에서 시게코를 배웅하며 도시코는 곱씹듯이 말했다.

"선생님 덕분에, 오늘은 옛날 일들을 많이 떠올렸네요."

"떠올리고 싶지 않은 일도 많았죠?"

"아니에요. 이젠 그리운 느낌이에요. 오랜만에 부모님이나 형제자매를 모두 만난 기분이에요."

역으로 가는 길에 시게코는 일부러 옆길로 빠져, 히토시가 다니던 후나야마 시립 사쿠라 초등학교에 들렀다 가기로 했다. 이미 오후 여섯시 가까운 시각이라 학교 정문은 굳게 닫혀 있었다. 운동장 안에도 아이들의 모습은 전혀 보이지 않았다.

히토시는 저 운동장을 달렸을 것이다. 축구도 하고 철봉에도 매달렸을 것이다. 그런 생각을 하면서, 시게코는 히토시에게 살짝 말을 걸었다.

—오늘은 여러모로 미안했어.

히토시는 알고 있었을까? 장례식 중에 영정이 쓰러졌다는 순전히 물리적인 사건 때문에 자신이 친척들로부터 소외당했다는 사실을? 생각도 있고, 세상 물정도 아는, 합리적으로 세상을 살아가는 어엿한 어른들이 그런 단순한 현상에서 깊은 의미를 찾아내 이야기를 짜맞춰 피를 나눈 사람을 멀리하는 일도 있다. 그런 말도 안 되는 일을 아무리 '제3의 눈'을 지니고 있나 해도 어린 히토시가 이해할 수 있었을까?

그 네모난 집 앞을 혼자 지나갔다고 하자 미키는 깜짝 놀랐다.

그뿐만이 아냐. 현관 안도 봤어. 그 집에 들어가는 아줌마도 봤어. 그 말에 미키는 울음이라도 터뜨릴 것 같은 표정을 지었다.

"그 길로 다니지 마, 마코. 진짜 무서워. 그러면 안 돼. 엄마가 절대로 가까이 가면 안 된다고 늘 이야기했단 말이야."

"미키는 겁쟁이네…"

소녀는 기분이 좋았다. 미키는 역시 용기가 없다. 내가 더 어른이라는 뜻이다. 미키를 겁주는 것도 재미있었다.

미키와 함께 집에 갈 때 일부러 팔을 잡아끌어 그 집 앞을 지나가려고 해보았다. 미키는 바보처럼 허둥지둥 도망쳤다. 그 모습이 너무 우스워서 이튿날도 또 그렇게 했다.

그랬더니 미키는 화를 냈다. 다시는 너랑 같이 집에 안 갈 거야, 라고 했다.

"왜 그렇게 신경질이야?"

"마코가 먼저 심술을 부리니까 그렇지."

"미키 네가 너무 요란을 떠는 거야."

미키는 흥, 하며 고개를 돌렸다.

"그리고 나 이제 일주일에 세 번씩 학원 갈 거야. 그러니까 너랑 같이 집에 갈 수 없어."

미키 엄마는 정말로 학원에 가는 횟수를 늘린 것이다.

"그렇게 학원만 다니면 친구도 안 생길걸."

"친구는 학원에도 있어."

미키는 큰 입으로 씩 웃었다.

"친구가 없는 건 내가 아니라 너 아니니?"

소녀는 그 말에 상처를 입었다. 미키의 말처럼 소녀는 친구가 별로 ―거의― 없었다. 늘 미키뿐이었다. 그런데 미키와 함께 집에 가지 못하면 소녀는 완전히 외톨이가 되어버린다.

그럼 잘 가. 미키가 딱 잘라 말했다. 얄미울 정도로 우쭐대는 표정이었다. 소녀는 다시 생각했다. 난 사실은 미키를 싫어하는 거야.

소녀는 혼자 집으로 돌아갔다. 미키가 없으니 갑자기 그 네모난 집 앞을 지나는 것에도 흥미를 잃었다.

그래도 고집스럽게 매일 그 앞을 지나다녔다. 그냥 지나가기만 하는 게 아니라, 걸음을 멈추고 그 집을 바라보았다.

집은 아무 변화 없이 그대로 서 있었다. 창문이나 현관문도 똑같이 닫혀 있었다. 지난번에 본 아줌마가 나오거나 들어가는 모습은 보지 못했지만, 아줌마가 타던 자전거는 집 앞에 세워져 있을 때도 있고 보이지 않을 때도 있었다.

그래도 소녀는 걸음을 멈췄다.

무슨 일이 일어날 것 같은 기분이 들어서. 무슨 일인가 일어나기를 기대하면서.

작은 일이라도 뭔가 일어난다면, 학교에 가서 미키에게 그 이야기를 해주자. 미키는 또 무서워할 거다. 항상 무서워하면서도 알고 싶어하는 눈치니까—귀를 막고 '그만해!'라고 한 적은 한 번도 없는걸—그러면 다시 사이가 좋아질지도 모른다. 요즘은 교실에서도 항상 혼자라 쓸쓸했다. 누가 보기에도 외톨이라는 게 뻔히 보여서 분했다.

매일 걸음을 멈추고 바라보아도 네모난 집에서는 아무 일도 일어나지 않았다.

심심하다. 왜 아무도 나오지 않는 걸까.

소녀가 집을 올려다보는 시간은 매일 조금씩 길어졌다.

그러던 어느 날, 누가 뒤에서 불쑥 말을 걸었다.

"얘야."

소녀는 흠칫 놀랐다. 등에 멘 책가방 안에서 교과서와 공책이 함께 튀어올랐다. 얼른 뒤를 돌아보자, 엄마와 비슷한 나이의 여자가 바로 뒷집에서 반쯤 열린 알루미늄 새시 미닫이문으로 얼굴을 내밀고 있었다.

"너 제4초등학교 다니지?"

여자는 소녀의 가슴에 달린 이름표를 보고 있었다. '시립 제4초등학교, 4학년 2반 사토 마사코'라고 쓰여 있다.

소녀는 얼른 손으로 이름표를 가렸다. 여자는 눈썹을 살짝 꿈틀거리더니 불쾌한 표정을 지었다. 엄마도 자주 짓는 표정이었다. 정말, 어째서 말을 안 듣는 거니, 하고 야단칠 때의 그 표정이다.

"얘가 참."

여자가 미닫이문을 열고 밖으로 나왔다. 우리 엄마보다 뚱뚱하네, 소녀는 생각했다. 배가 불룩 튀어나왔다. 보기 싫다. 왜 다이어트를 안 하는 걸까.

"얘."

뚱뚱한 여자는 허리를 굽히고 무릎에 손을 짚으며 소녀에게 말을 걸었다.

"매일 집에 갈 때 여길 지나가지? 항상 멈춰 서서 저 집을 보고 있었잖아?"

여자는 고개를 들어 슬쩍 눈짓으로 네모난 집을 가리켰다. 오래 보려 하진 않았다. 아주 잠깐이었다.

"저 집에 무슨 볼일 있니?"

소녀는 입을 꼭 다물고 아래를 바라보았다. 그때 뚱뚱한 여자 바로 뒤에 다른 사람의 발이 있는 게 보였다. 운동화를 신고 있다.

살짝 눈을 들어 쳐다보니 여자 뒤에 남자아이가 숨어서 고개만 빼꼼 내밀고 있었다.

뚱뚱한 여자가 살짝 웃으며 뒤를 돌아보았다.

"우리 아들이란다. 너하고 같은 학교 다녀. 3학년이지만."

남자아이는 안경을 꼈다. 렌즈 안쪽의 눈이 무척 커 보였다. 소녀를 말똥말똥 바라보고 있다.

"볼일 없으면 바로 집으로 가렴."

그렇게 말하더니, 뚱뚱한 여자는 미닫이문을 닫고 안으로 들어가버렸다. 남자아이의 모습도 보이지 않았다.

소녀는 새삼 여자가 들어간 집을 올려다보았다. 폭은 상당히 넓지만 낡아빠진 싸구려 집으로 보였다.

일반 가정집이 아니다. 차양 위에 '노리야마 신문배급소'라는 간판이 걸려 있다. 신문 배달을 하는 집이다. 그래서 새시 현관이 길 쪽으로 바로 나 있는 건가?

새시 창문에는 광고 같은 것이 여러 개 붙어 있었다. 소녀는 아직 히라가나밖에 읽지 못했다. 국어 과목도 잘 못했다.

몇 차례나 지나다니면서도 여기 신문배급소가 있다는 건 전혀 몰랐다. 미닫이문도 늘 닫혀 있었던 것 같다. 장사가 잘 안 되는 게 분명해. 심술궂게 그런 생각을 했다.

낯선 어른에게, 그것도 저렇게 뚱뚱하고 꼴사나운 아줌마에게 잔소리를 듣자 화가 났다. 뭔가 앙갚음을 해주고 싶어 좀이 쑤셨다. 그래서 소녀는 계속 꾸물거리고 있었다.

그때 미닫이문이 열렸다. 아까와 다르게 활짝 열린 문으로 좀전에 본 그 안경 낀 남자아이가 나왔다. 자전거를 밀며 새시 문턱을 넘어서느라 끙끙거렸다.

"조심해."

모습은 보이지 않지만, 아까 그 여자의 목소리가 안에서 들려왔다.

안경 낀 남자아이가 자전거를 밖으로 끌어낼 때까지 소녀는 미닫이문 안쪽을 계속 살펴볼 수 있었다. 소녀의 집 근처에 있는 신문배급소와 마찬가지로 작업장 같은 구조에다, 바닥에 콘크리트를 바른 넓은 공간에 자전거가 여러 대 세워져 있었다.

자전거 바구니에는 눈에 잘 띄는 노란색과 흰색 스티커가 붙어 있다. '○○ 순찰중'이라는 글씨가 쓰여 있다. '○○'은 한자라서 읽을 수 없었다.

안경 쓴 남자아이는 소녀는 보이지도 않는 양 무시했다. 어른용이라

안장이 허리보다 높은 자전거를 남자아이는 끙끙대면서 올라타려 하고
있었다.

"그럼 안 돼."

소녀가 앙칼진 목소리로 참견했다. 안경 쓴 남자애가 흠칫 놀라며 소
녀를 보았다. 뺨이 이상하게 붉었다.

"애들은 애들 자전거를 타야 해. 경찰 아저씨한테 잡혀서 야단맞을
거야."

남자아이는 말없이 자전거에서 내려와 핸들을 두 손으로 밀며 걷기
시작했다. 소녀도 따라 걸었다.

"그거 배달에 쓰는 자전거지?"

가게가 장사가 안되니까 어린이용 자전거를 사주지 못하는 것이다.
분명히 그럴 거다.

"불쌍하네. 너희 집 돈 없지?"

남자아이는 계속 걸었다. 등에 배낭을 메고 있다.

"내 말 맞지, 응? 가난하지?"

소녀는 계속 비웃으며 끈질기게 말을 붙였다. 남자아이는 돌아보지
도 않고, 발걸음을 늦추지도 않으면서 계속 걸었다. 다음 모퉁이가 나
왔다. 신호등은 빨간색이었다.

남자아이가 돌아보았다.

"매일 뭐해?"

소녀는 약간 놀랐다.

"뭐라니?"

"미와 씨네 집 보고 있잖아."

그 네모난 집에 사는 사람 이름이 미와인가?

"너희 집에서 미와 씨 집에 신문 배달하니?"

남자아이는 대답하지 않았다. 신호가 바뀌었다. 남자아이는 모퉁이에서 오른쪽으로 꺾었다. 집에 가려면 곧바로 가야 하지만, 소녀도 그 뒤를 따라 걸었다.

"미와 씨네 집, 경찰에 잡혀간 적 있지?"

남자아이는 어깨 너머로 소녀를 흘깃 쳐다보았다.

"그런 걸 어떻게 알아?"

"유명하니까."

"그래서 미와 씨 집을 보고 있었던 거야? 매일?"

"그건 내 맘이지."

대들듯이 말했다. 어때? 대꾸할 말 있음 해봐.

남자아이는 대꾸하지 않았다. 소녀를 쳐다보지도 않았다.

"이상한 자전거네."

소녀가 그렇게 말해보았다. 이번에는 반응이 있었다.

"이거?"

"이것도 이상하지만, 배달할 때 쓰는 자전거 말이야. 그거 뭐야? 바구니에 스티커가 붙어 있잖아?"

"그건 '지역 순찰대' 표시야."

남자아이가 말하더니 다시 소녀를 힐끔 보았다.

"다른 데도 다 붙여."

"난 그런 거 몰라. 순찰이 뭔데?"

남자아이의 걸음이 빨라졌다. 소녀도 따라서 빨리 걸었다.

"따라오지 마."

"나도 이쪽으로 간단 말야."

소녀가 웃었다.

"저기, 미와 씨네는 어떤 집이야? 아줌마가 살지? 왜 경찰에 잡혀갔어? 그 아줌마 나쁜 사람이니? 여자아이에게 이상한 짓을 한다던데, 무슨 짓을 해?"

남자아이는 다음 모퉁이에서 왼쪽으로 꺾었다. 자전거 바퀴가 가볍게 덜컹 하는 소리를 냈다.

길을 따라 서 있는 흰색 4층짜리 건물 앞에 와서 남자아이는 자전거를 세웠다. 소녀는 건물을 올려다보았다. '다지마 주산학원'이라는 간판이 보였다.

"너 이런 걸 배우니? 완전 구식이다. 영어회화나 수영은 안 배워? 역시 가난하구나."

남자아이는 자전거를 건물 옆 자전거 보관소에 세웠다. 그리고 몸을 빙글 돌려 소녀를 똑바로 바라보고 말했다.

"심술쟁이."

등에 멘 배낭을 한 번 추스르고, 남자아이는 건물 문을 열고 안으로 들어갔다.

"바보."

소녀는 혀를 날름 내밀었다.

보이지 않는 것

올 장마는 변덕스러웠다. 한바탕 쏟아지는가 싶다가도 때때로 날이 갰다. 덕분에 푹푹 찌는 무더위였다.

시게코는 하기타니 도시코로부터 오랜 시간 동안 이야기를 듣고 나서 바로 수업이 파한 시간에 후나야마 시립 사쿠라 초등학교를 찾아갔다. 5학년과 6학년 때 히토시의 담임이었던 이토 선생을 만나기 위해서였다.

미리 전화를 걸어 약속을 잡고 자신의 신분도 밝혔는데, 막상 대면하자 분위기가 껄끄러웠다.

이토 선생은 도시코가 말한 대로 척 보기에도 베테랑이라는 인상을 풍기는 여교사였다. 나이는 사십대 후반쯤. 여름 재킷과 셔츠에 바지 차림이었고, 운동화를 신었으며 머리는 깔끔할 정도로 짧았다. 얇은 입술이 열리면 말이 총알처럼 튀어나왔다.

"용건이 뭐죠?" "조사 목적은 뭡니까?" "하기타니 씨의 허락을 받았습니까?"

몇 번을 설명해도 반복해서 같은 질문을 했다. 시게코를 수상하게 여기는 게 분명했다.

불쑥 '사이코메트러' 운운하는 말을 꺼내면 공연히 이야기가 복잡해질 것 같아, 시게코는 '하기타니 도시코 씨의 의뢰를 받아 히토시에 관한 글을 쓰게 되었다. 그래서 히토시가 학교에서 어떻게 생활했는지 알고 싶다'고만 이야기했다. 이 이야기 자체는 그리 수상쩍은 요청이 아닐 텐데, 이토 선생은 무슨 까닭인지 시게코를 쫓아내려고 했다.

"학생의 사생활에 관해 교사가 멋대로 정보를 흘릴 수는 없습니다."

무슨 이야기를 해도 모두 이 한마디로 거절당하고 말았다.

교무실을 나와 복도를 걸으며 시게코는 머리를 긁적였다. 하기타니 도시코도 "이토 선생님은 히토시를 문제아라고 하셨어요. 무척 엄하게 꾸짖은 적도 있고요"라고 하지 않았던가. 어떤 종류의 '문제아'였는지는 차치하더라도, 하기타니 도시코와 이토 선생의 관계도 원만하지 않았던 건 분명하다. 시게코에 대한 일방적인 경계는 어쩌면 그 때문인지도 모른다. 좀더 우회해서 접근해야 했다.

ㅡ나도 나이가 들어 둔해진 걸까.

서무실에 들러 정중하게 고개를 숙이고, 미술과목 선생님을 만날 수 없겠느냐고 부탁해보았다. 히토시의 이름을 말하자 여자 사무원은 바로 기억해냈다.

"아아, 교통사고로 죽은 아이죠?"

"네. 기억하고 계시네요."

학생도 많고, 사무원이면 보통 학생들과 직접 접촉하지 않을 텐데 의외였다.

사무원이 웃었다.

"히토시가 그림을 아주 잘 그렸거든요. 그래서 자주 복도나 홀에 그림을 걸어두곤 했어요."

미술 담당인 하나다 사나에花田早苗 선생은 2층 미술실에서 미술부 수업중이라고 했다. 시게코는 계단을 올라갔다.

하나다 선생은 젊었다. 아직 스물서넛 정도로 보였다. 눈매가 환한 미인이고 몸도 소녀처럼 호리호리했다. 화가라기보다 오히려 모델 같았다.

내선전화로 미리 연락이 되어 있었기 때문에, 선생은 미술실 출입구에서 시게코를 기다리고 있었다. 교실 안에는 열 명가량 되는 아이들이 진지한 얼굴로 스케치북에 그림을 그리고 있었다. 잡담하거나 어수선하게 떠드는 애들은 없었다. 종이 위에 연필이 스치는 소리와 아이들의 숨소리만 들려올 뿐이다.

"삼십 분쯤 더 있으면 끝나는데 괜찮으세요?"

하나다 선생은 목소리도 부드러웠다.

"기다리겠습니다. 다들 열심이네요."

오늘 스케치의 주제는 창가에 놓인 사과와 바나나인 모양이었다.

아이들의 집중력이 흐트러지지 않도록 준비실 쪽에서 기다리기로 했다. 창문 밖으로 교사 뒤편의 출입문과 뜰이 보였다. 스케치 소재로 쓰는 건지, 특이한 모양의 꽃병과 귀여운 목각인형 등이 선반에 진열되어 있다. 화집도 몇 권 보였다. 북향이지만 실내 분위기는 어수선하면서도 따스해서, 혼자 앉아 있는데도 편한 기분이었다.

이윽고 옆 교실에서 떠들썩한 아이들 소리가 들려왔다.

"선생님, 안녕히 계세요!"

하나다 선생이 얼굴을 내밀고, 시게코를 교실로 맞아들였다.

시게코는 조금 전까지 한 아이가 앉아 있던 자리에 걸터앉았다. 책상과 의자가 초등학생용이라서 갑자기 눈높이가 낮아졌다.

"놀랐어요. 저 정도 나이면 아직 집중력이 부족할 거라고만 생각했는데, 만만하게 봐서는 안 되겠네요."

하나다 선생은 웃으며 고개를 저었다.

"일반 수업은 그렇지도 않아요."

미술부 활동은 강제적인 게 아니다. 그림을 그리거나 공작을 좋아하는 학생들만 모아 일주일에 한 번, 여기서 창작을 즐기는 특별활동이라고 한다.

"원래 좋아하는 아이들이 오는 거니까 다들 열심이죠. 보통 수업 때는 다릅니다."

"역시 어수선한가요?"

"분위기 정돈이 꽤 힘들죠."

게다가 저는 아직 초보거든요, 라고 덧붙였다.

시게코는 찾아온 사정을 설명했다. 아까 이토 선생을 만났을 때와 같은 내용이었지만, 이번에는 하기타니 히토시가 남긴 그림을 모두 찾아서 보고 감탄했다는 이야기를 덧붙였다.

"다른 선생님도 만나보셨어요?"

그 질문에 시게코는 쓴웃음을 지었다.

"조금 전 이토 선생님을 만나뵈었는데……"

거절당했다는 이야기를 하자 하나다 선생은 말투를 바꾸었다.

"이토 선생님은 지도력이 뛰어난 선생님이십니다. 저 같은 사람이 배울 점이 많죠."

"교사 경력이 오래되셨다고 하더군요."

"경험이 풍부하고 열성적이고, 정말 듬직한 선생님이세요. 다만 그런 선생님일수록 요즘 학교에서는 괴로운 처지에 몰리게 되는 일이 많지요."

요즘 보호자들 중에는 사소한 일에도 교사의 지도방식에 불만을 표하거나 제 자식이 손해라고 느끼면 앞뒤 안 가리고(즉 자식이 하는 말만 듣고) 항의하는 사람들이 있다고 한다. 그것도 당사자인 선생은 건너뛰고 바로 교장이나 교육위원회로 달려간다는 것이다.

"이토 선생님은 분명 아동 지도에, 학교생활을 해나가는 데 필요한 예절 부분도 포함해서, 엄격한 선생님이시죠. 저는 그런 것도 당연히 교육의 일부라고 생각하지만, 사람들이 이해해주지 않을 때는 힘들어요."

몇 차례 꽤 심각한 문제가 있었다고 한다. 교사 수난시대다.

"그럼 저 같은 사람을 꺼리시는 건 어쩔 수 없는 일이었겠군요."

시게코는 명함을 내밀었다. 하나다 선생은 손에 들고 잠시 들여다본 뒤에 고개를 들었다.

"실례지만 마에하라 씨의 성함과 얼굴을 뵌 적이 있는 것 같아요. 저…… 혹시 연쇄유괴살인사건 취재를 하시지 않았나요?"

시게코는 놀랐다. 이런 질문은 예전에도 수없이 받은 적이 있으니 전혀 예상치 못할 일은 아니다. 하지만 하나다 선생은 아직 젊다. 시게코가 아미카와 고이치 사건 관계로 미디어에 노출되었을 때 이 사람은 중학생이나 고등학생이었을 것이다.

"그렇습니다. 어떻게 용케 아시네요."

시게코는 순순히 인정하고 그렇게 말했다.

"역시 그러셨군요." 하나다 선생은 고개를 끄덕였다. "물론 사건 당시 보도에서 본 걸 자세히 기억하고 있었던 건 아니에요. 비교적 최근에 그 사건에 관한 기록영화를 봤었죠."

"영화요?"

무심코 얼굴을 찡그린 시게코를 보고 하나다 선생은 서둘러 덧붙였다.

"독립영화라 널리 공개된 건 아니에요. 사람들은 거의 모를 테고요. 학창시절 친구 중에 영화 쪽 일을 하는 사람들이 많아서 볼 기회가 있었어요."

그 영화에 당시의 영상 중 어떤 것이 사용되었을까. 어떻게 담아낸 걸까.

내가 한 일들은 어쩔 수 없다. 어떻게 해석되든 어쩔 수 없는 노릇이라고 마음을 다잡고 있지만, 역시 태연할 수는 없었다.

"총 90분짜리, 〈죽음의 산장〉이라는 영화예요."

아미카와 사건은 일반명사만 이어붙여서 보통 '연쇄유괴살인사건'으로 불린다. 그것만으로도 통할 정도로 끔찍한 사건이기 때문이다. 달리 마땅한 명칭도 사실 없다. 피해자가 너무 많아 특정 피해자의 이름이나 사건의 속성을 갖다댈 수도 없고, '아미카와 고이치 사건'이라고만 하면 이중삼중으로 굴절되어 복잡하게 관계된 공범자의 존재가 빠져버린다.

"어떠셨습니까? 어떤 생각이 드셨어요?"

시게코는 부드럽게 물었다. 그 사건에 그런 식으로 관계한 마에하타 시게코라는 사람과 마주앉아 있어도 괜찮으냐는 물음도 함께 담은 셈이었다.

하나다 선생은 매끈하고 긴 손가락을 입가에 대고 잠시 생각에 잠겼
다. 오래된 비유지만 그야말로 흰 물고기처럼 아름다운 손가락이다. 이
사람은 아이들에게 인기가 있겠다. 초등학교 선생님이 되어 다행이다.
중학교나 고등학교라면 위험하다. 뭐가 어떻게, 어느 쪽이 위험한지는
제쳐놓더라도.

"무서웠어요."

앳된 여교사는 어린 소녀처럼 순진한 표현을 썼다.

"이 세상에…… 그렇게 무서운 그림이 있나 싶었습니다."

"무서운 그림이요?"

"그 산장 모습이요. 영화 맨 처음과 맨 뒤에 나왔어요. 특히 라스트
신은 산장 위에서 시작해 카메라가 쭉 뒤로 빠지거든요. 그 세모난 지
붕이 별장지가 있는 산의 숲에 가려 보이지 않을 때까지요."

시게코는 그 장면을 상상했다.

"5월인지 6월인지, 화창한 햇살 속에서 휴식을 취하고 있는 듯 보이
는 푸른 산의 풍경으로 영화는 끝나요. 하지만 관객들의 눈에서는 산
장이 사라지지 않습니다. 그것이 거기 있다는 것을 알죠. 느껴져요. 화
면이 어두워지고 엔딩 크레디트가 올리기도, 그 모습이 눈에 선했어
요."

"그게, 무서우셨나요?"

몇 차례 눈을 깜박이고, 하나다 선생은 고개를 끄덕였다. 눈동자 속
에 되살아난 영상을 긴 속눈썹으로 털어내려는 것 같았다.

"대학 선배가 졸업작품으로 그 사건에서 영감을 얻어 작품을 그리려
한 적이 있어요. 사진을 이용하거나 하는 참신한 수법으로 일본화를 그
리는 선배였죠. 그 산장도 하나의 소재로 쓸 계획이었다고 해요."

하지만 10개월이나 고민한 끝에 결국 포기해버렸다고 한다.

"도저히 그릴 수가 없다, 평범한 인간으로선 도저히 무리다, 라면서요. 그래서 유급을 하고 말았죠. 저는 선배한테 그게 어떤 사건이었는지 자세히 듣고—선배는 사건 당시 고등학생이었다고 하니까요—얼마나 끔찍한 사건인지 새삼 느꼈지만, 그래도 절대로 그릴 수 없다는게 무슨 의미인지는……"

〈죽음의 산장〉을 보고 나서야 겨우 깨달았다고 한다.

"선배가 그리고 싶었던 것이 그 광경이라면 그릴 수 없는 게 당연하다는 생각이 들었어요. 평범한 사람이 그릴 수 있는 그림은 아니라고 생각했죠."

하나다 선생은 단호하게 잘라 말하더니 불쑥 시게코의 눈을 보며 물었다.

"아미카와라는 범인은 그림에 소양이 있었나요?"

여태껏 이런 질문을 받아본 적은 없었다.

"아뇨…… 없었을 겁니다. 그림 감상을 좋아했는지는 몰라도, 적어도 장래 희망이 화가였다거나 하진 않았을 거예요."

피해자들의 모습을 사진이나 비디오로 남겼으니까요, 라고 말하던 하나다 선생의 검은 눈동자의 초점이 갑자기 날카로워졌다.

"아아…… 그렇군요. 그쪽으로 흐른 거군요. 그 남자 안에는 뭐랄까, 꼬이고 뒤틀리기는 했지만 예술에 대한 욕구가 분명히 있었을 것 같은 느낌이 들어요. 저는 그게 무서워서……"

하나다 선생은 손가락을 꽉 깍지 끼고 있다. 시게코는 가방에서 하기타니 히토시의 공책을 꺼냈다.

만나자마자 이렇게까지 이야기가 통하게 된 데는 분명히 이유가 있다. 어떤 힘이 이렇게 되도록 이끈 것이다. 이 선생에게는 처음부터 모든 카드를 펼쳐 보이자.

"이걸 봐주시겠어요?"

히토시가 그린 '산장' 그림을 펼쳤다.

하나다 선생의 눈이 휘둥그레졌다. 깔끔한 얼굴선이 긴장으로 굳어졌다.

"마에하타 씨, 이건."

하나다 선생의 말을 가로막고 시게코가 물었다.

"선생님은 '사이코메트리'라는 말을 아세요?"

전말을 천천히 설명했다. 박쥐 풍향계가 있는 집 그림을 보여줄 때는 도이자키 가의 사건을 보도한 기사 스크랩도 함께 펼쳤다. 도중에 하나다 선생은 살짝 고개를 좌우로 젓더니, 곧 참지 못하겠다는 듯 시게코의 이야기를 가로막았다.

"잠깐만요. 아, 저는 사이코메트리라는 능력에 관해서는 자세히 몰라요. 그런 특이한, 초능력이라고 하나요, 그런 것이 실제로 존재하는지 어떤지에 대해서는 회의적이에요."

하나다 선생은 살짝 웃고는 말을 이었다.

"세상에는 어느 정도 육감이 뛰어난 사람이 있잖아요? 남들이 미처 눈치채지 못한 것을 알아차리고, 남들이 보지 못한 것을 보는 사람. 다른 사람이 듣지 못하는 소리나 기척을 듣고 느끼고, 그걸 표현할 수 있는 사람들 말예요."

"네, 무슨 말씀이신지 알겠습니다."

"저 자신도 그림을 그리니까 꼭 편드는 말 같지만, 역시 예술가 중에 그런 사람이 많다고 생각해요. 그걸 '재능'이라고 부르는 건지도 모르지요."

결국 초능력이라는 표현을 쓰지 않더라도 이런 현상을 설명할 수 있다는 말이다.

"남들보다 약간 더 날카로운 육감에 몇 가지 우연이 겹치면, 마치 불가사의한 능력이 발휘된 것처럼 보일 수 있다는 거예요."

시게코는 웃어 보였다.

"교육자에게 어울리는 이성적이고 적절한 주장이네요."

"너무 보수적인가요?" 하나다 선생은 쑥스러운 눈치였다. "저는, 특이한 능력을 지닌 사람들이 분명히 존재한다고 생각해요. 많은 예술가들이 그걸 증명했으니까요. 하지만 그들은 결코 물리법칙을 거스르는 존재는 아닙니다. 있을 수가 없죠. 물건을 움직이거나 부수거나 하는 식의 초능력은 역시 속임수라고 생각하지만, 사이코메트리라는 건 그런 종류는 또 아니잖아요?"

시게코는 동의했다.

"그렇죠. 그건 종류가 다른 능력이에요. 사이코메트리라는 건 어디까지나 물건에 '남아 있는' 기억이나 사람의 마음—그게 기억인지 의식인지는 몰라도—을 읽어내는 능력을 가리키는 것 같아요. 투시, 혹은 원격감지라고 할까요. 실종자가 어디 있는지 알아내거나 살인사건의 범인, 아직 발견되지 않은 피해자의 시체를 찾아내거나 하는 게 요즘 유행하는 모양인데, 그 능력을 실용적으로 응용하는 거겠죠. 다만 실제로는 성공했다고 선전하는 화려한 사례도 꼼꼼히 검증해들어가면 사실이 아니더라는 반증도 발견되는 경우가 많습니다."

하나다 선생은 가냘픈 어깨를 살짝 움츠렸다.

"그렇겠죠."

"적어도 제가 현시점에서 조사해 알고 있는 범위 안에서는 그렇다는 이야기예요. 앞으로 미지의 사례가 나올지도 모르니까요."

"히토시가 그럴지도 모른다는 의미인가요?"

그렇게 중얼거리며 하나다 선생은 박쥐 풍향계가 있는 집 그림을 가만히 들여다보았다.

"어린아이들은 육감이 날카로워요."

확신에 찬 말투였다. 체험이 뒷받침된 말임을 알 수 있었다. 이 젊은 선생이 매일 어린아이들의 창작품을 접하며 놀라거나 감동하는 모습이 눈에 선했다.

"히토시도 그랬죠. 유난히 날카로운 아이였어요. 그애가 그림을 잘 그린 것도 바로 그 덕분이었지요. 물론 기술도 뛰어났고요. 그러니까, 마에하타 씨,"

박쥐 풍향계가 있는 집과 '산장' 그림을 좌우로 늘어놓고 그 위에 각각 양손을 얹은 뒤, 하나다 선생은 천천히 고개를 저었다.

"저는 믿을 수 없어요. 뭔가 잘못된 것 아닐까요? 히토시는 이런 그림을 그리지 않아요. 그애의 표현력은 초등학교 수준을 넘어섰어요. 이런 이린아이 같은 단계는 이미 졸업했어요. 초능력 운운하는 말씀 이전에, 저는 이 그림이 진짜 그애가 그린 거라고 생각할 수가 없는걸요."

시게코는 기뻤다. 저도 모르게 무릎을 칠 뻔했다.

"그 말씀을 하시길 기다렸어요."

히토시의 말에 따르면, 히토시는 '제대로 된 그림'과 '제대로 되지 않은 그림'을 둘 다 그렸다.

하나다 선생은 말 그대로 어리둥절해했다. 입을 멍하니 벌리고 있다.

"그림을 두 종류로 그렸다는 말씀인가요?"

"어머니인 도시코 씨 이야기에 따르면 그렇습니다. 그리고 그걸 어머니와 자기만 아는 비밀로 해달라고 부탁했다고 하더군요."

하나다 선생은 박쥐 풍향계가 있는 집 그림을 좀 거칠다 싶은 손놀림으로 집어들고는 삼킬 듯한 시선으로 들여다보았다.

"히토시에겐 뛰어난 기술이 있다고 말씀하셨죠? 저처럼 그림에 문외한인 사람도 히토시가 학교에서 그린 그림 몇 장만 보면 그런 사실은 충분히 알 수 있었습니다. 그렇다면 일부러 서툰 그림을 그릴 수는 없지 않겠어요?"

시게코의 질문에 하나다 선생은 바로 대답하지 않았다. 미인 선생은 갑자기 치통이 엄습해온 듯한 표정을 지었다.

"선생님은 가능하시죠? 의도적으로 서툰 그림을 그리는 게?"

"아마도 그럴 수 있다고……는 생각하지만," 하나다 선생은 갑자기 눈길을 들었다. "히토시가 왜 그래야만 했을까요?"

시게코는 솔직히 털어놓았다.

"모르겠습니다. 그게 '필요'였는지, 아니면 '필연'이었는지도 지금으로선 판단이 서지 않아요. 그래서 선생님의 힘을 빌리려는 겁니다."

하기타니 히토시가 어려워했던 유의 그림은 없었느냐고 시게코는 물었다.

"히토시는 스케치를 잘했죠? 눈앞의 모델을 그리는 건 대상이 무엇이든 관계없이 모두 잘 그렸다는 건가요? 결과물에 편차는 없었습니까?"

"예를 들면요?"

"정물은 잘 그리지만 풍경은 좀 떨어진다거나, 그런 거요."

작은 의자에 등을 기대며, 하나다 선생은 팔짱을 끼고 생각했다.

"적어도 히토시는 그렇지 않았던 것 같아요. 실내에서 사과를 그리건, 교정에서 동네 풍경을 그리건 똑같이 정확했죠. 원근감도 적절하고, 사물의 질감을 제대로 파악해서 표현했어요."

"인물화는 어땠습니까?"

제대로 되지 않은 그림에 등장하는 막대기 같은 손발을 지닌 인물과, 스케치북에 남긴 소묘의 차이는 너무나도 뚜렷하다.

하나다 선생은 작게 소리 내어 웃었다.

"초등학생은 보통 인물화를 잘 못 그려요. 인물화 모델이 부모일 경우가 대부분이니까, 본인들이 그리기 어렵다고 의식해서 그렇다는 의미는 아닙니다. 엄마나 아빠의 얼굴을 그리자고 하면 즐겁게 그려요. 그중엔 학부모회의 때 실제로 부모님 얼굴을 뵈면 깜짝 놀랄 정도로 특징을 잘 잡아내는 아이도 있죠."

시게코는 히토시가 도시코를 그린 그림을 떠올렸다.

"그러니까 잘 그리고 못 그리고의 문제가 아니라…… 음, 뭐라고 표현해야 할까요."

하나다 선생은 다시 오른손 주먹을 입가에 대고 생각에 잠겼다.

"그애들은 아직 부모에게서 완전히 분리되지 않은 나이잖아요? 물론 자아의식이 싹트고 날마다 성장하고 있죠. 하지만 2차성징이 나타나기 이전의 아이들은 아직 '개체'로서 굳어지지 않은 상태예요. 어딘가 부모와 일체라고 느끼는 부분이 있죠. 부모 쪽도 마찬가지고요. 그래서 부모의 모습이 그림의 소재로 객관적일 수 없다고 한다면 이해가 가실지……"

선생은 두 손을 날렵하게 움직여 허공에 벽을 그렸다.

"어버이날이 되면 백화점이나 관공서에서 어머니나 아버지를 그린 아이들의 그림을 많이 붙여두잖아요. 보신 적 있으세요?"

"네, 있습니다."

"그런 곳에 전시될 정도니까, 모두 개성 있고 잘 그린 그림들이죠. 하지만 어떤 공통된 톤이 있을 겁니다. 패턴이라고나 할까요. 소재가 같아서 그렇기도 하지만, 단순하고 밋밋한 느낌이 들지 않던가요?"

이야기를 듣고 보니 그런 것 같기도 하다.

"소묘를 아주 잘하는 아이라도 어머니나 아버지를 그리라고 시키면 그런 그림이 되고 말아요. 단순히 표현 기법이 성숙하지 않아서가 아니에요. 어머니나 아버지를 사과나 바나나, 이웃집 지붕을 그릴 때처럼 그릴 수가 없는 거예요. 피아의 구별이 완전하지 않기 때문이죠. 또래보다 높은 표현력을 지닌 아이라 해도, 평면적인 패턴을 깬 묘사를 할 수 있을 만큼 부모들과 아직 '떨어져' 있지 않은 거죠."

시게코는 몸을 약간 내밀었다.

"감정이 들어간다는 말씀인가요?"

으음, 하고 젊은 선생은 신음했다.

"그것뿐만은 아니에요. 물론 감정도 들어가죠. 그렇기 때문에 어린아이가 그리는 그림을 보고 가족의 상황을 짐작하거나 문제를 알아차릴 수도 있는 거고요. 극단적인 경우에는 어린아이의 그림에서 학대나 방치의 가능성을 읽어낼 수도 있습니다. 그렇지만 제가 말씀드리는 건 그런 의미가 아니고요."

조바심이 난 듯했다.

"초등학교 나이 정도의 아이에게 부모는 아직 완전히 '바깥 세계'의 존재가 아니다, 라는 정도의 표현밖에 생각나지 않네요. 인간은 일단 대상의 바깥에 있지 않으면 그것을 그릴 수 없습니다. 냉정하게 표현할 수 없으니까요. 뛰어난 화가란 그렇게 바깥에 있는 자신을 다시 한번 내부 세계로 되돌리고, 그러면서도 그 안에서 매몰되지 않을 수 있는 사람들이죠."

아, 죄송해요, 라며 하나다 선생은 한 손으로 이마를 짚고 웃음을 터뜨렸다.

"제 말이 너무 추상적이죠?"

"아뇨, 아니에요. 이해력 부족한 학생이라 제가 더 죄송하죠."

시게코도 웃었다. 두 사람의 웃음소리가 교실 천장에 울렸다.

"하지만 약간 이해가 되는 것 같아요. 히토시가 어머니를 그린 그림도, 아주 잘 그리긴 했지만 선생님 말씀대로 '우리 엄마'의 평균적인 패턴에 들어가는 그림이었거든요."

적어도 그 스케치 같은 정밀함은 없었다. 그렇게 그려진 이유는 기술이나 표현력 때문만은 아니라는 이야기다. 자아의 경계에 관한 문제다. 엄마는 사과가 아니다.

"그렇죠. 어린아이의 자아가 아직 부모의 자아 안에 완전히 감싸여 있다는 걸 드러내는 평화롭고 따스한 패턴이에요. 바로 그렇기 때문에 어버이날에 전시되는 그런 그림은 보는 이의 마음을 골고루 치유해주는 게 아닐까요. 지친 어른들의 마음속에 존재하는 태내회귀의 소망을 건드리는 거죠."

여태껏 그런 생각을 해본 적은 없었지만, 시게코는 납득이 갔다. 언젠가 어린아이의 그림을 보고 쇼지가 눈물을 흘린 것도, 제 자식이 없다는 쓸쓸함 때문만이 아니라 그 그림에서 느껴진 따스함 덕분에 돌아가신 부모님을 떠올린 게 아니었을까 하는 생각이 문득 들었다.

"거꾸로, 장차 그림을 그리는 일을 하고 싶다는 꿈을 지닌 중학생이나 고등학생들에게 부모를 그리라고 하면 대개는 싫어해요. 그리고 싶지 않은 거죠. 그래도 억지로 그리라고 하면—실력이 있는 아이들이니까—굉장한 그림이 나와요."

하나다 선생은 초등학교 교사가 된 지 아직 2년밖에 되지 않았지만, 학창시절 미술교실에서 보조교사로 아르바이트를 한 적이 있다고 한다. 거기서 얻은 경험일 것이다.

"십대 중반에서 후반까지의 아이들은, 저 자신을 돌이켜봐도 그렇지만, 인생에서 자아가 가장 활성화되는 시기예요. 부모의 자아라는 중력을 뿌리치고 탈출하기 위해 잔뜩 날카로워지는 거죠. 그래서 이번에는 너무 멀어지는 거예요. 부모를 객관적으로 보는 시각이 너무 멀리까지 가버리는 거죠."

그 미술교실은 하나다 선생의 대학 지도교수가 자택에서 연 것이라고 했다. 학생은 어른과 어린아이가 반반이었는데, 어린아이를 가르치는 쪽이 더 즐겁고 자극이 되었다고 한다.

"제 스승은 중고등학생에게 그런 부모님 초상화를 그리게 하고 이렇게 말씀하셨죠. 이 그림을 소중히 간직해라. 이것이 바로 지금, 너희의 젊은 영혼이 인식하고 있는 세계의 모습이다. 그리고 언젠가는, 이 그림을 약간의 부끄러움과 깊은 애정을 가지고 바라볼 수 있는 어른이 되어라."

시게코는 미소를 지으며 물었다.

"화가가 되고 안 되고에 관계없이요?"

하나다 선생은 웃으며 고개를 끄덕였다.

"네. 사람은 누구나 그림을 그리며 살아가니까요. 설령 붓을 들지 않더라도요."

그 말 또한 시게코가 지금까지 생각도 해보지 않았던 것이었다. 사람은 누구나 자기 그림을 그리고 있다……

"이야기가 옆으로 샜지만……"

하나다 선생이 등을 펴며 고쳐 앉았다.

"마에하타 씨가 의문으로 여기시는 부분이 저도 조금은 이해가 될 것 같아요. 마에하타 씨는 히토시가 어떤 종류의 소재나 수법을 어려워해서, 그걸 그릴 때를 '제대로 되지 않은 그림'이라고 말한 게 아닌가 생각하시는 거죠?"

"네, 그렇죠."

"어려워했기에 못 그렸다, 유치한 그림이 되었다, 라고요."

"네. 예를 들어, 그 자리에서 본 것을 그리는 데는 뛰어나지만 보고 그릴 것이 없거나 나중에 기억을 떠올리고 상상해서 그리는 그림은 잘 그리지 못했을 가능성은 없을까요?"

하나다 선생은 바로 부정했다.

"없어요. 그리고 이쪽 그림도 결코 서툴기만 한 건 아닙니다."

이해할 수가 없다. 분명히 유치한 그림 아닌가? 하지만 하나다 선생은 자신 있게 말을 이었다.

"서툰 그림이 아니에요. 색칠도 깔끔하고 필요한 선은 적절히 그어져 있죠. 인물도 머리와 손발이 균형을 이루고 있습니다. 원근감은 거의 없고 사물의 크기도 정확히 그리지 않았지만, 그래도 그게 무언지 알아볼 수 있어요. 집은 집, 나무는 나무, 자동차는 자동차죠. 뭘 그린 건지 못 알아볼 건 하나도 없습니다. 결코 서툰 그림이 아니죠."

"그럼 이 그림 어디가 '제대로 되지 않은' 부분이라는 거죠?"

"모르시겠어요?"

하나다 선생은 큰 눈으로 시게코를 바라보았다.

가만히 생각해보니 이 사람은 지금까지 내게 한 번도 질문을 하지 않았다. '당신 아이는 어떤 그림을 그리나요?'라고 질문을 할 법도 한데. 내게 아이가 없다는 사실을 알고 있는 걸까?

갑자기 흔들린 시게코의 마음은 아랑곳 않고, 하나다 선생이 말을 이었다.

"히토시가 이야기하는 '제대로 되지 않은 그림'은 퇴행한 그림이에요."

퇴행? 시게코는 소리 내어 확인했다.

"그렇습니다. 유치원 아이들 정도의 수준까지 돌아가 있어요. 아까 '어린아이 그림'이라고 한 게 바로 그런 그림이죠. 퇴행이 정답입니다. 저는 그렇게 생각해요."

답은 처음부터 뻔했다고 한다.

"유치원 아이가 그린 것치고는 기술적으로는 뛰어난 그림이죠. 처음 이걸 보여주시면서 히토시가 유치원에 다닐 때 그린 그림이라고 하셨다면, 저는 전혀 이상하게 생각하지 않았을 거예요."

이번에는 시게코가 팔짱을 낄 차례였다.

"왜 그런 그림을 그리게 되는 거죠?"

모르겠어요. 하나다 선생이 고개를 저었다.

"다만 일반론이라면 말씀드릴 수 있습니다. 어디까지나 초보 교사의 상식적인 생각이지만요."

신중하게 전제를 깔았지만, 이어진 말에서는 자신감이 느껴졌다.

"어린아이가 무서운 생각을 했을 때예요. 자기 힘으로는 감당할 수 없는, 이해할 수 없는 것에 직면했을 때. 어리고 작은 모습으로 돌아가 거기서 도망치려고 할 때입니다."

사쿠라 초등학교에서 돌아오는 길에 시게코는 문구점을 발견하고 스케치북 한 권과 B2 연필을 한 통 샀다.

집에 돌아와 저녁식사 준비를 끝내고 연필을 정성껏 깎은 다음 새하얀 스케치북을 펼쳤다.

처음에는 집안에 있는 것을 그렸다. 간장병이나 슬리퍼, 돌출창에 장식해둔 조화 꽃병 등을 닥치는 대로 그려보았다.

무얼 그려도 지지리 못 그리는 실력이라 웃음이 났다.

몇십 년 동안 스케치북 같은 것과는 인연 없이 살아왔다. 어설픈 게 당연하다. 웃으며 손에 잡히는 대로 계속 그렸다.

쇼지가 피곤하다는 소리를 하며 돌아왔을 때는, 마침 그의 얼굴을 그리고 있었다.

"그게 뭐야? 우주인?"

시게코의 어깨 너머로 들여다보고 쇼지가 물었다.

"이거 당신인데."

그렇게 대답하자 난리가 났다. 쇼지는 항의하기도 하고 웃기도 하고 화내다 거울을 들여다보기도 했다. 시게코는 그런 모습을 보며 웃었다. 나중에는 쇼지가 연필을 움켜쥐고 스케치북에 달라붙었다. 그는 오 분도 걸리지 않아 그린 그림을 시게코에게 펼쳐 보였다.

"이건 당신이야."

눈코입이 멋대로 붙어 있는 긴 머리의 얼굴이었다.

"저녁 안 줄 거야."

"잠깐, 잠깐! 있어봐, 다시 그릴게."

몇 번을 다시 그려도 결과는 마찬가지였다. 두 사람 모두 그림에는 재주가 없었다. 도무지 그림다운 그림이 되지 않았다. 둘은 결국 사이 좋게 맥주와 소주를 마셨다.

"생각보다 어렵네."

쇼지는 통통하고 짧은 자기 손가락을 찬찬히 들여다보았다.

"당신 얼굴은 구석구석 잘 알고 있는데, 막상 그림으로 그리려니까 제대로 안 돼."

"안다는 것과 아는 걸 표현한다는 건 다른 문제니까."

"또 복잡한 소리 한다."

시게코는 낮에 하나다 선생을 만난 이야기를 했다. 쇼지가 이야기의 내용보다 하나다가 젊고 늘씬한 미인이라는 점에만 흥미를 보이자, 그 벌로 마시려던 두 병째 맥주를 압수했다.

"퇴행이라는 거 말이야."

쇼지도 경험이 있다고 했다.

"초등학교 4학년 때던가 5학년 때, 동네에 집 나온 개가 돌아다니고 있었어. 어슬렁거리는 걸 봤다는 이웃 사람이 여러 명 있었지."

비쩍 마르고 지저분한 털에, 입에는 거품을 물고 있었다고 한다.

"혹시 광견병?"

"그렇지? 그런 생각이 들지? 정말 그렇다면 큰일이잖아."

동네 사람들이 순찰대를 구성할 정도로 큰 소동이 났는데, 결국 문제의 개는 발견되지 않았다.

"사람들이 잘못 봤거나, 정말로 그런 개가 있었다 해도 이미 다른 데로 갔을 거라고 해서 소동이 가라앉을 때까지 사흘 정도 걸렸어. 그리고 난 그 사흘 사이에 자다가 오줌을 싸버렸지. 이상하지 않아?"

시게코가 곁눈질로 남편의 심각한 얼굴을 보았다.

"그건, 퇴행이 아니라 원래 그런 거 아냐?"

또 시끄러워졌다. 시게코는 쇼지가 딴 새 캔맥주를 빼앗고 자기는 레몬사와를 마셨다.

"난 말이야, 자다 오줌을 싸는 건 초등학교에 들어가자마자 졸업했어. 그래서 그땐 어떻게 된 건가 하고 어머니도 걱정하셨단 말이야!"

시게코가 불단을 향해 소리쳤다.

"어머니, 지금 한 말 정말인가요?"

"어, 당신 취했어. 너무 급하게 마셨다니까. 맥주면 맥주, 사와면 사와, 둘 중 하나만 마셔."

쇼지는 캔맥주를 도로 빼앗아갔다. 시게코는 잔에 남아 있는 레몬사와를 단숨에 들이켰다.

"당신은 개 싫어하지 않잖아. 그런데 왜 그렇게 무서워했어?"

"그냥 개가 아니니까. 광견병이잖아. 그런 일이 있다면 지금도 무서울걸."

"그렇군……"

갑자기 조용해지자 쇼지가 시게코의 얼굴을 들여다보았다.

"뭐야? 기분 상했어?"

"저기, 여보."

시게코는 정말로 취해 있었다. 테이블에 팔꿈치를 대고, 한 손을 팔랑팔랑 흔들며 말했다.

"우리 함께 산 지 벌써 10년이잖아."

쇼지는 좋아하는 바싹 구운 베이컨 샐러드를 입안에 잔뜩 넣고는 꼼꼼하게 정정했다.

"별거 기간도 있었지."

"별로 길지도 않았잖아."

"뭐, 그렇지."

"내가 아무 말 하지 않아도 내가 무슨 생각을 하는지 알 수 있을 때가 있어?"

샐러드를 먹으며, 쇼지는 의아하다는 듯 눈을 가늘게 뜨고 시게코를 보았다. 그리고 물었다.

"당신은 있어?"

"있는," 시게코는 딸꾹질을 했다. "—것 같아."

웬일인지 쇼지는 움찔 긴장했다.

"어떨 때?"

"당신이 뭔가 숨길 때."

"난, 숨기는 거, 없어."

"거짓말이야."

시게코는 소리 내어 웃었다. 쇼지는 진짜라고 여긴 모양이었다.

"술주정이네."

딸꾹질이 계속 났다.

"진지하게 묻는 거야. 내가 생각하는 걸 알 때가 있어? 낮에 기분 나쁜 일이 있었다거나, 쓴 글이 칭찬받았다거나."

"일 때문에 칭찬받았을 때는 당신이 바로 이야기를 하잖아."

그랬다. 기뻐서 잠자코 있을 수가 없기 때문이다.

"실수했을 땐 난 아무 말도 안 해."

"하지만 그럴 땐 얼굴에 나타나니까 알아."

성격이 단순해서 그렇다.

"나는 말이야, 당신이 회사 일로 고민하고 있을 때는 숨겨도 대개 알아. 그렇다고 생각해."

쇼지는 잔을 내려놓고 약간 진지한 표정을 지었다.

"요즘 그런 적 있었어?"

"없어. 회사 잘되잖아?"

"응, 덕분에."

시게코는 쇼지의 잔에 맥주를 따랐다.

"다른 건 어떨까? 당신이 바람을 피운다면 내가 알 수 있을까?"

"실험해볼까?"

"해봐. 허락할게."

쇼지는 손을 뻗어 시게코의 머리를 쓰다듬었다.

"당신, 오늘은 이만 아웃이야. 퓨즈가 나갔다고. 낮에 뭔가가 어지간히 신경쓰였든가 꽤 흥분했던 모양이네."

시게코는 괜찮다고 하면서도 식탁에 철퍼덕 엎어졌다. 한쪽 뺨이 눌렸다.

"생삭해보니 무서워졌어."

"뭐가?"

"친한 사이라면 낌새나 분위기만으로 무슨 생각을 하고 있는지 알 수 있을 거야. 그렇지? 부모자식 사이나, 부부 사이에도 말이야."

"있겠지. 인정해."

"하지만 그건 어디까지나 낌새나 분위기일 뿐이지 형체가 있는 게 아니야. 보이지 않아."

그런 게 보이면 무섭지 않겠어? 시게코는 물었다.

"게다가 모르는 사람의 마음속까지 보인다면 더더욱 무섭겠지."

쇼지는 상당히 오랫동안 말이 없었다. 시게코는 쇼지를 바라보며 다시 테이블 위에 엎드렸다. 그리고 눈만 움직여 남편을 올려다보았다.

"어때, 무섭지 않을까?"

쇼지가 심각한 표정으로 대답했다.

"히토시에게 그런 게 보였다고 이야기하고 싶은 거야?"

"당신이 그렇게 이야기했잖아. 제3의 눈이라고."

쇼지는 주전자에 든 차를 빈 밥그릇에 따르고는 맛있다는 듯이 마셨다. 돌아가신 시아버지도 자주 그랬다. 시게코의 눈에는 익숙해지지 않는 보기 싫은 버릇이었다. 하지만 쇼지도 똑같이 한다. 역시 부전자전이다.

"한마디하겠는데," 쇼지가 우물거리며 말했다. "그렇게 단정하기는 아직 이르지 않아? 너무 지나치게 생각해서 혼자 겁내고 술에 취하면 곤란하지."

"맞아. 미안."

시게코는 비틀비틀 일어섰다. 그래도 무섭지? 의자 등받이를 잡고 다시 물었다. 쇼지는 무서워, 라고 대답하고 손바닥으로 시게코의 엉덩이를 때렸다. 듣기 좋은 소리가 났다.

"빨리 자."

같은 주 중반, 시게코는 다시 기타센주를 찾았다. 장마가 잠깐 갠 날이라 아직 오전인데도 푹푹 쪘다.

이번에는 곧바로 고마키 쌀가게로 향했다. 인터폰을 누르자 바로 나오미가 받았다.

"어머! 어서 오세요."

나오미는 앞치마를 하고 이마에는 체크무늬 손수건을 둘렀다. 손수건에 땀이 배어 있었다.

"막 청소를 마친 참이에요. 들어오세요."

시게코가 아무 말도 하지 않았는데 시원시원하게 안쪽 거실로 안내했다. 넓은 서양식 방에 밝은 색조의 소파와 팔걸이의자가 놓여 있다. 이웃한 일본식 방으로 통하는 미닫이가 활짝 열려 있다. 그 방에서 나오미의 아버지가 쌍둥이 손자를 보고 있었다.

시게코는 인사를 했다. 특별히 의아한 표정 없이 고마키 씨도 붙임성 있게 인사를 해왔다. 나오미에게 이야기를 들었을 것이다. 의사소통이 잘되는 가족 같으니까.

"할아버지, 잠깐 실례할게."

나오미는 자기 아버지에게 그렇게 말하며 미닫이문을 닫으러 간 김에, 잔뜩 어질러진 장난감 블록으로 재미있게 놀고 있던 쌍둥이에게 '엄마 없다, 엄마 없다, 까꿍' 하는 시늉을 했다. 쌍둥이는 재미있어하며 까르륵 웃었다.

"쌀 사러 오신 건 아니죠?"

나오미는 익살스러운 투로 말하며 시게코의 맞은편에 앉았다.

"뭔가 알아내셨나요? 아니면 또 무슨 질문이라도?"

지난번처럼 의심 가득한 심술이 느껴지는 말투는 아니었다. 그런 과정을 거친 게 결과적으로는 잘된 일이었다.

"히토시의 사진을 가져왔어요."

시게코는 가방에서 히토시의 스냅사진 복사본을 한 장 꺼냈다.

"어머, 귀여운 아이네요."

나오미는 두 손으로 사진을 받아들어 바라보고는 활짝 웃었다.

"어머니가 자랑을 많이 했겠어요. 아들을 먼저 보내 괴로울 텐데. 딱하기도 해라."

두 아이의 엄마로는 보이지 않는 젊은 얼굴이, 어머니다운 안타까움과 동정으로 어두워졌다.

"히토시의 얼굴이 낯익지는 않은가요?"

어떤 형태로든, 히토시가 직접적으로 도이자키 집안의 숨은 사정을 알게 된 기회가 있었던 게 아닐까? 구체적으로 말해, 이 근처에 찾아온 적이 있지 않을까? 시게코는 그걸 알고 싶다고 설명했다.

나오미는 사진에서 눈을 떼지 않은 채 고개를 저었다.

"없어요. 이 근처에서 보는 애들은 다 동네 아이들뿐인걸요."

사진을 탁자 위에 내려놓더니 고개를 들었다.

"이애가 이 근처에 왔다고, 혼자 왔었다고 생각하시는 거죠? 어머니는 데리고 온 적이 없다고 하셨다니까."

한 번도 없다고, 하기타니 도시코는 딱 잘라 말했었다.

"다른 누군가를 따라왔을 가능성도 있겠죠. 그 누군가가 도이자키 씨와 아는 사이라거나."

고개를 갸웃거리며 나오미는 이마에 두른 손수건을 풀어 앞치마 주머니에 쑤셔넣었다.

"그럴 기회가 있을까요? 어린이모임 소풍 같은 거? 그런 거면 좀더 그럴듯한 곳으로 가겠죠."

여하튼 본 적이 없다고 했다.

"아주 귀엽게 생긴 아이니까 봤다면 기억이 날 거예요. 하물며 혼자 어슬렁거리거나 했다면 더욱 그렇겠죠. 여긴 아직 이웃끼리 다들 알고 지내는 동네라서, 그렇게 처음 보는 애가 돌아다니면 반드시 말을 걸어요. 애, 무슨 일이니, 하고요."

시게코는 고개를 크게 끄덕였다. 그리고 다시 사진 복사본 뭉치를 꺼냈다.

"실은 그래서 부탁이 있어요. 이 근처에 사는 친한 분들이나 단골손님들에게 사진 복사본을 나눠주실 수 있을까요? 일부러 다니면서까지 나눠주실 필요는 없고요."

나오미가 눈을 크게 떴다.

"아, 그런 방법이 있군요."

"수고 끼쳐드려 죄송해요."

"아니에요. 별일도 아닌데요. 이애를 알고 있는 사람을 찾아내면 되는 거죠?"

복사한 사진 뒤에는 시게코의 휴대전화 번호가 적혀 있다. 그걸 본 나오미는 역시 꼼꼼하시다며 웃었다.

"별로 기대할 수는 없겠지만, 가쓰오한테도 들러보실래요?"

"네, 안 그래도 그쪽에도 부탁하려고 생각했어요."

나오미는 살짝 으스대는 투로 말했다.

"고마키 쌀가게랑 이마이 클리닝만 잡으면 충분하죠. 동창들에게도 봐달라고 할게요."

그때 현관에서 소리가 나더니 아기들 할아버지와 비슷한 연배의 여성이 복도에서 거실로 들어섰다. 나오미의 어머니일 것이다. 다녀왔다, 하고는 시게코를 발견하고 멈춰 섰다.

"어서 오세요. 오늘은 일찍 오셨네."

나오미는 시게코 쪽으로 얼른 손짓했다.

“엄마, 이쪽은 마에하타 씨예요. 전에 이야기했죠? 세이짱 때문에……”

시게코는 말없이 고개를 숙였다. 고마키 부인은 시게코를 유심히 관찰하더니 감탄한 듯한 목소리로 말했다.

“텔레비전에 나왔던 분이군요.”

“네, 무척 오래전 일이지만요.”

“나오미가 폐가 많습니다.”

고마키 부인은 고개를 숙이고 옆에 있는 일본식 방으로 들어갔다. 손에는 봉투를 들고 있다. 손자들이 기쁘다는 듯이 할머니, 할머니 하고 소리를 질렀다.

“혈압이 높아서 병원에 약을 타러 다니세요.”

나오미가 대수롭지 않게 말했다.

“나이가 들면 참 불편해요. 아버지는 다리가 좋지 않거든요. 병원 다니는 것만 해도 무척 바쁘죠.”

분명히 그럴 것이다. 하지만 고마키 부부는 행복하다. 딸 부부와 손자에 둘러싸여 떠들썩한 노후를 보내고 있으니.

도이자키 부부와는 전혀 다르다.

나오미도 같은 생각을 한 걸까? 그래서 방금 그런 말을 한 건지도 모른다.

“이만한 일로 불평을 하면 벌받죠.”

나오미는 그렇게 중얼거리며 슬쩍 어깨를 움츠렸다.

“히토시가 그린 그림을 보시겠어요?”

나오미가 ‘필요 없다’고 하면 굳이 보여줄 생각은 없었다.

“제가 봐도 괜찮아요?” 나오미는 놀란 눈치였다. “세이짱 집을 그린 그림이죠?"

시게코는 말없이 공책을 꺼내 그 페이지를 펼쳐 나오미 앞으로 내밀었다. 나오미가 공책을 받아들려 하지 않아 탁자 위에 내려놓았다.

나오미는 한동안 눈도 깜박하지 않았다. 박쥐 풍향계가 있는 집 안의 회색 소녀를 바라보고 있었다.

"이거 정말 이애가 그린 거예요?"

히토시의 사진 복사본을 살짝 손가락으로 만지며 물었다.

"그래요. 그림을 아주 잘 그리는 아이인데, 이 그림은 느낌이 전혀 달라요. 어린아이 그림 같죠?"

"그렇지만 이거, 세이쨩 집이 확실해요."

나오미의 목소리가 낮게 갈라졌다. 떨리는 손끝이 그림 속의 회색 소녀에 막 닿으려다 멈췄다.

"……이건 아카네 언니고."

"그렇게 생각하세요?"

불쑥 고개를 들더니 나오미가 날카롭게 말했다.

"어떻게? 어떻게 아무도 모르던 일을 이 히토시라는 애가 알고 있었던 거죠? 세이쨩도 전혀 몰랐는데. 그런데 어떻게 다른 곳에 사는 애가 알고 있는 거죠? 어떻게 이런 그림을 그릴 수가 있냐고요!"

미닫이문이 열렸다. 고마키 부인이 깜짝 놀라 얼굴을 내밀었다.

"얘, 무슨 일이니? 손님에게 차 대접도 하지 않고 소리부터 지르다니."

"엄마, 이것 좀 봐요!"

나오미는 어머니의 소매를 잡아끌어 옆에 앉혔다.

"이상하죠? 네? 이상하죠?"

나오미는 어머니를 흔들며 다그쳤다. 막상 실물을 확인하자 아무래도 말로만 들은 것과 충격의 정도가 다를 것이다. 나오미는 동요하고 있었다.

"잠깐만, 얘, 어쨌든 차부터 내와."

머뭇거리는 나오미를 부엌으로 쫓아내고 고마키 부인이 자세를 고쳐 앉으며 말했다.

"미안합니다. 우리 애가 성미가 급해서요."

"아뇨, 저야말로 폐를 끼쳐서 죄송합니다."

고마키 부인은 그림 옆에 있는 사진 복사본을 보았다.

"이 아이인가요?"

위로하는 듯한 부드러운 눈빛이었다.

"교통사고라니, 가엾게도. 아직 어린데 말예요."

이야기는 딸에게 들었습니다, 라며 말투를 바꾸었다.

"도이자키 댁 일은 정말로 깜짝 놀랐던 일이었지만, 우리가 도움이 될 만한 일은 많지 않을 것 같습니다. 다만 우리 딸은 그 집 세이코와 사이가 좋았기 때문에 지금도 많이 걱정하고 있고, 사건에 관계된 일이면 바로 신경이 예민해지는 것 같아요."

"이해합니다."

이 자리에 빠질 수 없다는 듯, 쟁반 위에 얹은 다기를 달그락거리며 나오미가 무서운 기세로 돌아왔다.

"이런 일이 어떻게 있을 수 있어? 난 정말 믿을 수가 없어요!"

"시끄럽다니까, 얘."

마치 기다렸다는 듯 옆방에서 쌍둥이가 칭얼거리기 시작했다. 제 엄마의 동요를 알아차린 걸까?

268

"봐봐, 애들이 엄마 부르잖니."

"어휴, 정말!"

나오미가 자리에서 일어나 "그래, 그래, 왜?" 하며 달려갔다. 시게코는 저도 모르게 미소를 지었다. 슬쩍 보니 고마키 부인도 웃고 있었다.

"애들 때문에 정말 바빠요."

"그래도 행복하시죠?"

"그럭저럭요."

고마키 부인이 살짝 몸을 내밀더니 입가를 손으로 가리고 나지막이 말했다.

"나오미도 사실 한때는 빗나갔던 때가 있었어요."

"어머."

"저애가 어떻게 되려고 저러나 싶어 저나 재 아버지나 걱정했었죠. 아카네처럼 되면 골치 아프니까요."

대수롭지 않게 말했지만, 눈은 시게코를 똑바로 바라보고 있었다.

"잘 아세요?"

"뭐, 소문은요." 고마키 부인은 한숨을 내쉬었다. "좋게 이야기해줘도 귀여운 아가씨는 아니었어요. 아니, 얼굴은 예뻤어요. 미인이었죠. 하지만."

무슨 뜻인지 아시죠? 라는 표정이었다.

"품행이 좋지 않았다는 이야기는 들었습니다."

"불량했어요. 비행소녀 알죠? 중학교 때부터 머리에 물을 들이고, 화장을 하고, 눈 아플 정도로 요란하게 하고 다녔어요. 학교에도 가다 말다 하고. 선생님들도 골치 아팠을 거예요."

나오미가 가져온 주전자에 뜨거운 물을 담아 시게코에게 차를 따라 주었다. 좋은 향이 났다.

"도이자키 씨와는 친하게 지내셨나요?"

"아뇨." 고개를 거세게 젓는다. "그 부부는 이웃과 그다지 왕래가 없었어요. 얌전한 분들이라 다툼을 일으킨 적도 없지만, 누구와 각별히 친하게 왕래하지도 않았어요."

그림자 같았어요, 라고 덧붙였다.

"있는지 없는지 모를 분위기였죠. 늘 조용했으니까. 활발한 건 세이코뿐이었어요."

"세이코 씨에 대해서는 잘 아시나요?"

"알죠. 착한 애예요. 나오미하고 늘 사이좋게 지냈고, 결혼 피로연에도 초대했죠."

아카네의 시체가 발견되고 부모가 자기 딸을 살해했다고 자백했을 때, 도이자키 세이코는 결혼한 지 석 달째였다.

고마키 부인은 차를 한 모금 마시고 소란스러워진 미닫이 안쪽에 눈길을 주었다가, 다시 시게코를 바라보았다.

"아카네와 세이코는 여섯 살 차이였어요. 아카네가 모습을 감추고…… 실종이라고 해야 하나. 그리고 벌써 15년이 지났을까요."

"16년이라고 하더군요."

아카네가 살해된 것은 1989년 12월의 일이다.

시간이 많이 흘렀군요. 고마키 부인이 중얼거렸다.

"그때는 다들 그애가 가출한 줄로만 알았는데. 세이코와 나오미는 여덟아홉 살 정도였어요. 그러니 나오미는 아카네에 대해 거의 모를 겁니다. 저애가 철이 들기 전의 일이니까요. 아카네에 대한 안 좋은 이야

270

기는 오히려 저나 남편이 더 많이 들었을 거예요."

그것도 어디까지나 이웃 사이에 오간 소문 정도이고, 도이자키 부부에게 직접 들은 건 아니라고 못을 박았다.

"아카네가 집을 나갔다는 이야기도 소문으로만 들었어요. 하지만 그 애라면 이상한 일도 아니라고 생각해서, 아무도 신경쓰지 않았죠."

도이자키 부부는 사흘 뒤인 12월 11일 경찰에 가출신고를 했다. 그게 소문이 난 걸까?

"혹시 세이코 씨가 언니에 관해 무슨 이야기를 한 적 있습니까?"

없어요—바로 대답이 돌아왔다.

"나오미도 아무것도 모를 겁니다."

우리 딸을 이 문제에 관여시키지 마라. 그런 의도가 전해졌다.

"아카네 이야기라면 중학교 때 선생님에게 물어보는 게 제일 빠를 거예요. 센주미나미 중학교. 이 부근 애들은 다들 거기로 가니까요. 나오미나 세이코도 그 학교를 다녔지만, 좀전에 말씀드렸듯이 나이 차가 꽤 나서요."

시게코가 앞질러 말했다.

"네, 그때쯤엔 이미 학교에서 아카네 씨 가출 문제가 화제가 될 일은 없었겠죠."

고마키 부인이 잠시 험상궂은 눈초리로 시게코를 보았다. 안다면 왜 여기서 꾸물거리고 있는 거냐. 얼른 학교로 찾아가면 되지 않느냐.

"네네, 다녀오세요."

바이바이, 하고 웃는 얼굴로 손을 흔들며 나오미가 미닫이문에서 나왔다.

"할아버지가 공원에 데리고 가신대요."

겨우 처리했다는 듯 나오미는 어머니 옆에 털썩 앉았다. 고마키 부인이 나무랐다.

"넌 네가 쉬고 싶으면 바로 아버지한테 애들을 떠맡기니?"

"어때서요. 애들도 산책 좋아하는데. 엄마도 같이 다녀오지 그래요?"

이번에는 딸이 어머니를 자리에서 밀어내려 했다.

"아, 그래서 어떻게 하실 거예요? 이애는 역시 초능력자인가요? 이 그림이 그 증거죠? 하긴 초능력자가 아니라면 앞뒤가 안 맞네요. 너무 이상하잖아요."

나오미는 열심히 이야기를 이어가려고 했다. 시게코는 신중하게 표현을 골랐다.

"그건 가능성 중 하나예요."

"다른 가능성이 또 있어요?"

"그러니까, 도이자키 아카네 씨에 대해 알고 있던 누군가가 히토시에게 가르쳐주었다거나, 히토시가 우연히 알게 되었을 가능성도 있는 거죠."

나오미는 또 날카롭게 반응했다.

"아무도 몰랐어요. 아까도 몇 번이나 이야기했잖아요."

그렇게 생각하면 안 되는 건가요? 하고 작은 목소리로 말을 이었다.

"초능력자라고 생각하면 되잖아요. 그런 걸로 해두자고요. 그러면 조사하지 않아도 괜찮잖아요."

그렇다. 그렇게 생각하면 된다. 그러면 아무도 곤란해지지 않을 것이다.

하지만 나는 알고 싶어요, 라고 시게코는 속으로 생각했다. 워낙 성격이 이래서요.

나오미는 갑자기 머리를 움켜쥐더니 어머니를 보며 입을 삐죽거렸다.

"어휴, 엄마가 쓸데없는 이야기를 하니까 내가 무슨 생각을 하는지도 모르겠잖아요!"

"그게 왜 내 탓이니?"

"아무튼 그렇다고요!"

시게코는 공책을 챙기고 자리에서 일어섰다.

"너무 오래 있었네요. 죄송합니다, 이만 실례할게요."

나오미가 멍하니 입을 벌렸다. 갈 거예요? 더 이야기 안 하고요? 하며 현관까지 따라나왔다.

"저, 잠깐만요. 나는……"

나오미는 말을 꺼내려다 머뭇거렸다. 혼란스러워하고 있는 것이다.

"미안해요. 어머니와 다투지 말아요."

"예? 아아, 그런 건 괜찮아요. 늘 있는 일인걸요."

거실에 있는 어머니가 들을까봐 목소리를 낮췄다.

"사진 복사본 건은 잘 알았어요. 사람들한테 나눠줄게요."

"고마워요. 하지만,"

"괜찮다니까요. 가쓰오에게도 도와달라고 하세요. 나도 이야기해둘 테니까."

흐뭇하다. 사이좋은 친구라는 게 느껴진다.

"그냥 왠지 머리가 복잡해서요. 미안해요."

"알아요."

"누군가가…… 아카네 언니 이야기를 알고 있었다니, 생각도 하고 싶지 않아요. 어째서인지는 모르지만, 나하고는 관계없지만, 그렇게 생각하고 싶지가 않아요. 왜 그런 걸까요?"

어린아이처럼 순진하게 자기 마음의 모순을 이상하게 여기고 있다. 귀여운 사람이라고 시게코는 생각했다.

"하지만 정말," 나오미의 목소리가 약간 잠겼다. "그렇게 열심히 숨겨왔잖아요. 도이자키 아저씨와 아주머니 말예요. 내내 입을 다물고 오랫동안 숨겨왔는데. 두 분이서만 짊어지고. 세이짱에게도 말 못하고."

"그렇죠……"

"그걸 누군가 알고 있었다니, 너무 비참하잖아."

공감을 구하는 게 아니라, 무심코 넘쳐난 심정을 담은 말이었다.

"나오미 씨는 아카네 씨에 대해 잘 몰랐어?"

갑자기 나오미가 친근하게 느껴져 시게코는 솔직하게 물었다.

"네, 아무래도 나이 차가 나니까. 접점이 없었죠. 그래서 가출했단 것도 세이짱한테 얼핏 들은 게 다예요."

"세이코 씨한테서?"

"우리 언니가 엄마 아빠랑 싸우고 집을 나갔다고, 그렇게 말했어요. 그것도 딱 한 번이었을 거예요. 화제에 오르지 않았으니까, 아카네 언니 이야기는."

오히려 사건이 드러난 뒤에야 아카네의 품행이나 평판을 알게 되었다고 한다.

"어지간히 소문이 나빴던 모양이라고 가쓰오와 이야기했죠. 그 점잖은 도이자키 씨가 그런 짓을 하다니, 도저히 상상할 수 없는 일이라고요."

그래서 더욱 도이자키 가족을 동정하게 되었을 것이다.

"세이코 씨하고는 아직 연락이 안 돼? 휴대전화도 계속 연결되지 않고?"

"네……"

"그래. 걱정되겠네."

"마에하타 씨, 세이짱을 만날 생각이에요?"

시게코는 솔직하게 말했다.

"만나고 싶어. 하지만 억지로 만나지는 않을 거야."

"그렇게 해주세요. 세이짱은 착한 애예요. 제가 지금까지 만난 사람 중에 제일 좋은 사람이에요."

'제일'이라고 말하며 양팔을 꼬았다.

"만약에 세이짱하고 연락이 되면요." 생각에 잠기듯 이마에 손을 대고 나오미가 말을 이었다. "우리가 걱정하고 있다고 전해줄래요? 세이짱과는 지금도 친구라고, 건강하게 지내라고요."

"꼭 전해줄게. 시간 빼앗아서 미안해."

나오미는 신발도 신지 않고 현관에서 뛰어내려와, 문을 열고 밖으로 나가려는 시게코의 옷소매를 잡았다.

"아까, 히토시라는 애요."

"응?"

"그애 어머니에게 히토시가 너무 일찍 세상을 떠서 저도 마음이 아프다고 전해주세요."

시게코는 나오미의 얼굴을 다시 바라보았다. 눈이 촉촉했다.

"자식이 먼저 죽다니. 자기가 죽는 것보다 더 괴로울 거예요. 유우와 도모에게 그런 일이 일어나면 난 절대로 살아갈 수 없을 거예요. 그애 어머니를 위로해주세요."

나오미의 눈 속에는 동정과 아픔뿐만이 아니라 공포도 담겨 있었다. 우리 아이에게 무슨 일이 생기면 어쩌지. 지금까지는 생각도 해보지 못했지만, 실제로 자식을 잃는 부모가 있다. 자신에게도 그런 불행이 일어나지 말라는 법은 없다.

시게코는 나오미의 손을 살며시 쥐었다.

"그럴게. 나도 가능한 한 힘이 되어드리려고 해. 그러니 안심해."

"네."

"유우와 도모에게는 절대로 그런 일 일어나지 않을 거야. 그러니 그런 걱정은 말고."

눈에 물기를 머금은 채로 나오미는 쓴웃음을 지었다.

"생각은 그렇게 하고 싶지만요."

"아니야, 그런 일은 일어나지 않을 거야. 안심해. 이젠 그런 생각 하지 마."

잡은 손에 한 번 힘을 주며 나오미에게 고개를 끄덕여 보이고, 시게코는 문을 닫았다.

그리고 천천히 이마이 클리닝으로 향했다.

다행히도 이마이 가쓰오는 배달을 나가 자리에 없었다. 그의 어머니가 카운터 안쪽에 있다가 시게코를 보더니 미소를 지었다. 좋은 사람들이다. 이런 나를 웃으며 맞아주다니.

이마이 부인에게는 히토시의 사진 복사본만 보여주고, 그림은 꺼내지 않았다. 그녀 역시 히토시를 본 적이 없다고 했다.

"동네 애들 얼굴은 잘 아는데……"

나오미와 거의 같은 말이었다.

"조사하시는 거, 잘돼가요?"

"아직 뜬구름 잡기죠."

"그렇겠죠. 도이자키 씨네 그 일은 벌써 옛날 이야기이고."

가쓰오의 어머니는 빨간 머리띠를 한 머리카락을 살짝 쓰다듬으며 말했다.

"뭐라더라, 초능력? 그런 건 거의 다 사기잖아요. 아, 미안해요. 괜한 소리를 해서."

"도이자키 씨는 여기 손님이었나요?"

시게코의 질문에 가쓰오의 어머니가 움츠러드는 것이 느껴졌다.

"가끔요. 클리닝을 맡기는 일이 별로 없었어요. 그 집 남편은 양복 입고 다니는 직업이 아니었나봐요."

"돌아가신 남편 분이 도이자키 씨와 술친구였다고 하던데요."

내가 그런 이야기를 했나? 쓸데없는 소리를 했다 싶은 표정이 부인의 얼굴에 스쳤다.

"우리 남편은 술고래였으니까요. 술친구는 도이자키 씨뿐만이 아니었죠. 그러니까 아무것도 몰랐을 거예요."

알고 있었다면 큰일이지, 하며 애써 쾌활하게 웃었다. 시게코도 깊이 캐물을 생각은 없었다. 인사를 하고 가게를 나왔다.

센주미나미 중학교의 위치를 가쓰오 어머니에게 묻기는 왠지 마음이 내키지 않아 지나가는 사람에게 물어보았다. 바로 근처였다.

예상은 했지만 학교의 문턱은 높았다. 사건이 한창 시끄러웠을 때의 경험 때문일 것이다. 서무실을 찾아갔지만 도이자키 아카네를 잘 아는 당시 담임교사 이름조차 가르쳐주지 않았다. 이야기를 하던 중에 아마도 그 교사가 이제는 이 학교에 없는 모양이라고 겨우 짐작할 수 있을 따름이었다.

뭐, 그건 다른 방법으로 조사해보면 되겠지. 시게코는 아카네가, 세이코가, 나오미와 가쓰오가 공부한 학교 건물을 한동안 바라보다가 발걸음을 돌렸다.

그 주에는 이틀이나 취재를 나갔기 때문에 나머지 평일에는 노아 에디션 일에 집중했다.

딱 한 번, 하기타니 도시코에게 전화를 걸었다. 다른 일은 아니었다. 히토시의 스케치를 마음에 들어한 쇼지가 학교 근처 동네를 그린 그림을 복사해 액자에 넣어 회사 사무실에 걸어두고 싶다고 해서 그 허락을 받기 위해서였다.

도시코는 기뻐했다. 복사본이 아니라 원본이라도 괜찮다고 했지만, 그건 정중하게 사양했다. 히토시의 작품은 모두 도시코의 것이다.

"선생님이 걸어주셨는데 이런 말씀 드리기 죄송하지만, 오빠하고 이야기를 해보았는데요……"

야단을 맞았다고 힘없는 목소리로 말했다.

"모르는 사람에게 히토시에 관해 조사해달라고 부탁하다니 무슨 짓이냐고 혼났어요."

무척 호되게 야단을 맞은 모양이다. 그쪽은 앞으로 쉽지 않겠구나, 하고 생각하며 시게코는 각오를 다졌다.

"오라버니 말씀은 지극히 상식적이에요. 당연하죠. 도저히 힘들다면 억지로 만나뵙게 해달라고 하지는 않을게요."

그래도 하기타니 마쓰오의 회사 연락처와 휴대전화 번호를 빠뜨리지 않고 받아 적어두었다. 이제 도시코를 통하지 않고 기습할 수 있다. 히토시를 귀여워하고, 도시코와 히토시의 생활을 돌봐준 하기타니 마쓰오라면, 잘만 이야기하면 이쪽의 심정을 헤아려줄 것이다. 쉽게 포기할 생각은 없었다.

도시코의 허가를 받은 시게코는 히토시의 스케치북을 가지고 사무실로 갔다. 쇼지가 직접 컬러복사를 했다. 그리고 주위에 있던 직원들에게 자랑스럽게 보여주었다. 어때, 대단하지? 이애는 천재라니까. 주말에 둘이서 장을 보러 나갔다가 액자를 장만했다. 쇼지가 고른 것으로 샀다. 액자 가게 점원이 그림을 칭찬해주었다.

"나중에 훌륭한 화가가 되겠어요. 장래가 촉망되는 자녀분을 두셨군요."

굳이 부정하지 않고 가게를 나왔지만, 길을 걸으면서 쇼지는 계속 쑥스러워했다.

"우리 애도 아닌데 말이야."

"기분은 좋잖아. 점원한테 선물받은 거라고 생각하자."

"그래. 정말 이런 아들이 있으면 좋을 텐데."

함께 야구도 하고, 스케치 여행도 데려갈 수 있겠지. 쇼지는 꿈이라도 꾸는 듯한 눈으로 중얼거렸다.

제5장
사건

센주미나미 경찰서의 노모토 형사는 여성이었다.

거기다 스물일곱 살의 젊은 나이라서 시게코는 두 번 놀랐다. 경찰조직에도 변혁의 파도가 밀려오고 있는 모양이다.

전화 목소리는 조금 지나치다 싶을 정도로 또랑또랑했고, "네, 본청에 계신 아키쓰 경부님으로부터 말씀은 들었습니다"라는 말에서는 시게코에 대한 경계심이 드러났다.

편한 시간에 어디든 찾아가겠다는 시게코에게 노모토 형사는 게이세이세키야 역 앞에 있는 찻집에서 만나자며, 위치를 알기 쉽게 가르쳐주었다.

약속 시간은 조금 늦게 저녁 일곱시로 잡았다. 오히려 잘된 일이었다. 노아 에디션 쪽 일을 마친 후에 갈 수 있으니까.

화요일이었다. 퇴근하면서, 오늘 젊은 여형사를 만나러 간다고 하자 게이는 깜짝 놀랐다.

"드라마 같아요. 젊은 여형사가 실제로 있단 말예요?"

"그러게. 나도 놀랐어."

"따라가면 안 돼요? 나도 보고 싶은데."

시게코 일에 쓸데없이 나서지 말라고 노자키가 한마디하자 게이는 혀를 날름 내밀었다.

"만만치 않은 사람 같아서 오늘은 인사 정도만 할 거야. 묻는 걸 다 대답해줄 것 같진 않거든."

"파이팅이에요."

약속시간보다 이십 분 먼저 도착했는데도 노모토 형사는 먼저 도착해 기다리고 있었다. 시게코는 서둘러 인사를 하고 명함을 꺼냈다. 찻집 안에 다른 손님은 없고, 주인으로 보이는 남자는 카운터 안쪽에서 야구중계를 보고 있었다.

노모토 기에野本希惠는 자리에서 일어나 깍듯이 허리를 굽혀 인사했다. 꼭 신입사원 면접 같은 복장이라, 구직활동중인 대학생이라 해도 믿을 것 같았다. 긴 검은 머리칼을 목뒤에서 하나로 묶고, 화장은 하지 않았다. 눈매가 서늘하고, '의연하다'는 표현이 잘 어울리는 여성이었다.

노모토는 빈손이 아니었다. 옆에 있는 의자에 커다란 서류봉투가 놓여 있다. 지극히 평범한 봉투지만 안에는 수사자료가 들어 있을지도 모른다. 협조를 잘 해주는 사람일지도 모른다는 기대감이 생겼다. 그렇다면 아키쓰의 도움에 감사해야 할 것이다.

"마에하타 씨에 대해서는 알고 있었습니다."

주문한 커피가 나오자 노모토가 먼저 말문을 열었다.

"아키쓰 씨한테서 들으셨어요?"

"아뇨, 예전에 그 사건 보도를 보았으니까요."

전혀 웃지 않았다. 시선은 자로 그은 듯이 일직선으로 시게코를 향하고 있었고, 표정만 봐서는 아무래도 우호적이라고 생각할 수 없었다. 시게코는 내심 방어태세를 갖췄다.

"결과적으로 아미카와의 자백을 끌어낸 특별 프로그램도 봤습니다. 결정적인 순간이었죠."

칭찬은 아니다. 그렇다고 혐오감을 드러내는 것도 아니었다. 말투에 아무런 표정이 없었다.

"고맙습니다. 하지만 다시는 맛보고 싶지 않은 경험이었어요."

시게코의 대답에도 노모토 형사의 표정에는 아무런 변화가 없었다.

"분명 힘든 경험이셨을 거라 생각합니다."

또렷한 목소리로 그렇게 대답한다.

"노모토 씨는 그때 학생이었겠네요?"

"네, 고등학생이었죠. 그래서 그 사건의 인상이 더욱 강렬했어요."

노모토의 눈빛이 약간 탐색하는 빛을 띠었다.

"피해자 가운데 히다카 치아키라는 여고생이 있었죠? 당시 열일곱 살이었고요."

잊을 리가 없다. 시게코는 힘주어 고개를 끄덕였다.

"범인들에게 이용당하다 살해된 여자아이죠."

노모토 형사도 고개를 끄덕였다. 시선을 약간 아래로 숙였다.

"제가 못 본 걸지도 모르겠지만, 마에하타 씨는 그 사건에 관한 글은 쓰지 않으신 것 같던데요……"

"네, 쓰지 않았어요."

잠깐 뜸을 들인 뒤, 이번에는 시게코가 노모토 형사를 똑바로 바라보았다.

"아무것도 쓸 수 없었죠. 앞으로도 쓸 일 없을 겁니다. 저는 그 사건에 졌어요. 그래서 쓰지 못하는 거고요."

노모토 형사의 시선이 튀어오르듯 시게코의 얼굴을 향했다.

"……졌다고 하셨나요?"

"졌습니다."

당연히 왜 그렇게 생각하느냐고 묻겠지. 그렇게 예상하며 눈을 깜박이던 시게코에게 노모토는 뜻밖의 질문을 던졌다.

"사건에 졌다는 겁니까? 범인에게 진 게 아니고요?"

노모토는 눈을 동그랗게 뜨고 이상하다는 표정을 지었다.

"네. 그게 제 진심이에요."

누가 홈런이라도 쳤는지 텔레비전 야구중계 소리가 소란스러워졌다. 주인이 얼른 손을 뻗어 볼륨을 줄였다.

커피를 한 모금 맛보았다. 의외로 향기롭고 맛있었다. 커피 맛이 긴장을 풀어주었다. 시게코는 미소를 지었다.

"저는 아마, 범인에겐 이겼다고 생각해요. 속임수를 쓰기는 했지만."

노모토 형사의 표정이 더욱 딱딱해졌다.

"하지만 사건 그 자체에는 지고 말았어요. 그 사건의 크기, 어둠의 깊이에서, 저는 저 자신이 바라던…… 오해의 소지는 있을 테지만 굳이 말하자면, 당시 범죄 논픽션에 처음으로 손을 댄 프리라이터로서 제가 바라던 요소는 찾아냈습니다. 멋대로 줄거리를 만들어 그에 맞춰 멋대로 춤을 춘 것이죠. 그리고 자멸했습니다."

지금까지 몇 번 속으로 생각한 적은 있었지만 아무에게도 하지 않았던 말이 아주 자연스럽게 흘러나왔다.

"그 특집을 보았다면 기억하시겠죠? 저는 범인을 하찮은 모방범이라고 몰아붙였습니다. 하지만 진짜 모방범은 저였죠. 저야말로 범인을 범죄로 끌어들인 그 충동에 홀려서, 그들의 뒤를 따라간 모방범이었어요."

노모토 형사는 꼼짝도 하지 않고 말했다.

"그런 사람이 마에하타 씨뿐만은 아니었다고 생각합니다."

그리고 우리 모두가 그랬어요─라고 중얼거렸다.

'모두'란 누구를 의미하는 걸까? 시게코는 젊은 여형사의 얼굴에서 대답을 읽어내려고 노력했다. 하지만 노모토 형사는 갑자기 후련하다는 듯 한숨을 내쉬더니 눈길을 들고 말투를 바꿨다.

"실례했습니다. 공연한 이야기를 했군요. 지금은 도이자키 아카네 씨 사건에 관해 취재를 하신다던데, 무엇 때문에 어떤 내용을 알고 싶으신 건가요? 먼저 그걸 확인해야 할 것 같군요."

그러고는 살짝 웃었다. 하지만 눈은 웃지 않았다.

"저는 아직 햇병아리예요. 형사과에 배치된 지 반년도 되지 않았죠. 물론 실적 같은 것도 없습니다. 취재에 응하는 것도 전혀 익숙지 않고요. 미숙하고 허술할 따름이죠."

시게코도 따라 웃었다. 시게코의 웃음은 진심에서 나온 것이었다. 젊다는 것은 좋은 기구나 하는.

"아키쓰 경부님이 저를 아시는 건, 그분 부하 가운데 제 친구가 있기 때문입니다."

"네, 들었습니다. 경찰학교 동기생이라고요."

"네. 저와는 다르게 우수한 경찰관이죠. 그 친구에게 부탁을 받았습니다. 그때 마에하타 씨를 만나는 걸 위에는 비밀로 하라는 충고를 받았습니다. 이런 일은 윗분들이 좋아하지 않는다고요. 무엇보다 취재하시는 분들과 만나기엔 전 아직 이르다더군요."

노모토 형사는 옆 의자에 놓은 서류봉투를 살짝 건드렸다.

"이건 경찰서 수사자료가 아닙니다. 저로선 그런 중요한 걸 갖고 나올 수도 없죠. 이건, 제가 개인적으로 만든 메모와 기록 파일입니다."

개인적으로 만든 자료치고는 상당한 분량이었다.

"도이자키 아카네 씨 사건은 제가 처음 관계한 살인사건이었습니다. 이미 시효가 성립되었기 때문에 일반적인 살인사건수사와 상황이 달랐지만 제게는 귀중한 경험이었습니다. 다만……"

잠깐 말을 고르듯 뜸을 들였다.

"제가 도이자키 부부의 취조실에 들어간 건, 그러는 게 두 사람이 이야기하기 편할 거라고 윗분들이 생각했기 때문입니다."

"이야기하기 편할 거라고요?"

"아니, 자백하기 편했을 거라고 해야 할까요?"

또 입만 움직여 미소를 지었다.

"저는 스물일곱입니다. 도이자키 아카네 씨는 살아 있다면 서른하나가 되었을 테고, 아카네 씨에게는 동생도 있죠."

"세이코 씨 말이죠."

노모토 형사가 눈을 빠르게 깜박였다.

"알고 계셨나요?"

"이름과 나이만요. 본인을 만나본 적은 없습니다."

다시 잠깐 탐색하는 듯이 눈동자가 움직이더니 노모토 형사는 고개를 끄덕였다.

"그러셨군요. 어쨌든, 저는 말하자면 소도구 같은 역할로 취조실에 배치되었던 겁니다. 죽은 아카네 씨나 동생과 비슷한 나이의 여자 형사가 동석하면, 도이자키 부부가 정에 이끌리거나 마음이 흔들려 원활한 진술을 받을 수 있을 거라고 윗분들은 생각하신 거죠."

"실제로 그렇게 되었나요?"

시게코는 단도직입적으로 물었다. 노모토는 흔들리지 않았다.

"효과가 있었는지는 잘 모르겠습니다. 도이자키 부부는 처음부터 아무것도 숨기지 않고 모든 걸 이야기해주었으니까요. 애당초 그럴 생각으로 출두한 거라고 저는 생각합니다."

그래도 일단 취조실에 들어가면 태도를 바꾸는 사람도 있다. 역시 자수하는 게 아니었다고 후회하는 사람도 있다. 바로 그런 이유 때문에 노모토의 상사도 선수를 쳤을 것이다.

"그런 사정이니, 제가 마에하타 씨에게 얼마나 도움이 될지는 모르겠습니다. 도움이 되어도 좋을지 어떨지도 판단하기 힘들고요."

경시청의 아키쓰가 한 부탁이니, 솔직히 노모토는 꽤 압박을 느꼈을 것이다. 하지만 그렇다 해도 쉽게 입을 놀리지는 않겠다는 이야기다.

찻집 안은 여전히 손님이 없었다. 야구중계에 몰두한 주인은 장사할 생각이 없는 사람처럼 보였다. 시게코가 가게 안을 둘러보자, 눈치를 챘는지 노모토 형사가 말했다.

"여기는 제가 혼자서 생각할 일이 있을 때 자주 오는 집이에요. 경찰서 사람들은 아무도 모르죠. 그러니 신경쓰실 필요 없습니다."

"좋은 곳이군요. 커피도 맛있고요."

"가게 실내장식이나 분위기만 봐서는 도저히 그럴 것 같지 않죠? 항상 이렇게 손님이 없어서 장사가 되는 건지 걱정이에요."

시게코는 가방에서 취재노트와 히토시의 공책을 꺼냈다. 박쥐 풍향계 그림이 있는 그 공책이다. 펼치지 않은 채로 테이블 위에 내려놓았다.

"약간 이야기가 길어질 텐데, 시간 괜찮으세요?"

"괜찮습니다."

시게코는 설명을 시작했다. 하기타니 도시코의 방문에서부터 현재에 이르기까지의 사정을 이야기했다. 생략한 것은 하기타니 집안의 역사와 사정에 관계된 부분뿐이다.

설명을 마치며, 스스로도 꼭 연기를 하는 것 같다는 생각을 하면서 공책을 펼쳐 보였다.

노모토 형사는 차분한 눈으로 공책의 그림을 들여다보았다.

"히토시는 이걸 그렸을 때 어머니에게 '이 그림에 있는 여자아이는 이 집에서 나올 수가 없어서 슬퍼해'라고 했답니다."

히토시의 그림에서 눈길을 떼지 않은 채, 노모토 형사가 시게코에게 물었다.

"확인하겠습니다. 하기타니 히토시라는 아이가 이 그림을 그린 게 정말로 도이자키 씨 사건이 드러나기 전이었나요?"

"그건 틀림없습니다. 사건이 보도되었을 때 히토시는 이미 이 세상에 없었으니까요."

노모토 형사는 재빨리 몸을 틀어 서류봉투 안에서 파일 한 권을 꺼내 페이지를 넘겼다. 시게코가 볼 수 없게 파일을 세워서 든 상태였다.

시게코는 주인에게 커피를 추가로 주문했다. 그는 바로 카운터에서 나와 빈 잔을 물리면서 노모토 형사에게 "오늘은 모카 블렌드야"라고 말했다. 노모토는 파일에서 시선을 떼고 살짝 고개를 끄덕였다. 주인은 다른 말은 없이 얼른 물러나 카운터 안쪽으로 들어갔다.

이윽고 노모토 형사가 파일을 덮었다.

"박쥐 풍향계 건은…… 저는 몰랐습니다. 현장감식 조서에도 기록이 없었고요."

"사건에 직접 관계된 게 아니니까요."

"그 집에 있었던 건 분명합니까?"

"네. 자기가 직접 만들었다는 세이코 씨 친구의 증언이 있었습니다. 집이 철거될 때 세이코 씨가 그걸 갖고 싶어했다는 사실도 알았고요."

파일을 손에 들고, 노모토 형사는 입을 꾹 다문 채로 눈을 가늘게 떴다. 새로 내온 커피에서 김이 모락모락 피어올랐다.

"누군가가…… 아카네 씨 사건을 알고 있었다는 이야기군요."

지극히 합리적인 판단이었다. '제3의 눈' 같은 건 감안하지 않는다. 누군가가 알고 있었던 거라고 생각하는 것이다.

"그래서 히토시에게 가르쳐주었거나, 히토시가 알 기회를 만들었다거나?"

"그 외에는 생각할 수 없습니다."

시게코는 몸을 앞으로 내밀었다.

"그래서 묻고 싶은 거예요. 도이자키 부부로부터 그런 진술은 없었나요? 부부가 아카네 씨를 살해하고 집 마루 밑에 묻었다는 이야기를 누군가에게 들켰다든가, 혹은 누군가에게 털어놓았다든가."

노모토 형사는 이번에는 파일을 펼치지 않았다. 서류봉투 쪽을 보지도 않았다. 그만큼 분명하게 기억한다는 이야기다.

천천히, 크게 고개를 저었다.

"없습니다."

"취조관이 묻지 않았던 건 아니고요?"

"아뇨. 분명히 물었습니다. 사실을 아는 제삼자가 있다면 그쪽 이야기도 들어봐야 하니까, 당연히 확인했죠."

시게코는 손가락을 세웠다.

"그렇다면 가능성은 세 가지군요." 그러면서 손가락 하나를 꼽았다. "첫번째는, 도이자키 부부가 거짓말을 했다."

"두번째는 부부는 모르지만 누군가 사실을 알고 있었다, 혹은 알아냈다."

노모토 형사는 그렇게 말하고 고개를 살짝 갸웃거렸다.

"이 두 가지죠? 세번째도 있습니까?"

시게코가 셋째 손가락을 꼽았다.

"히토시에게 정말로 일종의 초능력이 있었다."

노모토는 웃었다.

"그건 빼고 생각하죠. 저는 거기에 대해서는 뭐라 말씀드릴 수가 없고, 마에하타 씨도 제가 그런 주장을 검증하길 기대하진 않으시겠죠."

'저는'이라고 말하며 노모토 형사는 살짝 자기 가슴을 두드렸다. 시게코도 웃으며 그래요, 라고 인정했다.

"부부가 과거에 누군가에게 아카네 씨 살해에 관해 털어놓은 일이 있고, 출두했을 때 그 사람에게 피해를 줄까봐 그에 관해 이야기하지 않았을 가능성은 있죠?"

"그렇죠." 노모토 형사는 고개를 끄덕였다. "제일 가능성이 높은 가설일 겁니다."

"누군가 사정을 알면서도 입을 다물고 있었다면, 결국 부부를 감싸고 있었던 셈인데, 그 사람에게도 죄를 묻게 되나요?"

"그렇지는 않습니다. 도이자키 부부도 그에 관해서는 이해했을 겁니다. 취조중에 설명했으니까요."

"그렇다면, 피해를 줄 일은 없다……"

"단지 죄가 되지 않을 뿐이죠. 세간은 어떻게 생각할까요? 악질적인 소문이 날지도 모르고, 매스컴에 쫓기게 될 가능성도 높죠. 도이자키 씨 부부가 꺼렸다 해도 무리는 아니라고 생각합니다만."

그렇다. 젊은 형사의 지적을 받고 시게코는 약간 창피했다. 세간이라는 존재를 잊어서는 안 된다.

"두번째 경우에도, 사실을 정확히 알고 있었던 건 아니라도 막연히 의심해오던 제삼자가 있었을 가능성은 충분히 있다고 생각합니다."

아카네는 실종이 아니라 살해된 게 아닐까. 부모가 범인인 건 아닐까 ─ 도이자키 가족 주위에서 누군가 그런 의혹을 품었으나, 증거를 찾을 수 없어 경찰에 신고하는 단계까지는 가지 못한 채 16년이라는 세월이 흘렀다.

그러나 그 제삼자는, 혼자 의혹을 품고 있는 데 지쳐 어떤 계기를 통해 다른 누군가에게 그 의혹을 털어놓는다.

그리고 그게 어찌어찌해서 하기타니 히토시의 귀에 들어간다─

"이웃 사람들은 어땠습니까?" 시게코가 물었다. "전혀 눈치채지 못했던 건가요?"

노모토 형사는 잠깐 생각했다.

"다들 놀라더군요."

"역시 그랬군, 하는 반응이나, 실은 자기도 그런 의심을 품고 있었다는 등의 증언은 없었습니까?"

노모토 형사는 쓴웃음을 지었다. 커피가 또 식어버리기 전에 모카 블렌드에 손을 뻗었다.

"그런 반응이 약간은 있었습니다. 하지만 사건이 알려지면 늘 그런 뒷소리가 나오기 마련이죠. 놀라움을 표현하다가 튀어나온 수다 정도의 수준이었습니다."

"사건이 드러나기 전부터 그렇게 생각했던 것 같지는 않다는 말씀이 신가요?"

"그렇죠. 하지만 몇 번이나 말씀드렸듯이, 이건 형사사건으로는 이미 시효가 만료되었습니다. 그러니 저희도 일반 살인사건을 취급하듯 수사에 전력을 기울인 것은 아니었어요. 입건할 수 있느냐 없느냐를 고민할 필요가 없다면, 일단 사실관계를 확실히 파악하는 것만으로 업무는 끝입니다."

시게코는 알겠다며 고개를 끄덕였다.

"이웃 사람들이나 학교 관계자, 아카네 씨의 친구와 동창생들에 대한 조사는 저희보다 신문기자나 방송국 사람들이 더 열심이었을 겁니다."

그보다는— 하고 노모토 형사는 커피잔을 내려놓았다.

"본인에게 물어보는 것이 제일 낫겠죠. 도이자키 부부에게 말입니다."

누구에게 털어놓은 적은 없는지. 누가 눈치채진 않았는지. 의심받은 적은 없는지.

슬쩍 내밀듯이 시게코가 물었다.

"세이코 씨는……"

부드럽게 풀려 있던 노모토 형사의 표정이 대번에 굳어졌다.

"그 사람은 아무것도 모릅니다."

"세이코 씨를 조사할 때도 입회하셨나요?"

노모토 형사의 눈빛에 얼핏 자기혐오 비슷한 기색이 스쳤다.

"입회했습니다. 역시 같은 또래 여성이 있는 게 이야기하기 편할 거라고 해서요."

괴로웠습니다, 라고 낮은 목소리로 덧붙였다.

"세이코 씨의 친구에게서 들었습니다. 그때 세이코 씨는 결혼한 지석 달째였다고 하던데요."

노모토의 시선이 흔들리더니, 커피잔 가장자리께에서 멈췄다.

"저도 자세히는 모르지만, 그뒤 바로 이혼한 것 같더군요."

아아— 시게코는 저도 모르게 소리를 내며 한숨을 내쉬었다.

"딱하게 되었어요." 노모토 형사가 중얼거렸다. "세이코 씨를 만나실 겁니까?"

"그럴 생각이에요. 물론 만나준다면 말이죠. 도이자키 부부도 마찬가지고요."

"취재해서, 글을 쓰실 건가요?"

처음 마주앉았을 때처럼 다시 탐색하는 분위기로 돌아갔다. 탐색, 의심—희미하게 책망하는 듯한 시선.

"쓰지 않을 겁니다." 시게코는 단호히 대답했다. "저는 책이나 기사를 쓰기 위해 이 조사를 하는 게 아니에요. 어디까지나 히토시의 능력에 관한 진상을 알고 싶을 뿐이죠."

노모토 형사는 납득한 것 같지 않았다. 눈빛이 굳어 있다.

"저는 이해할 수 없군요."

"무슨 말씀이시죠?"

"그걸 알고 싶은 건, 쓰고 싶기 때문이겠죠. 알게 되면 쓰는 것 아닌가요? 그게 마에하타 씨가 하는 일이니까요."

일— 시게코는 중얼거렸다.

"그럴지도 모르겠군요. 그렇다면 이 건은 제 일이 아니겠네요, 아마도."

놀리는 거라 생각했는지도 모른다. 노모토 형사는 시게코에게서 얼굴을 돌려버렸다.

"저는 풋내기라 사람 보는 눈이 없습니다. 하지만 당시 도이자키 세이코 씨의 놀람과 슬픔은 진짜였다고 생각해요. 지금도 그렇게 믿고 있습니다. 세이코 씨는 부모가 어떤 짓을 했는지, 언니에게 무슨 일이 일어났는지 전혀 몰랐던 겁니다."

그저 부모의 이야기대로 언니는 가출한 거라고만 믿었다. 아무런 의심도 하지 않았다. 언제 돌아올지, 이따금 생각하고 걱정하며 부모의 마음을 살핀 적도 있을 것이다.

하지만 언니는 다름 아닌 부모의 손에 살해당했다. 그 시체가 자기가 살아온 집안에, 바로 발밑에 묻혀 있었다. 그런 일은 상상조차 할 수 없었다. 어떻게 상상할 수 있겠는가.

"세이코 씨는 취조실에서 옛날이야기를 몇 가지 해주었습니다."

제가 해드릴 만한 이야기는 아니지만요, 라고 노모토 형사는 얼른 덧붙였다.

"그걸 듣고 더욱 확신이 깊어졌습니다. 세이코 씨는 아무것도 몰랐던 게 맞아요."

이 자리에 없는 도이자키 세이코를 감싸는 듯한 말투였다.

"죄송합니다. 저도 어떤 의미로든 세이코 씨를 의심하는 건 아니에요."

변명으로 들릴 것을 알면서도, 시게코는 그렇게 말하지 않을 수 없었다.

"도이자키 세이코 씨는 가해자의 가족이자 피해자의 가족이며, 자신도 피해자입니다. 전 그렇게 생각해요."

가해자의 가족, 피해자의 가족, 자신도 피해자. 한마디씩 할 때마다 노모토 형사는 턱을 끄덕였다. 마치 뭔가를 각인하듯.

"세이코 씨를 만나면서, 저는 처음으로 사람의 인생이 바깥쪽으로부터 붕괴되는 순간을 목격했습니다."

바깥쪽으로부터 붕괴되는 인생. 그 순간.

"범죄는 그런 거죠. 그런 붕괴를 불러오는 게 범죄입니다. 그걸 알면서도 저는 경찰관이 되었습니다. 하지만 안다고 생각하는 것과 정말로 아는 것은 큰 차이가 있어요. 그래서 풋내기인 거고."

마지막 한마디는 자조적인 투였다. 시게코가 말했다.

"누구나 처음부터 베테랑은 아니에요. 이건 예전에 제가 어떤 선배한테서 들은 이야기지만."

노모토 형사는 어깨를 움츠리며 웃었다.

"이 정도면 됐나요? 이것도 너무 많이 얘기한 것 같지만요."

시게코는 취재노트를 덮고, 깊숙이 고개를 숙였다.

"무리한 부탁을 드려 죄송했습니다. 감사합니다."

계산서를 집어들자 노모토는 그러면 곤란하다고 말렸지만, 시게코는 시간을 내주었으니 자기가 계산하겠다고 고집을 부렸다.

노모토 형사는 서류봉투를 안고 일어섰다. 그리고 시게코의 옆을 지나가나 싶더니—

발소리를 내며 돌아왔다.

그녀는 다시 맞은편에 앉았다. 반듯한 입술을 꾹 다물고 있었다.

시게코는 가만히 앉아 있었다.

노모토 형사가 입을 열었다.

"역시 말씀을 드려야겠군요. 그러기 위해서 온 거기도 하니까요."

무얼 위해서?

"아키쓰 경부님의 부탁만으로는 저는 여기 나오지 않았을 겁니다. 어떻게든 둘러대서 피할 수도 있었습니다. 솔직히 불안했고요."

"네."

"하지만 당신이 어떤 분인지 만나보고 싶었습니다. 제 눈으로 확인하고 싶었어요."

"저를요……?"

노모토가 짧고 힘차게 고개를 끄덕였다. 서류봉투를 두 손으로 가슴에 끌어안은 젊은 여형사는 마치 여고생처럼 성실하고, 순수하고, 진지하고, 어색할 정도로 심각해 보였다.

"마에하타 씨, 저는 당신에게 화가 났었습니다."

표현과는 달리 분노라기보다 애절하게 하소연하는 말투였다.

"아미카와 사건에 대한 글을 쓰지 않아서, 그래서 화가 났었어요."

시게코는 몸을 일으켰다가 고쳐 앉으며 노모토 형사의 눈을 보았다. 손님도 없는 찻집의 낮은 천장에 매달린 낡은 형광등 불빛을 받은 그 눈동자는 흑요석처럼 보였다.

"처음에 제가 히다카 치아키에 관해 물었죠?"

"네, 그랬죠."

"저는 당신이 치아키에 대해 까맣게 잊고 있는 줄 알았습니다. 그래서 제일 먼저 물어보았던 거고요."

"왜 그렇게 생각한 거죠?"

시게코가 물었다. 사면을 바라는 죄수가 아니라, 호소를 들어주는 심판자처럼. 뭔가 뒤바뀐 태도였지만 노모토 형사의 말과 표정에는 시게코를 그렇게 만드는 면이 있었다. 시게코에게 화가 났다고 말하고는 있지만, 사실은 자기 자신에게 화가 나 있고, 그 분노에서 해방시켜달라고 호소하는 듯 느껴졌기 때문이다.

"왜냐면, 글을 쓰지 않았잖아요."

노모토 형사는 화내는 어린아이처럼 말했다.

"저는 아미카와 같은 인간은 아무래도 상관없었어요. 그런 인간에 대해 알고 싶지도 않았고요. 하지만 피해자인 여성들에 대해서는 써주길 바랐습니다. 당신이, 마에하타 씨 '당신이' 써주기를요. 당신은 그 사건에 관계했고, 그 사건의 막을 내렸습니다. 게다가 당신은 여성이죠. 죽은 사람들도 여성이고요. 그런 당신이 살해당한 이들의 이야기를 써주기를 원했어요. 당신은 그럴 책임이 있다고 생각하지 않나요?"

하지만 시게코는 도망치고 말았다.

"히다카 치아키는 제 또래예요." 노모토 형사가 말을 이었다. "그때 그 아이가 사건에서 맡았던 역할을 알고, 그애가 어떻게 조종당하고 이용당하다가 살해되었는지를 알고 난 뒤, 건방진 여고생이었던 저는 속으로 그애를 경멸했습니다. 어떻게 저런 바보 같은 애가 다 있을까 생각했어요. 범인의 감언이설에 속아넘어가 멍청하게 따라다니다니 ─ 놈들이 그애를 뭐라면서 속였죠? 자기는 사진가인데, 모델을 찾고 있다고 했었죠?"

"네, 그랬죠."

노모토 형사는 주먹을 꼭 쥐고 테이블을 바라보았다.

"그것도 너무 가볍지 않아요? 머리는 텅 빈 채로, 달콤한 이야기에 넘어가서 편하게 살려는 생각만 했으니 그런 꼴을 당한 거다, 그렇게 생각했어요. 벌받은 거라고요."

그런 생각을 한 사람은 여고생 노모토 기에뿐만이 아니었을 것이다.

당시 다른 많은 피해자들에겐 동정의 눈길이 쏟아졌지만 단 한 사람, 히다카 치아키에게만은 그렇지 않았다. 이용당하긴 했지만 어쨌든 범인에게 협조했다는 잘못이 있었기 때문이다.

결국 히다카 치아키는 마지막까지 동정을 받지 못했다.

"저는 그애가 싫었습니다."

하지만 잊을 수가 없었죠. 노모토 형사는 그렇게 말했다.

"그애의 어리석음도, 경솔함도, 불행한 죽음도 모두 잊을 수가 없었어요. 그래서 당신이 그애에 관한 이야기를 써주기를 바랐죠. 그애도 피해자고, 그 죽음도 결코 가볍게 넘길 수 있는 것이 아니라고 제게 가르쳐주길 바랐어요. 그건 당신 말고는 할 수 없었어요."

마에하타 시게코 또한 그 시점에 범인 아미카와 고이치에게 이용당했었기 때문이다. 굳이 말하지 않아도 시게코는 잘 알 수 있었다. 그렇다. 하루도 그 사실을 잊은 적이 없다.

"저는 쓰지 않았어요."

시게코가 말했다.

"네, 쓰지 않았죠."

용기를 내어 부모를 몰아붙이는 아이 같은 말투로 노모토 형사가 말했다.

"무척 화가 났어요, 당신의 책임회피 때문에. 지금까지도 계속이요. 그래서 생각지도 못하게 이번 이야기가 나왔을 때는 더 화가 났죠. 그런 중요한 문제에서 도망쳐놓고, 마에하타 시게코는 아직도 뭔가를 쓰려는 걸까? 이번에는 다른 범죄를 소재 삼아서? 대체 어쩔 셈이지, 하고요."

히다카 치아키를 내버리고 돌보지 않았던 마에하타 시게코가, 도이자키 아카네를 위해 무슨 일을 하려는 걸까? 무슨 일을 할 수 있다고 생각하는 걸까?

"저는 그런 인간이에요."

시게코는 그렇게 말하며 다시 고개를 숙였다.

"과거의 사건에서는 여전히 도망친 상태입니다. 죄송하게 생각합니다. 그러면서 세월이 흘러버렸고요."

침묵이 찾아왔다. 두 사람 사이에서 응어리져 허공으로 떠오른 감정이 보였다. 그것은 무척 슬픈 색깔을 띠고 있었다.

어느새 야구중계가 끝났는지 주인이 이쪽을 바라보고 있다.

덜컹 하고 의자가 흔들리더니 노모토 형사가 일어섰다.

"이상입니다. 죄송합니다. 실례할게요."

노모토가 문을 열고 나갈 때까지 시게코는 가만히 앉아 있었다. 그리고 계산을 끝내고 밖으로 나왔다.

시게코의 마음속에 하지 못한 말, 할 수 없었던 말, 하고 싶었지만 해서는 안 될 말들이 소용돌이쳤다. 그 에너지가 몸을 뜨겁게 만들고 발걸음을 마구 재촉하는 기분이 들어 일부러 천천히 걸으려 애썼다.

노모토 형사에게는 말하지 않았다. 히토시가 '산장' 그림도 그렸다는 사실을. 그 그림이 시게코를 동요시켰다는 사실을.

말할 수가 없었다. 히다카 치아키를 잊은 게 아니라고. 그애가 뒤집어쓴 죄를 자기도 짊어지고 있다는 사실을.

노모토 형사에게 말해서는 안 되었다. 9년 전, 여고생이었던 당신은 히다카 치아키에게서 자신의 어리석음을 본 것이다. 자신의 경박함을 본 것이다. 자신의 죽음을 본 것이다. 당신은 누구보다 많이 치아키를 위해 울었을 것이다. 스스로는 깨닫지 못했다 할지라도.

그래서 당신은 경찰관이 된 거야. 그렇지?

역의 불빛이 보였다. 가방 안에서 휴대전화가 울렸다. 발신자 표시를 보니 쇼지였다.

"여보. 지금 어디야? 오늘 늦는댔나?"

아, 미안해. 웃으며 사과하면서도 공연히 남편이 보고 싶어졌다.

"금방 갈 테니 기다려. 날아갈게. 당신을 빨리 보고 싶어."

무슨 소리야, 하는 쇼지의 당황한 목소리가 들려왔다.

노련한 다카하시 유지 변호사는 듣기 좋은 바리톤 목소리로 시게코의 전화에 극히 사무적으로 응했다. 시게코의 의뢰에 놀란 것인지, 웃고 있는 것인지, 아니면 질린 건지, 목소리만으로는 짐작할 수 없었다.

미리 편지를 보내놓았던 게 효과가 있었던 걸까? 아니면 단순히 도이자키 집안의 사건에 흥미를 보이며 취재를 목적으로 접근하는 사람을 처리하는 데 다카하시 변호사가 익숙해졌기 때문일까?

면담 날짜와 시간은 일주일 뒤 오후 두시부터로 잡았다. 그뒤에 바로 법정에 나가야 하니 시간을 꼭 지켜주십시오. 삼십 분밖에 시간을 낼 수 없는데 괜찮겠습니까?

시게코는 기꺼이 받아들였다.

속전속결, 아주 좋다. 그 삼십 분 동안에 다카하시 변호사의 마음을 움직여야 한다. 그가 도이자키 부부와 세이코에게 나라는 사람에 대해 긍정적으로 이야기할 마음이 들도록, 작전을 확실하게 짜놓자.

시간 여유가 생겼기 때문에 그사이 하기타니 도시코를 다시 찾아가보기로 했다.

마에하타 철공소 사무실 벽에 걸린 히토시의 그림을 사진으로 찍었다. 그림 양옆에는 쇼지와 시게코가 서 있다. 그걸 도시코에게 보여주고 싶었다. 지난번에 긴 이야기를 나눈 뒤로 약간 시간이 흘렀으니, 그 사이에 도시코가 뭔가를 기억해냈는지도 모른다.

그러던 참에 도시코가 먼저 휴대전화로 전화를 걸어왔다. 시게코가 아직 노아 에디션에 출근해 있던 평일 낮시간이었다.

"이심전심이네요. 저도 연락하려던 참이었어요."

밝은 목소리로 전화에 응대했는데, 도시코의 상태가 어딘가 심상치 않았다.

"왜 그러세요? 무슨 일 있었나요?"

도시코는 무척 허둥거리며 울음 섞인 목소리로 말했다.

"선생님, 죄송합니다. 정말 죄송해요."

"마음을 가라앉히고 천천히 말씀해주세요."

"오빠가, 오빠가,"

하기타니 마쓰오다.

"조금 전 여길 나가서 그쪽으로 가고 있어요. 선생님 회사로요."

시게코는 얼른 사무실 안을 둘러보았다. 노자키와 게이 둘 다 책상에 앉아 일하는 중이다.

시게코는 목소리를 낮췄다.

"오라버니가 절 만나러 오시는 건가요?"

"화를 펄펄 냈어요, 선생님. 단단히 혼을 내주겠다고요."

당황한 나머지 도시코는 발음도 제대로 하지 못했다. '혼'이 아니라 '온'으로 들렸다.

"그분은 왜 화가 나신 거죠?"

한번 만나고 싶다는 이야기를 전했을 때 호되게 야단맞았다는 이야기는 들었다. 생판 남에게 히토시에 관한 조사를 부탁하다니 무슨 짓이냐고. 하지만 그때 분노의 대상은 어디까지나 여동생인 도시코였지 시게코가 아니었다.

"그게, 오빠는 선생님을…… 지난번에 히토시 문제를 선생님께 부탁했다는 이야기를 했을 때는 선생님이 어떤 분인지 몰랐대요. 오빠는 뉴스나 그런 것에 별로 흥미가 없거든요. 텔레비전은 경제 프로그램만 보고, 책도 안 읽고요. 사업 생각만으로도 머릿속이 복잡한 사람이라, 정말 실례지만 선생님이 어떤 분인지는,"

"괜찮아요, 괜찮아요." 시게코가 부드럽게 말을 가로막았다. "그런건 신경쓰지 마세요. 그래서요?"

"그래서, 그러니까 저번에는 그런 짓 그만두라는 이야기만 했는데요, 그뒤에 어디서 누구한테 들었는지 몰라도, 아마 새언니인 것 같은데, 선생님에 대한 이야기를 들은 모양이에요. 텔레비전 같은 데도 나오는 글 쓰는 유명한 선생님이라고, 예전에 연쇄살인사건에 관계하기도 했다고. 그랬더니……"

하기타니 마쓰오는 오늘 오전에 일단 도시코의 집으로 찾아와 막 마트에 출근하려던 동생을 만났다. 그리고, 대체 무슨 짓을 하는 거냐, 네가 히토시 문제를 부탁한 사람이 어떤 사람인지 알고나 있느냐, 하며 다시 다그쳤다고 한다.

"저는 다시 천천히 설명했어요. 선생님이 히토시를 위해 열심히 알아보고 계신다는 이야기를 자세하게 했어요. 그런데도 오빠는 화만 내고, 세상 사람들한테 부끄러운 집안일을 드러낼 작정이냐며 호통을 쳤어요."

본격적으로 울기 시작한 도시코에게는 미안하지만, 시게코는 웃음이 나올 뻔했다.

하기타니 마쓰오는 얼굴이 창백해졌을 것이다. 얘가 지금 제정신인가. 집안 속사정까지 주절주절 떠벌리고. 상대는 그런 일을 업으로 삼는 인간인데. 어디에 무슨 소리를 쓸지 모르는 일 아닌가.

당황하는 것도 무리는 아니다. 히토시의 출생에 얽힌 비밀 하나만 놓고 봐도 세상에 알리고 싶지 않을 터이다. 하기타니 집안 전체가 치야라는 어른 한 사람의 점괘에 따라 움직였다는 이야기도 사업가로서 지위를 쌓아온 그에게는 별로 남들에게 알리고 싶지 않은 사실일 것이다.

"네가 그만두게 하지 못한다면 직접 만나서 담판을 짓겠다고, 그러면서 선생님한테로……"

"아무래도 오라버니께서 오해하신 것 같군요. 걱정 마세요. 여기 오시면 제가 잘 설명드릴게요. 히토시에 관해 조사한 걸 어디 발표할 생각은 전혀 없어요. 아주머니도 그걸 바라지 않으시고요. 그건 이미 우리가 서로 양해한 일이잖아요."

"오빠는 얼굴이 새빨개져서 화를 냈어요." 도시코는 콧물을 훌쩍거렸다. "평소에는 조용한 사람인데, 저렇게 화를 내니 밀릴 방법이 없어요. 어떡하죠, 선생님?"

괜찮아요, 걱정 마세요. 시게코가 도시코를 달래는 사이 먼저 노자키가 눈치를 채고, 그런 노자키를 본 게이도 시게코의 책상 쪽으로 다가왔다. 시게코가 전화를 끊자 노자키가 물었다.

"뭐야, 무슨 문제가 생겼어?"

게이는 벌써 불안한 눈치였다.

시게코는 설명했다. 하기타니 마쓰오가 뭘 타고 올지는 모르지만, 차를 몰고 달려온다 해도 아직 시간은 있다.

"싸울 작정으로 쳐들어온다지만 쉰 살 넘은 고지식한 아저씨 한 사람이잖아. 두려워할 것 없어."

대수롭지 않다는 듯 이야기하며 노자키가 웃었다. 하지만 게이는 시게코 옆에 쭈그려앉아 이렇게 말했다.

"저기, 경찰에 알리는 게 좋지 않을까요?"

걱정스러운 표정으로 시게코의 소매를 잡는다. 노자키가 웃음을 터뜨렸다.

"바보같이. 너 유치원생이야?"

"그렇지만……"

"이런 일로 신고하면 경찰에 폐만 끼치게 돼. 도저히 무서워서 못 견디겠다면 어디 가 있어."

"저만 도망칠 순 없어요!"

"그럼 일이나 해."

노아 에디션의 인터폰이 울린 것은 그로부터 사십 분가량 지나서였다. 시게코는 바로 일어났다. 노자키는 일부러 모른 척하며 컴퓨터 앞에 앉아 있었지만, 게이는 잔뜩 긴장해서 일손을 놓고 말았다.

문을 열자 밖에 서 있던 사람과 정면으로 시선이 마주쳤다. 하기타니 마쓰오는 시게코와 키가 비슷해서 눈높이가 비슷했다.

광택 있는 고급스러운 회색 양복에 진홍색 줄무늬 넥타이. 어깨가 넓고 풍채가 좋다. 머리는 짧게 깎았고, 전체적으로 흰머리가 섞여 있다. 마트와 레스토랑을 여러 개 운영하는 사업가라기보다, 동네 토목점 사장처럼 보인다. 시게코가 아는 토목점 사장이라곤 친정집을 재건축해준 사람뿐이고, 게다가 그 사람은 삼십대였으니 무척 어설픈 비유지만,

왠지 그런 느낌이 들었다. 사람을 부리며 사업을 하기보다는 자기도 직접 함께 일하는 부지런한 사람 같은 인상이라 그랬을 것이다.

얼굴은 불그레하지만 피부는 희다. 그런 모습에서도 하기타니 마쓰오는 도시코와 많이 닮았다. 콧날의 선이나 턱 모양도.

"여기가 노아 에디션이라는 회사입니까?"

목소리는 그 나이대 남자치고 약간 가볍고 톤이 높은 느낌이었다.

"네, 그렇습니다."

시게코는 애써 천천히 발음했다.

"실례지만 하기타니 마쓰오 씨이신가요?"

놀란 표정을 짓는 상대방에게 시게코는 정중하게 자기소개를 했다.

"오실 거라는 말씀은 도시코 씨에게 들었습니다. 어서 안으로 들어오세요."

한 걸음 물러서서 마쓰오를 안으로 안내했다. 그는 잠깐 머뭇거리더니 안으로 들어왔다.

게이는 맥이 빠진 눈치였다. 시게코와 마쓰오는 처음 만난 비즈니스 상대처럼 일단 명함을 주고받았다. 손님용 의자를 권했지만 마쓰오는 바로 앉으려 하지 않고 안을 둘러보며 노자키와 게이에게 신경을 쓰는 듯했다.

"여기는 편집 프로덕션이에요. 계약을 맺은 회사의 PR지나 무가지를 만드는 일을 주로 하고 있습니다."

어수선하게 쌓아올린 교정지와 원고, 시쇄 묶음, 골판지 상자. 마쓰오는 그쪽으로 눈길을 준 채 고개를 끄덕였다.

"대략 압니다. 우리도 무료 배포용 책자를 부탁하는 곳이 있으니까요."

"그러세요? 저는 여기 사원인데, 도시코 씨와 히토시 문제는 제가 개인적으로 맡은 일이라 다른 사원들은 관계없습니다. 그 점은 감안해주셨으면 해요."

여전히 모르는 척하고 있던 노자키도 잠깐 컴퓨터 화면에서 눈을 떼고 마쓰오에게 "안녕하십니까?" 하며 싹싹하게 인사를 건넸다. "일하던 중이라 실례하겠습니다."

다시 경쾌하게 자판을 두드린다. 천연덕스럽기 그지없다.

"아, 차를 내올게요."

엉거주춤하던 게이가 마쓰오와 눈이 마주치자 얼른 탕비실로 갔다. 시게코는 뒤에다 대고 고마워, 라고 말했다.

시게코가 다시 의자를 권하자 마쓰오는 그제야 걸터앉았다. 살짝 엉덩이만 걸치는 걸로 봐서 아무래도 이 상황이 불편한 모양이었다.

"여기는 당신이 운영하는 회사가 아닙니까?"

이윽고 마쓰오가 시게코를 보며 물었다.

"저는 평사원입니다. 경영자가 아니에요."

마쓰오는 미간을 찌푸리며 시게코가 건넨 명함을 다시 한번 자세히 들여다보았다. '프리라이터 마에하타 시게코'라고만 쓰여 있다. 히토시 문제를 조사하기 시작하면서 새로 찍은 명함이었다.

게이가 커피잔을 두 개 얹은 쟁반을 들고 보기에도 어색하게 걸어왔다. 정말이지 얘는 배짱을 좀 길러야겠어, 하는 생각에 시게코는 쓴웃음을 참았다.

"드세요."

게이가 커피를 건네자 마쓰오는 고개 숙여 인사를 했다. 아직 얼굴이 불그레했다. 화가 났기 때문인지 아니면 혈색이 원래 이런지는 이야기를 나누다보면 알 수 있겠지.

"도시코가 전화했다면 제가 여기 찾아온 이유는 이미 아시겠군요."

역시 노자키와 게이가 마음에 걸리는지 마쓰오가 낮은 목소리로 말했다.

"네, 들었습니다."

"저는 그러니까…… 여기가 당신이 운영하는 사무실인 줄 알았습니다."

시게코는 살짝 웃어 보였다.

"저는 제 사무실이 없어요. 도시코 씨를 만나기 전까지는 개인적인 일도 하고 있지 않았고요."

의외라는 듯이 마쓰오는 한쪽 눈썹을 치켜올렸다. 미간의 주름은 그대로였다.

"일을 하지 않으셨다고요?"

"네. 여기 사원으로만 일했습니다."

"하지만 마에하타 씨는, 그쪽에서는 유명한 분 아닙니까?"

"9년 전 그 연쇄유괴살인사건 때는 일시적으로 그랬었죠. 하지만 지금은 그렇지 않습니다."

마쓰오는 손을 움직여 탁자 위에서 반원을 그렸다.

"여러 잡지에 글을 쓰시고, 책을 내고 텔레비전에도 나가고……"

"그것도 9년 전 그때뿐이었습니다. 그리고 그 사건에 관해 기사는 썼지만, 책은 내지 않았어요."

마쓰오의 눈이 동그래졌다. 도시코가 놀랐을 때의 표정과 꼭 닮았다.

"책을, 내지 않았다고요?"

"네."

당혹스러워하고 있다. 들은 이야기와 다르다는 표정이었다. 마쓰오가 사전정보―그의 지레짐작도 포함되어 있을 테지만―와 현실의 차이에서 균형을 찾으려는 모습을 시게코는 약간 짓궂은 마음으로 지켜보았다.

"하지만 도시코와 히토시 이야기는 책으로 쓸 거죠?"

"그럴 생각 없습니다. 도시코 씨와도 책을 쓰겠다는 약속은 하지 않았어요."

더욱 균형을 잃은 마쓰오는 말투가 날카로워졌다.

"그럴 리가요. 그렇다면 왜 히토시 문제를 조사하는 거죠? 우리 집안에 대해서도 이것저것 캐물었다고 도시코에게 들었습니다. 그애가 워낙 주절주절 말이 많아서요."

도시코 얘기가 나오면 완전히 질책하는 말투였다. 역시 무서운 오빠다. 마음 약한 도시코가 이런 오빠에게 야단을 맞으면 울상을 지을 수밖에 없을 것이다.

웃어서는 안 되지만 상냥한 태도를 유지해야 했다. 이쪽과도 균형을 잡는 게 중요하다. 시게코는 마쓰오에게 커피를 권하며 입을 열었다.

"괜찮으시다면 제가 설명을 드리겠습니다."

이렇게 전제하고 이야기를 시작했다. 발단이 된 편집자의 전화와, 하기타니 도시코가 이 노아 에디션을 찾아온 이야기부터 시작해서, 정중한 표현을 골라 설명을 해나갔다.

마쓰오는 시게코의 말을 끊진 않았지만 이야기가 끝나는 것을 기다리기 힘든 듯이 화가 난 말투로 물어왔다.

"그럼 도시코가 먼저 말을 꺼낸 겁니까?"

"상담을 받았습니다."

표현만 다를 뿐 마쓰오에게는 마찬가지인 모양이다.

"그래서 도시코가 당신에게 얼마를 지불했습니까?"

깜짝 놀랐다. 그러고 보니 돈 이야기를 한 적이 없다는 사실을 시게코는 그제야 깨달았다.

마쓰오는 서둘러 상의 안주머니에서 수첩을 꺼냈다. 작은 연필이 달린 수첩이었다. 당장이라도 금액을 적으려는 모습이었다.

"얼마 지불했죠? 그 녀석이 그런 돈을 어디서 마련했지?"

"아뇨, 돈 이야기는 없었습니다."

마쓰오는 듣지 않았다.

"그 녀석이 지불한 곱절을 내죠. 지금까지 든 비용과 수수료, 그리고 수고를 끼친 대가를 지불하겠습니다. 얼마입니까?"

시게코는 결국 웃고 말았다. 생김새는 닮았어도 사업가인 오빠는 세상물정을 모르는―혹은 세상물정을 모르게 돼버린 동생과 사고회로가 전혀 달랐다.

시게코가 웃자 마쓰오는 기분이 상한 모양이었다. 미간의 주름이 더 늘고 눈초리가 꿈틀거렸다.

"웃어서 죄송합니다."

"상관없습니다. 그야 재미있겠죠. 남의 집안 사정을 캐고 다니면. 하기야 어느 집안이나 재미있는 이야기 한두 가지는 나올 테니까요."

당신 직업이 그런 거니까요, 라고 마쓰오가 내뱉었다. 화가 치솟는 모양이다. 시게코는 애써 웃음을 지우고 다시 진지한 표정을 지었다.

"저는 결코 그런 의미에서 히토시에 관해 조사하는 건 아닙니다. 도시코 씨도 그럴 생각은 없을 테고요. 분명히 며칠 전에 히토시의 출생에 관한 일까지 포함해 하기타니 집안분들에 관한 이런저런 질문을 한 것은 사실입니다. 하지만 그건 히토시가 그린 그림의 수수께끼를 풀기 위해 필요한 내용이라 물은 것뿐입니다. 그리고 그런 이야기를 다른 곳에 할 일은 절대로 없을 거고요. 그런 점은 부디 이해해주셨으면 합니다."

마쓰오는 네모난 얼굴 위에 눈썹과 눈, 코와 입으로 '그런 말을 믿을 것 같나?'라는 의문을 떠올렸다.

"도시코 씨로부터 돈은 받지 않았습니다. 솔직히 말씀드리면, 지금까지 그럴 필요가 있다는 생각도 하지 않았고요."

마쓰오의 눈이 휘둥그레졌다.

"하지만, 당신은 그걸로 돈을 버는 거잖소."

마쓰오는 글쟁이에 대해 기본적으로 오해하고 있는 것 같았지만, 그걸 감안하지 않아도 뭔가 잘못 알고 있는 건 확실했다.

"이건 제게 일이 아니라고 생각해요."

"그럼 뭐란 거요? 취미인가?"

취미라는 말까지 나왔다. 하지만 그렇게 생각해도 어쩔 수 없는 일인지 모른다. 시게코는 천천히 대답했다.

"취미는 아닙니다. 그런 건 너무 무례한 짓이라고 생각하고요."

무례하다는 표현에 마쓰오는 고개를 끄덕였다. 제대로 알고 있긴 하군, 하는 표정이었다.

"마쓰오 씨는 사업가로서 성공하신 분이라고 들었습니다."

마쓰오가 약간 움츠러들었다.

"뭐, 그런 정도는 아닙니다."

"그런 마쓰오 씨에게, 예를 들어 앞으로 가게를 열거나 회사를 세워보려는 생각을 갖고 있는 젊은 사람이 의논을 청하는 일은 없습니까?

그럴 때면 조언을 해주시겠죠?"

마쓰오는 대답하지 않았다. 또다시 눈초리가 움찔했다.

"그건 사업도 아니고, 장사도 아니고, 취미도 아닙니다. 제가 하고 있는 일도 마찬가지라고 생각합니다. 뭔가를 조사하는 데는, 저는 적어도 도시코 씨보다는 요령이 있으니까요."

말을 해놓고도 유치한 비유 같아서 시게코는 가슴이 철렁했다. 글쟁이에게 편견이 있는 듯한 마쓰오는 이걸 모욕으로 받아들일지도 모른다. 당신이 하는 일을 우리 같은 어엿한 사업과 똑같이 취급하지 마.

"그럼, 손을 떼주실 순 없겠습니까?"

마쓰오의 말투는 화를 드러내기보다는 곤혹스러움을 표현하는 쪽으로 변해가고 있었다.

"그애는 바보예요. 세상을 전혀 몰라요. 히토시가 죽고 난 뒤 동생이 괴로워하는 건 저도 충분히 이해합니다. 히토시를 추억하고, 아무리 작은 것도 손에서 놓지 못하고 있다는 것은 알죠. 측은한 건 사실이지만, 그애는 거의 노이로제 상태입니다. 하지만 그렇다고 다른 사람에게 부탁해 조사를 하는 건 너무 심하지 않습니까."

너무 심하지 않습니까 — 라는 말은 동의를 구하는 느낌이었다. 마에하타 씨, 당신은 도시코처럼 바보는 아닐 테니 이해하겠죠?

"가족 되시는 분 말씀을 거스르는 것 같지만, 도시코 씨는 결코 어리석은 사람이 아닙니다. 노이로제에 걸린 것도 아니고요. 자신이 하는 일을 정확하게 이해하고 있어요."

"그게 다른 가족들에게 폐가 된다는 것도 알고 있는 겁니까? 안다는 겁니까, 당신은? 대체 무슨 권리로……"

마쓰오는 울컥 화를 내며 숨을 씩씩거렸다. 얼굴이 더욱 달아올랐다.

게이가 고개를 돌려 이쪽을 보고 있다. 노자키는 여전히 모른 척했다.

"폐가 되지 않도록 하겠습니다."

"그게 어떻게 가능하단 말입니까!"

"절대 외부에 누설하지 않겠습니다. 도시코 씨만 이해하시면 되는 일이니까요."

마쓰오의 목소리가 거칠어졌다.

"당신은 대체 무슨 꿍꿍이가 있어 그런 말로 도시코를 속이려는 거요?"

침묵이 흘렀다. 노자키가 키보드 두드리던 손을 멈췄다. 게이는 숨을 죽이고 잔뜩 굳어 있는 듯했다.

시게코는 조용히 앉아 있었다. 아직도 웃음을 애써 참고 있는 자신과, 지독하게 슬픈 심정이 드는 자신. 그것이 하나로 겹쳐져 있다. 지금의 시게코를 누가 사진으로 찍는다면 아무리 잘 찍어도 흔들려 보일 것이다. 피사체의 상태가 그러니까.

"히토시가 그림을 잘 그렸다는 건 알고 계시나요?"

마쓰오는 고개를 숙이고 얼굴을 찡그리면서 자기 무릎 사이로 지저분한 바닥을 내려다보며 아무 말이 없었다.

"천재적이었습니다. 대단한 그림들이었어요."

고개를 숙인 채로 마쓰오가 코웃음을 쳤다.

"그런 그림들 중에 이상한 그림이 있었어요. 히토시가 그렸을 리 없는 그림이죠. 도시코 씨는 그 그림의 수수께끼를 풀고 싶어하세요. 저는 도시코 씨의 그런 마음에 감동을 받았습니다. 동시에 저 자신도, 그 수수께끼를 푸는 데 마음이 끌렸고요. 말씀하신 대로 저 같은 일을 하는 사람들이 지닌 쓸데없는 호기심 때문이기도 할 겁니다."

하지만 결코 도시코를 속이려 든 것은 아니다. 무슨 꿍꿍이가 있는 것도 아니다. 시게코는 그렇게 말했다. 말이란 공허하다. 믿어주지 않으면, 마음에 가닿지 않으면 그저 소리에 불과하니까.

마쓰오가 가라앉은 목소리로 중얼거렸다.

"어떤 짓을 해도 히토시가 돌아오는 건 아닐 텐데."

시게코는 고개를 끄덕였다.

"맞는 말씀이세요. 하지만 도시코 씨에겐 추억이 남잖아요."

마쓰오가 고개를 들었다. 붉게 달아오른 얼굴이 조금 가라앉았다.

"추억이라면 지금 있는 것만 해도 충분하지 않습니까?"

"그건 도시코 씨의 마음에 달려 있죠. 실례지만, 제가 그 문제에 관여할 수 없듯이 마쓰오 씨도 그에 대해 이러니저러니 할 수는 없다고 생각합니다."

오른손으로 얼굴을 쓱 문지르고, 마쓰오는 그 손을 들여다보았다. 새끼손가락에 단단해 보이는 금반지를 끼고 있다.

"정말이지 그 녀석, 성가시게 만드는군."

"죄송합니다."

"이거다 싶은 확증은 있습니까?"

"지금은 아직 뭐라 말씀드릴 수 없습니다."

"당신도 무료봉사군요."

"호기심이죠." 시게코는 미소를 지었다. "다음에 꼭 한 번, 도시코 씨가 이런 일을 벌인 계기가 된 히토시의 그림을 봐주시겠어요? 말로 설명을 듣는 것보다 그게 제일 빠를 겁니다. 부탁드리겠습니다."

시게코는 고개를 숙였다. 마쓰오가 자리에서 일어섰다. 다음번엔 도시코를 데리고 오죠, 라고 했다.

"손을 떼달라고 도시코가 부탁하도록 하겠습니다. 실례했습니다."

마쓰오가 나가자 노자키는 다시 키보드를 두드리기 시작했다. 시게코는 게이에게 웃으며 말했다.

"걱정 끼쳐서 미안해."

게이는 살짝 웃어주었다.

그날 마에하타 철공소의 영업이 끝난 뒤, 시게코는 사무실에 있는 컬러복사기로 히토시의 공책에 있는 그림을 모두 복사했다.

앞으로도 여러 사람에게 그림을 보여주게 될지도 모른다. 그때마다 공책을 가지고 다니다보면 그림이 상하거나, 잃어버릴 염려도 있다.

복사를 하면서 이 그림들이 '퇴행'한 그림이라는 말의 의미를 생각했다. 히토시는 이런 그림이 좋아서 그린 것은 아니었을지도 모른다. '머릿속에 빙글빙글 도는 것'을 가라앉히기 위해 어쩔 수 없이 그린 건지도 모른다.

히토시는 머릿속에서 맴도는 그 영상을, 누구보다 싫어하고 두려워했는지도 모른다. 그런 것들을 다른 사람에게 알리고 싶지 않아서 어머니에게도 비밀로 해달라고 부탁했는지도 모른다.

시게코는 생각하고, 상상하고, 쓴웃음을 지었다.

'~일지도 모른다'고 하면서도, 사실은 그런 가정을 빼고 히토시의 마음이 되어 상상하고 있는 셈이다. 지난번에 집에서 술에 취해 쇼지에게 투정을 부린 것도 완전히 그런 기분이 되어버렸기 때문이었다. 남의 머릿속이 들여다보이면 무섭겠지?

시게코의 입장은 어디까지나 중립이다. 지금 서 있는 위치에서 움직이지 않을 것이다. 하지만 내 고개는 어디를 향하고 있는 걸까? 이미 '히토시는 사이코메트러였다'는 결론 쪽으로 향해 있는 건 아닐까?

안 돼, 이러면 안 돼.

하기타니 히토시는 사이코메트러였을까, 아니었을까. 노모토 형사는 그 문제에 대한 검증을 자기에게 요구하지 말라고 했다. 아키쓰는 시게코가 문제를 풀기 위해 조사할 소재는 '산장'뿐만이 아니라고 지적하면서 궤도에서 벗어나려던 자신을 바로잡아주었지만, 히토시가 특이한 능력의 소유자였는지 어떤지에 관해서는 자신의 견해를 밝히지 않았다. '산장' 그림을 보고 '대체 이건 누가 그린 거죠?' 하고 놀랐을 뿐이다.

그런 것이 어른의 태도다. 긍정하지 않지만, 부정도 하지 않는다. 초능력의 가능성은 그 틈새 어딘가에 계속 '존재'하고 있다.

히토시가 살아 있었더라면. 무의미한 가정이지만 시게코는 그런 생각을 하지 않을 수 없었다. 직접 그애를 만나 그애로부터 이야기를 들을 수가 있다면. 네 눈에는 뭐가 보이니? 다른 사람이 생각하는 게 보여? 다른 사람 소지품에 그 물건의 내력, 물건의 기억이 달라붙어 있는 게 보이는 거야? 그건 어떤 기분이니? 어떻게 보이는 거지?

너는 길을 걷다가 스쳐지나는 낯선 사람의 머릿속에서 박쥐 풍향계가 달린 집의 지붕을 본 거니? 그 집 마루 밑에 회색 피부의 소녀가 누워 있는 것을 본 거지? 그애는 어떻게 생겼니? 그애가 슬퍼한다는 걸 어떻게 알았니?

그애에게 묻고, 대답을 듣고, 사실을 알고 싶다. 하지만 이제는 그럴 수 없다.

시게코는 마음속 자신의 고개를 억지로 비틀어 '합리' 쪽으로 돌리려

했다. 하기타니 히토시는 박쥐 풍향계가 있는 도이자키 집안의 어두운 비밀을 누군가에게서 들었던 걸까?

그 '누군가'를 찾아내는 게 내가 할 일이다. 아무리 열심히 찾아다닌다 해도 그게 누구였는지 발견하지 못할 수도 있다. 그렇다 해도, 그게 히토시가 '진짜 사이코메트러'라는 증거는 될 수 없다. 어디까지나 '발견되지 않았을 뿐'인 것이다.

후나야마 시립 사쿠라 초등학교의 하나다 선생으로부터 전화가 온 것은, 시게코가 그렇게 마음속의 '그런 생각'을 구석으로 밀쳐두고 있을 때였다.

"마에하타 씨죠? 지난번에는 실례했습니다."

서늘한 목소리를 듣자 그 교사의 젊고 아름다운 얼굴, 갸름하고 흰 손가락이 눈에 떠올랐다.

"저야말로 시간을 내주셔서 감사했습니다. 귀중한 말씀도 들었고요."

시게코는 상냥하게 대꾸했다. 인사치레는 아니었다. 하나다 선생의 의견은 정말로 참고가 되었다. 시게코의 '그런 생각'을 제지할 만큼.

무슨 용건으로 전화한 걸까? 히토시에 대해 뭔가를 떠올렸다거나, 히토시를 잘 아는 누군가를 소개해주려는 걸까?

"저어…… 지금 전화로 말씀드려도 괜찮을까요?"

시게코는 노아 에디션 사무실에 있었다.

"네, 괜찮습니다."

"죄송합니다. 근무중이시죠?"

하나다 선생도 지금 학교에 있을 시간 아닌가?

"선생님은 쉬는 시간이세요?"

"아뇨. 실은 감기 때문에 열이 나서요."

오늘은 학교에 나가지 않았다고 한다.

"저런. 몸조리 잘하세요."

감사합니다, 라고 하나다 선생이 말했다. 그러고 보니 목소리에 힘이 없었다.

"죄송합니다……"

"몸이 많이 안 좋으신가봐요."

감기인데도 연락할 정도면 급한 용건일 테지만, 그런 것치곤 말투가 또렷하지 않았다. 바로 말을 잇지도 않는다.

"선생님, 무슨 일 있으세요?"

그렇게 묻고 나서야 시게코는 퍼뜩 깨달았다. 혹시……

"혹시 선생님, 저하고 만난 것 때문에 불편한 일이 생기신 것 아닌가요? 다른 선생님께 야단을 맞았다거나."

히토시의 담임이었던 이토 선생의 태도로 미루어보아 그럴 가능성이 있다. 게다가 하나다 선생은 신참 교사다.

"그렇다면 정말 죄송합니다. 제가 억지로 졸라서 만나신 거니까, 해명이 필요하다면 언제든 학교로 찾아뵐게요."

하나다 선생은 아무런 반응이 없었다.

"선생님, 괜찮으세요?"

시게코가 몇 차례 부르자 크게 숨을 내쉬는 소리가 들렸다.

"죄송합니다. 이렇게 전화드린 이상 우물쭈물하는 것도 우습네요."

갑자기 마음을 바꾼 듯이 또렷한 목소리로 말했다.

"감기로 몸이 좋지 않은 건 사실입니다 쉬면서 천천히 생각해봤더니 역시 말씀드리는 게 좋겠다는 생각이 들어서요. 아니, 사실 이 문제가 마에하타 씨를 만난 뒤로 내내 머릿속에서 떠나지 않았어요."

무슨 소리인지 알 수가 없었다.

"하시고 싶은 말씀이 있으세요?"

"네, 지난번에 채 말씀드리지 못한 게 있어요."

제 개인적인 이야기입니다, 라고 했다.

"마에하타 씨는 히토시가 남의 마음을 읽는 특수한 능력을 갖고 있었을지도 모른다고 생각하시죠? 그래서 조사하시는 거고요. 그렇죠?"

새삼스러운 확인이다.

"마음을 읽는다는 표현이 정확한지 어떤지는 모르겠습니다. 기억을 본다, 라는 표현이 더 타당하겠죠. 그리고 그 기억은 사람에만 한정되지 않는 듯해요. 하지만 대략적으로 말하자면 그런 셈이죠."

하나다 선생은 입을 다물었다. 의미가 담긴 침묵의 파도가 전화선을 타고 밀려오는 듯했다.

그리고 이번에는 또다른 질문을 던져왔다.

"마에하타 씨는 이쪽에 다시 들르실 생각이세요?"

"사쿠라 초등학교 말인가요?"

"네. 히토시를 아는 사람은 이토 선생님과 저뿐만이 아닙니다. 학생들도 있어요. 그런 취재를 계속하실 건가요?"

질문의 의도가 파악되지 않았지만, 시게코는 솔직하게 대답했다.

"지금 단계에서는 뭐라 말씀을 드릴 수가 없습니다."

"그럼 확실한 스케줄은 없는 거죠?"

"며칠 내로는요."

또다시 침묵의 파도가 밀려왔다.

"죄송합니다. 이상한 소리를 한다 싶으시죠?"

시게코는 천만에요, 하고 부정했다. 속마음은 조금도 그렇지 않았지만.

"마에하타 씨가 학교 관계자를 계속 취재하시다보면 어디선가 듣게 될지도 모르죠. 그건 저로서는 원하는 바가 아니기 때문에, 차라리 스스로 말씀드리는 게 나을 것 같아서요."

시게코가 취재하러 오지 않는다라면 말하고 싶지 않은 이야기 같은데, 그러면서도 하나다 선생은 말하고 싶어했다.

"지난번에 채 하지 못한 말씀이 있다고 하셨죠?"

"네. 말할 타이밍을 잡지 못해서요."

서로 계속 히토시의 그림 이야기만 했기 때문이다.

"혹시 선생님, 히토시가 무슨 이상한 이야기를 하는 걸 본 적이 있으신 건가요?"

시게코가 슬쩍 찔러보았다.

이번 시도는 효과가 있었다. 시게코의 기세에 밀린 하나다 선생은 엉겁결에 "있어요"라고 대답했다. 아, 말해버렸다, 하는 낭패감이 잔향처럼 시게코의 귀에 들려왔다.

"그게 혹시 선생님 사생활에 관한 내용인가요? 그래서 이야기할지 말지 망설이시는 건가요?"

화기애애한 분위기는 아니었지만, 하나다 선생은 살짝 웃었다.

"역시 날카로우시네요. 맞습니다."

그렇게 인정하고 하나다 선생은 또다시 입을 다물었지만, 시게코는 서두르지 않았다. 이 정도까지 파고들었으니 그냥 둬도 이야기가 나올 것이다.

"저는 저기, 말하자면 사내연애를 하고 있어요."

네, 하고 시게코가 대꾸했다.

"상대 선생님의 이름은 묻지 마셨으면 해요. 히토시와는 관계없으니까요."

"알겠습니다."

하나다 선생이 수화기를 든 손을 바꾼 모양이었다. 잡음이 들렸다. 손에 땀이 밴 걸까? 교사도 연애를 할 테고, 상대방이 교사라고 해도 이상할 일 없는데.

"그 선생님은 1학년 담임이었어요. 히토시가 5학년이 되고, 제가 미술을 가르치기 시작했을 때는 그랬습니다. 히토시가 6학년이었을 때 그 선생님은 그 반을 그대로 맡아 2학년 담임을 했고요."

시게코는 수화기를 귀에 댄 채로 고개를 끄덕였다.

"히토시는 그 선생님을 전혀 몰라요. 그 일이 있었을 때 물어봤는데, 그 사람은 히토시의 담임을 맡은 적이 없다고 했으니 틀림없을 겁니다."

그 사람, 이라.

"가령 A선생님이라고 하죠."

"네? 아, 그래요. 히토시는 A선생님을 몰라요. 우리가 함께 있는 모습을 본 적도 없을 겁니다. 학교 안에서는 그럴 기회가 없었으니까요. 아, 같은 학교니까 얼굴 정도는 봤을지도 모르지만요."

"알겠습니다."

왜 그래야 하는지 모르겠지만, 하나다 선생의 말투는 계속 변명조가 되어갔다.

"그게, 저기…… 히토시가 5학년 여름방학이 끝나고 2학기가 막 시작되었을 때 일로 기억하는데요."

수업이 끝나고 화판 등을 정리하고 있을 때, 우연히 히토시와 하나다 선생 단둘이 남게 되었다. 다른 학생들은 멀리 떨어진 곳에 있거나 이미 미술실에서 나간 상태였다. 히토시는 그럴 때 스스로 나서서 선생님을 돕곤 했기 때문에 남아 있었다.

"갑자기 히토시가 저한테 물었어요."

—선생님, A선생님 좋아해요?

시게코의 눈이 커졌다.

"태연하게 생글생글 웃고 있었어요. 하지만 확실히 그렇게 말했습니다. 분명 그렇게 물었어요."

"실제로 그때 선생님은 A선생님과 사귀고 계셨나요?"

"……네. 친해졌을 무렵이었어요."

하나다 선생은 히토시가 5학년이 되던 해, 그러니까 재작년에 사쿠라 초등학교에 부임했다. 그리고 여름방학이 끝날 무렵 애인이 생겼다.

워낙 미인이시니까요. 하나다 선생 이야기를 했을 때 쇼지의 반응을 얼핏 떠올리면서 시게코는 미소를 지었다. 남자란 젊은 미인을 그냥 내버려두지 않는 법이다. 설령 그곳이 학교라 하더라도.

"놀라셨겠네요."

하나다 선생은 떨리는 듯한 목소리로 웃었다.

"정말 깜짝 놀랐어요. 엉겁결에 어떻게 알았냐고 물었을 정도였으니까요."

어찌어찌 웃음으로 얼버무리며 "당연히 우리 학교 선생님은 모두 좋아하지"라고 대답했다고 한다.

"히토시는 뭐라고 했죠?"

"생글생글 웃으면서 '그래요?'라고만 했어요. 그땐 그뿐이었죠."

그것이 '그 일'이었다. 놀라움이 가라앉지 않은 하나다 선생은 A선생에게 물어보았다고 한다.

"한 학생이 그렇게 묻던데, 혹시 우리가 눈치챌 만한 행동을 한 걸까 하고 의논해봤어요. 그 사람은 그런 걱정은 전혀 할 필요 없다며 웃었습니다. 애당초 히토시라는 아이를 알지도 못한다면서요."

요즘 애들은 조숙해서 젊은 여자 선생님에게 일부러 그런 말을 하고 싶어한다고도 했다고 한다. 그냥 그애가 놀린 거야, 라고.

"그뒤로 저도 까맣게 잊고 있었죠. 그런데⋯⋯"

그로부터 1년쯤 뒤, 하나다 선생은 미술부 여름방학 특활 시간에 히토시와 단둘이 교실에 남게 되었다. 나중에 생각해보니 그때 히토시가 처음부터 비밀스러운 이야기를 할 셈으로 주위 아이들의 눈치를 살피다가 다가온 것 같다는 생각이 들었다고 한다.

히토시가 물었다.

─선생님, 역시 A선생님 좋아하죠?

히토시가 전에도 같은 질문을 했다는 사실을 하나다 선생은 기억하고 있었다. 그래서 이번에는 '다 좋아해'라는 식으로 얼버무리지 않고 되물었다고 한다. '왜 그런 걸 묻는 거니?

"그랬더니 히토시는 이렇게 대답했어요."

─그런데 선생님, 선생님이 A선생님을 좋아하는데 왜 A선생님은 선생님을 울리죠?

히토시의 말투를 흉내내어 그렇게 말하고는, 하나다 선생은 숨이 막힌 듯 입을 다물었다. 시게코도 충분히 틈을 준 뒤에 물었다.

"그때 다투기라도 하신 건가요?"

하나다 선생은 한숨을 쉬고 호흡을 가다듬었다.

"다툼이라기보다 골치 아픈 일에 말려들어가 있었어요. 어쩔 수 없는 일이긴 했지만."

어쩔 수 없는 골치 아픈 일?

시게코가 설명을 부탁하기도 전에 하나다 선생이 말했다.

"A선생님에겐 처자식이 있습니다."

이런. 시게코는 한 손으로 이마를 짚었다. 남자란 주위의 젊은 미인을 내버려두지 않을 뿐 아니라 결국은 자기 처지까지도 잊고 마는 동물이다.

"결국 불륜관계였다는 말씀이군요."

"아뇨, 그런 게 아니고요."

하나다 선생은 얼른 반박했지만 목소리는 점점 작아졌다.

"그렇군요…… 일반적으로 보기에는 그런 셈입니다."

일반적이고 말고가 어디 있나.

"그래서 그즈음에 이런저런 갈등이 있었어요. 저희는 주위에 알려지지 않도록 무척 조심했는데, 어떻게 됐는지 그 사람 부인이 눈치를 채서 학교에 찾아오기도 하고……"

말 그대로 아수라장이었을 것이다.

"그래서 자주 우셨겠군요."

"……네."

"히토시의 질문에는 뭐라고 대답하셨나요?"

"기억나지 않아요. 당황했으니까요. 웃으면서 넘어갔겠죠, 아마도."

"그것 말고 물어본 것은 없었나요?"

"없습니다."

시게코는 상상했다. 히토시는 하나다 선생의 어떤 '기억'을 본 걸까? 하나다 선생이 눈물을 흘린 기억과, 거기 관계된 A선생이라는 존재를 그 아이는 어떻게 해석했을까?

"공연한 질문일지도 모르겠지만, 괜찮다면 대답해주세요. 두 분은 지금은 어떤 상태인가요?"

아직 옥신각신하는 중이에요, 라고 하나다 선생이 들릴 듯 말 듯 한 목소리로 대답했다.

"그 사람은 부인과 이혼하려고 해요. 성실한 사람이에요. 정식으로 이혼하고 저하고 결혼하겠다고 하니까요."

"그러시군요. 그럼 학교 내에서는 어떻습니까?"

부인이 쳐들어왔으니 학교측에서 모른 척할 수 없었을 것이다. 하나다 선생의 목소리가 갈라졌다.

"올봄에 A선생님은 다른 학교로 옮겼습니다. 저는 여기 온 지 얼마 되지 않아 움직일 수가 없었고요."

하나다 선생도 바늘방석에 앉은 기분일 것이다. 이 문제를 이야기하고 싶지 않아했던 것도, 시게코가 다른 학교 관계자들을 취재할지 신경을 쓴 것도 이해가 갔다.

"이것도 공연한 소리일지 모르지만, 일단 말씀드릴게요. 가령 앞으로 제가 사쿠라 초등학교에 있는 누군가에게 히토시 이야기를 들으러 가더라도, 선생님과 A선생님 문제에 관해서는 언급하지 않겠습니다. 그럴 필요 없을 테니까요."

이야기 감사합니다, 라고 시게코가 말하자 하나다 선생은 "죄송합니다" 하고 중얼거렸다.

"지난번에 마에하타 씨가 오셨을 때 바로 이 일이 떠올랐어요. 잊을 수가 없는 일이니까요. 사실은 그때 말씀드렸어야 했는데……"

"신경쓰지 마세요. 선뜻 이야기하고 싶은 내용이 아닐 테니까요. 이해합니다."

멋지게 숨기셨는걸요. 약간 야유하는 심정으로 그렇게 말해주고 싶었다. 지난번에 만났을 때는 당신이 이런 사연을 지니고 있었을 줄 생각도 못했습니다. 시게코가 꺼낸 이야기에 자못 놀랐을 텐데 그런 눈치는 전혀 보이지 않았다. 대단하다.

"아뇨. 그런 뜻이 아닙니다."

하나다 선생은 당황한 듯이 말투가 빨라졌다.

"지난번에 뵈었을 때 이 말씀을 드리지 않은 건, 뭐랄까요…… 모순처럼 들릴 거라고 생각했던 겁니다. 말씀드렸죠? 전 사이코메트리라는 능력이 존재하는지에 대해서는 회의적이라고요. 그저 육감이 날카롭다거나, 상식의 범위 안에서 설명되는 일이라고 생각한다고요."

"네, 그러셨죠."

"그런 주장을 하면서 이런 경험을 말씀드리는 건 이상할 것 같았습니다. 그뿐이에요. 저는 교육자이고 합리주의자니까요."

"알겠습니다. 선생님 의견을 곡해하려는 건 아닙니다."

아이들은 육감이 날카로워요―그때 하나다 선생은 그렇게 말했다. 그 말도 이 체험 때문인 것이다.

하나다 선생은 수화기를 든 손을 다시 바꾸었다. 그리고 "마에하타 씨" 하고 낮은 목소리로 불렀다.

"히토시는 제가 그날 보았던 그림 말고도, 여러 가지 그림을 남겼죠?"

"네."

"그 가운데, 저기……"

저희 그림은 없습니까, 라고 하나다 선생이 물었다.

"선생님과 A선생님을 그린 그림을 말씀하시는 건가요?"

하나다 선생은 비로소 초조해진 모양이었다.

"있나요?"

"모르겠습니다." 시게코가 대답했다. "저도 모든 그림을 분석한 게 아니니까요. 하지만 적어도 히토시 어머니의 말씀으로는, 그애가 집에서 선생님과 A선생님 이야기를 꺼낸 것 같지는 않아요. 어머니는 히토시가 선생님을 무척 따랐고 선생님도 히토시를 귀여워해주셨다고 말씀하셨을 뿐입니다. 선생님이 히토시가 재능 있다고 칭찬해주신 것에 대해 히토시 어머니는 지금도 감사해하고 있어요."

하나다 선생은 말이 없었다.

"혹시 그렇게 보이는 그림이 나온다 해도,"

시게코의 말에 하나다 선생이 움찔하는 게 느껴졌다.

"어떤 형태로든 남들에게 알리거나 하지는 않을 겁니다. 애당초 이 조사는 어딘가에 발표하기 위한 게 아니니까요."

"……정말인가요?"

"네."

"기사를 쓰진 않는다는 말씀이시죠?"

"네, 쓰지 않을 겁니다."

결국 그게 마음에 걸린 건가? 그래서 일부러 전화까지 건 것이다.

"선생님." 이번에는 시게코가 하나다 선생을 불렀다. "가령 선생님과 A선생님을 그린 그림이 있다고 칩시다. 그게 히토시답지 않게 어린아이 같은 그림이었다고 하고요. 그럴 경우에도 선생님이 말씀하신 '이런 그림은 퇴행한 그림이다'라는 생각은 변함이 없으신 건가요?"

상당히 오랫동안 숨소리만 들려왔다. 시게코는 기다렸다.

"그렇습니다." 하나다 선생이 대답했다. "히토시로서는 어른들의 그런 일은 이해할 수 없는 문제였을 테니까요."

"그렇군요. 감사합니다."

"마에하타 씨?"

"네."

"정말로…… 부탁드릴게요."

가냘픈 목소리로 애원했다. 하나다 선생은 교사가 아니라 한 젊은 여성이 되어 있었다.

"저희는 지금까지만 해도 충분히 고통스러운 처지에 놓여 있습니다. 다행히 그 일은 학부모님들 귀에는 들어가지 않았지만, 그렇다 해도 충분히 힘들어요."

그야 그렇겠죠. 시게코는 말없이 듣고 있었다.

"그래서, 이 문제가 다시 복잡해지면,"

"그런 걱정은 하지 않으셔도 돼요."

"이번에야말로 저는 직장을 잃게 돼요. 그 사람도 이혼 합의가 원만하지 않아서 재판까지 가야 하는 상황이라, 그쪽에도 영향을 주게 되면 정말 곤란해집니다……"

시게코가 애써 부드럽게 말했다.

"약속드리죠. 선생님의 사적인 문제를 들추지는 않겠습니다."

안심하세요, 라고 말하고 전화를 끊었다.

한동안 머리를 감싸안고 앉아 있었다. 앳되고 시원한 외모에 유능하며 젊음과 아름다움이 넘치는 여성에게도 이런 비밀이 있다. 사람이란 겉만 봐서는 모른다.

하지만 겨우 열한 살짜리 하기타니 히토시에게는 그것이 보였다. 그애는 그것을 알아버렸다.

—아이들은 육감이 날카로워요.

단순한 육감일까, 특별한 능력일까?

히토시는 그저 귀가 밝고 눈치가 빠른 아이였던 걸까?

"무슨 일 있으세요?"

게이가 말을 걸어왔다.

"왜 머리를 쥐어뜯고 계세요?"

시게코는 웃으며 고개를 들었다.

"세상 참 복잡하구나 싶어서 말이야."

네? 하고 게이가 고개를 갸웃거렸다.

"게이, 넌 제대로 된 연애를 해서 행복하게 살아야 해."

"네." 게이는 눈을 깜박거렸다. "그러고야 싶지만요, 흠."

집에 돌아온 시게코는 히토시의 그림을 다시 점검해보았다. 하나다 선생과 A선생으로 보이는 남녀가 함께 있는 그림은 없을까? 여자가 울고 있는 그림은?

있는 것 같기도 하고 없는 것 같기도 하다는 게 결론이었다. 남녀 한 쌍이 등장하는 그림은, 히토시가 어머니와 자기를 그린 것으로 보이는 그림을 제외하면 세 장이었다. 세 장 모두 남녀의 뒷모습인데, 그중 두 장은 손을 잡고 걷는 모습이고, 나머지 한 장은 커다란 나무 아래 벤치에 나란히 걸터앉은 모습이다.

특별히 불길한 분위기가 감도는 그림은 아니다. 심각한 문제가 느껴지지도 않았다. 오히려 훈훈한 느낌이 드는 그림이다.

하지만 굳이 말하자면 남녀 모두 등지고 있어 얼굴이 보이지 않는다는 게 마음에 걸렸다.

뭐, 상관없지. 시게코는 그림을 정리했다. 이 에피소드만으로는 뭔가를 증명할 수 없다. 입증할 수도 없다. 히토시의 마음을 상상할 만한 소재는 되지만, 그러다보면 다시 '그런 생각'만 들 뿐이다.

그림을 보다보니 의외로 시간이 많이 지나, 저녁은 대충 때우기로 했다. 냉장고 안의 재료만으로 식사를 준비했다. 하지만 쇼지는 전혀 신경쓰지 않았다. 하나다 선생의 불륜 이야기를 듣자 그런 데 신경쓸 여유가 없어진 모양이었다.

"뭐 그런 자식이 다 있어!" 쇼지는 느닷없이 화를 냈다.

"누구 말이야?"

"뻔하잖아. 그 선생. 하나다 선생에게 손을 댄 자식 말이야."

"누가 먼저 접근했는지는 알 수 없어. 원래 그런 건 누가 먼저냐는 문제가 아니잖아?"

"바보 같은 소리 마. 설마 하나다 선생이 먼저 그랬을까. 남자가 나쁜 놈이지. 처자식을 거느린 주제에 뻔뻔스럽기 짝이 없어."

흐음, 하고 시게코는 콧소리를 냈다.

"그 녀석, 같은 학교에 근무했다고 했지? 하나다 선생한테는 선배뻘이잖아. 하나다 선생은 거절할 수가 없었던 거야. 불쌍하게도. 성희롱이라고, 이건."

"나는 그렇게 생각하지 않는데."

얼른 밥 먹고 씻고 주무셔. 시게코는 쇼지의 큼직한 등을 찰싹 때렸다. 지난번의 복수다.

정말이지 남자들은 바보라니까.

다카하시 유지 변호사의 사무실을 찾아가다가 시게코는 평소와 달리

길을 헤맸다. 팩스로 받은 약도가 작아서 잘 보이지 않았고, 자주 가는 곳도 아닌데다, 신바시 부근은 길이 복잡해 찾기 힘들기 때문이었다. 시오도메 부근이 재개발되고 나서 근미래적인 초고층빌딩들이 들어선 바람에 거리감이 잘 느껴지지 않는 탓도 있었다.

게다가 더웠다. 예전에 신문에서 시오도메를 병풍처럼 둘러싸고 빽빽이 들어선 초고층빌딩이 도쿄만에서 불어오는 바람을 가로막아 도심의 온도상승에 박차를 가한다는 기사를 읽은 적이 있는데, 그때는 너무 뻔한 설명이라 오히려 믿을 수 없다는 생각이 들었지만, 실제로 와보니 머리 위로 치솟은 빌딩들의 위용에 기가 눌려 맞는 말 같다는 생각이 들었다. 바람 한 점 불지 않는 건 정말이지 이 빌딩들 때문인 것 같았다.

변호사는 오후 두시부터 정확히 삼십 분만 시간을 내주겠다고 했다. 간신히 '다카하시 유지 법률사무소'라는 직설적인 명칭의 간판이 보이는 건물 아래 이르렀을 때는 이미 땀투성이였다.

5층까지 올라가 인터폰을 눌렀을 때는 두시 오분이었다. 실수다. 약속시간 오 분 전에는 도착하는 것이 시게코의 신조였다.

문을 열어준 사람은 대학생처럼 보이는 청년이었다. 작은 새처럼 귀여운 얼굴이었다. 마에하타 시게코 씨죠? 라고 이름을 확인하고는 안으로 맞아들였다.

원룸 사무실이었다. 변호사용 책상과 응접세트, 칸막이, 비서용으로 보이는 작은 책상, 복사기 등이 자리를 차지하고 있었다. 변호사 한 사람에 비서 한 사람만 있는 작은 사무실인 모양이었다.

다카하시 변호사는 아키쓰의 말대로 시게코 또래로 보였다. 고급스러운 양복 옷깃에 변호사 배지가 빛났다. 역시 아키쓰가 '딱하게도'라고 한 대로 머리가 벗어졌지만, 그게 풍채를 더 그럴듯하게 만들어주었다. 머리카락이 없는 걸 부정적인 요소로만 계산하는 것은 남자들의 이상한 버릇이다. 시게코는 오히려 그 모습 때문에 더 지적이고 실력 있는 듯한 느낌을 받았다.

지각 같은 건 절대 하지 않을 타입의 남자였다. 시게코는 오 분 늦은 것을 거듭 사과했다.

"뭐, 시간도 없으니 일단 이야기를 들어보죠."

정면에 벽시계가 있었다. 세이코는 시곗바늘의 움직임을 훔쳐보며 그것과 경쟁하듯이 설명을 시작했다.

'사이코메트러' 같은 건 듣는 사람에 따라서는 어처구니없을지도 모를 내용이고, 제한시간도 빡빡했기에, 이야기 순서는 미리 집에서 꼼꼼하게 준비해왔다. 사전연습까지 했다.

설명을 마치니 두시 이십이분이었다. 다카하시 변호사는 중간에 전혀 끼어들지 않았지만, 시게코의 이야기가 진행됨에 따라 점차 표정이 풀리는 것 같았다.

"이것참 엉뚱한 이야기를 듣고 오셨군요."

재미있다는 듯 웃으면서 동의를 구하는 것처럼 시게코의 뒤편을 바라보았다. 같이 고개를 돌리자 아까 그 청년이 응접세트와 비서용 공간을 가르는 칸막이 뒤에 반쯤 몸을 숨기고 서 있었다.

청년은 변호사와 시게코의 얼굴을 번갈아 바라보고는 아무 말 없이 눈만 깜박였다. 그래서인지 아까의 인상이 더 강해졌다. 카나리아나 문조 같은 작은 새 같다.

"지금까지 여러 사람이 수법을 바꿔가며 취재를 요청했는데, 이런 이야기는 처음입니다. 아이디어가 좋군요."

시게코는 다시 변호사를 바라보았다.

"절대로 꾸며낸 이야기가 아닙니다. 하기타니 히토시가 그린 그림도 가져왔습니다. 보시겠어요?"

가방에서 복사한 그림을 꺼내 탁자에 내려놓았다. 박쥐 풍향계가 있는 집 그림이었다.

다카하시 변호사는 그림을 보았지만, 손으로 집어들거나 얼굴을 가까이 가져가진 않았다. 입가에는 여전히 미소가 걸려 있었다. 이런 건 얼마든지 만들어낼 수 있다고, 그 웃음이 시게코에게 말하고 있었다.

"그런데 마에하타 씨, 당신이 원하는 건 뭡니까? 도이자키 부부에게서 후나야마나 우라야스 부근에 아는 사람이 있다는 이야기는 듣지 못했습니다. 아마 이 히토시라는 소년도 누군지 모를 겁니다."

부부가 초능력 운운하는 데 흥미를 보이진 않을 거라고 그는 단언했다.

"아시다시피 이 문제는 형사사건으로는 시효가 소멸되었지만, 내용이 내용인지라 도이자키 씨 가족들은 지금까지 살아온 모든 것을 잃었습니다. 그리고 지금 재기하기 위해 노력하고 있습니다. SF소설에나 나올 법한 이야기에 매달릴 여유는 없습니다."

그건 이미 알고 있다.

"물론 저도 도이자키 씨 부부와 세이코 씨에게 초능력 강의를 하려는 건 아닙니다. 다만 하기타니 히토시라는 소년이 실제로 이런 그림을 남긴 이상, 아카네 씨에 관한 이야기가 외부로 새어나갔을 가능성이 있습니다. 그 점을 가족분들에게 확인하고 싶은 겁니다."

히토시가 어디서 아카네에 관한 사실을 알게 된 건지, 그 루트를 알고 싶은 거라고 시게코는 힘주어 설명했다.

"저는 히토시의 어머니인 하기타니 도시코 씨로부터 부탁을 받아 조사하고 있습니다. 알게 된 사실과 거기서 도출된 추론은 도시코 씨에게 만 보고하지, 다른 곳에는 전혀 발표할 생각이 없습니다."

변호사의 입가에서는 아직도 냉소가 사라지지 않았다. 거짓말이라고 여기는 모양이었다.

시게코는 가방에서 커다란 봉투 두 개를 꺼내 탁자에 내려놓았다. 하나는 도이자키 부부 앞으로, 또하나는 세이코 씨 앞으로 된 것이었다.

"자세한 사정과 제가 여쭤보고 싶은 내용을 문서로 만들어 가지고 왔습니다. 이 그림의 복사본도 들어 있습니다."

다카하시 변호사의 짙은 눈썹이 약간 꿈틀거렸다. 시곗바늘은 계속 움직였다.

"모쪼록 선생님께서 이걸 그분들에게 전달해주실 수 없을까요? 부탁드립니다."

고개를 숙이며 그렇게 말한 후에 말을 이었다.

"이걸 보신 후에도 취재에 응하지 않겠다고 하시면, 하는 수 없죠. 물러서겠습니다. 하지만 만약 답변을 들을 수 있다면, 직접 만나뵙지 않고 편지나 전화라도 상관없습니다. 그분들이 원하시는 대로 하겠습니다."

손목시계를 힐끔 보더니 다카하시 변호사가 말했다.

"저는 이런 일에 관해 도이자키 씨로부터 모든 권한을 위임받았습니다. 워낙 여러 가지 요청이 들어오기 때문에 교통정리가 필요해서요. 그 가운데는 터무니없이 무례한 요청도 있습니다."

"네, 짐작이 갑니다."

"그렇다고 해서 제가 멋대로 결론을 내리진 않습니다. 일단 그분들께 모두 전해드린 뒤, 의향을 듣고 답변을 전하죠. 그러니 이건 전달하겠습니다. 하지만 확인해둬야 할 것이 하나 있습니다."

다카하시 변호사는 검지를 세우고 시게코를 바라보았다.

"이 건에 대해, 금전적인 쪽으로는 생각해두신 바가 있습니까? 취재에 응했을 경우, 도이자키 씨 가족에게 대가를 지불할 용의는 있습니까? 혹시나 싶어 말씀드리지만, 이것은 당신과 그 하기타니라는 부인이 어떤 의도로 조사하느냐 하는 것과는 관계가 없습니다."

시게코와 도시코가 이것으로 한몫 잡겠다고 노리는 것은 아니라 해도, 라는 뜻이다. 여전히 의심이 풀리지 않은 눈치였다.

시게코는 이런 질문을 이미 예상했다. 지금까지 이 사무실에서는 영화를 만들겠다느니, 수기를 써달라느니, 그럴 경우 도이자키 가족의 몫은 몇 퍼센트고, 인세는 얼마로 하겠다느니 하는 거북한 대화가 수없이 오갔을 것이 틀림없다. 인터뷰 요청을 받아들이면 사례로 얼마를 지불하겠다는 이야기도 있었을 것이다. 일반적으로 미디어는 취재비를 지불하지 않지만, 영상 제작 프로덕션이나 개인 프리라이터, 작가 같은 경우에는 그렇지도 않다. 텔레비전 뉴스 프로그램의 경우에도 취재 경쟁이 치열할 때는 사례금 경쟁이 붙는 경우가 있다.

하지만 도시코에게는 조사를 하면서 어쩌면 돈이 들지도 모른다는 이야기는 하지 않은 상태다. 섣불리 그런 이야기를 꺼내면, 지금까지 시게코와도 금전적인 이야기를 전혀 하지 않았던 도시코가 바로 당황할 게 틀림없기 때문이었다. 어머, 선생님, 그러고 보니 저는 선생님께 아무런 수수료도 지불하지 않았네요! 이걸 어쩌죠!

그렇게 되면 도시코 씨를 진정시키기 위해 한바탕 난리를 쳐야 할 것이다. 저는 그런 걸 잘 몰라서요. 아무 생각도 못했네요. 이렇게 창피한 일이. 죄송합니다. 그러다보면 시간만 잡아먹을 뿐이다.

시게코는 자신의 생각을 말했다.

"요청이 있다면 지불해도 좋습니다. 금액에 대해서는 의논이 있어야겠지만, 가능한 한 도이자키 가족들의 희망에 따르도록 노력하겠습니다."

"하기타니라는 부인이 지불하는 겁니까?"

"그것도 의논해보겠습니다."

다카하시 변호사의 눈이 동그래졌다.

"당신은 하기타니 씨의 의뢰를 받아 조사하는 거죠? 당신도 하기타니 씨에게서 보수를 받고 있을 것 아닙니까?"

"아뇨, 특별히 보수 같은 것은 없습니다."

대답하고서 시게코는 웃고 말았다.

"말하자면 무보수죠."

실무적이고 진지한 얼굴에 냉소라는 양념을 얹은 듯한 다카하시 변호사의 얼굴에 비로소 다른 표정이 떠올랐다. 놀라움과 곤혹이었다. 그는 시게코가 내민 명함을 다시 확인했다.

"마에하타 씨, 당신 르포를 쓰는 작가죠?"

들켰나?

"프리라이터입니다."

"저서가 있죠? 예전 그 사건 말입니다."

"9년 전의 연쇄살인사건을 말씀하시는 건가요?

"물론이죠. 그때 텔레비전에서 자주 봤습니다."

"그런 시기도 있었습니다. 하지만 선생님은 잘못 알고 계십니다. 저는 그 사건에 관한 책을 내지 않았습니다."

"르포를 쓰지 않았다고요?"

"네."

허어…… 하는 무방비한 목소리를 내더니, 다카하시 변호사는 비서와 얼굴을 마주보았다. 시게코가 쳐다보자 청년도 놀란 표정이었다.

"분명 본 기억이 있는데. 그건 당신이 쓴 책이 아니었나요?"

"여러 사람이 그 사건을 소재로 책을 냈으니까요."

한 손으로 이마를 쓰다듬으며, 다카하시 변호사는 시게코가 꺼낸 봉투 중 하나를 집어들었다.

"그럼 이런 일들을, 당신은 모두 무보수로 하고 있다는 건가요?"

"네."

"그래도 괜찮습니까?"

"개인적으로 흥미가 있으니까요."

"9년 전 사건과는 양상이 아주 다르지요. 뭐, 피해자가 어린 여성이라는 점은 똑같은가? 그게 당신이 흥미를 느낀 이유인가요?"

다소 도발적인 질문이었다. 여성이 살해된 사건에 흥미가 끌리는 거군요, 당신은. 시게코는 속으로 한숨을 내쉬었다. 결국 히토시가 그린 '산장' 그림에 대해 설명을 해야 하는 건가?

하지만 그전에 시게코는 시계를 가리켰다.

"선생님, 시간이……"

두시 반이었다. 다카하시 변호사는 벽시계를 올려다보고 아아, 하는 소리를 냈다.

"알았습니다. 일단 도이자키 가족의 의향을 물어보죠. 이것들은 보관증을 써드리겠습니다. 다다多田, 부탁해."

비서에게 일러둔 뒤, 변호사는 커다란 가방을 집어들고 "미안하지만 저는 먼저 나가보겠습니다" 하며 급히 사무실을 나갔다.

"조금만 기다려주세요."

다다라는 이름의 비서는 응접탁자에서 시게코가 꺼내놓은 봉투를 집어들어 자기 자리로 가지고 갔다. 그리고 서랍 속의 서식을 꺼내 보관증을 썼다. 시게코는 응접소파 옆에 서서 다다에게 물었다.

"오늘 다카하시 선생님께서 내주신 시간만큼 비용을 지불하겠습니다. 명목은 편하신 대로 적으시고요."

다다는 손에 든 펜을 살짝 흔들었다.

"아, 그건 괜찮습니다."

"하지만……"

"됐습니다. 겨우 삼십 분이니까 서비스한 걸로 치죠."

갑자기 친절해진 눈치였다.

"유명인도 만났고요."

"제가요? 설마, 무슨 말씀이세요."

다다는 보관증을 쓰다가 서류 위에 살짝 손을 얹었다.

"봉투는 봉인해가지고 오셨지만, 도이자키 씨에게 전달할 때 지희 쪽에 내용을 미리 확인해달라는 요청이 들어오면 여기서 개봉하겠습니다. 괜찮겠습니까?"

"괜찮습니다. 그렇게 하시죠."

다다의 글씨는 무척 깨끗했다. 시게코는 보관증을 확인하고 가방에 넣었다.

"왜 두 통을 가지고 오셨는지 여쭤봐도 될까요?" 다다가 물었다. "도이자키 부부 앞으로 한 통, 여동생 앞으로 한 통. 가족이 함께 살고 있지 않다는 사실을 누군가에게 미리 들으신 겁니까?"

시게코는 고개를 저었다.

"아뇨. 듣지는 못했습니다. 그냥 그럴 가능성이 있다고 생각했어요."

오히려 지금 다다가 한 말이 도이자키 세이코가 현재 부모와 함께 있지 않다는 걸 가르쳐준 셈이다. 본인은 깨닫지 못한 모양이지만.

시게코는 중요한 이야기가 생각났다.

"가족분들이 지금 어떻게 지내는지, 특히 세이코 씨 근황에 대해 친구들이 걱정하고 있어요. 이마이 씨라는 세탁소집 아들과, 쌀가게 딸인 나오미 씨라는 분입니다."

우린 지금도 친구예요, 라고 나오미는 말했었다.

"이 이야기를 세이코 씨에게 전해주시겠어요? 사건이 일어나고 한동안은 휴대전화가 연결이 되었는데, 지금은 전혀 소식을 알 수가 없다더군요."

"알았습니다. 그렇게 전하겠습니다."

다다가 고개를 끄덕였다.

"아아, 그럼 동생 이름이 세이코 씨라는 것도 그 친구들에게 들으셨겠군요."

"네, 그렇죠."

이제 납득이 간다는 표정으로 또 눈을 깜박였다. 시게코는 이 젊은 비서가 경험이 부족하다는 것을 깨닫고 슬쩍 찔러보기로 했다.

"어떠세요? 가능성이 있을 것 같습니까?"

"도이자키 씨 가족을 만날 가능성 말인가요?"

다다는 그렇게 되묻고 생각에 잠긴 표정을 지었다.

"글쎄요. 정확하게 말씀드릴 수는 없지만, 어려울지도 모르겠습니다."

"그분들이 전에 취재를 받아들인 일은요?"

"우리 사무실이 그분들 일을 맡은 뒤로는 없습니다."

"그런가요……"

"선생님께선 일단 일이니까 그렇게 말씀하시지만, 사실 돈 문제는 아니라고 생각합니다. 특히 세이코 씨는 큰 상처를 입었고요."

"당연하겠죠."

"제대로 된 취재 요청도 있었지만, 심한 건 정말 너무해서요."

세이코에게 누드사진집을 내자는 이야기가 들어온 적도 있다고 한다.

"정말 멍청하지 않아요? 생각이 있는 건지 없는 건지."

의분을 느낀 모양인지, 다다의 눈초리가 사나워졌다.

"수기를 써서 사진을 곁들이면 잘 팔릴 거라더군요. 당신도 이 사건 때문에 손해만 볼 수는 없지 않느냐, 이 기회에 한몫 잡자, 그런 식이에요."

이 세상엔 그런 치들도 있다. 그것도 적지 않은 수가.

"세이코 씨는 미인이신가요?"

"네, 무척이요. 죽은 아카네 씨도 미소녀였다고 하더군요."

다다는 '실해딩한'이 아니라 '죽은'이라는 표현을 썼다.

"저는 편의상 도이자키 세이코 씨라고 부르는데, 실제로는 어떻게 되죠? 세이코 씨는 도이자키라는 성을 버린 건가요? 아니면 헤어진 남편 성을 쓰고 있다던가."

너무 깊이 들어간 모양이었다. 다다는 최면술에서 깬 듯이 깜짝 놀란 표정을 지었다.

"세이코 씨가 이혼한 걸 알고 계십니까?"

"네, 뭐."

"그것도 친구에게 들으신 건가요?"

"그런 셈이죠."

기분이 상한 듯했지만 그래도 작은 새 같은 인상은 변하지 않았다.

"제가 말이 너무 많았군요. 삼촌께 야단맞겠어요."

삼촌?

"아, 다카하시 선생님의 조카신가요?"

그런 건 상관없지 않냐는 듯 다다는 시게코를 노려보았다.

"마에하타 씨, 정말로 어디 출판사 같은 데서 부탁받아 움직이는 건 아니시겠죠?"

"아닙니다. 절대 그렇지 않아요."

다다는 뚜벅뚜벅 문으로 다가가 활짝 열었다. 더이상 달라붙어봐야 좋을 게 없겠다. 시게코는 고분고분 밖으로 나왔다. 실례했다고 말했지만 다다는 대꾸가 없었다.

실패였다. 시게코는 이마를 탁 때렸다.

하지만 수확도 있었다.

도이자키 세이코는 미인이라고 한다. 약간은 안심되는 기분이었다. 남들이 '예쁘다'고 말해줄 만한 외모를 지니고 있는 게 지금의 세이코에겐 다소나마 위안이 되지 않을까?

아니, 그렇지 않을지도 모른다. 아카네도 미인이었으니까. 미소녀지만 주위의 눈총을 받았던 비행소녀. 아름다움이란 게 반드시 인생에 도움이 되는 것은 아니라는 좋은 표본―

시게코는 다시 이마를 쳤다. 도이자키 자매는 서로 닮았는지, 다다가 눈치채기 전에 물어봤어야 했다. 그런 것도 안 묻고 대체 뭘 한 걸까.

어쨌든 이렇게 된 이상 답변을 기다리는 수밖에 없다. 그리고 답변이

'노'일 경우, 어떻게 할지는 그다음에 생각하자. 상당히 힘들어지겠지만 아직 방법이 없는 것은 아니다.

그 주 토요일에 하기타니 도시코에게서 전화가 왔다. 시게코는 집에 있었는데, 벨이 울린 것은 집전화가 아니라 휴대전화였다.

도시코는 이상하게 소란스러운 곳에서 건 듯했다. 지금 선생님 댁을 찾아가도 되느냐고 힘없는 목소리로 말했다.

"상관은 없지만요……"

쇼지는 쉬는 날이라 동네 어린이 야구교실에 나가 있었다. 그쪽의 부탁을 받고 이따금 코치 흉내를 내러 가는 것이다.

"아주머니, 지금 어디 계시는 거예요?"

대답을 듣고 시게코는 깜짝 놀랐다. 이미 역까지 와 있다는 것이었다.

시게코는 서둘러 차를 몰고 마중을 나갔다. 도시코는 시게코가 말해둔 역 앞 편의점에 커다란 종이봉투를 두 팔로 안고 서 있었다. 백화점 종이봉투였다.

"죄송합니다, 선생님. 휴일이신데, 정말 죄송해요."

차 안에서 그동안 오빠와 이런지런 실랑이가 있었다는 이야기를 들었다. 오빠가 도시코에게 물었다고 한다. 너 그 선생에게 돈 얼마나 줬어? 돈 같은 건 주지 않았는데. 뭐라고?

흰 손수건으로 얼굴을 닦으며, 도시코는 미안한 듯 몸을 잔뜩 웅크리고 있었다.

"제가 너무 뻔뻔하기 짝이 없어서……"

도시코에게는 미안했지만 시게코는 웃음을 터뜨렸다.

"됐어요, 그런 건."

"하지만 경비 정도라도 드려야죠. 오빠에게 호되게 야단맞았습니다. 대체 상식이 있는 애냐고요."

화를 내는 하기타니 마쓰오의 얼굴이 눈에 선했다.

도시코가 안고 있던 백화점 종이봉투에는 화려한 상자에 담긴 수입 과자가 들어 있었다. 시게코는 그것을 불단에 올렸다.

"우선 히토시의 그림이 걸린 곳에 들러보지요."

시게코는 도시코를 마에하타 철공소 사무실로 데려갔다. 액자에 담긴 그림을 보고, 조금 전까지 땀을 닦던 손수건으로 이번에는 눈물을 닦았다.

"이렇게 멋지게 걸어주시고 많은 분들이 봐주시다니, 그애는 행복한 애예요."

시게코는 다카하시 변호사를 찾아갔던 이야기를 들려주었다. 취재비 이야기를 듣자 도시코는 달려들듯 말했다. 제가 지불하겠습니다. 그게 도리예요!

"알았습니다. 그렇게 할게요. 나중에 그럴 일이 생기면 다시 의논드리죠."

"예, 예, 꼭이요!"

"하지만 아주머니, 저는 수수료나 보수 같은 건 필요 없습니다."

낯빛이 달라져서 입을 열려는 도시코를 말렸다.

"이 건으로 제가 누군가를 만날 때마다, 제가 생각한 것보다 훨씬 더 많이 9년 전 사건 이야기를 꺼내요. 제 등에는 아직 그 사건의 유령이 달라붙어 있는 거죠."

선생님— 하고 중얼거리며 도시코는 얼굴을 찡그렸다. 손수건을 꼭 쥐고, 또 울음을 터뜨릴 듯한 표정이었다.

"그건 정말…… 괴롭지 않으세요?"

시게코는 고개를 저었다.

"반대입니다. 완전히 반대예요. 오히려 후련합니다."

유령의 존재를 깨닫지 못했던 것은 아니다. 그것이 거기 있다는 것은 알고 있었다. 그래서 '하기타니 도시코가 마음을 정리하는 과정을 돕고 싶다'고 스스로에게 변명한 것이다.

"저는 그 유령을 보고도 못 본 척하고 있었어요. 그렇게 해선 안 된다는 사실이, 9년 전 사건에 대한 질문을 받을 때마다 뚜렷해졌습니다. 제게 그런 기회가 필요했다는 사실도 깨닫게 되었고요."

이건 제 '사건'입니다. 시게코는 말했다.

"전에도 아주머니가 이제 그만두겠다고 하셨을 때도, 전 히토시의 그림에 관해 계속 조사하겠다고 말씀드렸죠. 그건 바로 제 사건이기 때문입니다. 제가 저 자신을 위해 하고 있는 일이기 때문이에요. 그러니 돈은 받을 수 없습니다."

도시코는 늘 가지고 다니는 가방을 열어 은행 봉투를 꺼냈다.

"하지만 이거, 오빠가 선생님께 드리라고 해서 가져온 겁니다만……"

"그럼 아주머니께서 맡아주세요. 함께 좋은 곳에 쓸 방법을 생각해 보죠. 히토시가 기뻐할 만한 걸로요."

도시코는 알겠다며 봉투를 거두었다. 시게코가 잘못 본 게 아니라면 왠지 안도한 듯이 보였다.

도시코가 가져온 과자상자를 열던 시게코는 "돌아가신 저희 시어머니는 제가 이럴 때마다 또 무슨 일을 저지르는 거냐며 화를 내셨어요"라며 웃었다. 둘이서 차를 마시는데 쇼지가 야구교실 아이들 스무 명쯤을 데리고 와글와글 떠들며 돌아왔다. 다들 수박을 하나씩 들고 있다.

"여보, 이것 봐! 올해 첫 수박이야. 주차장에서 수박깨기 놀이 하려고 얻어왔……"

큰 소리로 거기까지 떠들어대고 나서야 쇼지는 도시코를 발견했다.

"아! 이런, 실례했습니다. 여보, 이분은."

쇼지와 도시코는 마치 방아깨비처럼 서로 연신 허리를 굽히며 인사했다. 수박깨기 놀이를 얼른 하고 싶은 아이들은 기다리느라 안달이 났다.

"수박깨기 놀이라면 그냥 야구장에서 하지 그랬어."

"안 돼. 비싼 잔디구장이라서 거기서 놀면 안 돼."

다른 자원봉사 코치들도 합류해 다들 주차장에서 시끌벅적하게 수박깨기를 했다. 시게코와 도시코도 함께 구경하며 아이들을 돌보았다. 상자 안의 과자들은 모두 아이들 뱃속으로 사라져버렸다.

그러던 중, 하기타니 도시코의 모습이 보이지 않았다. 시게코는 찾으러 갔지만, 도시코가 사무실 건물 뒤에서 두 손으로 얼굴을 가리고 울고 있는 걸 보고 그냥 그대로 두기로 했다.

울 거라면 지금 여기서 우는 게 낫다. 히토시의 불단이 홀로 기다리는 집으로 돌아가는 길에 우는 것보다는, 여기서 우는 게 훨씬 낫다.

도시코의 눈물이 마를 일은 영원히 없다 하더라도.

잠시 후 돌아온 도시코는 눈가는 빨갰지만 얼굴은 웃고 있었다. 돌아갈 때는 "선생님, 덕분에 즐거웠습니다"라고 했다.

그 말은 아마 거짓말일 것이다. 하지만 '마음에도 없는 소리'는 아니다.

도시코를 역 개찰구까지 배웅하고 돌아오자 쇼지가 시무룩한 표정을 짓고 있었다.

“내가 그 아주머니에게 실수했나?”

도시코가 울었다는 걸 쇼지도 눈치챘던 것이다.

“그렇지 않아.”

“여보.”

“왜?”

“왜 어린아이가 죽는 걸까? 왜 그렇게 슬픈 일이 일어나는 거지?”

왜 어린아이가 죽는 걸까. 왜 어른으로 자라지도 못한 소녀가 살해당
하는 걸까.

다음주 초, 다카하시 변호사로부터 전화가 왔다.

도이자키 세이코가 마에하타 시게코를 만나고 싶어한다는 것이었다.

단장 3

노리야마 신문배급소의 노리야마 히사코法山久子는 영차 하고 힘을 주며 자전거를 문 밖으로 끌어냈다. '지역 순찰중'이라는 스티커를 붙인 짐바구니 안에는 쇼핑봉투가 들어 있다. 저녁식사 때문에 장을 보러 갔다 오는 길이었다.

히사코네 집은 조부모 대부터 이 사업을 해왔다. 예전에는 신문배급소라면 많은 배딜원들이 믹고 자고 하면서 일했기 때문에 커다란 솥에 밥을 지어야 했다거나, 돈가스를 한꺼번에 스무 개나 튀겼다거나 하는 일화를 들으며 자랐다. 하지만 시대가 변했다. 지금은 배달원들도 각자 집이 있고 저마다 생활이 있다. 종업원들과는 이따금 점심을 함께 하는 정도고, 저녁 식탁에 둘러앉는 건 가족 다섯 명뿐이다. 히사코와 남편, 두 아이, 그리고 히사코의 어머니.

오늘 저녁은 뭘로 할까, 카레가 어떨까 생각하며 자전거에서 내리려는데, 문득 맞은편 집 2층 창문이 눈에 들어왔다. 튼튼한 격자를 지르고 우윳빛 유리를 끼운 창문이다.

창문이 20센티미터 정도 열려 있었다.

저 창문이 열리는 일은 거의 없다. 아니, 히사코는 지금 처음 보았다. 더 정확히 말하자면, 길 맞은편 집에 미와 씨가 이사를 오고 얼마 지나지 않아, 저 집 아들에 대한 좋지 않은 소문이 들려왔고, 그것 때문에 크게 놀라 은근히 경계하며 저 집을 지켜보게 된 뒤로는 처음이었다.

미와 씨 집은 도로 쪽으로 1층에 세 개, 2층에 두 개, 모두 다섯 개의 창문이 있다. 그 가운데 네 개는 높은 곳에 나 있는데, 모두 격자가 달려 있다. 나머지 1층 창문 하나는 기껏해야 가로세로 30센티미터 정도 되는 작은 것으로, 아마도 세면실 채광창일 것이다.

지금 열려 있는 것은 이쪽에서 보면 2층 오른쪽 창문이다. 알루미늄 새시가 열린 틈새로 커튼이 흔들리고 있다.

그러고 보니 저 창에서 커튼이 걸린 것을 본 것도 처음이다.

맞은편 집은 주인이 따로 있다. 미와 씨 식구는 세를 얻어 살고 있는 것이다. 집주인 부부는 히사코와 잘 알고 지내는 사이다. 옛날부터 이웃사촌이었고, 손님이기도 했기 때문이다. 자식이 없는 나이 많은 부부였는데, 남편이 다리가 좋지 않아 부부가 함께 양로원에 들어가게 되었다. 오랫동안 여러모로 신세가 많았습니다—둘이 나란히 작별인사를 온 게 지난해 여름이었다. 집은 세를 주게 되었으니 곧 사람이 들어올 겁니다. 여기서 신문을 구독하라고 이야기해둘게요.

초가을에 집이 나가고, 이삿짐을 실은 트럭이 왔다.

그때만 해도 창문에는 격자가 달려 있지 않았다.

새로 이사온 사람들은 히사코를 비롯한 이웃 주민들에게 인사를 다

니지도 않았다. 말없이 와서 말없이 살고 있었다. '미와'라는 성도 문패
를 달 때까지 몰랐을 정도다.

집주인 노부부의 말과 달리, 그 사람들은 히사코네 배급소에 신문 구
독을 신청하지 않았다. 히사코가 구독을 권유하러 가자, 주부로 보이는
중년 여성이 나와서 채 반도 열지 않은 현관문 사이로 얼굴만 내민 채
필요 없다고 퉁명스럽게 말했다.

실제로 미와 씨네 집은 어디서도 신문을 받아보지 않았다. 편의점에
서 사는 걸까? 히사코는 남편에게 그렇게 말했다.

그래서 미와 가의 가족 구성도 한동안 수수께끼였다. 대체 저 집에는
누구누구가 살고 있는 걸까.

이웃에 인사 한 번 없는 쌀쌀맞은 집이라도, 때로는 장도 보고 음식
주문도 하는 법이다. 그런 데서 조금씩 정보가 흘러나와, 아마도 어머
니와 아들 단둘이 사는 모양이라는 사실을 알게 되기까지 한 달가량
걸렸다. 히사코가 신문 구독을 권하러 갔을 때 문전박대한 그 주부가
어머니인 모양인데, 자주 자전거를 타고 외출했다. 직업이 있는 모양
이었다.

아들은 삼십대 초반쯤으로, 키가 크고 체격이 좋았으며 아래딕이 빌
어진 딱딱한 얼굴에 머리카락을 요란한 색으로 염색했기 때문에 멀리
서도 금방 알아볼 수 있었다. 이미 한참 전에 사회생활을 시작했을 나
이인데도 어머니와 달리 집에 있는 일이 많았고 외출도 늘 밤에만 했
다. 복장은 항상 단정치 못해서, 대개는 운동복 상하의나 청바지에 셔
츠 차림이고 양복을 입은 모습은 아무도 본 적이 없었다. 맞은편 집에
는 주차공간이 없었기 때문에, 자동차를 가지고 있던 미와 씨의 아들은
근처 주차장을 빌려 쓰고 있었으며, 외출할 때는 늘 차를 끌고 나갔다.

혼자일 때도 있고, 친구로 보이는 또래 남자가 함께 타고 있을 때도 있고, 혼자 나갔다가 한밤중에 이웃들이 놀랄 만큼 간드러진 소리를 내는 젊은 여자아이 여럿을 태우고 돌아오는 경우도 있었다.

왠지 느낌이 좋지 않은걸―히사코와 이웃 사람들은 그렇게 이야기했다.

결국 이런저런 수수께끼를 풀어준 것은 그 집과 아들의 주차장 임대 계약을 맡았던 부동산중개사였다. 고객 정보니까 섣불리 떠들 수는 없지만, 나도 이 동네 사람이고, 이웃분들이 찝찝해하는 걸 그냥 지나칠 수도 없어서요. 하지만 저한테 들었다는 이야기는 하지 마세요. 이 이야기들 듣고 미와 씨를 따돌리거나 하면 곤란합니다.

따돌리고 말고 할 것도 없어요. 지금도 같은 동네에 살고 있을 뿐이지 아무 접촉이 없는걸요. 그보다 대체 뭐예요? 어서 가르쳐줘요. 히사코를 비롯한 이웃 주민들의 입장은 그랬다.

미와 씨의 아들, 미와 아키오三和明夫에겐 전과가 있다고 한다.

"올해 서른두 살이라던가? 어려서부터 이런저런 말썽을 일으켜 문제아 딱지가 붙었던 모양이에요. 곧잘 사고를 쳐서 부모와 친척들이 뒷감당하느라 애를 먹었다더군요."

대체 무슨 일로 전과가 생긴 거죠?

"상해사건. 싸우다 사람을 때려서 크게 다치게 했다더군요. 4년 전쯤이죠."

문제는 그뿐만이 아니었다. 미와 아키오가 때린 사람은 생판 남이 아니라, 함께 장사를 하던 동료였다. 다툰 원인은 돈 문제였는데―

"그 장사라는 게 말이죠,"

포르노 비디오를 만들었다고 한다.

"몰래 만들어서 인터넷을 통해 판매했던 모양입니다. 하지만 그런 건 별로 돈벌이가 되지 않는 모양이에요. 고객이 한정되어 있으니까요. 그래서 얼마 안 있어 회사를—일단은 그럴듯하게 비디오제작회사 간판까지 내걸었으니까—꾸려나갈 수 없게 되자, 자기들끼리 다툼이 일어나 결국은 폭력 사태까지."

게다가.

"그 포르노란 게 또, 상당히 심한 내용인 모양이라…… 어린 여자아이들을 속이거나 위협해서 출연시킨 것도 있다더군요. 미소녀물이라고 하나요? 그 문제도 있어서 쇠고랑을 찼던 겁니다."

요즘 세상에 그리 드문 이야기는 아니죠. 중개사가 나직이 말했다.

"불량청소년은 결국 그런 쪽밖에 갈 데가 없어요. 품행이 나빠서 고등학교에서 쫓겨났다고 하니 학력도 없지, 기술도 없지, 번듯한 직장을 얻을 수가 없죠. 돈이 없으면 재미없으니까 쉽게 돈을 벌 수 있는 일이라면 앞뒤 못 가리고 손을 대는 거예요."

애당초 그 비디오제작회사도 미와 아키오가 직접 세운 것은 아니었다고 한다. 고용되었다고 해야 할지, 한번 끼지 않겠느냐고 권해서 함께 장사를 한 것뿐이라는 것이다.

"솔직히 그런 쪽으로 머리가 잘 돌아가게 보이진 않아요, 그 집 아들은."

그러니까, 원래 나쁜 사람은 아닌 것 같습니다. 부동산중개사는 변명조로 이야기했다.

"이런 이야기는 집을 빌릴 때 연대보증을 서준 그 집 아들 외삼촌한테 들은 거예요. 그 양반은 아주 훌륭한 분이라서, 조키가 마음잡고 살게 하려고 애쓰고 있어요. 친아버지는 질려서 도망갔다는데 말이죠."

미와 아키오의 아버지는 4년 전 그 사건으로 자식이 실형 3년을 언도받자, 더이상 뒤치다꺼리를 해줄 수 없다며 부자의 연을 끊겠다고 선언했다. 그리고 아들을 버릴 수는 없다고 주장한 아내—아키오의 어머니 나오코尚子와도 이혼했다고 한다.

"그 아들 밑으로 동생이 있다더군요. 그쪽은 제대로 자란 모양입니다. 골치를 썩이는 형 때문에 동생이 힘들어하는 게 불쌍하니, 아버지로서는 결단을 내린 거겠죠."

그렇게 해서 아키오가 출소하자, 미와 모자는 지금처럼 단둘이 살게 된 것이다. 나오코는 파트타임으로 사무직 일을 하고 있는데, 그 급여만으로는 생활할 수가 없어 생활비도 외삼촌이 보태주고 있다고 한다.

"나오코 씨 오빠 되는 사람이죠. 갸륵한 형제애 아닙니까? 어려운 처지의 여동생을 도와주고, 그 멍청한 조카의 인생까지 다시 일으켜세워주려고 하니까요."

히사코는 그 말을 듣고 이상하다는 생각이 들었다. 같은 이야기를 들은 친한 이웃들도 이구동성으로 숙덕거렸다. 모자 단둘이 저런 큰 집에 세 들어 사는 건 사치스럽지 않나? 생활비를 도와주기보다 아키오가 직장을 갖게 해야 하는 것 아닌가?

도대체 미와 아키오가 지금 어떻게 생활하고 있는지 그 외삼촌이라는 사람은 알고 있기나 할까? 알려고 노력은 하나?

알고 있다면 왜 방치하는 걸까? 그런 사건이 일어나 실형까지 살았는데, 아키오는 아직도 제 차 뒷좌석에 뻔히 십대로 보이는 여자아이들을 태우고 한밤중에 집으로 돌아온다.

부동산중개사도 그 점에 대해서는 제대로 대답하지 못했다. 제가 그 외삼촌이란 양반에게 고자질을 할 수도 없으니까요.

"직장을 소개하거나 자기 회사에서 일을 시키거나—아, 외삼촌이 회사를 운영하고 있다더군요—여러 가지 해보았는데, 전과가 있어서 사람들 시선도 싸늘하고 본인도 그것 때문에 남들과 어울리기를 싫어해 오래가지 못했답니다. 시간을 두고 조금씩 고쳐갈 수밖에 없다고 하더라고요."

너무 안일한 게 아닌가 하는 생각이 들었다.

그런 생각들이 히사코를 비롯한 이웃 사이에 은밀하게 퍼진 것을 눈치챈 듯, 미와 씨 집의 모든 창에 격자가 달렸다. 그리고 이웃들의 그런 생각은 경계심으로 바뀌었다.

저 격자는 뭐하려고 달았을까? 뭔가를 가두려는 걸까? 아니면 집을 외부의 무언가로부터 지키려는 걸까?

사실을 아는 이웃 사람들은 문제가 생기지 않도록 가능한 한 그 집과 관계하지 않고 생활했다. 알고 있는 사실을 결코 밖으로 직접적으로 드러내지는 않았다.

하지만 소문이란 건 살아 있는 거나 마찬가지다. 제 발로 퍼져나갈 길을 찾아내기 마련이다. 초등학교와 중학교에 다니는 아이들마저도 미와 가의 비밀에 관해 소곤거린다는 사실을, 히사코는 얼마 전 알게 되었다. 다름 아닌 자신의 아들에게 들은 것이다.

—저 집에는 어린 여자아이에게 나쁜 짓을 하다가 경찰에 잡혀갔던 사람이 산대.

앞뒤가 생략되기는 했지만 그릇된 정보는 아니다. 미와 아키오가 속이거나 위협해서 포르노 비디오에 내보낸 것이 '어린 여자아이'만은 아닐 테지만, 그 사건에서 가장 용서하기 힘든 부분은 바로 그 점이었다. 적어도 히사코는 그렇게 생각하고 있었다.

히사코는 20센티미터 정도 열린 창과 그 안에 드리워진 커튼을 노려보았다. 햇살이 눈부셔 못 견디고 눈을 깜박이게 될 때까지, 계속 바라보았다.

제6장

여동생

마에하타 시게코는 등에 날개가 돋은 양 서둘러 다카하시 법률사무소로 향했다. 이번에는 길을 헤매지 않았지만 약속시간 십 분 전에 문을 노크했을 때는 땀으로 흠뻑 젖어 있었다. 흥분했기 때문이었다.

지난번처럼 다다가 또 문을 열어주었다.

"숨이 차신 것 같네요."

역에서부터 달려왔다고 시게코는 솔직하게 말했다.

"아직 세이코 씨는 도착하지 않았습니다. 먼저 우리 선생님이 할말이 있다고 하시네요. 들어오시죠."

다카하시 변호사는 특별히 언짢은 표정은 아니었다. 심기가 불편한지 어떤지는 알 수 없었다. 뛰어난 변호사란 그런 법이다.

"의외였습니다"라고 다카하시 변호사는 먼저 입을 열었다.

"저도 그렇게 생각해요. 정말 감사합니다."

시게코는 진심으로 감사 인사를 했다. 심장이 두근거렸다.

"그러실 것 없습니다. 저는 반대했으니까요. 만나지 않는 게 좋겠다고 했어요."

그렇다면 그만큼 세이코의 의향이 강했다는 말일까?

"미리 말씀드리지만, 도이자키 부부는 제의에 거절했습니다. 전화나 편지도 전혀 소용없었습니다. 부부의 거처를 가르쳐드릴 수도 없고요. 당신이 만날 수 있는 사람은 세이코 씨뿐입니다. 괜찮겠죠?"

"네."

다카하시 변호사는 다다를 불러 두 군데를 철한 서류를 가져오게 하더니 시게코에게 내밀었다.

"이걸 읽어주세요. 내용을 확인하시면 여기 마지막 장에 서명해주십시오. 둘 다 같은 위치입니다."

아래쪽 공백을 가리키며 말했다.

서류 제목은 '합의서'였다. 시게코는 서둘러 문서를 읽었다. 어려운 내용은 아니었다. 세이코와 만나 취재할 때 시게코가 지켜야 할 약속사항을 적은 것이었다. 세이코의 허락 없이 대화를 녹음하지 않는다, 사진 촬영을 하지 않는다, 취재시에 시게코 외 제삼자를 입회시키지 않는다, 입회가 반드시 필요한 경우에는 세이코와 다카하시 법률사무소의 의논을 거친다, 세이코를 취재해 알게 된 사실을 제삼자에게 누설하지 않는다—

"여기 '제삼자'에는 하기타니 도시코 씨도 포함되나요?"

"그 아랫줄을 읽어보세요."

을(시게코를 말한다)의 공동취재자인 하기타니 도시코는, 도이자키 세이코의 사전 허락이 있을 경우에만 입회할 수 있다—고 쓰여 있다.

"이 허락이라는 건, 제가 들은 이야기 하나하나를 도시코 씨에게 이야기할 때마다 세이코 씨에게 확인을 받아야 한다는 건가요?"

"그렇습니다."

도이자키 겐, 고코, 아카네, 세이코에 관해 알게 된 사실의 어떠한 내용도 출판물, 영상물, 음성매체, 전자 기록매체 등으로 공표하지 않는다.

합의서를 마지막까지 읽고, 시게코는 고개를 들었다.

"알겠습니다. 그런데 선생님, 이 합의서에는 취재비 항목이 없네요."

"세이코 씨는, 취재비는 필요 없다고 합니다."

그렇게 말하고 다카하시 변호사는 당장이라도 재채기를 할 듯이 얼굴을 찡그렸다.

"오히려 당신에게 필요한 경비를 지불하겠다고 했습니다. 그것도 제가 말렸지만요."

시게코는 눈을 동그랗게 떴다.

"경비……라고 하신다면?"

"뭐, 곧 본인이 올 테니 직접 물어보세요."

시게코가 두 장의 합의서에 사인을 하고 한 장을 다카하시 변호사에게 돌려주었을 때 인터폰이 울렸다.

시게코 뒤, 칸막이 너머에서 문이 열렸다. 시게코는 숨이 막힐 정도로 긴장했다.

"안녕하세요?"

다다가 인사를 했다.

"안녕하세요? 조금 늦은 것 같네요. 미안해요."

달콤한 목소리였다. 가벼운 발소리.

"선생님, 오셨습니다."

다다가 이쪽으로 다가왔다. 다카하시 변호사가 일어섰다. 그보다 먼저 시게코도 소파에서 일어섰다.

그리고 천천히 고개를 돌렸다.

시게코보다 작은 체구, 호리호리한 젊은 여성이 거기 있었다. 내리깔고 있던 눈을 들어 시게코 쪽을 바라보았다. 피부가 희고 콧날이 오똑하다. 인형 같다―시게코는 고풍스러운 비유를 떠올렸다.

세이코는 옅은 파란색 긴 원피스를 입었다. 오부소매에 목이 둥글게 파인 디자인이다. 세이코의 긴 목과 아름다운 턱선을 더욱 돋보이게 만드는 차림이었다. 헤어스타일은 쇼트커트였지만 요즘 유행하는 대로 귀 양옆이 뒷머리보다 조금 길었다.

"오, 시원해 보이시네요. 이리 앉으시죠."

다카하시 변호사는 웃는 낯으로 손을 내밀어 자기 옆자리로 불렀다. 젊은 여성은 살짝 고개를 숙인 뒤 시게코 옆을 지나 변호사 옆에 섰다.

"이분이 마에하타 시게코 씨입니다."

다카하시가 말했다. 고개를 든 시게코는 여자와 눈이 마주치기를 기다렸다가 고개를 숙였다.

"마에하타입니다. 처음 뵙겠습니다."

여자도 시게코가 고개를 들어 다시 눈이 마주치기를 기다렸다가 말했다.

"도이자키 세이코입니다."

세이코는 고개를 숙이지 않았다. 시게코와 잠깐 눈을 마주치고 바로 살포시 자리에 앉았다. 시게코는 천천히 앉았다. 일부러가 아니라, 긴장감 때문에 무릎이 굳어버린 것이다.

생각보다 밝다—그게 첫 느낌이었다. 그 생각이 심장 박동과 동조해 관자놀이 부근에서 계속 팔딱거렸다. 밝다, 활달하다, 밝다.

다행이다.

"제 요청을 받아주셔서 정말 감사합니다."

시게코의 말에 세이코가 입을 열려는 것을 다카하시 변호사가 앞질러 말했다.

"마에하타 씨에게 합의서에 사인을 받았습니다."

조금 전 그 서류를 세이코에게 보여주었다.

"며칠 전에 설명했지만, 마에하타 씨가 여기 적혀 있는 내용을 모두 지켰을 경우에도 세이코 씨가 그만두고 싶을 때는 바로 취재를 중단할 수 있습니다. 잘 기억해두세요."

세이코는 네, 라고 대답하며 고개를 끄덕였다.

"여러모로 배려해주셔서 감사합니다."

그리고 시게코를 다시 바라보았다.

"절차가 번거로워 죄송해요."

미소는 아니지만 거의 그에 가까운 부드러운 표정을 짓고 있었다. 쌍꺼풀이 없는 시원한 눈에, 맑은 지성과—이건 뭘까?

(호기심?)

눈 속에 차분하게 빛나는 무언가가 깃들어 있는 듯 보였다. 저건 무슨 빛일까.

세이코의 시선은 흔들림 없이 시게코의 얼굴에 초점을 맺고 있다. 모색하듯 뜯어보는 건 아니지만, 구석구석 눈길을 주고 있다는 게 느껴졌다.

다다가 커피를 내왔다. 그가 잔 받침과 잔을 내려놓는 것을 세이코도 거들었다. 아름다운 풍경이었다. 달리 비유할 길이 없다. 미소 지으며 거드는 세이코도, 수줍게 웃는 다다도 둘 다 아름다웠다.

"시험은 어땠어요?"

세이코가 다다에게 물었다.

"아, 그 질문은 패스할게요." 다다가 당황했다. "묻지 말아주세요."

"공부를 안 했으니 어쩔 수 없지."

다카하시 변호사가 말했다.

"했어요. 열심히 했다니까요."

"어제도 거기서 졸고 있었잖아?"

"그러니까, 밤낮없이 공부했으니까 여기서 전화나 받고 있다보면 바로 졸리는 거라고요."

세이코는 다카하시 변호사와 다다에게 상당히 마음을 열고 있는 것 같았다. 다다와 세이코는 누나와 동생처럼 보이기까지 했다.

돌아서려는 다다에게 살짝 손바닥을 향하며 세이코가 시게코에게 말했다.

"다카하시 선생님 조카인데, 변호사 지망생이에요."

다다는 시게코가 아니라 세이코를 향해 대답했다.

"변호사가 될지 어떨지는 몰라요. 사법고시를 보는 것뿐이지."

"변호사를 가볍게 보지 마, 너."

"아니라니까요. 삼촌이 말했잖아요. 사법시험 성적순으로 제일 우수한 사람이 법관이 되고, 그다음에 검사가 되고, 꼴찌가 변호사가 된다고요."

세이코가 손가락을 입가에 대고 쿡쿡 웃었다.

"어느 쪽이건 대단해요. 저 같은 건 상상도 할 수 없는 세계인걸요."

364

그리고 다시 시게코를 보며 덧붙였다.

"재학중에 합격하는 게 목표라는데 꿈만은 아닐 것 같아요. 아주 우수한 학생이거든요."

시게코는 웃으면서 그들의 모습을 바라보았다. 사카이 나오미의 말이 기억났다. 세이짱은 제가 지금까지 만난 사람 중에 제일 착한 사람이에요.

정말이다. 정말 착한 사람이다.

세이코가 풀어가는 이 자연스러운 대화는 시게코의 부담을 덜어주기 위한 것이다. 시게코를 배려해주고 있다. 시게코를 만나는 걸 말리려 했던 다카하시 변호사와 당사자인 시게코가 함께 있는 이 자리를, 조금이라도 부드럽게 만들려는 것이다.

그럴 의무도 책임도, 전혀 없는데.

"저는 마에하타 씨를 알고 있었어요."

무릎 위에 손을 가지런히 모으고 세이코가 입을 열었다. 잠깐 화제의 주인공이었던 다다는 자기 자리로 돌아가고, 다카하시 변호사는 커피를 휘젓고 있다. 세이코는 잠시라도 대화가 끊어지지 않도록 애썼나.

"감사합니다. 아마 9년 전 사건 때문이겠죠?"

다카하시 변호사가 가만히 시게코를 바라보고 있다.

"텔레비전에…… 나오셨죠?"

"그런 시절이 있었습니다. 지금은 생각할 수 없는 일이지만요."

"선생님 이야기를 듣고 깜짝 놀랐어요. 그 사건에 관한 책을 쓰지 않으셨다고요."

"네, 쓰지 않았습니다."

"혹시 여쭤봐도 된다면…… 왜 그러셨던 건가요?"

노모토 형사와의 대화를 되풀이하는 것 같았다. 하지만 분명히 차이가 있다. 도이자키 세이코는 그 일로 시게코에게 화가 난 것이 아니다. 그저 순수하게 궁금한 것이다.

"저도 잘 모르겠어요. 쓸 수 없었다고 하는 게 가장 솔직한 대답이겠죠."

쓸 수 없었다, 세이코는 작은 목소리로 되뇌었다. 무릎 위에 얹은 손으로 살짝 주먹을 쥐었다. 반지는 보이지 않는다. 액세서리 같은 것은 전혀 하지 않았다.

"제 이야기…… 저희 이야기도 쓰시지 않을 거죠?"

처음으로 세이코의 시선이 시게코를 아래위로 훑어보았다. 시게코는 확실하게 고개를 끄덕였다.

"쓰지 않을 겁니다."

그렇군요. 세이코가 또 중얼거렸다. 그러면서 옆에 앉은 다카하시 변호사를 살짝 의식하는 눈치였다.

"선생님, 죄송한데요."

"뭐죠?"

"선생님도 오늘은 여기서 마에하타 씨와 이야기하기로 일정이 잡혀 있죠?"

"그렇습니다. 시간을 잡아두었으니 괜찮아요."

세이코는 조심스럽게 눈을 깜박이고 고개를 저었다.

"그래서 죄송하지만, 저는 마에하타 씨와 단둘이서 이야기하고 싶습니다."

시게코 이상으로 놀랐을 다카하시 변호사는 그래도 내색은 하지 않았다. 커피잔을 받침 위에 내려놓고는 "내가 있으면 이야기하기 힘듭니까?"라고 부드럽게 물었다.

"그렇지는 않아요. 그건 아니에요, 정말로."

세이코는 살짝 고개를 저으며 두 손도 함께 저었다. 그런 몸짓을 하자 스물다섯의 나이보다 훨씬 어리게 보였다.

"그냥 마에하타 씨와 둘이서 이야기하고 싶어요."

꼭 '전 이 리포트를 마무리하고 싶어요. 어떻게든 혼자 마무리하고 싶어요'라고 지도교수에게 고집 부리는 여학생 같은 말투였다. 그 또래 여자들만 지닐 수 있는 이유 없는 고집. 뚜렷한 이유는 필요 없다.

"도이자키 씨."

다카하시 변호사가 나무라는 듯한 표정을 지었다. 세이코가 먼저 말했다.

"알고 있습니다. 조언해주신 내용은 머릿속에 다 들어 있어요. 오늘 마에하타 씨와 어떤 이야기를 했는지 나중에 모두 선생님께 말씀드리겠습니다. 그러니 부탁드려요."

다카하시 변호사가 입을 꾹 다물었다. 하지만 눈을 찌푸리거나 어깨를 들썩이지는 않았다. 어디까지나 지도교수의 체면치레 같은 표정이다.

"어쩔 수 없군요. 알겠습니다."

세이코의 표정이 밝아졌다. 수줍고 청초한 흰 꽃잎이 열리자 그 안에 숨었던 화려한 색들이 드러난 듯한, 그런 웃음이었다.

"잘됐다. 감사합니다. 마에하타 씨, 가요."

세이코가 앞서고 시게코가 그 뒤를 따라, 마치 사무실 비서 두 사람이 점심시간에 함께 식사하러 나가는 듯한 분위기로 다카하시 변호사

사무실을 나왔다. 다다가 얼떨떨한 얼굴로 배웅했다.

세이코는 에스닉한 자수가 놓인 작은 가방을 들고 있었다. 그것을 앞뒤로 흔들며 걸었다. 힘차게 엘리베이터 버튼을 누르고 내려온 승강기를 타고 밖으로 나올 때까지 아무 말도 없었지만, 시게코는 세이코의 긴장과 흥분을 느꼈다. 마음이 설레고 있다는 것을 느낄 수 있었다.

왜지?

세이코는 뭔가 원하고 있는 것 같았다. 다카하시 변호사의 말이 떠올랐다. 세이코 씨는 당신에게 필요한 경비를 지불하겠다고 했습니다—

그전에, 다카하시 변호사는 '세이코 씨가 마에하타 씨를 만나겠다고 합니다'라고 하지 않았다. '만나도 좋다'도 아니었다. '세이코 씨가 마에하타 씨를 만나고 싶어한다'고 했다.

"그럼, 어디로 갈까요?"

빌딩 출입구에서 뒤를 돌아보며 세이코가 소녀 같은 눈동자로 물어왔다. 귀엽다. 저도 모르게 시게코는 미소를 지었다.

"글쎄요, 어떻게 할까요? 가고 싶은 곳 있으세요?"

찻집 같은 데서 할 수 있는 이야기는 아니다. 노아 에디션에 갈 수도 없다. 그렇다고 처음 만났는데 집에 데려가는 건 아무래도 너무 뻔뻔하고 시게코에게도 부담이다.

"이럴 때…… 취재나 인터뷰는 보통 어떤 데서 하나요?"

"여러 가지죠. 상대방이 원하는 곳으로 해요. 조용하고 남들에게 방해받지 않으니까 호텔 방을 잡는 경우도 있고요."

세이코가 의아하다는 표정을 지었다. 시게코는 또 웃으며 고개를 저었다.

"아, 이상한 뜻은 아니에요. 하긴 갑자기 호텔 방 이야기를 꺼내면 대부분 야릇하게 생각하겠네요."

"맞아요. 흠, 그런가요?"

가방을 흔들면서 세이코가 주위를 둘러보았다. 평일의 신바시 거리. 수많은 사람들이 오가는 곳이다. 양복 차림의 샐러리맨. 회사 유니폼을 입은 여직원. 세이코는 세상 사람들에게 얼굴이 알려지지는 않았지만, 그래도 심정적으로는 사람이 많은 장소에 오래 머물고 싶지 않을 것이다. 지나다니는 사람들의 시선을 받고 싶지는 않을 것이다.

갑자기 세이코가 시게코를 돌아보며 물었다.

"마에하타 씨, 차 운전하세요?"

"네, 합니다."

"그럼 차 안은 어떨까요?"

드문 제안이다.

"택시가 아니라, 렌터카를 빌리자는 건가요?"

세이코가 살짝 주춤했다.

"이상한가요?"

"아뇨, 전혀 이상하지 않아요. 그렇군요. 차 안이라면 남들 눈을 신경 인 씨도 되겠네."

시게코는 가슴을 툭 쳤다.

"제가 이래 봬도 운전을 잘해요. 남편도 자주 태워주고요."

말을 해놓고 바로 실수했다 싶었다. 세이코는 결혼 몇 개월 만에 반강제로 이혼했는데.

그런 생각이 시게코의 얼굴에 드러난 모양이었다. 세이코도 분명히 그걸 감지한 것 같았다. 하지만 그녀는 곧 초승달 모양으로 눈을 접으며 부드럽게 웃었다.

"그럼 마음이 놓이네요. 저도 운전 좋아해요. 마에하타 씨가 피곤하면 제가 대신할게요. 아, 주차장이 넓은 곳으로 갈까요? 그러면 차를 세워놓고 이야기할 수도 있을 테니까요."

어디가 좋을까. 세이코는 생각에 잠겼다. 천진난만한 어린아이 같은 표정이었다. 시게코는 문득 세이코를 아주 밝은 곳으로 데려가고 싶어졌다.

"도쿄 디즈니랜드, 좋아하세요?"

차를 타고 달리기 시작하자, 도이자키 세이코는 조심스러운 말투로 시게코에 대한 것들을 물어왔다. 9년 전 연쇄유괴살인사건 당시의 일들. 그뒤의 일들. 그리고 현재 상황.

숨길 일은 없었고, 세이코가 시게코에 관해 알고 싶어하는 것은 당연했기 때문에 시게코는 질문 하나하나에 정성껏 대답했다. 하기타니 도시코와 만난 경위에 관해서도 다시 설명했다.

"다카하시 선생님은 못마땅한 표정이었지만, 저는 그 하기타니 씨라는 분도 만나뵙고 싶어요."

운전대를 잡은 채로 시게코는 힐끔 세이코의 표정을 보았다. 세이코도 시게코를 보고 있다가 눈이 마주치자 고개를 끄덕였다.

"다카하시 선생님은, 제가 마에하타 씨와 하기타니 씨에게 말려들까봐 걱정하시는 모양이에요. 죄송합니다, 좋지 못한 표현을 써서."

시게코는 웃었다.

"다카하시 선생님이 염려하시는 건 당연한 일이에요. 하지만 세이코 씨가 원한다면 제가 하기타니 씨에게 이야기해볼게요."

차가 해안고속도로로 들어서고 멀리 신데렐라 성의 뾰족탑이 보이자

세이코는 기쁜 듯이 몸을 앞으로 숙였다.

"반갑네요. 몇 년 만인지 모르겠어요."

도쿄 디즈니랜드는 어떻겠냐고 제안했을 때, 세이코는 말로 대답하기 앞서 손뼉을 치며 기뻐했다. 가고 싶다면서 눈빛을 반짝였다. 그래서 자연스레 이리 오게 되었지만, 지금 한 말을 듣고 시게코는 불안을 느끼기 시작했다.

나도 참 생각이 짧다. 이렇게 유명한 테마파크니까 세이코도 한두 번은 온 적이 있을 테고, 즐거운 추억도 있을 것이다.

그렇다면 지금의 세이코에게는 괴로운 장소가 아닐까? 그래도 제안을 기꺼이 받아들여준 것은, 세이코의 친절한 마음씨 때문 아닐까?

"정말로 괜찮으세요?"

뒤늦게 묻자 세이코는 바로 질문에 담긴 뜻을 깨달았는지 가볍게 고개를 저었다.

"마지막으로 디즈니랜드에 놀러온 게 스무 살 때였어요. 회사 친구들과 함께요."

헤어진 남편이랑은 아니고요. 세이코는 목소리를 낮춰 덧붙였다.

"그렇군요……"

"그 사람은 사람 많은 곳을 무척 싫어해요. 사귀던 시절에도 데이트할 때 붐비는 곳에는 가고 싶어하지 않아서 늘 말다툼을 했죠."

도로에는 차가 별로 없었다. 앞뒤로 텅 비었다. 시게코는 속도를 늦췄다.

"부모님도 외출하는 걸 별로 좋아하지 않았어요. 제가 어렸을 때는 유원지나 동물원에 데려가주었지만, 그것도 아이를 위해 어쩔 수 없이 하는 느낌이었어요."

세이코가 고등학생이 되어 어느 정도 먼 곳은 친구들과 놀러갈 수 있게 되자, 부모와 함께 외출하는 일은 거의 없었다고 한다.

"연말에 엄마랑 같이 설날 준비를 하러 백화점에 갈 때, 그리고 여름 휴가로 가족여행을 갈 때 정도? 아빠가 다니던 회사 휴양소가 아타미에 있었거든요. 거기 가서 이틀 정도 자고 왔어요. 제가 초등학교 다닐 때부터 늘 그랬죠. 여행이라고 해봐야, 그것뿐이었어요."

시게코의 머릿속에 한 가지 생각이 스쳤다. 하지만 입 밖에 낼 수는 없었다. 적어도 지금은.

그러자 세이코가 먼저 이렇게 말했다.

"엄마나 아빠나 별로 집을 비우고 싶지 않았던 거죠. 지금 와서 생각해보면 그랬었구나 하고 이해가 가요."

세이코의 말에 어떻게 대꾸해야 할지 시게코는 생각나지 않았다. 두 사람은 입을 다물었다. 시게코는 운전에 집중했다.

디즈니랜드 주차장이 보였다. 반쯤 찬 상태였다.

"평일인데도 붐비네요. 관광버스도 많고."

밝은 햇살에 세이코는 눈을 가늘게 떴다.

"지금은 사실 디즈니리조트라고 부르죠."

차를 주차장에 집어넣자 바람을 타고 경쾌한 음악이 들려왔다. 게이요 선 마이하마 역에서 테마파크 입구로 이어지는 보도를 사람들이 천천히 걸어가는 모습이 보였다.

"잠깐 여기에 있어도 괜찮을까요?"

조수석에서 안전벨트를 한 채 세이코가 말했다.

"물론이죠."

"나중에 안에 들어가서 차라도 마셔요. 제가 좋아하는 가게가 있거든요. 그런데 오랜만에 온 거라 그새 바뀌지 않았는지 모르겠네요."

눈동자를 이리저리 움직이며 일부러 활기차게 말했다. 시게코는 미소를 지으며 말없이 세이코를 바라보았다.

"죄송해요." 세이코도 미소를 지으며 중얼거렸다. "무슨 이야기부터 꺼내야 좋을지 모르겠네요."

"그것도 당연해요. 오늘 처음 만난 사이인걸요. 괜찮아요. 무리하지 마세요."

옆에 차 한 대가 다가와서 멈췄다. 젊은 커플이 내렸다. 팔짱을 끼고 웃는 얼굴로 이야기를 나누며 입구 쪽으로 걸어갔다.

시게코는 그쪽을 엄지로 가리켰다.

"오늘은 우리도 그냥 놀아버려도 상관없어요. 제 남편도 사람 많은 데를 싫어해서 이런 곳에 함께 오지 않거든요. 아마 제가 세이코 씨보다 훨씬 오랜만에 온 걸 거예요."

세이코는 어깨를 움츠리며 웃었다. 그리고 안전벨트 버클에 손을 갖다댔다.

그 자세로 숨을 들이켠 세이코는 갑자기 입을 열었다.

"지는, 마에하타 씨를 만나면 부닥하고 싶은 게 있있어요."

시게코는 부드럽게 눈짓으로 이야기를 재촉했다. 어떤 건가요? 제가 할 수 있는 일이 있나요?

"조사해주셨으면 해요. 우리―부모님에 관해서. 왜 언니를 죽게 했는지, 그 이유를요. 그런 조사는 다카하시 선생님이 하실 일은 아니니까요. 선생님도 말리셨고요."

세이코는 애원하듯 똑바로 시게코를 바라보았다.

"하지만 저는 알고 싶어요."

세이코는 목소리가 떨리는 것을 애써 참고 있었다.

"진실을 알고 싶어요. 부모님이 왜 언니를 죽였는지. 왜 그렇게 되어 버렸는지. 언니가 어떤 사람이었는지. 너무 알고 싶어요. 제게는 진실을 알 권리가 있겠죠?"

시게코는 입을 열려다 생각을 고치고 고개만 끄덕였다. 확실히, 당신에겐 그럴 권리가 있다. 알고 싶어할 권리가.

"그런데 아무도 제게 가르쳐주지 않아요. 부모님이 언니를 죽였다. 그리고 마루 밑에 묻은 채 16년 동안이나 숨기며 살아왔다. 제가 알고 있는 것은 그뿐이에요. 그런 엄청난 일이 느닷없이 제 앞에 디밀어지고, 그걸 엉겁결에 받아들기는 했지만 그다음에는 어떻게 해야 좋을지 몰랐어요. 당연하죠. 왜 그런 일이 일어났는지 모르니까요. 부모님의 고백만으로는 납득이 가지 않아요."

세이코의 두 손이 안전벨트에서 떨어져 뭔가를 구기는 듯한 동작을 했다. 그게 세이코의 지금 심정이고, 정신 상태일 것이다. 모든 것이 구깃구깃 구겨져 서로 엉켜 있다.

"그래서 마에하타 씨 이야기를 들었을 때는 무척 기뻤어요. 이분이라면 조사해줄 수 있을 거라는 생각에요."

"그래서 다카하시 선생님에게, 필요한 경비를 마에하타 시게코에게 지불할 용의가 있다고 하신 건가요?"

세이코는 힘주어 고개를 끄덕였다. 눈도 깜박이지 않았다. 시게코는 살짝 고개를 기울이고 그 시선을 되받았다.

원피스 소매 아래로 드러난 세이코의 흰 팔에 소름이 돋아 있는 것을 깨달았다. 에어컨 때문은 아닐 것이다. 긴장 때문이다.

"안 될까요? 제가 이런 부탁을 하는 게 이상한가요?"

천천히 안전벨트를 풀더니, 세이코는 무릎을 모으고 시게코 쪽으로 몸을 틀었다.

"경찰에도 부탁해봤어요. 더 자세한 내용을 조사해줄 수 없겠느냐고요. 어쩌면 이미 조사를 통해 알고 있으면서 제게 가르쳐주지 않는 거 아니냐고, 알고 있다면 가르쳐달라고."

"형사들이 뭐라고 했나요?"

"조사할 것은 전부 조사했고, 제게 숨기는 것은 없다고 했어요."

눈꺼풀이 떨리며 갑자기 눈이 촉촉해졌다.

"제가 알고 싶은 건 앞으로 어느 정도 시간을 두고 부모님에게서 들을 수밖에 없지 않느냐고 하더군요. 당신 부모는 당신에게 제대로 설명할 의무가 있다, 그러니 부모에게 알려달라고 요구하라고요."

시게코는 그 여형사의 길고 검은 머리카락과 의연한 옆얼굴을 떠올리며 물었다.

"센주미나미 경찰서에 있는 노모토라는 형사를 기억하세요? 여자 분인데요."

세이코는 바로 고개를 끄덕였다.

"네, 여러모로 신세를 졌죠."

"그 조언을 해준 것도 노모토 씨였나요?"

"아뇨, 그렇지 않아요. 고레에다是枝라는, 나이가 좀 많은 분이었어요. 다른 분들이 '주임님'이라고 불렀고요."

노모토 형사는 상사인 고레에다 주임의 태도에 오히려 화를 냈다고 했다.

"동기나 이유 같은 자세한 내용은 당신 부모에게 물어라, 경찰은 모르겠다는 태도는 너무 냉혹하다고. 저한테는 사과까지 했어요. 시효가 지난 사건이라 시간도 일손도 들일 수 없다면서 무척 아쉬워하셨어요."

"노모토 씨라면 그랬겠죠. 저도 며칠 전에 만났습니다. 세이코 씨가 잘 지내는지 무척 염려하더군요."

세이코의 젖은 눈에서 눈물 한줄기가 뺨을 타고 흘러내렸다. 한 방울뿐이었다. 표정은 차분했다. 울음을 터뜨릴 것 같지는 않다.

"그런가요? 그런 분이었군요." 놀란 듯이 중얼거렸다. "저는 노모토 형사님이 좀 불편했어요."

"왜요?"

"왠지 싫었어요. 무척 친절하게 대해줬지만 오히려 그게 거슬렸달까. 그때는 이런 식으로 제 심리를 분석할 수 없었지만, 지금 와서 돌이켜보면 그랬던 것 같아요. 입장이 너무 달랐으니까요."

비슷한 나이대의 여자 둘. 하지만 노모토 형사는 위로를 하는 입장이고, 세이코는 그걸 받는 쪽이었다. 왜 그런 차이가 생긴 걸까? 어째서 자신은 위로를 받는 처지가 되어야만 하는 걸까? 불합리하다.

세이코 입장에서는 정리가 되지 않았을 것이다. 그래서 그녀가 친절하게 대해줄수록 스스로 비참하게 느껴지고, 그게 또 화가 났을 것이다.

만약 이런 솔직한 말을 노모토 형사가 들었다면 단순히 놀라는 데 그치지 않고 상처를 받을 것이다. 어쩔 도리가 없는 일이다. 사람과 사람의 관계는 결국 그런 것이다. 전하려는 마음은 제대로 전달되지 않는다. 전달되어도, 상대방에게 도달했을 때는 전혀 다른 것이 된다.

그런 점을 감안하고 세이코를 이해시켜야 한다. 시게코는 천천히 입을 열었다.

"제가 사실을 조사할 수는 있을 거예요. 즉, 사실의 단편들을 모을 수는 있죠."

도이자키 아카네가 어떤 소녀였는가. 그 아이와 부모는 어떻게 살았는가.

"하지만 얼마나 모아야 그것이 세이코 씨가 원하는 '진실'이 될지는 모릅니다."

어째서요? 세이코가 작은 목소리로 물었다.

"진실을 발견해내는 건 바로 세이코 씨 자신이니까요."

시게코는 대답했다. 그러자 세이코의 목소리가 공격적으로 높아졌다.

"제가 해석하기 나름이란 건가요? 말하자면, 제가 스스로 납득할 수 있는 논리가 있다면 그걸로 그만이라는 거예요? 진실 같은 건 필요 없다는 말이에요?"

시게코는 당황하지 않았다.

"진실은 필요하죠. 세이코 씨에게나, 부모님에게나."

"그렇다면!"

"하지만 이런 불행한 사건에는 360도 어디서 보아도 완벽한 진실은 있을 수 없어요. 전 그렇게 생각합니다."

실망했을 것이다. 세이코는 입을 꾹 다물고 있었다. 눈이 또 젖기 시작했다.

"그런…… 마에하타 씨까지…… 그렇게 말씀하시는 거예요?"

처음으로 울먹이는 목소리였다.

"혹시 다카하시 선생에게도 같은 이야기를 하셨나요?"

세이코는 고개를 끄덕였다. 눈물이 주르륵 흘러내렸다. 시게코는 손수건을 꺼냈다.

"좀더 노골적으로 이야기하자면, 가령 사건의 시효가 지나지 않아서 수사활동이 이루어지고 입건되어 세이코 씨 부모님이 법정에 서게 된다 해도 역시 마찬가지예요. 거기서 다루어지는 것은 법률에 비추어 부모님이 범한 죄의 내용과 무게를 판단하는 것이지, 세이코 씨가 원하는 진실을 추구하는 게 아닙니다. 법이란 게 그런 거죠. 물론 그건 그것대로 중요하지만요."

하지만 세이코에게는 그것도 주어지지 않았다. 법률이, 도이자키 부부의 죄를 죄로 인정하지 않았기 때문이다.

그래서 도이자키 세이코는 법의 진실과 마음의 진실 그 어느 쪽도 얻지 못한 채 밀려나고 말았다. 최소한 마음의 진실만이라도 알고 싶다는 그녀를 누가 책망할 수 있을까.

"고레에다 주임의 조언은 저도 적절하다고 생각해요."

세이코가 손수건으로 얼굴을 가렸다. 그 어깨에 손을 얹고 시게코가 말을 이었다.

"세이코 씨가 원하는 진실은 부모님에게서 들어야 해요. 적어도 세이코 씨가 자신의 진실을 움켜쥐기 위해서는 부모님이 필요하죠. 두 분은 세이코 씨에게 무슨 말씀이라도 해주셨나요?"

손수건으로 얼굴을 닦더니, 세이코는 고통스러운 듯이 숨을 내쉬고 몇 번이나 고개를 저었다.

"그냥 미안하다는 말뿐이에요."

목소리를 짜내듯이 대답했다.

"미안하다고, 이제 부모로 생각하지 않아도 된다고, 엄마가 그렇게 말했어요. 아빠는 아무 말도 하지 않았고요. 창백하고 야윈 얼굴로 내내 고개를 숙이고만 있었어요."

사건이 밝혀졌을 때 세이코는 결혼해 가정을 꾸리고 있었다. 경찰서를 오간 것도 남편과 함께 살던 연립주택에서였다. 부모는 석방된 후 딱 한 번 찾아왔다.

"다른 곳으로 옮기겠다고 했어요. 저를 위해서라도 그게 낫다고요. 나머지 문제는 모두 다카하시 선생님에게 부탁하라고……"

"연락처는?"

"자리가 잡히면 알려준다고 했어요."

"소식은 있었나요?"

"몇 차례 전화가 왔어요. 엄마한테서. 하지만 어디 있는지는 가르쳐주지 않았어요. 다카하시 선생님은 아실 텐데, 부모님이 제게는 가르쳐주지 말라고 부탁한 모양이에요."

가르쳐달라고 세이코는 몇 번이나 졸랐다. 하지만 현재 이 문제에 관해 다카하시 변호사는 도이자키 부부의 의견 쪽을 더 중요하게 여기고 있다.

"하지만, 이대로는 안 된다고 선생님도 부모님을 설득하시고 있는 것 같아요. 저하고 만나라고요. 하지만 소용없는 모양이에요. 아마도 어머니 아버지는 제가 두려운 게 아닐까요? 특히 제기 이혼했디는 걸 알고 나서는, 더 그렇지 않을까요?"

"세이코 씨가 화가 났을 거라고, 당신들을 용서하지 않았을 거라고 생각하고 계실지도 모르겠군요."

세이코는 손수건을 꽉 움켜쥐었다. 눈물에 젖은 눈이 순간 빛났다.

"화가 났어요. 용서할 수 없어요. 그건 당연하잖아요!"

하지만. 그래도. 두 사람은 세이코의 부모다.

"고레에다 씨가 말한 '시간을 두고'라는 조언의 의미도 거기 있는 거라 생각해요."

아직은 시간이 부족하다. 도이자키 부부는 아직 세이코에게 설명할 말이 없다. 진실을 지니고 있지 못하다. 16년 전의 살인―제 자식을 살해하고 또 한 자식에게는 그 사실을 숨겨왔다는 사실을 해명하지 못한다. 16년 만에 드러난 사실과 진실을, 도이자키 부부 자신들부터 아직 정리하지 못한 것이다.

왜 이런 일이 일어났을까? 왜 우리는 이렇게 되고 말았을까?

그래서 도이자키 부부는 세이코 앞에서 모습을 감출 수밖에 없었다. 그들은 딸에게서 도망친 것이 아니라, 과거로부터 도망친 것이다.

언젠가 어떤 형태로든 그 도주는 끝날 것이다. 누구도 자신의 과거에서 도망칠 수는 없으니까.

그러나―

"시간이 흐르기까지 그저 기다리기만 하는 건 세이코 씨가 견딜 수 없을 테죠."

시게코도 화난 투로 말했다. 세이코는 손수건을 쥔 채로 몸을 떨고 있었다.

"세이코 씨의 인생은 하루하루 계속되고 있어요. 어떻게든 감정을 정리해야 해요."

방법은 있다. 간단하다. 누군가를 나쁜 사람으로 만들어버리면 된다. 그것은 아카네여도 좋고, 도이자키 부부여도 상관없다.

아카네를 아는 이웃 사람들은 '감당할 수 없는 불량소녀'였다고 말한다. 그렇다면 아카네는 그 비행을 보다못해 몹쓸 마음을 먹은 부모에게 살해당해도 어쩔 도리가 없었던 것이다. 도이자키 부부의 고백을 액면 그대로 받아들이면 그만이다. 아니면 부모가 자식을 잘못 키운 거라 생각해도 된다. 그리고 그걸 청산하기 위해 자식을 죽이는 비도덕적인 수단을 사용했다. 부모로서, 인간으로서 실격이다. 그렇게 낙인을 찍어도 된다. 당사자들이 세이코를 위해 부모자식의 연을 끊어주겠다고 하는 이상 상관없지 않은가. 이미 부모도 아니고 자식도 아니다. 세이코는 혼자서 살아가면 된다.

이렇게 간단한데.

같은 입장에 처했을 때, 이 간단한 문제를 간단히 실행에 옮길 수 있는 사람도 있다. 하지만 도이자키 세이코는 그러지 못한다. 오랜 친구는 세이코를 '지금까지 만난 사람 가운데 제일 좋은 사람'이라고 말한다. 그 심성이 세이코가 간단한 길을 선택하는 걸 가로막는다. 납득하기 쉬운 '악'을 인정하고, 그것과 함께 과거를 잘라내버리는 걸 막고 있다.

정말로 무슨 일이 있었던 거지? 누가 정말 나쁜 거지? 누군가 내게 그걸 가르쳐줘.

"언니를 기억하나요?"

시게코의 질문이 바로 이해되지 않는지 세이코는 약간 멍한 표정을 지었다.

"아카네 씨 말예요. 세이코 씨와 여섯 살 차이였죠?"

어렸을 때 여섯 살 차이는 크다. 살해당했을 때 아카네는 열다섯 살, 세이코는 아홉 살이었다. 어른 태가 나기 시작한 언니와 이제 막 유아기를 벗어난 동생. 세상을 보는 방식도 달랐을 것이다.

"별로 기억이 없어요. 아니, 기억나는 일도 몇 가지 있긴 한데, 그건 언니가 어떤 사람이었는지 알기 위한 실마리가 되지는 못할 것 같아요. 표현이 좀 이상하지만요."

"아뇨, 무슨 말인지 잘 알겠어요."

시게코는 세이코의 얼굴을 정면으로 바라보았다.

"하지만 스물다섯 살인 지금의 세이코 씨라면, 열다섯 살의 아카네 씨가 어떤 사람이었는지 알 수 있겠죠?"

세이코는 어리둥절한 얼굴이었다.

시게코가 말했다.

"그러니까, 언니를 찾으러 가봐요. 도이자키 아카네를 찾는 거예요. 언니를 찾기 위해서는 세이코 씨의 도움도 필요해요."

결국 그날 두 사람은 디즈니리조트 안으로 들어가지 않았다. 근처 커피숍에서 음료와 가벼운 음식을 사서 주차장에서 이야기를 나눴다.

돌아오는 길에는 세이코가 운전대를 잡았다. 시게코가 태워다주겠다고 하자 세이코가 말했다.

"길을 아는 제가 운전하는 게 합리적이에요."

면허를 딴 지 2년이라고 하지만 세이코의 운전은 부드러웠다.

"저는 면허를 딸 생각이 없었어요. 하지만 다쓰짱이 따라고 해서요."

헤어진 남편—이노우에 다쓰오井上達夫를 세이코는 '다쓰짱'이라고 불렀다.

세이코는 고등학교를 졸업하고 도쿄에 있는 제과회사에 취직했다. 이노우에 다쓰오는 입사 동기였고, 두 사람은 사내연애 끝에 결혼했다. 그는 대졸인데다 재수를 했기 때문에 나이가 다섯 살 위였다.

"저는 계속 경리 일을 했지만 다쓰짱은 공장 쪽에도 있었어요. 아, 우리 회사는 남성 사원은 모두 현장을 경험하게 되어 있거든요. 그래서 연수 때 얼굴을 본 게 다였어요."

입사하고 4년 뒤, 다쓰오가 본사 재무경리 쪽으로 배치되어 책상을 나란히 쓰게 되면서 둘은 친해졌다.

"3년 정도 사귀었는데, 면허를 따라는 말은 두번째 데이트 때부터 했어요. 그때는 드라이브를 좋아한다고 하고 스키도 즐긴다고 해서, 그럼 나도 운전을 할 줄 아는 게 편하겠다는 생각에 따기로 했죠. 그런데요, 결혼하기로 하고 처음으로 다쓰짱 집에 갔더니 아주 외진 곳인 거예요. 기후 지방인데, 시외의 산속이라 차가 없으면 움직일 수 없는 곳이었어요. 귀성 때도 전차보다 승용차가 훨씬 편하고요."

그래서 면허를 따길 권한 거라고 다쓰오는 설명했다고 한다. 결국 그때부터 이미 세이코와 결혼을 할 생각이 있었던 것이다.

수줍은 듯 이야기하는 세이코의 옆얼굴에는 이혼의 그림자가 보이지 않았다. 마치 세이코의 결혼생활에 아무런 지장도 없고, 오늘도 세이코가 집에 돌아가면 남편이 기다리고 있을 것만 같은 착각을 불러일으킬 정도였다.

"다쓰짱은 헤어지지 않겠다고 했어요."

이야기가 여기에 이르리시도 세이코의 말투는 변힘이 없었다. 슬피하지 않으려는 세이코의 의지가 느껴졌다.

"하지만 역시 시부모님이나 친척분들이 시끄럽게 말이 많았죠. 아, 이런 표현 쓰면 안 되겠지만."

특히 다쓰오의 어머니가 강경했다고 한다.

"원래 저와 시어머니는 사이가 썩 좋지 않았어요. 시어머니는 제 학력이 낮다는 데 신경을 쓰시는 것 같았어요."

이노우에 집안은 그 지역의 자산가였고, 다쓰오는 외아들이었다.

"우리 집안 며느리로 어울리지 않는다면서, 결혼도 크게 반대하셨어요. 그래서 사건이 일어나자 시어머니는 거봐라는 양, 더 심해졌죠. 이노우에 집안에 살인자의 피가 섞이게 할 수 없다며 펄펄 뛰셨어요."

억울했겠네요. 시게코가 부드러운 목소리로 말했다. 세이코는 정면에 시선을 둔 채로 살짝 웃었다.

"그런데 다쓰짱은요, 처음에는 됐으니까 이런 집 버리고 나가겠다고 했어요. 어머니가 그렇게 심술궂다니, 자기도 충격받았다고요."

세이코 잘못이 아니다, 세이코가 살인을 한 게 아니다, 하며 이따금 부모와 언성을 높이며 감싸주었다고 한다.

"저는 그게 견디기 힘들었어요. 다쓰짱이 저 때문에 부모와 다투는 건 괴로워서 보고 있을 수가 없었어요."

그래서 세이코가 먼저 이혼하자는 이야기를 꺼낸 것이다.

다쓰오가 절대로 헤어질 수 없다고 고집을 부리는 것을 세이코가 설득했다. 이런 상태는 좋지 않아. 절대 좋지 않아. 결국은 아무도 행복해질 수가 없어. 다쓰짱도 홧김에 부모님과 인연을 끊으면 나중에 분명히 후회할 거야. 나도 나 때문에 다쓰짱이 부모를 버렸다는 부담을 내내 지고 살아가게 돼ㅡ

"이혼신고서를 내러 갈 때, 다쓰짱은 꾸물거리지 말고 더 일찍 결혼했으면 좋았을 거라고 했어요. 그랬다면 벌써 아이도 있을 테고, 아이가 있다면 부모님도 저렇게까진 하지 않았을 거라면서요."

말이 없는 시게코를 살짝 바라보며 세이코가 말했다.

"너무 물렁한 생각이죠. 안 그래요?"

"글쎄요."

시게코는 쓴웃음을 지었다.

"아이가 있었어도 시어머니 태도는 똑같았을 거예요. 어차피 '살인자의 피'니까요."

살, 인, 자, 의, 피. 한 음절씩 또박또박 말했다. 음절마다 못을 박듯이.

"저하고 아이를 함께 쫓아냈을 거예요. 그러느니 저 혼자인 편이 훨씬 낫죠."

세이코의 말투는 당차다못해 허세까지 섞여 있었다.

"덕분에 당분간 먹고살 걱정은 없어요. 시댁에서 위자료를 잔뜩 받았거든요."

"다쓰오 씨가 그렇게 해준 거군요."

"네. 시부모님도 아무래도 켕기지 않았겠어요? 돈으로 정리하려고 했겠죠. 부자들 생각이 다 그렇지만."

그래도 다쓰오에게는 조금이나마 위안이 되었을 것이다.

"돈은 중요하죠." 시게코가 말했다. "게다가 그 돈은 단순한 위자료가 아니잖아요. 다쓰오 씨의 마음이 담긴 돈이에요. 세이코 씨에게 보여준 최대한의 성의죠."

세이코는 대답히지 않았다. 시게코는 창밖을 바리보았다.

"지금도 이따금…… 전화가 와요. 잘 지내냐고. 혼자서 어떻게 지내냐고."

아까의 당찬 모습이나 허세가 사라지고 말투가 흐트러졌다.

"바보 같아요. 이젠 나한테 신경 안 쓰는 게 좋다는 걸 알면서."

세이코는 조용히 울기 시작했다.

"운전, 교대하죠."

시게코가 말했다. 세이코는 차를 갓길에 댔다. 죄송합니다, 하고 운전대를 잡은 채로 고개를 숙이고 울었다.

시게코는 말없이 지켜보았다.

한 사람의 인생이 바깥으로부터 붕괴되는 순간을 목격했다고 노모토 형사는 말했다. 그 말의 의미도, 노모토가 그렇게 느낀 이유도 시게코는 잘 안다. 하지만 지금은 애써 그렇지 않다고 말하고 싶었다. 그런 붕괴는 한순간에 끝나는 것이 아니다. 계속되는 것이다. 계속, 쉬지 않고 무너져간다.

그걸 막을 수 있는 사람은 세이코 한 사람뿐이다. 그래서 고독한 것이다. 누구도 세이코를 대신할 수 없으니까.

하지만 조금이나마 그걸 멈추고 재기를 돕는 것 정도는 가능할지도 모른다. 발판을 만드는 데 지나지 않을지라도.

"우선 부탁하고 싶은 게 있어요."

세이코의 울음이 가라앉기를 기다렸다가 시게코는 입을 열었다.

"설명드린 대로, 저는 아카네 씨 일을 누군가가 알고 있었을 가능성을 생각하고 있어요. 그걸 검증하기 위해선 아카네 씨 본인은 물론 부모님과 가까웠던 사람, 친하게 지냈던 사람들에 관해 여러모로 알아둘 필요가 있어요."

세이코가 기억하는 범위 내에서, 알고 있는 것만이라도 좋으니 '재료'를 달라고 부탁했다.

"예전에 살던 집을 부술 때, 오래된 앨범이나 편지 같은 것들은 어떻게 했나요?"

울고 싶은 만큼 울어도 돼요. 하지만 다 울었다면 시작해볼까요. 시게코의 말 속에 그런 뜻이 담겨 있음을 세이코는 정확히 파악했다. 눈이 빨갛고, 눈꺼풀이 부었고, 핏기가 없는 얼굴에 코맹맹이 소리로 그

너는 대답했다. 하지만 자세는 곧았다.

"전부 임대창고에 넣어두었어요. 가구나 오래된 옷 같은 건 처분했지만, 그 외에 장롱이나 창고에 있던 것은 그대로 골판지 상자에 넣어놓았어요."

"어느 정도 고르고 나서요?"

"아뇨. 다카하시 선생님에게 부탁해서 업자를 소개받아, 남아 있는 걸 그대로 옮겨다 놓은 것뿐이에요."

한번 다녀와볼게요, 세이코는 명확한 투로 말했다.

"언니 물건이 어느 정도 남아 있을지는 모르지만 찾아볼게요. 그리고 그, '재료'라고 하신 건 글로 쓰면 되는 거죠? 해볼게요."

세이코가 사는 연립주택은 스기나미의 이구사에 있었다. 거기까지 시게코가 운전했다. 새로 지은 세련된 3층짜리 연립주택이었다.

차에서 내리려는 세이코에게 시게코가 말했다.

"아 참, 쌀가게 나오미 씨와 세탁소 가쓰오 씨가요."

세이코가 돌아보며 눈을 약간 크게 떴다.

"기억하죠? 소꿉친구 두 사람 말예요. 걱정하더라고요. 휴대전화가 연결이 되지 않아서 이야기도 못한다고요."

아, 하고 세이코는 한 손으로 입을 가렸다.

"연락하기 힘든…… 아니, 연락하고 싶지 않다는 심정은 이해해요. 친구들이 걱정해준다는 걸 알기 때문에 더더욱 만나거나 이야기하기 힘든 경우도 있는 법이죠."

"그렇지만……"

"두 사람에게 세이코 씨가 잘 지내고 있다고 전해도 될까요?"

"물론이죠. 부탁드릴게요." 세이코가 고개를 끄덕였다. "가쓰오, 덩치가 크죠? 처음 봤을 때 무섭지 않았어요?"

"좀 기가 죽었죠."

"나오미네 쌍둥이는 잘 있나요?"

"네. 귀여운 아이들이더라고요."

"나오미는 좋은 엄마예요. 좋은 아내고요."

그 행복한 풍경이, 지금의 세이코에게는 괴롭게 다가올 것이다. 함께 상처를 받았고, 어떤 의미에서는 동등한 피해자 입장인 이노우에 다쓰오와는 다르다. 그래서 연락을 할 수 없는 것이다.

"또 한 가지. 조금 전 이야기를 듣고도 이런 부탁을 드리기 좀 그렇지만, 다쓰오 씨를 만날 수 있을까요?"

"다쓰짱을요?"

"네. 외부에서 온 사람은 의외로 그 집안 사람이 깨닫지 못한 것을 눈치챌 수도 있어요. 저도 시집온 경험이 있으니까 하는 얘기지만요."

잠깐 생각한 뒤 세이코가 고개를 들었다.

"알겠습니다. 이야기해볼게요. 다쓰짱은 결혼 전부터 우리집에 자주 놀러왔으니까 부모님과도 잘 알아요."

기후에 있는 본가는 멀지만, 세이코의 집은 도쿄 시내다. 교제중에 집에 들를 기회가 많았을 것이다.

"저어……" 세이코가 갑자기 머뭇거렸다. "사실은 전화만이 아니에요."

"네?"

"다쓰짱은 여길 알아요. 지난주에도 왔었고요."

아, 이런.

"그래서, 아마 또 올 거예요. 어쩌다보니 그렇게 되어서. 그러니까…… 바보 같은 건 다쓰가 아니라 제 쪽이죠."

시게코는 세이코의 얼굴을 보았다. 숨을 한 번 내쉬고, 자연스럽게 웃었다.

"괜찮지 않아요? 시어머니에게 들키지만 않는다면요."

결국 만나버리고 만다. 서로의 끈을 놓지 못한다. 상처는 치유되지 않았는데. 그래서 더더욱 괴롭다.

세이코는 눈물이 흐르는 얼굴로 웃고 있었다.

제7장

환시幻視

시게코는 하기타니 도시코에게 전화를 걸어 세이코를 만난 일을 전했다. 다음에 세이코에게서 연락이 오면 시게코의 집에서 셋이 함께 보자고 하자, 도시코는 언제나처럼 한참 횡설수설하다가 수락했다.

"제가 이런 말씀을 드리기는 이상하지만, 뭐랄까요, 일이 더 커져버렸네요, 선생님."

성말이네요, 라며 시게코는 웃었다.

"그뒤에 오빠분과는 말씀 나누셨어요?"

하기타니 마쓰오는 도시코를 데리고 다시 담판을 지으러 오겠다고 했었다.

"그게 말이죠, 오빠의 태도가 좀 바뀐 것 같아요. 저를 야단치지도 않고요."

노아 에디션을 다녀간 이틀 뒤, 마쓰오는 도시코의 집으로 찾아와 문제의 히토시 그림을 보여달라고 했다 한다. 복사한 다음 실물을 돌려주었기 때문에 지금은 도시코가 보관하고 있었다.

"제 설명으로는 부족하지만, 일단 지금까지 있었던 일을 이야기했어요. 오빠는 아주 오랫동안 히토시의 공책을 들여다보았어요. 한 장씩 넘기면서 생각에 잠기는 모습이었어요. 무척 감탄했고요."

감탄했다고—?

"오빠께선 히토시의 능력에 관해 뭐라 말씀이 없었나요? 예를 들면, 그런 능력은 할머님에게서 물려받은 게 아닐까 하는 거요."

"아아, 그런 말은 있었죠. 역시 같은 핏줄인가보다고 했어요. 하지만 할머니는 이런 능력은 보이지 않았고, 또 사실 할머니의 '능력'이 진짜였는지도 모르겠다, 지금 생각해보면 그때는 맞았다고 생각했던 것도 그저 우연이었던 것 같기도 하다는 말도 했어요."

난 잘 모르겠어—라고 하면서도 히토시의 공책에서 눈을 떼지 않았다고 한다.

어쩌면 하기타니 마쓰오도 히토시의 공책 안에서 어떤 '발견'을 한 게 아닐까? 그렇게 떠올린 이야기를 바로 입 밖에 내기 힘들다는 건 사쿠라 초등학교의 하나다 선생 때 이미 경험했다.

어쨌든 하기타니 마쓰오의 역풍이 누그러진 것은 다행스러운 일이다. 도이자키 세이코를 만나기도 해서 시게코는 눈앞이 환해지는 느낌이었다. 그렇다고 딱히 뚜렷한 전망이 생긴 건 아니지만 적어도 앞으로 나아가고는 있다.

처음부터 각오는 했지만, 조사에 시간을 들이는 것이 조금씩 노아 에디션의 업무에도 영향을 미치기 시작했다. 덕분에 그 주 중반에는 하룻밤 철야를 해야 했다.

새벽에 귀가해 오후 한시에 출근하기 전에 잠깐 눈을 붙이고 일어나

부스스한 머리로 아침인지 점심인지 모를 식사를 했다. 텔레비전에서는 한가로운 정보 프로그램이 나오고 있었다. 아마 최근 주민회 활동에 관한 보도 같았다.

까마귀들이 쓰레기장을 어지럽히는 데 대한 대책, 방범 순찰, 독거노인 방문 자원봉사—텔레비전을 보는 둥 마는 둥 설거지를 하고 나갈 준비를 하는데, 이어서 어린이회 모임에 관한 이야기가 나왔다. 어린이 수가 감소함에 따라 어린이회의 활동력이 떨어지는 주민회가 많아졌다, 하지만 출산율 저하 속에 어린이회의 역할은 더 중요해지지 않겠는가, 학년의 벽을 넘어 어린이들 간에 종적인 유대를 만들기 위해서라도 어쩌고저쩌고하는 내용이었다.

그때 문득 어떤 생각이 떠올랐다.

불단에 놓여 있던 히토시의 사진. 등산 때 찍은 스냅사진 같았다. 혹시 소풍 때 찍은 사진이냐고 묻자 도시코는 뭐라고 대답했더라? 다카오 산에 갔을 때라고 하지 않았던가?

그렇다, '푸른하늘모임'이다.

지역 어린이회인 줄만 알았는데, 도시코는 '하이킹 모임'이라고 했다. 왠시 이야기를 꺼내기 힘들어하는 눈치였나. 히토시의 아버지에 관해 물었을 때와 마찬가지로, 뭔가 석연찮은 말투라 마음에 걸렸던 것이다. 그뒤로 깜박 잊고 있었는데—

하이킹 모임이라면 여러 곳에 갔을 것이다. 모임의 멤버 역시 그 동네 아이들이나 학부모뿐 아니라 여러 곳에서 모인 사람들일 가능성도 있다. '푸른하늘모임'은 초등학생인 히토시가 자신의 생활범위를 넘어선 곳에 있는 사람들과 접할 기회가 아니었을까?

다행히 도시코와 바로 연락이 닿았다. 시게코가 다짜고짜 "그 '푸른하늘모임'이라는 건 어떤 모임인가요?" 하고 묻자 그 기세에 도시코는 놀란 듯했다.

"선생님, 그게 왜요?"

"전에 여쭤봤을 때는 별로 이야기하고 싶어하지 않으시는 것 같았는데, 제가 잘못 생각한 걸까요?"

도시코는 아아, 네에, 하고 대답했다.

"죄송합니다. 이제 와서는 숨길 게 없지만, 처음에는 말씀드리기가 좀 힘들었어요. 히토시가 그, 아동상담소에 가보라는 말을 듣게 된 일과 관계가 있어서요……"

도시코는 사쿠라 초등학교 3학년 여름방학이 끝나고, 담임교사로부터 아동상담소에 상담을 받으러 가보라는 권유를 받았다. 히토시가 수업시간에 집중력이 없고 종종 눈이 풀리는 적도 있다고 하면서.

"네, 그러셨죠. 그때 담임선생님이 그러니까……"

시게코는 얼른 취재노트를 뒤졌다. 가와사키川崎 선생이다. 삼십대 초반의 남자 교사라고 메모되어 있다.

"학급도 잘 이끌어가고 평판 좋은 선생님이셨는데, 히토시는 도저히 수습이 안 된다고 해서요."

옛일을 떠올리듯이 도시코는 한숨을 토했다.

"그래서 제가 히토시를 데리고 아동상담소에 갔어요. 그뒤로도 여러 차례 다녔고요."

상담소의 담당자는 미야타宮田라는 쉰 살 정도의 남자였다고 한다. 그 내용도 메모되어 있었다.

"면접을 하고, 심리 테스트라고 하나요? 그런 것도 하고요."

그 결과, 특별한 문제가 있는 것으로 보이지는 않는다는 말을 들었다.

"약간 멍하니 있거나 집중력이 떨어지거나 하는 건 그 또래 아이들에게는 드문 일이 아니라고 하더라고요. 성장하면서 보이는 일시적인 현상일 거라고요."

그래도 만에 하나, 내과 질환이 숨어 있을 가능성이 있으니 병원에서 검사를 받아보라고 했단다. 하지만 거기서도 문제는 발견되지 않았다. 분명 표준보다 체격이 작기는 했지만 히토시는 건강했다.

"학교에도 그런 사실을 알렸어요. 하지만 역시 그다지 나아진 건 없었고요."

"가와사키 선생님하고 말인가요?"

"예. 선생님은 상담하러 가기 전과 전혀 다름이 없다고 하셨어요. 오히려 더 심해졌다고 저를 불러 야단을 치셨죠. 그러다보니, 히토시도 어린 마음에 느끼는 게 있었을 거예요."

"껄끄러웠겠군요."

"그랬지요."

그때의 난처했던 기억이 되살아나는지, 도시코의 말투가 무거워졌다.

"지 혼자선 이렇게 해야 좋을지 알 수 없었어요. 결국 다시 아동상담소에 상담하러 갔죠. 가와사키 선생님이 어쨌든 그렇게 하라고 말씀하셔서요."

시게코는 담임교사가 책임 회피를 했다는 생각이 들었다. 처음부터 일방적으로 히토시에게 잘못이 있다고 여긴 것이다.

"그랬더니 미야타 선생님은 아주 친절하고 상냥하게, 볼일이 없어도 괜찮으니 저나 히토시나 언제든 찾아오라고 하시더군요. 이야기를 하고 푸념을 늘어놓는 것만으로도 속이 후련해질 테니까 무슨 이야기든

하라고 해주셨어요. 히토시도 미야타 선생님을 잘 따라 마치 친구처럼
잘 지냈기 때문에 자주 다니게 되었고요."

그런 상황에서 히토시는 4학년이 되었다.

"담임선생님도 함께 학년을 따라 올라가서 바뀌지 않았죠. 하지만
미야타 선생님에게 이런저런 이야기를 할 수 있었고, 히토시도 한 살
더 먹어 조금 어른스러워졌는지 가와사키 선생님과 정면으로 부딪치는
일이 없어져서 겨우 한숨 돌렸어요."

5학년이 되자 반이 바뀌고 담임도 바뀌었다. 그때 새로 담임이 된
교사가 이토 선생이었고, 히토시는 다시 문제아 취급을 받게 되었다고
한다.

"가와사키 선생님과 달리 이토 선생님은 워낙 엄하기로 소문난 분이
었어요. 아이들만 아니라 학부모들도 무서워했죠. 하지만 선생님이 엄
하게 대한 아이가 히토시만인 것도 아니었어요. 그래서 뭐, 저도 큰 마
찰 없이 대할 수 있었습니다."

그래도 꽤 마음고생을 했을 것이다.

"아이를 학교에 보낸다는 건 힘든 일이군요."

시게코는 진심으로 그런 생각이 들었다. 하지만 도시코는 웃었다.

"별로 힘들 것 없어요, 선생님. 이야기하다보니 이렇게 과장된 것뿐
이에요."

다만…… 하며 목소리를 죽였다.

"순전히 추측이지만, 이토 선생님이 히토시에게 엄하게 대하신 것도
아마 가와사키 선생님으로부터 이야기를 들어서가 아니었을까 싶어요.
처음부터 문제아로 보는 듯한 느낌이었거든요. 4월 가정방문 때도, 왠
지 심상치 않은 분위기가 느껴졌어요. 이미 좋지 않게 보고 계신 듯한

인상이었죠."

그럴 가능성은 있다. 교사들 사이의 정보교환을 통해 하기타니 히토시가 가르치기 까다로운 아이라는 이야기를 들으면 이토 선생이 아무리 베테랑이라도 어느 정도 예단을 품게 될 것이다. 모자가정이라는 요소도 그런 생각에 부채질을 했는지 모른다.

교사도 인간이고, 완벽한 존재는 아니다. 잘 맞는 학생이 있고 그렇지 않은 학생이 있다. 학교는 교사가 운영하는 것이므로 모든 부분에서 빈틈없이 완전할 수는 없다.

하지만 시게코의 마음은 불온하게 술렁거리기 시작했다.

가와사키라는 교사는 왜 그렇게까지 히토시에게 예민했을까. 아동상담소의 담당 선생은 아무 문제도 느끼지 않던 히토시에게.

거기에는 무슨 특별한 사정이 있었던 게 아닐까?

히토시는―가와사키 선생에게서 뭔가를 보았던 게 아닐까?

어쩌면 하나다 선생 때처럼. 혹은 하나다 선생 때보다 훨씬 선명하게. 그래서 수업시간에 집중력이 흐트러지고 멍하니 있곤 했던 게 아닐까?

이런. 또 '그런 생각' 쪽으로 흘러버릴 것 같다. 시게코는 고개를 한번 젓고 수화기를 바꿔 쥐었다.

"그래서, 히토시는 내내 아동상담소에 다니게 됐습니다. 그애도 나름대로 지겨웠을 테고, 그러다보니 저에게 이야기하기 힘든 일도 있었을지 모르겠어요. 미야타 선생님은 여러 가지 이야기를 해주시고 들어주신 것 같지만요."

"사고로 세상을 뜨기 직전까지 계속이요?"

"예. 아, 그래서 미야타 선생님은 히토시가 죽은 뒤에 향을 올리러 와주셨어요."

그 정도로 친해졌던 것이다.

"그런데 선생님. 푸른하늘모임 말이에요."

드물게 도시코가 먼저 이야기를 본론으로 되돌려주었다.

"그 푸른하늘모임에 대해 알려주신 게 미야타 선생님이셨어요. 이런 모임이 있는데 혹시 관심 있냐고요."

메모하면서 시게코는 식은땀을 흘렸다. 아동상담소 문제를 전혀 생각 못하고 있었다. 이토 선생에게는 문전박대를 당하고, 하나다 선생과도 그런 상황이 되어, 히토시를 가르친 선생들이나 학교 쪽은 이제 손댈 도리가 없겠다고 생각했던 것이다. 학교라는 테두리 안에는 센주에 있는 도이자키 집안과 연결될 선이 없다고 생각했다.

하지만 아동상담소는 다르다. 게다가 '푸른하늘모임'까지 연결되면 미야타 선생은 히토시에 관련된 매우 중요한 인물일지도 모른다. 졸린 눈으로 보던 텔레비전 프로그램이 아니었다면 어처구니없는 실수를 할 뻔했다.

"푸른하늘모임은 어린이를 위한 자원봉사 단체예요." 도시코가 설명했다. "아이들을 모아서 행사를 하거나 하이킹을 가거나, 여러 가지 활동을 해요. 참가비용은 들지만, 운영위원분들은 모두 완전히 무료봉사죠."

"자원봉사 단체라면 현이나 시에서 하는 게 아니로군요."

"예, 민간단체예요."

"규모가 큰 어린이회 같은 건가요?"

"아, 그렇죠! 그렇다고 생각해요. 동네 어린이회와 다르게 여기저기서 모이지만요."

시게코는 가슴이 두근거렸다.

"여러 곳의 아이들이 모인다면, 푸른하늘모임 아이들은 후나야마 시 뿐 아니라 더 넓은 지역에서 참가하는 건가요?"

"예, 그래요. 대부분 치바현에 있는 학교 애들이 많지만, 도쿄나 요코하마에서 오는 아이들도 있었으니까요."

그러고 보니 홈페이지가 있었던 것 같아요, 라고 도시코가 말했다.

"나중에 검색해보죠. 그래서 참가해보지 않겠냐고 미야타 선생님이 권유하신 거군요."

"예, 처음에는 선생님이 히토시에게 말씀하셨어요. 저는 먼저 히토시에게서 그 이야기를 듣고 선생님에게 자세한 말씀을 들었습니다. 그래서 히토시가 가고 싶다고 하기에 그쪽에 연락을 했죠."

"미야타 선생님은 푸른하늘모임 활동에 관계하고 계시나요? 예를 들면 운영위원이라거나."

도시코는 잠깐 생각했다.

"아뇨…… 그렇지는 않은 것 같았어요. 선생님도 아동상담소에 오는 아이들로부터 그 모임 이야기를 들었다고 하셨고요."

도시코는 그때 나눈 이야기는 자세히 기억하지 못하는 모양이었다. 어쨌든 히토시가 크게 흥미를 보여서 한번 참가해보자고 생각했다고 한다.

"알겠습니다. 또 연락드릴게요."

시게코는 얼른 전화를 끊고 컴퓨터 앞으로 달려갔다. 십 분도 걸리지 않아 원하는 정보를 얻을 수 있었다.

'학교라는 테두리에 얽매이지 않는 어린이들의 교류를'

'푸른하늘모임'이라는 홈페이지 로고 아래, 이 한 문장이 큼직하게 쓰여 있었다.

2001년 4월 창립. 사무국이 있는 곳은 치바현 치바시 가네카와 초로 되어 있다. 주식회사 가네카와 유기재공업 총무부에 소속돼 있었다.

발기인은 5명으로, 각각 이름과 직함이 올라와 있었다. 모두 치바현에 본거지를 둔 기업 경영자 같았다. 발기인 명단 맨 위에 있는 가네카와 가즈오金川一男라는 인물은 열 명으로 구성된 운영위원회 명단에서도 맨 위이고, 직함도 회장이었다. 얼굴 사진도 함께 실려 있다. 온화하게 웃는 얼굴, 백발의 남성이다. 일흔쯤 되었을까?

그리고 그는 사무국이 있는 가네카와 유기재공업의 회장이기도 했다.

가네카와 회장 명의로 올라온 '설립취지'와, 운영위원들이 번갈아 쓰는 걸로 보이는 '이번주의 푸른하늘'이라는 활동보고서를 읽고 나자, 대략의 내용이 파악되었다.

우선 '푸른하늘모임'은, 이 가네카와 가즈오의 주장으로 시작된 모임인 듯했다.

유기재 회사는 합성수지나 화학제품을 만드는 것이 본업이다. 검색으로 그쪽 홈페이지를 띄워 데이터를 보니 작년 연간 매출액은 126억 엔이었다. 다른 제조업과 마찬가지로 생산 거점의 대부분은 해외로 옮겼지만, 본사는 치바시에 있다.

가네카와 가즈오는 창업자였다. 현재 회장직에 있는 걸 보면 사장 자리는 후계자에게 물려주었을 것이다. 원래 교육에 관심이 있는 인물인지, 요즘 어린이들을 둘러싼 환경을 보고 마음이 아팠는지, 어쨌든 그는 기업 경영의 최전선에서 물러난 것을 계기로 사회를 위해, 어린이들을 위해 뭔가를 하기로 마음먹었다. 그리고 그 생각에 찬성하는 멤버를 모아 운영위원회를 만들었다. 본격적으로 활동을 시작한 것은 2002년 4월부터인 모양이었다.

가네카와 회장은 이렇게 썼다. 출산율이 낮아지는 현대사회에서 요즘 어린이들은 어릴 때부터 '준성인'으로 대우받으며 풍요로운 물질과 많은 정보에 둘러싸여 자라는 한편, 성장기에 필수적인 또래끼리의 관계는 부족하다. 자녀가 하나뿐인 집이 늘어나, 보호자가 그 자녀를 위해 쓰는 교육비는 계속 증가한다. 하지만 그 때문에 '여유로운 교육'이라는 이름 아래 늘어난 학교 휴일이 각종 레슨이나 진학학원에 다니는 데 사용되는 아이러니한 사태가 빚어지고 있다. 입시전쟁의 압력도 거세지고만 있다. 어린이들은 고독한 상태에서 바쁘게 살아가고 있다. 게다가 지역사회의 붕괴에 따라, 나이가 다른 아이들이 모여 교류하는 장이 급격히 줄어들고 있다는 점은, 바로 어린이들이 배움과 놀이를 통해 저보다 어린 아이에 대한 격려와 배려를 체득하고, 주변의 나이 많은 아이를 롤 모델로 삼아 대인관계의 스킬을 익히는 귀중한 기회를 잃어가고 있다는 이야기이기도 할 것이다.

'푸른하늘모임'은 이리한 현재의 상황을 기울심아, 유치원 어린이와 초등학생을 대상으로 어린이들이 모일 수 있는 공간을 제공하기 위해 설립되었다. 취지에 공감해주신 많은 학부모 여러분과 함께 '부모도 아이도 사이좋게, 밝게, 즐겁게 살아간다'라는 모토로, 학교라는 테두리에 얽매이지 않는 새로운 교육의 형태를 모색해 더 밝은 어린이들의 미래를 도모하는 단체다—

'규모가 큰 어린이회'라는 추측은 빗나가지 않았다.

구체적인 행사로는 대략 석 달에 한 번꼴로 음악 감상회를 열거나 가까운 곳으로 하이킹을 가고, 각종 시설 견학을 진행한다. 가을에는 푸른하늘모임 문화제가 있는데, 거기서는 어린이들이 출연하는 연극을 상연하기도 하고 그림 전시회 등도 여는 모양이다. 사무국이 설치되어 있는 가네카와 유기재의 치바 본사에는 어린이를 위한 도서실도 마련되어 있어, 인근 어린이들은 자유롭게 이용할 수 있는 듯했다.

이런 활동을 하려고 할 때 가장 문제가 되는 것은 아마 '자리'일 것이다. 어린이들이 모이는 공간을 만들기 위해서는 장소가 필요하다. 장소를 확보하기 위해서는 돈이 든다. 수도권에서는 땅값이나 임대료가 비싸다. 푸른하늘모임에서는 가네카와 유기재가 처음부터 장소를 제공할 수 있었기 때문에 그럭저럭 4년 만에 이런 모양새를 만들 수 있었을 것이다. 도시코는 '무료봉사'라고 했지만, 다른 발기인과 운영위원은 몰라도 가네카와 유기재—가네카와 회장은 자기 돈을 써가며 꾸리고 있을 가능성이 크다.

독지가인 걸까? 시게코는 생각했다.

이런 정보는 홈페이지의 첫 화면에서 읽을 수 있었지만, 개별 활동이나 보고, 행사 명칭을 단 '모임 앨범'(행사 때의 스냅사진이 올라와 있을 것이다)을 보려면 회원번호 입력이 필요했다.

시게코는 다시 하기타니 도시코에게 전화를 걸어 히토시의 회원번호를 알려달라고 부탁했다.

"지금 홈페이지를 보는 중이에요."

"멋진 모임이죠, 선생님?"

"그렇군요. 훌륭한 곳 같아요. 실제로는 어땠나요? 히토시는 몇 번 정도 행사에 참가했죠?"

그다지 자주 참가하지는 않았다고 대답하며, 도시코는 약간 겸연쩍어했다.

"행사 참가비는 그리 비싸지 않았는데…… 기껏해야 사오천 엔 정도였어요. 하지만 그것도 제게는 좀 버거웠어요."

그래도 예의 다카오산을 포함해 세 번, 푸른하늘모임에서 티켓을 제공한 음악극 감상회에 한 번 참가했다고 한다. 처음은 5학년 여름방학 때 치바에 있는 노코기리야마 하이킹 모임. 다음이 그해 11월쯤 있었던 음악 예술 감상. 그리고 작년 8월 6학년 여름방학 때 다카오산을 갔고, 11월에는 치바의 목장에 다녀왔다.

"그러고 보니 행사 때 친해진 친구들과 메일을 주고받곤 했어요. 저희 집에는 컴퓨터가 없고 히토시 휴대전화도 따로 사주지 않아서, 학교 컴퓨터를 사용했었어요."

"그런 이야기는 모두 히토시에게 들으셨겠네요."

"예."

"히토시는 즐거워했나요? 불단에 있는 사진을 보니까 생글생글 웃고 있던데요."

"예, 재미있는 모양이었어요."

"참가하는 학생들이 많았나요?"

"글쎄요…… 아무래도 여름방학이나 봄방학 때 하는 행사가 제일 참가자가 많았던 모양이에요. 하지만 제가 알기로 애들은 스무 명에서 서른 명 정도였을 겁니다. 학부모들도 따라왔지만 늘 그런 건 아니고요, 고학년일 경우에는 그냥 모임에 맡겨도 되었어요."

연회비 5천 엔 외에 특별한 비용은 없다. 뭔가를 구입해야 하는 일도 없었다.

"매달 회보를 보내주었어요. 회장님이나 위원분들, 회원 학부모나

아이들의 글이 실렸죠. 하지만 모두 써야 하는 건 아니었어요. 저는 한 번도 쓰지 않았죠. 히토시도 마찬가지고요."

행사 안내는 그때마다 따로 연락이 왔다. 참가하고 싶으면 신청한 후에 정해진 비용만 지불하면 되었다.

"그래서 일반 회원들은 마음이 편했어요. 재미있겠다 싶을 때만 참가하면 되니까요."

"운영은 모두 이 발기인과 운영위원들이 하셨나요?"

"어머, 선생님. 발기인들은 이름만 올라와 있는 것뿐이에요." 도시코가 재미있다는 듯이 웃었다. "다들 회사 사장님이잖아요. 바쁜 분들인걸요."

"아아, 그렇군요."

본인이 나오는 건 아닌가?

"운영위원분들이 기둥 역할을 하고 있다는 느낌은 들었어요. 그래도 가네카와 씨는 거의 매번 나오셨어요."

"회장님 말이죠? 운영위원장이기도 하고."

주창자이니 열심이었을 것이다.

"사무국에는 전임자―그러니까 일하는 분이 있었습니까?"

"글쎄요…… 저는 모르겠네요. 죄송합니다."

"아주머니는 사무국에 가본 적 없으시고요?"

일단 없다고 대답하고, 도시코는 얼른 다시 말했다.

"아, 있어요. 작년 연말에 히토시를 데리고 거기 있는 도서실에 갔어요. 그때 인사를 했습니다. 도서실 위층이 사무국이라서요."

여자 둘이 있었다고 한다.

"그런데 선생님, 그분들은 어디까지나 회사 직원 같았어요. 활동은 운영위원분들이 하는 거고요."

그 운영위원은 어린이 회원 부모들의 자천, 타천을 통해 선발된다고
한다.

과연. 모임이 어떻게 꾸려지는지 이제 이해가 되었다. 그래서 도시코
도 일반 회원이라면 편하다고 한 것이다.

"히토시는 왜 도서관에 가고 싶어했죠?"

그때까지는 행사에만 참가했다. 그런데 작년 연말에는 무슨 생각이
든 걸까?

도시코는 특별한 이유는 없었다고 말했다.

"어떤 도서실인지 가보고 싶다고 해서요. 23일이 쉬는 날이라 함께
갔어요."

"넓던가요?"

"꽤 넓었어요. 책상도 많아서 집이 가까운 아이들은 꼭 책을 읽기 위
해서가 아니라 숙제를 하려고도 오는 것 같더라고요. 컴퓨터도 몇 대
놓여 있었고요."

사무국과 도서실은 가네카와 유기재 본사 건물 안에 있다고 한다.

"건물이 여러 개 있었는데 그중 하나였어요. 꼭 호텔 로비처럼 아주
깨끗했고요."

본사라면 보안 문제도 있을 텐데, 그런 곳을 경영과 아무 관계 없고,
사원도 아닌 회원들을 위해 제공하다니 꽤 배짱이 두둑하다. 가네카와
회장은 어설픈 선의만으로 푸른하늘모임을 만든 게 아니라 그에 상응
하는 각오를 한 것이다.

유기재 제조업으로 연간 매출액이 130억 엔쯤 된다면 거의 대기업
수준이라고 할 수 있을 것이다. 기업의 그만한 뒷받침과 설립자의 강한

의지가 있기에, 열심히 참가하는 사람이 생기고 또 활발하게 활동하는 것이다. '푸른하늘모임'은 그런 곳이었다. 히토시가 도시코와 두 사람의 생활권에서 벗어나 다른 사회나 인간관계를 접하기에는 이만한 곳이 없다.

히토시의 회원번호를 입력하자 접속할 수 있었다. 사망으로 회원 등록이 말소되진 않은 모양이다. '모임 앨범'을 클릭하자 맨 처음 보인 것은 크리스마스 모임 광경을 찍은 스냅사진들이었다. 아마 도서실에서 연 듯했다. 산타클로스가 있고, 아이들도 빨간 모자를 쓰고 있다. 이어서 최근 행사인 '꽃놀이 모임', 그리고 거슬러올라가 히토시가 참가했다는 하이킹과 음악극 감상회 사진도 살펴보았다.

도시코의 말대로 아이들 수는 제일 많을 때가 서른 명 정도였다. 어른도 많이 찍혀 있었다. 어느 사진이나 움직임이 느껴지고, 웃는 얼굴이 보였다. 다들 즐거워 보인다. 활기가 넘친다.

여기 모인 사람들 중, 누군가가 도이자키 집안과 연결고리를 갖고 있을지도 모른다.

실마리를 발견했다는 생각에 흥분했는지, 노아 에디션에 도착한 시게코는 지각한 데 대한 사과도 대충 넘어가고 노자키와 게이에게 푸른하늘모임 이야기를 꺼냈다.

"오오~" 게이가 감탄했다. "그런 단체가 있어요? 재미있겠네."

"괜찮겠어? 이상한 종교단체나 다단계 같은 데 연결된 것 아냐?"

현실주의자인 노자키는 눈썹을 치켜올렸다.

"요즘 세상에 언제 어떻게 될지 모르니까, 신중하게 움직여."

그건 그렇고 말야― 하며 노자키는 머리를 긁적였다.

"시게코가 그렇게, 히토시의 친구 관계나 학교 관계에서 도이자키 집안과 연결될 가능성을 찾고 있단 걸 알면서도, 왜 도시코 씨는 진즉에 그런 이야기를 해주지 않았을까?"

"나도 깜박했으니 피장파장이죠."

그리고 천천히 두 사람을 향해 손을 모으고 고개를 숙였다.

"미안해요. 이번주에 휴가를 썼으면 하는데."

노자키는 한숨을 쉬었다.

"알았어. 그 푸른하늘모임에 가는 거지?"

"네." 시게코는 고개를 끄덕였다. "하지만 그전에, 일단 아동상담소에 들러보려고요."

아동상담소의 미야타 선생에게 접근할 때, 시게코는 그 텔레비전 프로그램 콘셉트를 이용하기로 했다.

히토시 이야기와, 히토시가 특이한 능력을 지녔을 가능성에 대해서는 일단 덮어둔다. 대신 푸른하늘모임을 취재하는 중이라고 하는 것이다. 연령과 학교의 테두리를 넘어 어린이들의 교류를 도모하는 이 모임의 취지와 활동이 매우 흥미로워 잡지에 기사를 쓰려 한다고.

히토시가 다니던 아동상남소는 후나야마시 아동복지센터 2층에 있었다. 벽돌색 타일을 붙인 외벽이 깔끔한 5층짜리 건물이었다. 살펴보니 아동복지센터는 다른 곳에도 있는 듯했는데 여기는 그중에서도 새로 만들어진 시설 같았다.

건물 안에는 120석짜리 작은 홀과 어린이도서실, 시내 어린이와 학부모를 대상으로 한 문화교실도 있었다. 입구 게시판에는 '종이접기 교실'을 개최한다는 공고문이 붙어 있었다. 홀에서는 피아노 연주회가 예정되어 있는 모양이다.

1층은 어린이도서실이 차지하고 있었다. 커다란 창이 많고 블라인드도 올라가 있어서 내부가 잘 보였다. 평일 오전이라 서가에나 열람석에나 어린아이들의 모습은 없다. 컬러풀한 앞치마를 두른 여직원이 책을 얹은 수레를 밀며 통로를 나아간다. '그림책 코너'라고 손글씨로 써 붙인 낮은 서가 옆에서, 아장아장 걷는 어린아이를 데려온 젊은 어머니 두 사람이 그림책을 손에 든 채 이야기를 나누고 있다.

아동상담소라는 명칭에는 아무래도 좀 움츠러들기 마련이지만, 이런 환경이라면 히토시 혼자 찾아오기에도 저항감이 없었을 것이다. 도서실에 온 척하며 슬쩍 2층으로 올라가면 된다. 책을 빌리러 온 김에 가벼운 마음으로 미야타 선생을 만나러 갈 수도 있을 것이다.

아동상담소가 있는 2층은 몇 개의 사무실과 상담실 부스로 나뉘어 있었다. 시 교육위원회의 연락 사무소 등도 같은 층에 자리잡고 있다. 시게코는 표시를 따라 복도를 왼쪽으로 돌아 걸었다.

사전에 전화로 약속했기 때문에, 시게코는 상담부스가 아니라 복도를 지나올 때 보았던 작은 회의실로 안내받았다.

전화를 하면서는 선이 가는 사람일 거라고 상상했다. 말투가 무척 온화하고 부드러웠기 때문이다. 하지만 실제로 만나보니 미야타 선생은 그 반대였다. 키는 작지만 단단한 체격에 이목구비가 뚜렷한 얼굴이었다. 양복이 아니라 셔츠와 바지 차림에 운동화를 신었다.

형식적으로 명함을 교환하고 먼저 시게코가 물었다.

"제가 잘 몰라서요, 죄송하지만 먼저 좀 여쭙겠습니다. 선생님은 시 소속 공무원이신가요?"

"네, 그렇습니다."

통화할 때와 마찬가지로 부드러운 목소리였다.

"시 교육위원회에 속한 학교교육상담회의 일원입니다."

"임상심리사나 카운슬러 되시는……"

"아, 아뇨. 그렇지 않습니다."

미야타 선생은 웃으며 약간 튀어나온 큰 눈을 반쯤 감았다.

"우리 상담소에는 임상심리 쪽 분도 계시지만, 저는 원래 초등학교 교사입니다. 5년 임기로 교육상담회에 파견을 나와 있는 거죠."

말하자면 베테랑 교사가 아동상담소 상담원으로 일하고 있다는 것이다.

"그럼 선생님께서도 여러 학생들을 가르친 경험이 있으시군요."

"그렇습니다."

정말 다행이네요. 저로선 현장의 선생님들 목소리를 많이 듣고 싶은데, 학교는 문턱이 높아서…… 하며 이야기하는 동안 여직원이 차를 내려놓고 나갔다.

"전화로는 푸른하늘모임을 취재한다고 하셨지요?"

"네. 학교라는 울타리 안에서는 만들기 힘든 어린이들의 종적 교류를 목표로 하고 있다더군요. 게다가 지역 경계도 넘어서서요. 종전의 어린이회와 다른 새로운 형태라고 생각했어요."

미야타 선생은 손 옆에 내려놓은 시게코의 명함을 슬쩍 바라보았다.

"어떤 잡지에 기사가 실리는 겁니까?"

"죄송합니다. 아직 결정되지는 않았어요. 원래 제 개인적인 흥미에서 시작된 취재라서, 일단 원고를 쓴 뒤에 알아볼 생각입니다."

그래도 벼락치기로 대충 훑어보았던 교육잡지 몇 개의 이름을 나열했다.

"아하, 그러시군요."

미야타 선생은 천천히 고개를 끄덕였다. 굵은 눈썹도 함께 움찔거렸다.

"제 이야기를 하기타니 도시코 씨로부터 들었다고 하셨죠?"

"그렇습니다. 하기타니 씨와는 다른 건으로 모자가정의 실정에 관한 기사를 쓸 때 알게 되었어요. 그때 히토시와 푸른하늘모임에 관한 이야기를 들었고요."

입에서 나오는 대로 꾸며대는 식이지만, 필요할 때는 어쩔 수 없다. 이걸 못하면 글쟁이 노릇을 할 수 없다.

"히토시 일은 참 안타깝게 되었습니다."

미야타 선생의 뚜렷한 이목구비에 그늘이 졌다.

"그애가 사고를 당했을 때 저는 마침 연수 때문에 오사카에 가 있었죠. 돌아온 후에야 학교에서 온 연락을 듣고 알게 되었습니다. 나중에 히토시 어머니에게 인사를 드리러 갔지만, 무척 마음이 아팠죠."

말뿐만이 아니라 진심으로 슬퍼하는 것이 느껴졌다.

"하기타니 씨에게 들으셨을 테지만, 히토시는 여기 자주 놀러왔습니다."

"선생님과는 친구 같은 사이였다고 하시더군요."

고개를 끄덕이더니, 미야타 선생은 그리운 듯이 눈을 가늘게 떴다.

"죽었다는 건 알아도 유해를 보지 못해서인지 도무지 실감이 나지 않습니다. 당장이라도 훌쩍 '선생님, 안녕하세요' 하며 얼굴을 내밀 것만 같아요."

미야타 선생이 쓸쓸한 표정으로 입을 다물었다. 시게코도 한동안 말이 없었다.

"마에하타 씨는 아시는지 모르겠군요."

미야타 선생이 고개를 들고 물었다.

"혹시 히토시 장례식에 그애 아버지가 왔습니까?"

이것만은 솔직하게 대답할 수밖에 없다. 시게코는 고개를 저었다.

"아뇨. 저는 모릅니다."

"히토시 어머니도 아무 말씀 없으셨습니까?"

"네."

탐색이다. 시게코는 미야타 선생이 히토시의 출생에 관해 어느 정도까지 알고 있는지 모른다. 선생도 시게코가 어느 정도 알고 있는지 모른다. 자신이 모르는 사실을 상대가 알고 있다면, 알고 싶은 게 당연하다.

미야타 선생이 먼저 한 걸음 내디뎠다.

"히토시는 제게, 자기 아버지는 어디 있는지 모른다고 했습니다. 가정환경을 파악하기 위해서도 필요한 질문이라 히토시의 어머니에게 물어보았지만, 인연이 되지 않아 결혼할 수 없었고 지금은 어디 있는지 모른다는 대답밖에 듣지 못했습니다."

하기타니 도시코다운, 대단히 방어적인 대답이다.

"히토시는 아버지를 그리워했나요?"

무심코 묻고 나서 시게코는 얼른 덧붙였다.

"저는 그애한테서 그런 분위기를 느끼지 못했어요. 하지만 선생님께는 말씀을 드렸을지도 모르겠다 싶어서요. 푸른하늘모임에 그애가 흥미를 보인 것도, 어머니와 단둘이 사는 생활이 조금은 쓸쓸했기 때문인지도 모르지요."

미야타 선생은 벽 쪽을 바라보며 잠시 생각에 잠겼다가 입을 열었다.

"음, 그랬을지도 모르죠. 변화가 필요했다고나 할까, 좀더 활기찬 분위기를 원했다고도 할 수 있겠군요."

"학교 성적은 고만고만했다고 하던데, 제가 어머니나 미술 선생님 말씀을 통해 느낀 인상은 꽤 총명한 아이였던 것 같습니다. 어떤가요?"

미야타 선생의 눈이 빛났다. 고개를 크게 끄덕였다.

"똑똑한 아이였어요. 그게 학업에 반영되지 않은 건 안타깝지만, 그것 또한 이렇게 감성이 예민하고 어른스러운 면이 있는 학생에겐 가끔 있는 일입니다."

"어른스러웠다……"

"네. 어머니 생각도 많이 했죠. 그애가 어머니를 받쳐주는 것처럼 보일 때도 있었을 정도입니다."

시게코는 사진에서 본 히토시의 작고 가냘픈 모습을 떠올렸다.

"그런 아이가 오히려 하늘의 사랑을 받아 일찍 불려가는 거지요……"

이런, 죄송합니다, 하며 미야타 선생이 감정을 추슬렀다.

"푸른하늘모임 쪽 분들은 만나보셨습니까?"

"이제 만나보려고요. 사실 이제 막 시작한 참이거든요. 홈페이지에는 들어가보았습니다."

"취지가 재미있죠? 그런 모임으론 아마 유일할 겁니다."

"그런가요?"

"일단 그런 일에 자금을 대줄 사람이 흔치 않으니까요. 그 모임 회장님, 가네카와 씨였던가요? 이런 불황에 그런 분들이 많을 수가 없죠."

감탄하듯 그렇게 말하고, 미야타 선생은 약간 진지한 표정을 지었다. 말투도 변했다.

414

"먼저 여쭤보겠는데, 설마 푸른하늘모임에 무슨 문제가 있어서, 이렇게 취재를 하게 된 건 아니시겠죠?"

시게코는 놀랐다.

"문제가 있나요?"

몸을 뒤로 젖히며 미야타 선생은 얼른 부정했다.

"아뇨, 아뇨. 천만에요. 저는 모릅니다. 나쁜 소문을 들은 적도 없고요. 혹시나 싶어 물어봤을 뿐입니다."

시게코는 의도적으로 눈에 힘을 주며 상대방을 바라보았다. 미야타 선생은 시선을 피하지 않았다.

"오해는 마세요. 다만, 방금 말씀드렸듯이 전례가 없는 성격의 모임이니까 운영과정에서 어떤 형태로든 트러블이 일어났을 가능성도 있죠. 모임 안에서 의견이 갈리는 일도 있을 테고. 그래서 물어본 겁니다."

시게코는 고개를 끄덕이고 더이상 묻지 않았다.

"제가 히토시 어머니에게 그 모임 이야기를 한 건 사실입니다."

미야타 선생은 휴우, 하고 숨을 토하며 말을 이었다.

"하지만 저는 그 모임과 아무런 관게가 없습니다. 소문으로 알고 있었을 뿐이죠."

"언제부터 알고 계셨나요?"

"2년쯤 전일 겁니다."

같은 지역 내 다른 아동상담소에 근무하는 동료로부터 들었다고 한다.

"그 사람 역시 히토시와 마찬가지로 편모가정의 아이를 담당하고 있었는데, 좀 소극적인 성격이었답니다. 친구도 제대로 사귀지 못하고, 학교에도 잘 가려 하지 않았다죠. 그런데 푸른하늘모임에 참가시켜보았더니 재미있어하더란 겁니다. 친구도 생기고, 그게 계기가 되어 점점 밝아져서, 학교생활도 원만하게 해낼 수 있게 되었다는 이야기였죠."

그뒤에도 지역 교사들로부터 소문을 들었고, 교육잡지에서 다룬 기사도 읽었다.

"히토시 어머니에게도 아마 그 기사를 복사해드렸을 겁니다. 사무국 전화번호가 실려 있었어요."

맨 처음 모임 이야기를 해준 동료는 미야타 선생과 오래 알고 지낸 사이라, 상대방의 사람 됨됨이나 교육자로서의 능력도 신뢰하고 있었다.

"그래서 그 사람 이야기를 믿고 소개한 겁니다. 하지만 어디까지나 참고로 삼으라는 거였지, 억지로 권한 건 아니었어요. 그후 히토시가 '선생님, 그 모임 행사에 한번 가볼게요'라고 하는 걸 보곤 이야기 진행이 너무 빨라 놀랄 정도였죠. 히토시 어머니는 그런 활동에 적극적인 분으로는 보이지 않았거든요."

시게코도 그 말에 고개를 끄덕였다.

"히토시가 가고 싶어했다던데요."

히토시가 적극적으로 나서자 미야타 선생은 푸른하늘모임에 관한 좀더 상세한 정보를 모아보기로 했다.

"저도 나름 책임이 있었으니까요. 일단 아까 말한 그 동료에게 물어보았습니다."

동료가 담당했던 남자아이는 당시 아직 푸른하늘모임 회원이었다. 딱히 달라진 면은 없다고 했다. 다만 새로운 사실 하나가 밝혀졌다.

"당시 회원이었던 아이는 서른두셋 정도였는데, 그중 70퍼센트가 발기인인 기업가가 경영하는 회사 사원들의 자녀였습니다. 특히 가네카와 유기재라는 회사 사원의 자녀들이 많았죠. 동료가 상담받던 남자아이의 아버지도 그 회사 사원이었습니다."

시게코는 무릎을 탁 쳤다.

"아아, 그러니까 회장님의 사회사업에 사원들이 참여했던 건가요?"

"그런 셈입니다." 미야타 선생은 진지한 표정으로 말을 이었다. "하지만 잡지에도 실릴 정도로 조금씩 지역에서 인지도가 올라가서, 사원이 아닌 회원도 늘어나고 있다는 거였죠."

미야타 선생은 직접 푸른하늘모임 사무국까지 찾아갔다.

"히토시 때문만은 아니고, 앞으로의 일을 위해서라도 알아두고 싶었습니다. 학교생활에서 여러모로 애로사항이 있는 아이들이 모임에 많이 가입했는지. 또 그런 아이들에게는 특별한 지도를 하는지. 그런 것들을 솔직하게 물어볼 생각이었죠."

모임 쪽의 답변은, 적어도 미야타 선생을 불안하게 할 만한 내용은 아니었다.

"운영위원분들은 학부모님이기는 해도 전문직인 교육자는 아닙니다. 등교 거부 같은 문제를 안고 있는 아이들에게 아마추어적인 지도는 오히려 좋지 않은 결과를 낳죠. 하지만 푸른하늘모임은 그런 단체가 아니었습니다. 설립 취지 그대로, 어린이회의 확대판으로서 아이들에게 놀이와 교류의 공간을 마련해주려는 것뿐이었습니다."

미야타 선생은 약간 마음이 놓였다고 한다.

"히토시가 처음 참가한 행사가, 아마 하이킹이었을 겁니다."

"네. 5학년 여름방학 때였죠. 노코기리야마 하이킹."

"다녀오더니 바로 제게 와서 이야기해주었어요. 무척 재미있었고, 메일 친구도 생겼다고요. 그래서 더욱 마음이 놓였습니다. 재미없거나 싫었던 게 있으면 이야기하라고 했지만, 그런 건 없다고 하더군요."

이야기 도중부터 시게코는 메모를 하고 있었다. 미야타 선생은 말을 끊더니 필기하는 손을 가만히 바라보았다.

"잘 알았습니다. 감사합니다."

손을 멈추고 얼굴을 든 시게코는 고개를 끄덕이고 미소를 지었다.

"히토시는 푸른하늘모임 행사에 참가하는 게 즐거웠던 모양이에요. 어머니한테서도 그런 이야기를 들었고요."

왠지 미야타 선생의 표정이 굳어졌다. 처음에는 보이지 않던, 탐색하는 듯한 눈빛이다.

"히토시 어머니는 학교 선생님과 히토시의 관계에 대해 어떻게 말씀하셨습니까? 그러니까, 히토시가 여기 다니게 된 이유에 관해 뭐라고 하셨나요?"

시게코는 도시코에게 들은 대로 설명했다. 하지만 미야타 선생의 표정은 풀리지 않았다.

"달리 무슨 말씀은 없었습니까?"

시게코는 살짝 눈을 깜박였다.

"선생님께선 어떤 이야기가 있었을 거라고 생각하시는 건가요?"

미야타 선생은 팔짱을 끼더니 생각에 잠겼다. 그리고 새삼 다짐을 두듯이 물었다.

"마에하타 씨는 정말로 푸른하늘모임에 관한 이야기만 물으러 오신 건가요? 히토시에 관해서가 아니라, 그 모임을 취재하고 계신 거죠?"

"그렇습니다."

거짓말이지만 이 자리에서는 진실이다. 혹시 미야타 선생이 눈치를 챈 걸까?

"선생님, 다른 무슨 문제가 있었나요?"

큰맘 먹고 시게코가 물었다. 미야타 선생이 망설이고 있다는 걸 알 수 있었다. 프리라이터라는, 하기타니 도시코와 친하다는 이 마에하타 시게코라는 사람에게 이야기해야 할지, 말아야 할지―해도 괜찮은지, 하면 안 되는 건지.

"그렇다면, 어머니 귀에는 들어가지 않은 건가."

그렇게 중얼거리고, 무거운 짐을 고쳐 들듯 어깨를 움직이더니 시게코를 바라보았다. 진지한 눈길이었다.

"여기서 듣고 잊어주십시오. 히토시 어머니에겐 이야기하지 말아주세요."

"네."

시게코는 몸을 앞으로 내밀었다.

"사쿠라 초등학교에서는 히토시의 죽음이 자살이 아니냐는 소문이 돌고 있습니다."

생각도 못했던 이야기라 시게코는 순간 굳어버렸다.

"하지만…… 초등학생이잖아요?"

"6학년이면 어엿한 사춘기 초기입니다. 실제 사례도 없지 않습니다."

그럴지도 모르지만, 그렇다 해도.

"히토시에게 그럴 이유가 있나요? 그런 조짐이 보였다면 선생님이 제일 먼저 눈치를 채셨겠죠."

미야타 선생은 고개를 끄덕이지 않고, 대신 미간을 찌푸렸다.

"제 생각도 그렇습니다. 저 역시 자살이라고는 생각하지 않습니다. 그렇게 생각하고 싶지 않기도 하고요."

괴로운 듯했다.

"어쨌든 관점은 여러 가지입니다. 학부모들이 제각각 다른 관점을 지니고 있으니까요."

"그럼, 자살이라는 이야기가 학부모들 사이에서 나온 건가요?"

"그런 건 아닙니다만."

말을 흐리는 것도 지금까지의 모습과는 달랐다.

"담임이었던 가와사키 선생님, 이토 선생님과 히토시가 원만하지 않은 사이였던 건 사실입니다. 실제 사정이 어쨌건 간에 그애가 여기 다닌 것도, 편모가정이라는 것도 사실이죠. 그런 사실들을 짜맞춰서, 그애가 스스로 목숨을 끊은 게 아닌가 추측하는 사람들이 있었다는 겁니다."

도시코가 몰랐던 게 다행이었다.

"그래서…… 그 소문 속에 푸른하늘모임 이야기도 나왔습니다."

히토시가 친구들에게 이야기했던지, 친하게 지내던 반 친구들은 푸른하늘모임에 대해 알고 있었다.

"하지만 거기에 함께 참가한 아이들은 없었습니다. 그러니 실정이 어떤지는 모르죠. 그래서 푸른하늘모임을 오해하는 사람들이 있는 것 같습니다."

"좀 거친 표현이지만, 이른바 '문제아' 모임이라고요?"

미야타 선생은 고개를 끄덕였다.

"그런 모임에 다닐 정도로 히토시의 상태가 좋지 않았다는 식으로 말입니다. 그게 또 돌고 돌아 자살설을 뒷받침하게 되었고요."

소문이 만들어지는 전형적인 패턴이다. 머리와 꼬리가 연결되어 빙빙 돌면서 살이 붙어간다.

"담임이었던 이토 선생님이 그런 소문을 불식시켜주진 않았나요?"

"무리였겠죠." 미야타 선생이 쓴웃음을 지었다. "그분은 제가 보기에도 옛날식으로 일하시는 분입니다. 이런 말은 실례겠지만, 자꾸 학생을 내려다보려고만 하고, 자신에게 좋지 않은 평판이 도는 걸 참지 못하는 것 같았어요."

아, 제가 말이 지나쳤군요, 하며 미야타 선생은 코를 문질렀다.

"뭐, 어쨌든 이토 선생님은 이런 문제에 유연하게 대처할 만한 분은 아닙니다."

"3, 4학년 때 담임이었던 가와사키 선생님은 어떠신가요?"

미야타 선생의 눈빛이 또 변했다.

"어떻다뇨?"

"히토시의 죽음을 어떻게 생각하고 계실까요?"

"글쎄요. 모르겠습니다. 가와사키 선생님은 이미 사쿠라 초등학교에 계시지 않으니까요."

작년에 다른 학교로 전근했다고 한다. 그렇다면 아무것도 모르는 게 당연하다. 하지만 시게코는 마음에 걸렸다. 가와사키 선생의 이름이 나왔을 때 미야타 선생의 눈에 스친 무언가가.

히토시를 아동상담소에 다니게 만든 교사. 히토시를 껄끄러워하던 교사. 끝까지 원만한 관계를 만들지 못했던 교사.

히토시가 무언가를 '보았을'지도 모르는 인물.

지금 캐물으면 뭔가 나오지 않을까? 미야타 선생은 알고 있는 것 같았다. 도시코와 시게코가 모르는 그 무언가를. 가려져 있는 무언가를.

그러나 기대와 달리 미야타 선생은 손목시계를 들여다보았다.

"아, 벌써 시간이 이렇게 되었군요. 이 정도면 되겠습니까?"

시게코는 물러날 수밖에 없었다. 정중하게 고맙다는 인사를 하고 미야타 선생과 헤어졌다. 개운치 못한 마음을 안은 채.

'푸른하늘모임' 사무국에는 꽤 그럴듯하고 정중하게 작성한 기획서와 취재 의뢰서를 보내놓았다. 나중을 위해서라도 불쑥 찾아가기보다 제대로 절차를 밟는 게 좋을 것이다.

그러니, 지금은 바로 노아 에디션으로 가서 오후 동안 본업에 충실해야 하는데—

무척 심술궂은 방법이고, 성과를 얻을 확률은 기껏해야 50퍼센트 정도일 테지만, 가와사키 선생에 관한 개운치 않은 마음을 바로 털어낼 방도를 떠올렸다. 시게코는 사쿠라 초등학교로 발길을 옮겼다.

학교 근처까지 가서 교무실에 전화를 걸어 하나다 선생을 연결해달라고 부탁했다. 쉬는 시간을 노렸지만, 하나다 선생은 금방 전화를 받지 않았다. 하긴 거북할 것이다. 그런 감정을 이용하려는 나도 참 나쁜 사람이다 싶어, 시게코는 휴대전화를 든 채 쓴웃음을 지었다.

한참 후에 전화를 받은 하나다 선생의 목소리는 당연히 상냥하지는 못했다.

"저어…… 곧 수업 들어갈 시간인데요, 무슨 일이신가요?"

시게코는 재빨리 설명을 하고 딱 십오 분을 얻어낼 수 있었다.

늦은 점심을 먹으며 시간을 죽이다 미술실로 올라갔다. 출입문을 지날 때는 인터폰을 눌러 문을 열어달라고 해야 했는데, 미술부 학생 학부모인데 하나다 선생과 약속이 되어 있다고 하자 더이상 용건을 묻지 않고 들여보내주었다.

이토 선생은 몰라도 하나다 선생은 하기타니 히토시 문제로 마에하
타라는 프리라이터를 만났다는 사실을 분명히 입 밖에 내지 않았을 것
이다. 유부남과의 연애가 드문 일도 아닌 게 요즘 세태라지만, 교사라
는 입장은 다르다. 바늘방석에 앉은 기분일 하나다 선생은, 당연히 선
배 교사에게 질책당할 만한 일을 더이상 만들고 싶지 않았을 것이다.

아무리 아름다운 외모라 해도 마음이 불편하면 그늘져 보인다. 하나
다 선생을 처음 만났을 때 느꼈던 아름다움이 절반은 줄어든 것 같았
다. 물론 그건 시게코의 '눈'에만 그렇게 보이는 것일지도 모른다.

시게코도 불륜은 절대로 용서할 수 없다는 식의 딱딱한 소리를 할 생
각은 별반 없다. 하지만 하나다 선생의 고백에는 왠지 모르게 '비위에
거슬리는' 구석이 있었다. 교사로서가 아니라 인간으로서 염치라는 게
없는 게 아닐까 하는 느낌이 들었다. 그런 느낌이 시게코 마음속에 남
아, 하나다 선생을 보는 눈을 바꾸어버린 건지도 모른다.

"이제 여기 오실 일은 없을 거라고 하시지 않았나요?"

하나다 선생은 노골적으로 불편하고 불안한 눈치를 보였지만, 시게
코는 상냥하게 미소를 지었다.

"볼일이 끝나면 바로 물러가겠습니다. 한 가지 알려주셨으면 해서
요."

가와사키 선생님을 아시죠? 하고 말을 꺼냈다.

"작년에 다른 학교로 전근 가셨다고 하던데요."

예, 하고 하나다 선생이 고개를 끄덕였다.

"히토시가 3학년, 4학년 때 담임을 맡은 선생님이세요."

"그런 것 같더군요. 그땐 아직 제가 없을 때라서요."

마음에 들지 않는다는 듯 하나다 선생은 고개를 돌렸다.

"하지만 1년 동안 이 학교에 동료 교사로 함께 계셨던 거죠?"

그게 뭐 어쨌냐는 듯이 하나다 선생의 눈초리가 매서워졌다. 시게코는 그녀의 눈동자 속에 경계경보가 발령되는 것을 보았다.

적중했다. 하나다 선생은 무언가를 알고 있다. 가와사키 선생에게 문제가 있었다 해도, 학교 상층부에서 묵살했을 가능성도 있으니 확률은 50퍼센트라고 예상했는데, 제대로 들어맞았다.

"시간을 더 빼앗기 죄송하니까 단도직입적으로 물을게요. 혹시 가와사키 선생은 어떤 불상사가 있어 학교를 옮기시게 된 것 아닌가요? 저는 그렇게 추측할 만한 근거를 갖고 있습니다."

두 사람은 선 채로 마주보고 이야기하고 있었는데, 시게코는 하나다 선생이 말 그대로 온몸이 얼어붙는 것을 느낄 수 있었다. 마치 살아 있는 인형 같았다.

"저는 아무것도 모릅니다."

하나다 선생은 입만 움직여 그렇게 대꾸했다.

"모르신다고요?"

자못 의외라는 듯 놀란 표정을 지어 보였다.

"네. 마에하타 씨는 무슨 근거를 갖고 있는 거죠? 누가 그런 심한 이야기를 퍼뜨리고 다니는 걸까요?"

"아뇨, 아무도 퍼뜨리고 다니진 않습니다. 그래도요."

미인은 화를 내도 미인이지만, 노골적으로 화를 내지 못할 처지인 하나다 선생의 얼굴은 고집스럽게만 보였다.

하지만 시게코가 가만히 바라보는 사이, 하나다 선생의 눈 안에 번쩍하고 다른 빛이 스쳤다.

"히토시 문제인가요?"

시게코는 일부러 입을 다물고 있었다. 하나다 선생은 흥미롭다는 듯 물고늘어졌다. 하지만 얼굴은 성난 기색이었다.

"그렇죠? 히토시가 뭔가를 그린 거죠? 그림이 남아 있는 거죠? 그렇죠?"

완승이다. 시게코는 하나다 선생의 질문을 완전히 무시했다.

"그래요? 가와사키 선생 문제는 모르시는 거군요. 알겠습니다."

휴, 하고 숨을 내쉬고 돌아섰다.

"시간을 빼앗아 죄송했습니다."

"……네?"

"선생님이 모르신다면 하는 수 없죠."

고개를 숙이고 미술실 문을 향해 걷기 시작했다.

"교감 선생님이나 교장 선생님께 여쭤보겠습니다."

잠깐 멈춰 섰던 하나다 선생이 뒤따라왔다. 그녀는 시게코가 조금 미안해질 정도로 시게코의 계획대로 움직이고 있다.

"잠깐만요. 기다리세요."

멈춰 서서 어깨 너머로 돌아보았다. 하나다 선생의 눈동자가 흔들리고 있었다.

"저는…… 저기,"

시게코가 웃으며 말했다.

"괜찮아요, 선생님. 교감 선생님이나 교장 선생님에게 쓸데없는 소린 하지 않을 겁니다. 히토시가 선생님의 개인적인 문제를 눈치채고 있었다거나, 그걸 그림으로 그려 남겼다거나, 그래서 히토시가 다른 아이들에게 그런 이야기를 흘렸을 가능성이 있다거나, 그런 이야기는 절대 하지 않을 거예요."

마음만 먹으면 인간은 상당히 지독해질 수 있는 법이다. 미안하다는 생각을 하면서도 고삐를 늦추지 않고 시게코는 단호하게 말했다.

"저는 특별히 사쿠라 초등학교의 어두운 부분을 들춰낼 생각은 없어요."

하려고 마음만 먹으면 할 수 있다는 냄새를 풍겼다. 스스로 생각해도 참 못됐다.

하나다 선생은 함락되었다. 가녀린 어깨가 축 늘어졌다.

"저도 소문으로밖에는 몰라요. 교직원 전체에 정식 통보가 있었던 건 아니고요."

시게코는 천천히 고개를 끄덕여 다음 이야기를 재촉했다.

"가와사키 선생님은…… 여자아이들 여러 명에게 음란한 짓을 했다는 혐의가 있었어요."

그런가? 그거였나? 막연하기는 하지만, 무언가가 있다면 아마 체벌 내지는 그런 문제일 거라고 짐작은 하고 있었다.

하나다 선생은 시선을 떨어뜨리며 살짝 고개를 저었다.

"가와사키 선생님은 모두 오해라고 변명했다고 해요. 목격자나 증인이 있었던 것도 아니고, 피해를 당했다는 여자아이들이 하는 말도 앞뒤가 맞지 않고. 꾸며낸 이야기일지도 모르고요. 상대가 문제 학생이었던 경우도 있었고…… 진짜로 그런 일이 있었는지 어떤지는 몰라요. 다만,"

"다만?"

자신도 모르게 시게코의 말투가 딱딱해졌다. 하나다 선생은 약간 움찔했다.

"가와사키 선생님이 전에 있던 학교에서도 비슷한 문제가 있어서 학부모와 말썽이 생겼다는 사실이 알려져서······"

시게코는 머리를 감싸쥐고 싶었다. 이건 이미 흰색에 가까운 회색이
아니라 한없이 검정에 가까운 회색이다.

"그래서 이번에도 마찬가지로 학교를 옮기는 조치를 취했다는 건가
요?"

"······그런 것 같아요."

문제교사 폭탄 돌리기, 학교 단위의 손수건 돌리기다. 시게코는 화가
치밀었다. 학교의 체면 유지가 최우선이고, 학생들은 안중에도 없지 않
은가.

시게코의 추측―사실 상상에 가까웠지만, 이건 최악의 적중이었다.
히토시는 가와사키 선생의 그런 어두운 부분을 '보고' 있었던 것이다.
그래서 곧잘 수업시간에 멍하게 있곤 했다.

히토시 나이에는 가와사키 선생에게서 보이는 광경이 무엇인지, 무
슨 짓을 하고 있는 것인지 제대로 이해할 수 없었을지도 모른다. 하지
만 그래서는 안 되는 거라는 사실은 알고 있었다고 봐야 한다. 심상치
않은 상황이라는 것도 알고 있었을 것이다.

그것이 호기심을 사아냈을 게 틀림없다. 그리고 겁도 났을 것이다.
선생님이 뭘 하는 걸까? 왜 여자아이들의 '그런 곳'을 만지는 걸까?

히토시는 그런 모습을 그린 그림은 남기지 않았다. 시체나 그 일부
같은 것은 그렸어도, 이건 그리지 않았다.

그리지 못했던 걸까? 그릴 수가 없었던 걸까?

어쩌면 히토시도 요즘 아이니까, 시게코가 상상하는 것보다 훨씬
어른스럽고, 성적 행위에 관한 지식을 갖고 있었을지도 모른다. 그래
서 그리지 않았다? 아니, 그리기는 했지만 어머니에겐 보여줄 수 없었

다, 어머니의 눈길이 닿을 만한 곳에 놔둘 수 없었다, 혹은 그리기는
했지만 버려버렸다. 마치 야릇한 사진이 실린 잡지를 부모 몰래 숨겨
두듯이.

문득 정신을 차리자, 하나다 선생은 얼어붙은 듯 큰 눈을 동그랗게
뜨고 시게코를 바라보고 있었다. 시게코의 표정이 일그러져 있었기 때
문일 것이다. 겁을 먹은 듯했다.

"말씀해주서서 고맙습니다."

"저기, 이 얘기는,"

"물론 선생님에게 들었다는 말은 아무에게도 하지 않을게요."

하나다 선생은 힘없이 고개를 숙였다.

"은폐하는 게 이 학교 체질이군요." 시게코가 말했다. "냄새나는 것
에 뚜껑을 덮어버리는 거네요. 선생님의 상대분도 전근, 가와사키 선생
님도 전근."

"하지만 저희는,"

"아아, 그렇죠. 물론 선생님은 범죄행위를 저지른 게 아니니까 똑같
이 취급할 수는 없겠죠. 실례했습니다."

감사합니다, 짧게 인사하고 시게코는 잰걸음으로 미술실을 나왔다.
복도를 걸어 계단을 내려와 출입문으로 향했다. 수업중이라 학교는 조
용했다.

이 정적을 깨고 마구 소리를 지르고 싶었다. 화가 나서 참을 수가 없
었다. 학교는 이미 성역이 아니다. 성역은 어디에도 없다.

더러운 것도 실제로 보지 않으면 더러운 느낌이 들지 않는다는 말이
머릿속에 떠올랐다. 그렇다. 옛사람들 말이 옳다. 세상에는 모르는 게
약이 되는 경우도 있는 법이다.

하지만 알게 되면 그냥 내버려둘 수 없는 일도 있지 않은가.

화가 나서 아무 생각도 할 수 없었다. 학교를 나와 바로 아동상담소로 전화를 걸었다. 미야타 선생이 전화를 받자 시게코는 거친 말투로 말했다.

"가와사키 선생님 문제를 사쿠라 초등학교에 확인해봤습니다."

짐작이 가는지 미야타 선생은 침묵했다.

"사실은 아주 문제교사였던 모양이네요. 선생님께선 알고 계셨나요?"

조금 이따가 지친 듯이 낮은 목소리가 들려왔다.

"정말로 그런 사건이 있었는지 없었는지 저는 모릅니다. 가와사키 선생님도 인정하지 않았을 테고요."

"그야 자백할 리가 없죠. 시치미떼면 학교가 막아주리란 걸 알고 있었으니까요."

수화기 저편에서 미야타 선생이 점잖게 헛기침을 했다.

"마에하타 씨."

시게코를 부르는 목소리가 달라졌다. 나쁜 아이를 꾸짖고 타이르는 선생님 말투였다.

"어떻게 하실 작정입니까? 무슨 일을 하려는 거죠?"

"무슨 일이라는 게 뭔가요?"

"고발이나, 폭로 말입니다. 당신에게 그럴 자격이 있다고는 생각하지 않는데요."

"그럼 묻겠습니다." 시게코의 목소리도 날카로워졌다. "어린이에 대한 성적 학대라는 범죄를 고발하기 위해 필요한 자격이 뭐죠? 뭐가 필요합니까?"

미야타 선생이 한숨을 내쉬었다.

"말이 통하지 않는군요."

그건 이쪽에서 할 소리다.

"히토시는 자신이 왜 가와사키 선생님 수업시간에 정신이 흐트러졌는지, 왜 선생님을 대하기 불편했는지, 그 아이 나름의 이유를 선생님께 털어놓은 적이 있었습니까?"

서로 침묵했다. 그야말로 웅변 같은 침묵이었다.

"있었군요."

시게코가 말했다. 심장 고동이 빨라져서 갈비뼈가 흔들리는 것 같았다. 그 진동이 손가락까지 전해졌다. 시게코는 온몸으로 분노하고 있었다.

표현을 고르듯 신중하게 미야타 선생이 대답했다.

"서로 이가 잘 맞지 않는다고 했습니다."

"호오, 초등학생인데 상당히 세상사에 능통한 듯한 표현이군요."

"그애는 어른스러웠어요."

시게코는 휴대전화를 꽉 움켜쥐었다.

"미야타 선생님, 히토시는 선생님에게 이런 고민을 말하지 않았나요? 내가 가와사키 선생님을 좋아할 수 없는 건 그 선생님에게 이상한 면이 있기 때문이다. 가와사키 선생님은 여자아이들에게 몰래 이상한 짓을 하고 있다, 라고요."

시게코의 마음의 눈에 그 광경이 또렷이 떠올랐다. 곤혹스러워하는 히토시의 얼굴이 보였다. 겁먹은 표정이 보였다. 어떤 말로 표현해야 좋을지 몰라 머뭇거리며 몸을 웅크리고 있는 모습이 보였다.

아까보다 더 깊고 긴 한숨을 내쉬고, 미야타 선생이 말했다.

"분명 그런 대화를 한 적은 있습니다."

딱 한 번이었습니다, 라며 목소리에 힘을 주었다.

"사실이라면 엄청난 일이기 때문에, 저는 진지하게 들었습니다. 말을 채 듣지도 않고 야단치거나 부정하지는 않았습니다. 저는 교육자고, 아이들을 맡은 교사의 책임이 무겁다는 사실을 뼈저리게 알고 있고, 자각도 하고 있습니다."

어떻게 그런 걸 알고 있는지. 그런 모습을 언제 보았는지. 그런 일이 몇 번이나 있었는지.

"자세히 물어보았습니다. 그때도 될 수 있으면 부드러운 표현을 골라 이야기하려 했습니다. 히토시가 위축되지 않도록 신중을 기할 생각이었어요."

"히토시는 뭐라고 설명했죠?"

미야타 선생이 끊어지듯 짧게 웃었다.

"설명은 없었습니다. 구체적으로 언제 어떤 상황에서 가와사키 선생이 그런 행동을 하는 걸 목격했는지, 말하지 못했습니다. 피해를 당한 여자아이들의 얼굴도 몰랐고요. 인상착의를 물어봐도 종잡을 수 없는 대답뿐이었습니다. 그지 자기보다 어린 학년이라고민 했어요."

"하지만 그애는 봤다고 했잖아요?"

"마에하타 씨, 당신은 자녀가 있습니까?"

왜 이런 걸 묻는 걸까?

"없습니다."

"그럼 이해하기 힘들지도 모르겠군요. 잘 들으세요. 아이들은 공상과 현실을 구분하지 못할 때가 자주 있습니다. 지레짐작한 것이나 상상과 현실 속의 사건이, 그애들 머릿속에서는 아주 자연스럽게 나란히 놓여 있습니다. 그애들의 세계는 아직 작고, 시아에 들어오는 것은 한정되어 있죠. 아이들은 그것을 상상으로 보충합니다. 그건 발달을 위해 중요한 일이고, 그것이 제대로 이루어지지 않는다면 아이들은 성장할 수 없습니다."

"무슨 말씀을 하시고 싶은 건지, 저는 잘 이해가 되지 않는데요."

미야타 선생은 우세를 되찾았다. 그가 그렇게 느끼고 있을 뿐만 아니라 사실이 그러했기 때문에, 시게코는 분해서 이를 악물었다. 네, 그렇습니다. 저는 아이가 없습니다. 제가 어린아이였던 건 아득한 옛날이라, 요즘 애들에 대해선 모릅니다.

"히토시는 분명히 가와사키 선생님을 싫어했습니다. 하지만 왜 싫어하는지, 그 이유는 스스로도 잘 몰랐습니다. 좀전에 마에하타 씨가 말씀하신 것처럼 이가 잘 맞지 않았다는 개념은 초등학생 어린아이의 머릿속에는 아직 존재하지 않았을 테니까요. 히토시는 마음속의 갈등과 타협하기 위해 어떻게 해서든 가와사키 선생님을 '싫어할 만한 이유'를 찾아내야 했죠. 그래서 그런 겁니다. 스스로 그 이유를 상상해서 만들어낸 거예요."

"잠깐만요."

미야타 선생은 기다려주지 않았다. 목소리에 다시 생기가 돌아왔다.

"물론 의도적인 건 아닐 겁니다. 무의식중에 그런 거지요. 유사한 사례도 많습니다. 요즘 들어 유감스럽게도 교사의 불상사가 여러 건 발생하고 있고, 그때마다 매스컴에 요란하게 보도됩니다. 히토시는 그런 보도를 보고 자기가 너무나 싫어하는 가와사키 선생님도 이런 나쁜 짓을 하는 선생님이면 좋겠다고 생각했겠죠. 그렇다면 가와사키 선생님을 싫어하는 자기 자신을 정당화할 수 있어, 마음이 편할 테니까요."

나이든 어른도 그러는 경우가 있지 않습니까? 작은 일을 마구 부풀려서 다른 사람을 중상모략하는 일이 있잖아요. 미야타 선생이 연달아 던지는 질문에 일방적으로 밀려, 시게코는 어금니를 악물 수밖에 없었다.

"그러니까 저는,"

잠깐 숨을 돌리고 미야타 선생은 말투를 누그러뜨렸다.

"그애가 생각하는 것을 모두 토해내게 한 뒤에 찬찬히 설명했습니다. 근거 없이 다른 사람을 비난해서는 안 된다. 확실한 증거가 있지도 않은데 의심해서는 안 된다. 네가 가와사키 선생님을 싫어하는 것은 잘 알고 있고, 그건 결코 나쁜 짓이 아니다. 누구나 좋고 싫은 게 있다. 자연스러운 일이다. 억지로 이유를 붙일 필요는 없다. 이렇게 이야기했죠."

히토시는 순순히 받아들이고, 다시는 이런 이야기를 하지 않겠다고, 죄송하다며 사과했다고 한다.

시게코는 일단 휴대전화를 떼고 심호흡을 했다. 떨리는 걸 참자. 차분해야 한다.

그리고 말했다.

"선생님, 그때 히토시는 그림을 그리지 않았나요?"

허를 찔린 듯이 미야타 선생이 "네?" 하고 되물었다.

"그 상담을 할 때 그림을 그리지 않았습니까? 자기가 본 건 이런 거였다, 가와사키 선생은 이런 짓을 하고 있었다고요."

실제로는 이삼 초의 침묵이었을 테지만 시게코에게는 너무도 길게 느껴졌다. 솔직하게 대답해주세요, 선생님.

"……그렸습니다."

안 그랬을 리가 없다.

"그애는 그림을 잘 그렸죠?"

"네. 하지만 그 그림은 도무지 뭔지 알아볼 수가 없었어요. 히토시도 그리면서 혼란스러운 모양이었습니다. 식은땀을 흘렸어요."

시게코는 눈을 감았다. 안쓰러운 마음에 코끝이 찡했다.

"제대로 그리지 못한 거예요, 선생님. 히토시는 충분히 이해를 할 수 없었으니까요. 좋지 않은 짓이라는 것을 알면서, 아니, 바로 그 때문에 재현할 수가 없었던 겁니다. 무서웠겠죠. 창피했을 거고요."

"그야 그랬겠죠. 분명히 창피했을 겁니다. 아무리 자기가 상상한 것이라 해도―"

"상상이 아니에요! 그게 아니라고요, 선생님."

미야타 선생의 목소리가 비로소 노기를 띠었다.

"그렇다면 뭐라는 겁니까? 히토시는 언제 어디서 그런 것을 목격한 거죠? 그애는 아무리 물어도 제대로 대답을 못했습니다."

그건, 히토시가 현장을 본 게 아니기 때문이다.

말해버리자. 아니, 해서는 안 된다.

"히토시는 그런 사실을 본 게 아닙니다."

"그럼 뭘 봤다는 거죠?"

기억입니다. 환상이에요. 시게코는 대답했다.

"……마에하타 씨."

노기는 사라지고 미야타 선생의 언성이 높아졌다.

"당신은, 히토시가 환각을 보았다는 겁니까?"

"환각이 아닙니다. 환시幻視예요. 히토시는 다른 사람의 기억을 보는 능력을 지니고 있었던 겁니다. 가와사키 선생님 문제만이 아니라, 다른 실제 사례도 있어요. 그애가 남긴 그림도 있고요. 저는 그걸 조사하고 있는 겁니다."

말해버리고 나서야 시게코의 심장 고동은 가라앉았다. 지나가는 자동차 소리, 가로수 잎이 바람에 흔들리는 소리가 귀에 들어왔다.

"어처구니가 없군."

미야타 선생이 싸늘하게 말했다. 눈앞에서 자신을 거칠게 뿌리치는 느낌이었다.

"당신은 그나마 진지한 분이라고 생각했는데. 완전히 시간낭비를 했군요."

더이상 할 이야기 없습니다, 라는 말과 함께 전화가 끊겼다.

시게코는 잠시 뚜—뚜— 하는 소리를 들으며 우두커니 서 있었다. 그리고 천천히 종료 버튼을 누르고 휴대전화를 집어넣었다.

고개를 들자, 기다렸다는 듯이 눅눅하고 뜨뜻한 바람이 시게코의 머리를 흩뜨리고 지나갔다.

건너고 말았다. 루비콘강을.

나는 인정해버렸다. 완전히 강 건너편에 섰다.

하기타니 히토시는 특별한 능력을 지닌 아이였다.

이제 그 길밖에 없다. 달리 생각할 수가 없다. 망설임도 없다. 히토시가 분명 다른 사람의 기억을 보는 능력이 있었다고 생각하지 않으면, 앞뒤가 맞지 않는 일이 너무나 많다.

히토시에게는 보였던 것이다. 보고 있었다. 이해할 수는 없어도 영상은 보인다. 지식은 부족해도, 눈에 들어오는 것을 보지 않을 수는 없다.

그 '산장' 그림마저도 그렇게 히토시의 눈에 들어온 것이었다. 어디서 마주친 걸까. 언제였을까. 도시코와 함께 걷던 번화가. 역 앞 인파 속. 혹은 혼자 걷던 등굣길.

그게 무엇인지 히토시는 바로 이해할 수 있었을까? 그런 영상을 머릿속에 간직한 채 하루하루를 살아가는 어른의 얼굴을, 히토시는 저도 모르게 보아버린 걸까? 어떤 사람이었을까? 형사? 취재기자? 텔레비전 리포터? 피해자들의 유족이었을 가능성도 있다. 하나다 선생처럼 기록 영화를 통해 '산장'을 알고 있을 뿐, 사건과는 관계없는 사람이었을지도 모른다. 그때 히토시가 본 기억의 영상에는 어떤 감정이 묻어 있었을까?

공포, 호기심, 혐오. 최악의 경우라면 — 일그러진 동경.

인간의 시커먼 욕망. 은밀히 감춰진 어두운 비밀. 이 세상의 사악함. 드러낼 수 없는 증오와 갈망.

길 건너편에 있는 사쿠라 초등학교의 회색 건물을 올려다보았다.

"미안해."

시게코는 작은 목소리로 중얼거렸다.

"시간이 많이 걸렸지만, 이젠 알았어. 잘 알겠어."

마에하타 시게코는, 네가 본 것을 믿어. 보고 있던 것을 믿어.

네가 그 짧은 인생에서 계속 타협하면서 함께해야 했던 이상한 풍경을 이제 모두 받아들일게. 그리고 그 흔적을 뒤쫓을게.

도이자키 아카네를, 그애의 시랍화한 시체를. 그애가 자기 집 마루 밑에 묻혀 있었다는 사실을.

하기타니 히토시는, 누구의 기억에서 그 광경을 본 걸까.

그렇게까지 아카네의 죽음을 자세히 알고 있던 인물과 어떻게 접촉했던 걸까.

그 존재를 밝혀내는 일은, 세이코가 바라는, 아카네의 죽음에 얽힌 진실을 밝혀내는 일과도 관계가 있다.

단장 4

어깨에 걸친 비닐가방 안에서 수영장 냄새가 난다. 젖은 수영복과 타월 때문이다. 이 냄새는 싫다. 수영교실도 싫다. 보충수업보다 훨씬 더 싫다.

소녀는 여름 햇볕이 내리쬐는 길을 혼자 깡충깡충 뛰다가 이내 심심해져 그만두고 혼자 입을 비죽 내밀었다. 한여름의 짙고 짧은 그림자. 소녀의 시무룩한 표정이 그림자에도 드러났다.

수영장에서 소녀만 따돌리고 다들 재미있게 노는 게 싫었다. 보충수업 때는 여름방학인데도 공부를 해야 하는 자신이 싫었다. 공부하라고 시키는 선생님이 싫다. 같이 가자고 데리러 오는 바보 같은 반 아이가 싫다. 나는 너처럼 바보가 아니야. 너랑 같지 않아. 공부가 싫을 뿐이지. 아무리 공부해봐야 동생이 더 점수를 잘 받는걸. 엄마 아빠는 동생만 칭찬한다. 그래서 공부 같은 건 하기 싫다.

오늘은 결국 수영장에서 미키와 말다툼을 했다. 미키는 앞으로 같이 놀지 않겠다고 했다. 그렇게 큰 소리를 지를 건 없잖아. 내가 무슨 잘못을 한 거지?

그냥 미키는 예쁘니까 선생님이 편들어주는 거라고 했을 뿐인데. 그건 진짜인데.

왜 다들 나한테만 화를 내는 걸까. 왜 나한테만 거짓말쟁이라고 하는 걸까.

소녀는 오늘도 지나가면 안 되는 그 길을 지난다. 이젠 완전히 습관이 되어버렸다.

그리고 가까이 가면 안 된다고 하는 네모난 집 앞에서 멈춰 섰다. 문도 창문도 다 닫혀 있다. 창에는 격자가 달려 있다.

그뒤로도 몇 차례, 네모난 집에서 그 아줌마가 나오는 걸 보았다. 어딜 나갔다가 돌아오는 것도 보았다. 늘 자전거를 타고 있고, 바구니 안에는 가방이 들어 있다.

맞은편에 있는 '노리야마 신문배급소'는, 알루미늄 새시 출입문이 열려 있을 때도 있고 닫혀 있을 때도 있다. 열려 있을 때는 안에서 일하는 사람들이 보인다. 하지만 그 집에 사는 뚱뚱한 아줌마는 그뒤로는 말을 걸거나 하지 않았다. 소녀도 요령이 생겨 아줌마가 안에 있을 때는 얼른 지나가버린다. 또 뭐라고 말을 걸면 귀찮으니까.

멋대가리 없는 안경을 쓰고 주판을 배우러 다니는 그 집 아들은 여러 번 만났다. 소녀를 보면 피하듯 등을 보이고 도망쳤다. 그러면서도 약간 떨어진 곳까지 가면 뒤를 돌아 물끄러미 소녀를 바라보았다. 소녀가 쳐다보면 화들짝 놀라 또 도망친다. 진짜 이상한 녀석이다.

걸음을 멈추고, 소녀는 여느 때처럼 네모난 집을 올려다보았다. 매일 똑같은 모습이다. 재미있는 일은 전혀 일어나지 않는다. 이 집 앞을 지나가면 안 된다는 건 역시 바보 같은 거짓말이었다. 다들 왜, 이런 집이 어디가 무섭다고 그러는 걸까?

어째서? 어째서? 어째서? 소녀는 이해가 되지 않았다. 재미없어서 화가 났다. 뜻대로 되는 게 하나도 없다.

고개를 숙이며 입술을 한껏 삐죽였다.

오늘은 노리야마 신문배급소의 미닫이문이 닫혀 있다. 몹시도 더운 날씨라 그럴 것이다. 보도 쪽으로 내놓은 낡은 에어컨 실외기가 윙윙거리고 있다.

소녀의 머리 위에서 작은 소리가 났다.

뭐지? 고개를 들었다.

네모난 집 2층, 오른쪽 창문이 살짝 열려 있다. 기껏해야 10센티미터 정도. 딱 격자 한 칸 폭 정도만큼.

지금 열린 걸까? 그 소리였나?

눈도 깜박이지 않고, 소녀는 10센티미터쯤 열린 그 틈새를 뚫어지게 바라보았다. 지금 서 있는 위치는 너무 가까워서 오히려 잘 보이지 않았다. 고개를 들어 뒤로 젖힌 채 슬슬 뒷걸음질쳐서 길 한복판까지 물러섰다.

창문 안쪽의 커튼이 흔들리고 있다. 어지러운 무늬가 그려진 두꺼운 커튼. 너무 촌스러워 보였다.

커튼은 계속 흔들렸다. 바람 때문이 아니다. 오늘은 바람 한 점 없는 날씨다.

창가에 누군가 있는 것이다. 소녀는 숨이 막혔다.

흰 손가락이 커튼 가장자리에 나타나 옆으로 젖히는 시늉을 했다. 너무 놀라고, 조금은 무서워서, 소녀는 순간 그게 유령인 줄 알았다. 커튼에 달라붙은 귀신.

아니다, 진짜 사람의 손가락이다.

손톱이 길고 색이 칠해져 있다. 관절을 구부려 커튼을 붙잡고 있다.

흰 손가락이 커튼 옆에서 사라졌다. 그리고 이번에는 격자 사이로 손목이 쑥 튀어나왔다. 뭔가를 쥐고…… 쥐고 있다?

흰 손가락이 허공에서 펼쳐지더니 거기서 무언가가 스윽 떨어졌다. 그것은 소녀의 바로 눈앞에 떨어져 앞으로 데굴데굴 굴렀다.

소녀는 쓰레기라고 생각했다. 창밖으로 쓰레기를 버린 것이다.

다시 창문을 올려다보았다. 10센티미터의 틈새. 축 늘어진 커튼.

격자 사이로 또 손이 나왔다. 쓰레기가 떨어진 쪽을 향해 쿡쿡 찌르는 동작을 했다.

소녀는 멍하니 입을 벌리고 그걸 보았다.

쓰레기를 주우라는 건가?

기분 나쁘다. 창밖으로 내던지고는 지나가던 사람더러 주우라고? 그런 짓 하면 안 되는 거잖아?

그 손은 계속 쓰레기를 가리켰다. 같은 동작을 반복했다. 그리고 갑자기 안으로 들어갔다. 커튼이 무겁게 흔들렸다. 탁 소리를 내며 창문이 닫혔다.

네모난 집은 평소와 똑같은 모양으로 돌아갔다.

방금, 이게 뭐지?

네모난 집에서 처음 본 움직임이다. 이렇게 매일 관찰하면서 이제야 무슨 일이 일어난 거냐고 생각하면서 쓰레기를 주웠다. 해바라기를 관찰하는 것보다 더 재미없다.

빵빵거리는 자동차 경적이 들려왔다. 바로 옆에 경트럭이 다가와 있

다. 운전기사가 소녀를 쳐다보았다. 소녀는 얼른 네모난 집 쪽 길가로
피했다.

경트럭이 지나가자 차가 일으킨 바람에 날려 조금 전 그 쓰레기가 또
데굴데굴 굴렀다. 움직임을 보니 무슨 종잇조각 같았다.

내가 주울 줄 알고? 소녀는 무시하고 그냥 가려고 했다. 쓰레기 옆을
지나는데 이번에는 소녀의 움직임 때문에 쓰레기가 살짝 움직였다. 놓
인 방향이 바뀌었다. 거기에 소녀의 눈에 익은 무늬가 보였다.

어라, 담뱃갑이네.

뭔지는 몰라도 담뱃갑을 일부러 풀어헤쳐 버린 것이다. 그냥 구겨서
버린 게 아니다. 게다가 너무 작아 보였다.

천천히 한 걸음 두 걸음 다가가, 소녀는 그것을 주워들었다.

역시 맞았다. 이 두꺼운 종이 느낌. 아빠가 피우는 담배의 갑과 똑같
다. 엄마가 아무리 끊으라고 해도 끊지 못하고 늘 베란다에서 피운다.
엄마가 없을 때는 방안에서도 몰래 피운다. 다 알고 있다. 나한테는 이
건 하지 마라, 저것도 하지 마라 야단치면서, 자기는 담배를 끊지 않는
것이다.

'라크'라는 담배다. 아빠가 피우는 건 빨간색인데, 이건 녹색이다.

종이가 두꺼워서 크게 구겨지지는 않았다. 대충 접혀 있을 뿐이다.
소녀는 그걸 펼쳐보았다.

뭐라고 글씨가 쓰여 있다.

소녀는 매끄러운 이마를 찡그렸다. 지저분한 글씨다. 연필이나 볼펜
으로 쓴 게 아니다. 크레용인가? 만지면 손가락에 묻어날 것 같았다.

히라가나와 한자. 소녀는 아직 한자를 잘 읽지 못한다. 그래서 자주
야단을 맞았다. 4학년 때 배운 한자도 읽지 못하거니와 2, 3학년 때 배

운 한자 중에서도 모르는 게 많았다.

엄마는 항상 버럭버럭 화를 낸다. 너, 선생님이 가르쳐주는 거 제대로 안 듣지? 얼른 연습해! 백 번씩 써야 돼.

하지만 읽지 못하는 건 읽지 못하는 거고, 쓰지 못하는 건 쓰지 못하는 것이다. 모르겠다고 하면 선생님도 가르쳐주지 않는다. 그리고 시험 치고 벌을 받는다. 지금까지 배운 것도 읽지 못하는데 계속 더 많은 걸 가르쳐주고, 읽지도 쓰지도 못하고 전혀 모르는 한자가 잔뜩 나오는 교과서를 소녀는 보기 싫었다.

하지만 히라가나는 읽을 수 있다. 대충이나마.

"―을?"

소녀는 중얼거렸다. 삐뚤어진 가로쓰기가 두 줄로 적혀 있었다. 윗줄에 한자가 적혀 있었다. 이상한 모양의 글자였다.

"―을 불러주세요."

소녀의 머리에 퍼뜩 해답이 떠올랐다. 그런가? 편지인가? 그래서 '불러주세요'라는 거다.

소녀는 저도 모르게 생긋 웃었다. 뒤를 돌아가 그 창문 아래 섰다. 창문은 닫혀 있었다.

그때 뒤에 있는 노리야마 신문배급소 문이 열리는 소리가 났다. 뚱뚱한 아줌마가 낑낑거리며 자전거를 끌고 나왔다.

소녀는 주운 편지를 치마 주머니에 집어넣고 얼른 뛰었다. 뚱뚱한 아줌마와 충분히 거리가 떨어질 때까지 뒤도 돌아보지 않고 계속 달렸다.

집으로 돌아가는 길에 멈춰 서서 편지를 꺼내 들여다보았다. 역시 '―을 불러주세요'라고 적혀 있었다.

저 집에 나하고 비슷한 또래의 초등학생이 사는 걸까? 3학년 때 여자아이들 사이에 편지놀이가 크게 유행한 일이 있다. 매일 학교에서 만나는 친구들끼리 편지를 써서 건네주는 것이다. 4학년이 되자 메일을 쓰는 아이들이 늘어나서 지금은 다들 하지 않는데—

3학년 때 하던 편지놀이 때나 요즘 하는 메일 놀이에도, 다른 아이들은 소녀를 끼워주지 않았다. 미키와 잠깐 편지를 주고받은 적이 있는데, 미키의 편지는 그림이 그려져 있거나 글씨가 잔뜩 있었지만 소녀가 쓴 것은 그렇지 못했다. 미키가 재미없다고 해서 그만두었다. 메일은 어떻게 해야 보낼 수 있는지도 모른다. 엄마가 아직 그런 건 하지 않아도 된다고 하니까.

네모난 집에도 나 같은 애가 있어서 누군가와 편지놀이를 하고 싶어 하는 건지도 모른다. 그애는 병이 걸렸거나 해서 학교에 가지 못해 쓸쓸한 것이다.

어? 하지만 좀 이상했다. 아까 창문 틈새로 보인 손은 어린아이 손이 아니었던 것 같았다. 얼핏 보았지만, 절대 아니다! 손톱을 칠했으니까.

뭐아, 편지놀이가 아닌가? 소녀는 바로 흥미를 잃었다.

하지만 상관없지. 이건 다들 무서워하고 특히 미키는 울상을 지으며 가지 않으려 하는 그 네모난 집에서 얻은 아이템이다. 비디오게임을 하는 친구들은 이런 걸 아이템이라고 했다. 여기여기를 클리어하면 이러이러한 아이템을 얻을 수 있다고. 우리집은 엄마가 비디오게임을 너무 싫어해서 하게 해주지 않는다.

집에 돌아오자, 소녀는 그것을 궁리 끝에 책가방 안쪽 주머니에 집어넣었다. 엄마는 책상 서랍 같은 건 열어보지만 책가방 안은 보지 않는다.

그런데 이 한자는 뭐라고 읽는 걸까? '불러주세요' 앞에 있는 두 자
의 한자. 이 글자, 어디선가 본 적이 있는 것 같았다……

2권에서 계속

옮긴이 **권일영**

동국대학교 경제학과를 졸업하고 중앙일보사에서 월간지 및 멀티미디어 관련 기자로 일했다. 현재 전문번역가로 활동중이다. 옮긴 책으로『호숫가 살인사건』『게임의 이름은 유괴』『레몬』『환야』『편지』『바티스타 수술 팀의 영광』『나이팅게일의 침묵』『아직 필름이 남아 있을 때』『살육에 이르는 병』『다크』『암흑관의 살인』『황금을 안고 튀어라』『신으로부터의 한마디』『GOTH』『유니버설 횡메르카도르 지도의 독백』『용은 잠들다』『누군가』『이름 없는 독』『나는 지갑이다』『스나크 사냥』『쓸쓸한 사냥꾼』등이 있다.

문학동네 세계문학

낙원 1

1판 1쇄 2008년 7월 2일
1판 20쇄 2026년 3월 20일

지은이 미야베 미유키 | 옮긴이 권일영
책임편집 양수현 박여영 | 디자인 박진범 유현아
저작권 박지영 형소진 주은수 오서영 조경은
마케팅 정민호 서지화 박치우 한민아 왕지경 이민경 정유진 김예진 김혜원 정경주 이서진
브랜딩 함유지 이송이 박민재 김하연 신은서 이준희 조다현
미디어콘텐츠 함근아 김은솔 박다솔
제작 강신은 김동욱 이순호 | 제작처 영신사

펴낸곳 (주)문학동네 | 펴낸이 김소영
출판등록 1993년 10월 22일 제2003-000045호
주소 10881 경기도 파주시 회동길 210
전자우편 editor@munhak.com
대표전화 031)955-8888 | 팩스 031)955-8855
문학동네카페 http://cafe.naver.com/mhdn
인스타그램 @munhakdongne | 트위터 @munhakdongne
북클럽문학동네 http://bookclubmunhak.com

ISBN 978-89-546-0601-1 04830
       978-89-546-0600-4 (전2권)

www.munhak.com